感谢一直以来的支持，

愿万事如意，天天开心！

——少侠

X生存手札

天心月狐

小佚 著

江苏凤凰文艺出版社
JIANGSU PHOENIX LITERATURE AND ART PUBLISHING, LTD

图书在版编目（CIP）数据

X生存手札. 天心月狐 / 小佚著. -- 南京 : 江苏凤凰文艺出版社, 2017.11

ISBN 978-7-5399-9706-3

Ⅰ. ①X… Ⅱ. ①小… Ⅲ. ①长篇小说－中国－当代 Ⅳ. ①I247.5

中国版本图书馆CIP数据核字(2016)第239927号

书　　名	**X生存手札 · 天心月狐**
作　　者	小　佚
出版统筹	黄小初　侯　开
选题策划	王晓萌
责任编辑	姚　丽
文字编辑	王晓萌
装帧设计	苏　涛
责任监制	刘　巍　江伟明
出版发行	江苏凤凰文艺出版社
出版社地址	南京市中央路165号，邮编：210009
出版社网址	http://www.jswenyi.com
印　　刷	三河市南阳印刷有限公司
开　　本	700×980毫米 1/16
字　　数	278千字
印　　张	18
版　　次	2017年11月第1版，2017年11月第1次印刷
标准书号	ISBN 978-7-5399-9706-3
定　　价	38.00元

目录

CONTENTS

主要人物

萧冰朔：

男，十八岁，身高一米八。眉目清俊，温润如玉。

拥有非凡的才智，却内敛不彰，温润柔和的浅笑似乎永远挂在他的脸上。有着无法言喻的人格魅力，只是生活上偶尔会有些小迷糊。因为特殊原因，伪装进入穹苍学院后进班，阴差阳错之下，带领原本颓废堕落的后进班重拾梦想，创造了震惊全校的奇迹。但同时身上所背负的秘密任务，也让他卷入一系列危险重重的阴谋中。

喜欢静静地品茶看书，尤其是医学类书籍和一些高深的技术资料。医术高超，天赋卓绝，但心机城府并不深。

陆昊远：

男，十九岁，身高一米八二。斯文俊秀，温文尔雅。冰朔的室友之一。

因为有严重的先天性心脏病而被驱逐出正常教学体系，于后进班就读。病发时极其虚弱。身份成谜，实力成谜，从不真正显山露水。对万事万物总是抱着一种满不在乎的态度。因为冰朔对他有救命之恩，对冰朔一直照顾有加，但真正的感情却从不让人看透。

擅长揣摩人心，养有一只与他极其亲近的黑猫。

江炎（Mars）：

男，十九岁，身高一米八五。积极乐观、有些腼腆的阳光少年。

穹苍学院武道派当之无愧的领袖，正直率性，心地善良。不笨却没有多少心机，也不屑用阴谋，对危险和敌人有野兽般敏锐的直觉。暗恋慕婉仪却不敢让她知道。

因极度缺钱意外成为冰朔保镖，后又陪同他一起回到穹苍学院，把冰朔视作最好的朋友之一。只是后来在人刻意挑拨之下，误会冰朔利用慕婉仪并让她陷入危机，而与冰朔决裂。

武技已经达到以力破巧的巅峰境界，连全盛状态的冰朔都未必是他的对手。

韩宁蓝：

女，十七岁，身高一米七。中美混血，安静坐着时犹如精致的芭比娃娃。

性格较为淡漠，有些看淡世情的沧桑和孤寂，唯有在吃到美食时才会露出孩子般的笑容。她就像一个过客，旁观着众人你争我夺、生死离别，唯有冰朔对她来说是不同的。

在美国遭人追杀失去记忆，为冰朔所救。她的血激发了封存在“绝”中的Angel Holy（天使圣殿）核心程序，冰朔因而确认她是七宿之一。

身份、能力成谜，天生拥有读心术，但一般不会使用。

慕婉仪：

女，十七岁，身高一米六八。端雅秀丽，眉目如画，温柔婉约。

X市第三大家族掌权人慕容天的独生女，穹苍学院五年级高才生。成绩优异，蕙质兰心，是女生嫉妒羡慕的对象、男生心目中的女神、父亲在家族中炫耀的资本。她完美地扮演着乖宝宝的形象，内心却渴望叛逆，渴望自由，渴望摆脱父亲的控制，追求属于自己的幸福。在特殊的环境和情景下与冰朔相遇，从心生好感到倾心爱慕，即使表白被拒，也丝毫不改初衷。

喜欢小提琴，擅长金融学，在音乐方面有很高的才能。

席貊：

男，二十五岁，身高一米八二，中德混血，长相阴柔，但举手投足有着贵族的优雅。

席家当代家主，性格霸道、独裁，为达目的可以不择手段。小时候过得极其艰苦，看惯了人性丑陋，因而大权在握后变得残忍无情。

为了“堕天计划”与慕家合作，与慕婉仪有口头婚约，但从小迷恋着韩宁蓝，数次表白心意，屡遭拒绝。因为看到韩宁蓝与冰朔相处时不同于面对自己时的态度而嫉妒疯狂，不惜一切要置冰朔于死地。

他是“堕天计划”明面上的主导者和执行者，给冰朔造成了不少麻烦。

第一集

设计 × 牢笼 × 生不同衾

一

“小姐，妆化好了，您看一下还满意吗。”

慕婉仪从沉思中醒过来，目光落在面前的梳妆镜上。

镜中映出少女姣美的容颜——淡淡的妆容点缀了柳眉杏眼、琼鼻樱唇，将青涩的纯真化去，抹上了妖柔妩媚的性感。

慕婉仪皱了皱眉，眼底染上了哀伤的愁绪。镜中的人同样悲伤，可这丝毫不减她的美貌，反而让她如缀着晨露的娇嫩花朵般惹人怜爱。

她轻轻叹了口气，挥手道：“这样就可以了，你先出去吧。”

可站在她身后的几人并没有听从命令，他们的脸上依旧挂着亲切又恭敬的笑容，说出来的话却是丝毫不容反抗。

“小姐，我们奉了慕老爷——也就是您父亲的命令前来，务必要为您打扮妥帖，换上精美的晚礼服，令您在今晚席少爷的生日宴上能艳冠群芳，成为最璀璨的明珠。”

说着，为首的服装搭配师将一件纯白色的晚礼服举到慕婉仪面前，轻笑道：“小姐看这件如何，Emanuel 大师亲手设计的礼服，纯白底色，以铂金和钻石点缀，象征的是古希腊最纯洁美丽的女神。”

见慕婉仪眉头紧皱，他连忙又提起一件深红色 V 领的晚礼服：“或者小姐更喜欢这件？是啦，您皮肤雪白细腻，最适合这样的红色。而且这件礼服体现的主旨就是热情如火的娇艳与妩媚，刚好能中和小姐您身上属于少女的青涩……”

“够了！”慕婉仪厉声打断他，眼底喷薄着火焰。

以结束学业为要挟把她从穹苍学院召唤出来，又千里迢迢地将她送来美国维加斯州，精心装扮，不过是为了让她参加一场生日宴！

是的，明天是 G 省第一大家族席家新家主——席貊二十五岁的生辰宴。

G省豪门富商云集，席家本只是在三四十年前刚刚崛起的新贵，可是，席家的每一代家主都极具经商头脑，黑白两道都有合作，家族内部继承人的培养方式更是采用了最残酷的“弱肉强食、相互残杀”的养蛊之法。

所以，短短三十年，席家便凭借着不断地联姻和与欧美黑白两道的多方合作，以黑马之姿凌驾G省各大豪门之上，成为G省第一大家族。

慕婉仪打从心底里厌恶席家不择手段的行事风格，对于与自己有过口头婚约的席貊更是畏惧到了骨子里，每次看到他都会无法遏止地颤抖。

更何况，如今她已经有了喜欢的人，喜欢到骨子里的人，让她嫁给席貊，还不如让她去死。

慕婉仪一把扯过搭配师手中的天价礼服狠狠甩在地上：“我说了让你们出去，你们听不懂吗？我已经被你们像犯人一样押到美国来参加这见鬼的生日宴了，难道连挑选衣服的自由都没有？在你们眼里，我慕婉仪就那么贱，明明人家不喜欢我，我还要精心打扮了把自己当货物一样送出去？！”

化妆师和搭配师们面面相觑，一时间不知道该如何回话。

突然，化妆室的门被用力推开，一个高大的身影快步走入，立定在慕婉仪面前。

那是个四十出头的男子，穿着优雅得体的手工西装，容貌俊秀儒雅，虽然细节处已经能看到岁月的痕迹，却完全无损他的成熟魅力。

慕婉仪看着男子熟悉的面容，抿了抿唇，泪水模糊了眼眶：“爸爸，我真的不想嫁给席貊，我不爱他，他也根本不喜欢我。我有金融学方面的天赋，假以时日一定能帮到爸爸，我们并不是只有和席家联姻这一条路可以走啊。求求你爸爸……”

啪！一声干脆利落的巴掌声响起。

慕婉仪歪着头，身子不受控制地趔趄了两下，满眼都是不敢置信。

慕容天目光冰冷，丝毫不带暖意地看着她：“如果不是看在你待会儿要见席貊、不能出丑的分儿上，你现在受的就不是这不痛不痒的一巴掌了。我送你进穹苍学院，是为了让你培养名门贵女的气质、结交特殊人脉，而不是整日谈情说爱、异想天开地忤逆我！”

锥心的痛楚在心头弥漫，泪水瞬间如泉涌般滚落，慕婉仪声音嘶哑地高喊：“爸爸，我真的是你的亲生女儿吗？有哪个父亲会把自己的女儿推入火坑？你明知道席家就是个噬人的魔窟，还要亲手把自己的女儿送进去！难道不和席家联姻，我们慕家就要垮了吗？”

慕婉仪所说的并非危言耸听。自相残杀的养蛊式继承人培养方法让席家家族内部的斗争如炼狱般惨烈。是的，他们不杀人、不犯法，可是这世间让人生不如死的方法有千千万万种。

席貊的妈妈和妹妹就是这种斗争中的牺牲品。在席貊登上家主之位时，她们已经彻底崩溃，一个自杀，一个被送进了精神病院。如果嫁给席貊，慕婉仪几乎能预见到自己会有何等悲惨的未来。

慕容天闻言却丝毫没有动容，只是冷笑道："你不想嫁入席家，又想嫁给谁？那个有点小聪明、小本事，现在连生死都不知道的萧冰朔？我告诉你，别做梦了！你既然身为慕家的女儿，享受了慕家的荣华富贵，为慕家牺牲就是你该尽的义务！"

"萧冰朔"这三个字让慕婉仪浑身猛地一颤，长长的睫毛垂下来，遮住了眼中汹涌的思念与哀伤。

冰朔，冰朔，你到底在哪儿？你真的还活在这个世界上吗？如果活着，为什么还不出现？

从前，她知道爸爸的野心，也知道自己与席貊的口头婚约，心里绝望伤心，却从没有生起过殊死反抗的念头。直到一年前，她在就读的穹苍学院遇到那个温润如玉、光风霁月的少年——萧冰朔。他像精灵一样出现在她面前，抚慰她受伤的心灵，于危难中挺身相救，哪怕拒绝她也是那样温柔、包容，让她的心无法不沦陷。

可是，冰朔已经消失太久太久了，久到慕婉仪几乎要以为曾经的相遇不过是她的一场美梦。

慕容天随手抓起一件礼服丢在失魂落魄的慕婉仪身上，冷冷道："我警告你最好乖乖穿上礼服，收拾好你那哭丧一样的表情，随我去向席少爷问好。"

顿了顿，他眼中闪过一抹灼灼的晶亮光芒，压低了声音道："相信你也听说了，雷切斯家族前几天发生动荡，原族长霍伯特因多发性脑梗死陷入昏迷，医生断言他有九成可能永远都醒不过来。现在继承雷切斯家族所有财富和产业的是霍伯特同父异母的弟弟杜克。

"婉儿，你知道这意味着什么吗？雷切斯家族的小公主娜塔莎已经失去了原有的继承权，沦落为父母双亡的孤女。你以前不愿意嫁给席貊，不就是怕他对娜塔莎念念不忘吗？可如今，以席家的家世背景，根本就不会容许席貊娶娜塔莎，她注定不会再成为你的威胁。你只要在席貊面前好好表现，难道还怕抓不住他的心吗？"

慕婉仪呆呆地看着父亲脸上露出野心勃勃的诡秘笑容，只觉得眼前的男人好陌生，好陌生！

这真的是小时候会抱着她转圈圈，愿意用全世界换取她笑容的爸爸吗？到底是从什么时候起，慈爱的爸爸消失了，只剩下这个自私自利、六亲不认的恶魔？

慕容天越说越兴奋，仿佛已经预见到席貂被自己女儿的倾世容貌吸引，席家与慕家深度合作，慕家借势崛起，成为真正豪门世家的美好前景。

慕婉仪却突然尖叫一声，将他丢过来的衣服狠狠甩开："不要再说了！我不想嫁给席貂，是因为我不喜欢他、厌恶他，和他是不是要娶别人有什么关系？既然你那么想要个听话的女儿去勾引席貂，不如让你的情妇再给你生一个吧，就像她给你偷偷生下的那个私生子一样！"

啪！又一个狠狠的巴掌甩在慕婉仪脸上，这一次，她站立不稳，跌坐在地，左边脸颊火辣辣地疼。

慕容天恶狠狠地盯着她，声音幽冷，宛如恶魔："慕婉仪，你最好别再考验我的耐性。要是你今天乖乖收拾好跟我去见席少爷，也就算了；如果还是不听话，我就先拿程伯开刀，看他还敢不敢帮你瞒着我。从今以后，你也别想再回穹苍学院！"

说完，他凌厉的目光扫过一旁噤若寒蝉的化妆师和搭配师，冷冷道："好好给小姐补妆打扮，半个小时后，我要看到她光鲜靓丽地出现在 1001 房间中，席少爷会在那里等着她。在晚上的宴会开始前，一定要让她给席少爷留下好印象，免得被其他家族的女孩占了先机，听清楚没有？"

"老爷放心，我们一定会做好的。"

重重的关门声响起，房间里陷入一阵死一般的静寂。

终于，那起先给慕婉仪化妆的女子蹲下身怜悯地望着半边脸颊发红的少女，柔声道："小姐，我用煮鸡蛋先给你的脸消一下肿，然后再给你补妆，你看可以吗？"

慕婉仪呆呆地坐着，良久之后，嘴角勾勒出一个嘲讽又苦涩的笑容。她擦掉眼泪，站起身道："那就麻烦你了。"

慕容天果真是抓到了她的软肋。无论是程伯，还是重回穹苍学院，都是她绝不可以失去的念想

——即便回到那里也可能永远都等不到思念的人，可那毕竟是她的最后一线希望啊！

二

这一次，慕婉仪很快收拾妥当，被带往了慕容天所说的房间。

席貊前年刚刚接手席家，对外被称作席家的新家主，但实际上依旧只是继承人的身份。因为席家有家规：只有年满二十五周岁，且结婚生下第一个孩子后，继承人才能正式获得家主的身份，并真正掌握席家所有的秘密和资源。

这也是慕容天那么想要让慕婉仪嫁进席家的原因。成为席貊的第一任合法妻子，就代表着能共享席家的资源，慕家能从中获得的好处不可估量，绝不是联姻合作那么简单。

当然，年仅二十五岁就坐拥滔天财富的席家新家主，本就是G省名门淑媛们趋之若鹜的金龟婿，绝不可能只有慕容天一个人在觊觎。就如这场席貊的二十五周岁生日宴，还没开始，豪华邮轮上就已经住满了来自世界各地的名流与淑媛。

是的，出乎所有人意料，席貊的生日宴既没有选在中国，也没有在德国（席貊有四分之一德国血统，席家在德国也有不少产业），反而选在了千里之外的美国维加斯州港湾的一艘豪华邮轮上。

这艘名为“深蓝号”的邮轮能容纳近万名乘客与船员，全长362米，重数万吨，内里的装潢宛如宫殿般奢华典雅，美轮美奂。听说席貊购下它的时候，花了9亿英镑，折合80多亿人民币。

但慕婉仪怎么也没有想到，1001房间的门打开，她既没有看到席貊，也没有看到慕容天。唯一出现在屋里的是一个二十出头、身材妖娆的美丽女人。

这个女人看五官分明是东方人，却有着一头金黄的长发，脸上的妆容立体化了她的五官，让她看上去充满了异域风情。再加上那前凸后翘的曼妙身材，整个人就如一个成熟的水蜜桃，散发着诱人的气息。

慕婉仪愣了愣，几乎以为自己走错了房间，女人却大步上前，一把将她拽进房内，关上了门。

跟着慕婉仪过来的人被关在门外，房间里陷入诡异的静寂。慕婉仪只觉得扣在她手腕上的五指冰凉凉的，是宛如毒蛇一样让她颤抖的触感。

她咬了咬唇，勉力压下心头的惶恐，挣扎道：“爸爸不是说要带我向席少爷问好吗？为什么这里一个人都没有，你是谁？”

女人却并没有松开她的手，美艳的脸上没有任何表情：“我叫乔伊斯，是老爷让我来教小姐如何成为席家主母的。”

“你说的话是什么意思？”

乔伊斯挑了挑眉，露出风情万种而冷艳的神情：“老爷从很久以前就把我送到了席家，成为席貊的情妇之一，为的就是有一天能助小姐坐上席家主母的位置。这里是席貊在邮轮上的私人场所，无论情妇还是保镖都不容许进入，我费了不少力气才买通了几个保镖——当然，他们以为我是想借机亲近席少，捞个固定情妇的位置坐坐。在宴会开始前，席少爷必然会回到这里休息几个小时，这就是你的机会……”

“既然不允许，为什么要带我来这里？”慕婉仪尖叫着打断乔伊斯的话，因为恐惧和难以置信，她的身体不住地颤抖着。

逃，她要逃！马上逃离这里！爸爸疯了，他已经丧心病狂，完全不把她当作女儿了！

乔伊斯幽冷一笑，看着慕婉仪的眼中充满了怜悯：“小姐不用担心，你和我们这些低贱的情妇是不同的。你有着慕家大小姐的身份，席家和慕家又有过口头婚约，哪怕为了如今席慕两家合作的几个大项目，席少爷也不可能和慕家彻底撕破脸。所以，只要你能和席少爷发展出亲密关系，老爷再以受害人父亲的身份向席家施一些压力，席少爷不娶也得娶，席家主母的位置非你莫属！”

“你们是疯了吗？竟然要我出卖自己的尊严和肉体去勾引席貊。就算成功了，席貊被逼和我结婚，可以后他会怎么看我，我在席家要怎么立足，你们想过吗？”

听着慕婉仪歇斯底里的怒吼与控诉，乔伊斯的眼中却没有一丝动容，只是淡淡一笑道：“想没想过有区别吗？这是小姐的命，反抗不了。至少您还能成为席貊合法的妻子，总比我们这些做情妇的要好多了。”

“我……”慕婉仪还要反抗，突然感觉后颈处针刺似的疼痛。

她眼睁睁看着乔伊斯的手从她肩旁收回去，指尖还夹着一枚寒光闪闪的银针。

眼前一点点模糊，意识迷离而沉重，慕婉仪绝望地闭上了眼睛，一滴晶莹的泪珠从她眼角滑落，滴在纯白的羊毛地毯上，化为了无痕迹的冰凉。

冰朔，你到底在哪里？为什么不再如从前那样，踏着七彩祥云，身披金甲战衣，宛如盖世英雄般从天而降，把我从水深火热中救出去？

三

“少爷，雷切斯那边按照约定派人过来了。您看您要接见他们吗？”

“直接把我的……送过来。然后，让他们马上滚。”

“是，少爷。”

慕婉仪从混沌中缓缓清醒，不远处，几个男人的对话声忽远忽近地传来，似乎夹杂着带浓重乡土口音的英文。

“席，我给你送去的小宠物，还满意吗？”

她在哪儿？为什么会睡在如此陌生的地方？慕婉仪痛苦地摸着脑袋，摇摇晃晃地坐起身来，才发现自己正坐在一张豪华大床上。

纷乱痛苦的记忆慢慢回笼，思绪清晰得宛如一把锋利的匕首砍在慕婉仪的心口上，她慌张地起身检查自己身上的衣着，直到确认身上衣着完好，才松了口气。

“杜克，你最好给我记清楚，我能助你登上雷切斯家族族长的位置，就一样能把你拉下来。”

是席貊的声音，他在外面！慕婉仪强忍着恐惧，蹑手蹑脚地往虚掩的房门走去。长长的礼服裙摆被她握在手上，娇嫩的赤足踩着羊毛地毯，每一步都让她的心跳加剧一分。

透过细小的门缝，慕婉仪看清了客厅中的景象。

就在刚刚乔伊斯暗算她的房间中，此时站着一个高大的男人。他正对着屏幕，与人进行视频通话。从慕婉仪的角度，只能看到他阴柔的侧脸。

席貊身材修长，足有一米八二，可五官却肖似他的母亲：一双狭长的凤眼，长眉入鬓，皮肤异常白皙，鼻子虽高挺却小巧，面上又很少长胡须，所以总给人一种男生女相的阴柔之感。然而，慕婉仪却知道，这个有着一张宛如女子般漂亮脸孔的男人，心肠比谁都狠，手段比谁都毒辣。

视频中与席貊对话的是个四十出头的美国佬（听口音就知道），只见他金发碧眼，仪表堂堂，胡子和头发更是打理得一丝不乱，可从他那明显的眼袋和下垂的眼角，还是能看出此人纵欲过度，不是个有心机城府的人。

这就是雷切斯家新任的家主杜克？听席貊的意思，杜克能坐上家主的位置，竟然是他一手操纵的。可是为什么？他不是喜欢雷切斯家的小公主吗？既然喜欢，为什么要帮外人对付她的父亲？

杜克对席貊的轻蔑挑衅很是不满，脸上的笑容收了个干净，恶狠狠道：“狗屎！席，你以为我还是从前那个下水道里的肮脏老鼠吗？现在整个雷切斯家族都在我手上，是雷切斯！那并不比你的席家差，请你对我说话客气点！”

坐在沙发上的席貊冷笑一声，凤眸微微挑起，双臂展开搁在沙发背上，神情倨傲而冷冽，宛如帝王逡巡着他的领土：“如果和我说这句话的是你的兄长霍伯特，也许我还会敬他三分。就凭你，呵呵……老鼠永远都只是老鼠，哪怕爬出了阴沟，也永远去不掉你身上那令人作呕的腐臭气味。”

杜克气得浑身发抖，手指着前方，口中不断骂着脏话。

席貊声音清冷道：“杜克，你要是聪明，就最好别惹我。否则，你说我如果现在让你亲爱的兄长霍伯特醒来，你会有什么下场？”

杜克吓了一跳，整个人像是被施了定身咒般僵在原地，良久才铁青着脸，小心翼翼地问道：“席，你不要吓唬我。医生都说霍伯特没救了，你……不可能有办法弄醒他的。这种玩笑一点都不好笑。”

席貊微微勾唇，俊秀的脸没有多少血色，唇色却绯红，带着如吸血鬼般让人战栗的阴冷：“你最好把它当作一个玩笑。记清楚自己的身份，你……不过是我的一个傀儡，我想把你捧上天，你就能上去；我想让你下地狱，你就只能乖乖跳下去。从今以后，我不想从你的狗嘴里听到任何对蓝的称呼，你不配！”

杜克的脸色白了青，青了白，眼中怒火直往上翻涌，可到底还是被他忍了下去。作为一个从小被家族丢弃的私生子，在底层社会混了二十几年的他比谁都懂见风使舵、欺软怕硬的道理。

所以，在席貊因着他那不可告人的目的而向他伸出橄榄枝时，他毫不犹豫地背弃了家族，与席貊合作，并毒害了将他接回家的大哥霍伯特。

尽管他很想直接干掉霍伯特和他的独生女娜塔莎以求稳固如今的家族地位，可是凭他一个人根本镇不住雷切斯家族的其他人。昏迷不醒的霍伯特是最好的挡箭牌，而该死的娜塔莎……好吧，这才是他最想要除掉的第一顺位继承人，却是席貊点名要的。

杜克摊了摊手，见无法与席貊对抗，索性恢复了他那无赖的本性：“好吧，你赢了。席，所以我不是把娜塔莎宝贝亲手送到了你的怀里吗？以后她就是你的了，你想要怎么宠爱她都行。”

席貊伸手抓过遥控器，嘴角扬起一个阴冷的弧度：“当然，蓝以后就是属于我的，我一定会好好宠爱她。至于你，杜克，收起你那恶心的爪子和那些愚蠢的念头。如果让我知道你伤蓝一根头发丝，我就让你永远滚回下水道，做一只腐烂的死老鼠！”

啪的一声响，视频通话的屏幕被关闭，与此同时，屏幕两侧的墙壁与壁画、花瓶架子等物缓缓移动，很快将房间恢复为原样。

房间中一时安静下来，慕婉仪的心怦怦直跳，她感觉到自己蹲跪在门缝前的双腿又麻又冷，可是她丝毫不敢动弹，就怕稍有声响会被门外的男人发现。

幸好就在此时，门外传来一个男子恭敬低沉的声音：“少爷，蓝小姐到了。”

原本慵懒坐在沙发上的席貊猛地站起身，脚步飞快地朝门口走去。慕婉仪能清晰看到他脸上紧张、激动、忐忑的神情，那样复杂，那样细腻，根本不像是席貊会有的表情。

蓝小姐？就是雷切斯家的那个小公主吗？听说她的母亲是中国人，蓝也许是她的中文名字。可以看得出，席貊真的很喜欢这个蓝小姐，可是喜欢就要害死她的父亲，喜欢就要强取豪夺吗？

慕婉仪正想得入神，席貊已经走了回来，双手中横抱着一个沉睡的少女。

在席貊的怀抱中，少女显得很娇小，皮肤如雪般白皙，长长的睫毛宛如小扇静静地垂着，底下是高挺小巧的琼鼻与樱花般粉嫩的红唇。如瀑的栗色长发微微卷曲，披散在身后，随着走动轻轻摇晃，越发衬得她整个人娇弱而美好。

慕婉仪怎么也没想到，雷切斯家的小公主竟然不是个妖娆的金发碧眼的美人，也不是个浑身粉色系、勃勃生机的可爱女孩，而是个如国内曾流行的古代人偶手办那样精致、神秘而柔弱的东方少女。

席貊出去的脚步快如疾风，回来的步子却迈得极慢，仿佛生怕怀中的少女受到颠簸。他走到沙发前小心翼翼地将人放在宽大的沙发上，然后在一旁坐下来，低头凝视。

修长的手指轻轻划过女孩微凉的面颊，他的脸上露出温柔到让人毛骨悚然的宠溺神情。慕婉仪只是作为旁观者看着，都有种森寒的战栗，让她几乎忍不住跌倒在地。

“蓝，你终于是属于我的了。”席貊挑起少女的一缕秀发，轻轻缠绕着把玩，声音低沉温柔，宛如情人的吴侬软语，“你看，你要是早一点乖乖听话，接受我的爱意多好。这样，我也不用帮杜克那只讨厌的老鼠算计雷切斯家族了。你会是我名正言顺的妻子，我们一起坐拥天下财富，而不是像现在这样，我只能把你藏起来、关起来，用强硬的手段得到你。蓝，你知道的，我并不想伤害你，这一切都是你逼我的！”

缠绕着发丝的手陡然一紧，沉睡中的少女发出一声低软的呻吟，皱着眉痛楚地睁开眼。

慕婉仪透过门缝，清晰地看到了少女的容颜，微微抽气。

那是一双怎样的眼睛啊，幽蓝清澈，又如碧海蓝天般一望无垠，包容万物。最让她动容的是，这双眼，这双冰蓝眼眸和冰朔的双眼是那样相似，让她几乎恍惚地以为自己又到了梦中。

少女抓着自己被扯痛的头发缓缓坐起身。在看到席貊的瞬间，她的瞳孔缩了缩，却并没有露出慕婉仪预想中的惊恐与愤怒。

她的神情依旧无波无澜，双目直视着席貊，缓缓道：“哦，原来如此。杜克说不会杀我，我是重要的交易品，原来是这个意思。”

相对于少女的平静，席貊的眼中却是翻起了滔天的怒火。

就是这种满不在乎的冷淡表情，永远都是这样，没有痛苦，没有憎恨，更没有爱，她的眼里从来都容不下任何人。无论他席貊怎样掏心掏肺、费尽周折，她看着他永远都没有情绪起伏，就如一个游离在外的看客。该死的看客！

席貊猛地伸出手，一把揪住少女柔软的发丝，将她的脸狠狠拉到自己面前：“韩宁蓝，你还不明白自己的处境吗？你现在已经不是雷切斯家族高高在上的小公主了，你只是我的禁脔、我的宠物，我只要想，随时都可以得到你。”

韩宁蓝被扯痛，微微皱起了眉头，可眼底依旧波澜不惊，声音带着细细的沙哑，却奇异地动听：“所以呢？你现在想要跟我做爱吗？”

“怎么，你不愿意？”席貊阴鸷地笑着，呼吸离她越来越近，灼热的唇几乎要贴上她的。

韩宁蓝微微往后仰了仰头，勾起嘴角道：“当然不愿意，谁会愿意跟一头发情的野兽发生关系呢？当然，你是掌控我生死的人，想做什么，我反抗不了。”

席貊猛地松开手，整个人如发狂的猎豹，狠狠将韩宁蓝压倒在沙发上，哑声道：“韩宁蓝，我也不想这样对你，我曾经像一个青涩的处男那样向你示爱，给你送花，为你唱情歌，可是你又是怎样践踏我的真心的？你对我的情意视若无睹，把我送你的东西统统送回来，到最后，甚至对我避而不见！

“我本以为，你是嫌我不够强大，配不上你雷切斯家族小公主的身份。所以我拼命努力，发了疯一样往上爬，终于成为席家的家主。我有了足以匹配你的身份和背景，可你却还是对我弃若敝屣。到底为什么？我席貊到底是哪里配不上你？”

韩宁蓝的脸被席貊的身体遮挡住，慕婉仪看不到她的表情，只能听到她清冷的声音：“这有什么可以疑惑的，我拒绝你，自然是因为我不喜欢你。既然不喜欢，为什么要给你留下念想？至于你说哪里配不上……不喜欢，当然哪里都不配，否则，你为什么拒绝那些想要跟你联姻的女人？”

“所以，是你逼我的！”席貊的胸膛剧烈起伏，声音沙哑，带着咬牙切齿的恨意，“你如今落得如此田地，都是你自作自受！如果你早点接受我，至少还能坐上席家主母的位置……在杜克行动前，我给过你最后的机会，是你自己放弃了。所以，从今以后，你就只能做我席貊身后见不得光的女人，一个情妇！现在，你后悔了吗？”

慕婉仪在门后听得心口一阵阵抽搐，为了席貊的残忍，为了韩宁蓝的无辜，也为了自己的可怜可悲，泪水模糊了视线。

谁知韩宁蓝却非但没有悲伤恐惧，反而低低笑了起来，虽然那笑声低哑又机械，仿佛不带半分情绪：“谁说我只能做你的情妇？我还可以死。中国有句古话叫作‘生不同衾，死不同穴'，说的大概就是我和你。"

"你以为我会让你有自杀的机会吗？！"席貊失控地大吼，声音又尖又厉，几乎要震穿人的耳膜。

"你可以试试。"韩宁蓝平静道，"就算不能死，半死不活总还是能做到的。你知道的，我一向心狠，对别人狠，对自己更狠。"

席貊猛地从沙发上翻身下去，整个人摇摇晃晃，不知道是被气得还是被打击得。

他深呼吸了几次，朝着依旧躺在沙发上的韩宁蓝冷笑道："我连你的人都得到了，不相信还软化不了你的意志。韩宁蓝，你等着，等我摧毁了你的骄傲、践踏了你的尊严，总有一天你会跪在我面前，求我爱你！"

说完，他大步走出房间，狠狠甩上门。晚上的宴会即将开始，无论他多没有心情，作为主人，都不得不出席。

门外传来他对保镖凶厉的吼声："把人给我牢牢看住，如果出了什么差池，我要你们统统死无葬身之地！"

四

慕婉仪蹲跪在里屋，简直被事情的发展惊得目瞪口呆。震惊过后，她的心底又涌起了难言的羡慕与钦佩。

这个叫作韩宁蓝的女孩，这个雷切斯家族的小公主，是那样勇敢坚强，哪怕面对席貊这样的怪物，也丝毫不退缩，不妥协，更没有哭泣。同样是含着金汤匙长大的千金小姐，自己比起她来，真是差得太远了。

慕婉仪正想得入神，突然眼前一暗，虚掩的门竟被人轻轻推了开来。耳边传来女子微微沙哑的清冷声音："我们可以谈谈吗？"

慕婉仪啊的一声回过神来，手忙脚乱地想要站起身，却因为双腿发麻，差点儿又软倒在地。

韩宁蓝淡定地单手扶住她，将她扶到床上坐下，然后皱着眉头，缓缓开口道："我需要你的帮助，离开这个地方，你愿意吗？"

慕婉仪一怔，半晌都反应不过来："你……你知道我是谁吗？"

韩宁蓝摇了摇头。

"那你为什么让我帮你？你不怕我是席貊的人吗？"

韩宁蓝目光闪了闪，轻声道："我知道你不是。"

顿了顿，她继续道："我知道你的难处，放心，我不会让人发现是你帮了我。你只要替我拿到一张身份识别卡，其他的我自己会处理。我的出逃必然会引起轰动，无论成功与否，对你都有好处——席貊分心抓捕我，也就没人逼你勾引他了。"

慕婉仪张大了嘴巴，半天回不过神来，这女孩……这女孩到底是什么人啊？讲话神神道道、莫名其妙，可偏偏却又句句都讲到了点子上。

她的嘴张开又闭上，良久才憋出一句话："你怎么知道有人逼我……逼我勾引席貊？"

韩宁蓝扯了扯嘴角："正常推理。不过现在不是讨论这些的时候，我的时间不多。这里离码头还有些距离，我需要在席貊回来前弄到一艘船，才有可能逃出去。"

慕婉仪皱眉思索了片刻，终于咬了咬牙，从手腕上解下一个造型精致小巧的手表递给她："我的身份识别芯片被嵌入了这个手表里，因为我们家和席家的合作关系，我的权限很大，这个邮轮上几乎所有地方我都能去，包括底层船舱。可是，你要怎么离开这个房间呢？"

韩宁蓝接过手表，眼底闪过一丝暖意。她定定地望了慕婉仪良久，似是要把慕婉仪的面容刻在脑海中。

"头上的发夹借我用用。"韩宁蓝一边戴手表一边颇有些唏嘘地道，"幸好我从来没有在席貊面前暴露过底细，否则，想要脱身就没那么容易了。"

然后，当慕婉仪还在疑惑着什么底细时，就见韩宁蓝用她那细细的发夹勾动门锁，易如反掌地打开了号称一级安全的指纹锁门，然后在两个保镖反应过来前，以迅雷不及掩耳之势将他们击昏在地。

对上慕婉仪惊骇的目光，韩宁蓝喘了口气，苦笑道："我的武力值很差，又不耐烦练习，所以想要对付他们只有靠偷袭。正面对抗的话，一个就够我喝一壶了。"

这么干脆利落的动作你居然跟我说你武力值差，小姐，不带你这么打击人的好吗？

关上门，韩宁蓝朝着西侧的走道而去，慕婉仪条件反射地想要跟上，却被她阻止："虽然席貊房间里外没有监视器，可认真查起来，还是会让他发现你曾出现在这里。他这个人偏执起来，根本不会听人解释，为保险起见，你还是尽快想办法离开这里吧。"

慕婉仪闻言脚步一顿，随即难过地垂下了眼帘。

韩宁蓝叹了口气道："我会把动静闹得再大一点，希望短时间内没有人注意到你。"

眼看着韩宁蓝的身影慢慢消失在走道尽头，慕婉仪才深吸一口气，转身朝反方向而去。

想办法离开这里，可是，在慕容天的贪婪与野心下，她又有什么办法离开呢？

突然，她的脚步一顿，脑海中慢慢浮现一个人的影子。已经好久没见过他了，可是她记得，上一次通话的时候，那个人告诉她，他在美国维加斯州。

慕婉仪犹豫了许久，终于还是把电话拨了出去："喂，江大哥吗？是我。

"我想求你帮我一个忙……"

五

刚刚拨通了电话，并且得到对方肯定答复而欣喜若狂的慕婉仪不知道，此时她刚刚认识的新朋友、被她放走的韩宁蓝，因为想要闹出大动静，正遭遇着生死危机。

海风徐徐的底层甲板上，几个肌肉健硕的黑人正手持枪械，嘻嘻哈哈地冲大海中央浪费着子弹。

其中一个光头的黑人大汉手上还握着手机，冲着那头用英语大吼："嗨，亲爱的老板，你猜我们在席的甲板上玩耍时发现了什么。哦，不！不！当然不是穿比基尼的大胸妹，比这个可劲爆多了！老板你真该感谢我们偷偷留了下来，虽然那个该死的席连口酒水都不招待我们！

"好吧，好吧！我告诉你老板，我发现了我们的小老鼠，对了！就是我们雷切斯家刚刚送出去的那只！正用她的小爪子划着皮划艇，奋力地向海岸前进呢！哈哈，就像只土拨鼠一样，真可爱！

"噢，老板，我又不是席那个不男不女的人妖，我怎么知道他为什么要把小老鼠放出来？或许他觉得放了再抓更有趣，毕竟你知道，很多中国人都很喜欢《汤姆与杰克》……还是杰瑞，狗屎，谁记得住这么幼稚的名字！"

黑人嘻嘻哈哈地说了半天，就等着电话那头的老板——杜克的指示，其他黑人的枪却是不断朝大海射击着。

当然，这并不是漫无目的的射击，子弹统统落到了海浪中小小皮划艇的周围，迫使皮划艇无法离开他们的射程范围。

突然，黑人听到沉默了良久的手机中突然传来老板阴沉的声音："尼克，杀了她，回来我给你们每人一百万美金，维加斯指挥官的位置也是你的了。"

黑人的身体猛地一震，鼻翼因为过于激动而翕张着，良久，他呵呵笑了两声，丢掉手机，将自己的手枪上膛。

"嗨，美丽的小白鼠，永别了。"他如吟诗般轻柔道。

砰——

一声枪响，子弹如流星般划破空气。

皮划艇上的少女身体一晃——子弹穿透她的肩膀，她整个人因为冲击力而向后跌倒，翻入水中。

黑人吹了吹枪口，一副志得意满的神情。

身旁的大汉往水里又补了几枪，忍不住探头道：“尼克，你刚刚那发子弹可没打爆小公主的头，你就不怕她死而复生，老板找你算账？”

黑人嗤之以鼻：“嗨，你当我是初出茅庐的弱鸡吗？这里可是大海，离海岸还有十几海里，就算她毫发无伤，也不可能游得过去。除非我们的小公主不是小老鼠，而是一条矫健的美人鱼。

“走，我们回去向老板复命。既然席不欢迎我们，我们还留在这里干什么！不过，我真想看看，当‘席小姐’发现她那可爱的小老鼠不见了时，会是怎样悲伤的表情。愿上帝保佑她，哈哈哈……”

随着游艇的马达声响起，几个黑人调笑着跳上游艇，扬长而去。

没有人发现，在游艇后方的角落边沿，一个人影正扒着栏杆安静地趴伏着。肩膀上的伤淌着血，一滴滴落进翻腾的海浪中。而被远远甩下的邮轮上的人们，因为连续的枪声和震耳欲聋的马达声，终于发现了不对劲，骚乱起来。

黎明时分，如血的夕阳笼罩着海岸与海面，波浪被点点晕染，闪烁着金红的光泽，已分不清那是鲜血染就，还是夕阳无限。

第二集

困境 × 英雄 × 记忆之锁

一

咸湿的海风吹在脸上，血液流进嘴里，给舌尖带来腥涩的味道。

韩宁蓝捧着脑袋痛苦地睁开眼，刺目的阳光晃得她眼睛一阵疼痛。

耳边突然传来男人粗犷又暴躁的声音：“狗屎，这到底是什么地方？杰夫你这个傻帽，我让你掌舵，是以为你还有些脑子，可你居然把我们送到了这么个……荒岛？”

紧接着另一个弱弱的声音反驳：“这儿不是荒岛，是个渔村，维加斯州最后的渔村。而且它是连着陆地的，不信你往西走六十公里，一定能看到公路上有开着跑车的美女经过。”

“六十公里！”有人惊叫了一声，“老天！杰夫，你真是好样的。开着游艇，沿着维加斯州港湾，竟然能把我们送到比阿巴拉契亚山区还偏远的地方！你不如去吃屎吧！”

那被称为杰夫的舵手不忿地争辩：“嗨，伙计们，这是我的错吗？你们也在游艇上，吉姆那杂碎还转过我的舵，可是这玩意儿就是突然变成野性难驯的妞儿，硬把我们带到了这里。至少我们没有葬身海底喂鱼不是吗？”

几人说的美语里带着浓重的北方口音，韩宁蓝刚听到就已经确认这几人正是杜克的手下，是负责把自己送到席貊手中的那几个混混。

只是，她看了看四周，眼中却露出犹疑之色。

她明明记得自己是抓着游艇的船舷，希望悄悄尾随他们到达维加斯港码头后再想办法逃脱的。那时游艇开得很快，维加斯港码头近在眼前，按理说只需要不到半个小时就会到达。

可是，紧接着她却失去了意识。等醒过来，船已经到了这个陌生偏僻的地方，而自己也不是藏匿在游艇尾部，而是躺在船舱的角落。

韩宁蓝没时间多想，她第一时间坐起身，想要越过栏杆重新潜入水中。

可刚移动身体，后脑处就传来一阵剧烈的疼痛，让她脚下的动作一滞，身体歪倒，撞上了旁边的木箱子。

韩宁蓝脸色陡变，她知道自己已经错失了最佳的时机。

果然，耳边传来一个男人惊讶的叫声："嗨，伙计们快来！你们瞧我在甲板上发现了什么！"

韩宁蓝一回头，就对上了一双浑浊的眼，那眼里满是兴奋和激昂："尼克！尼克快来看！你还说我们的小公主已经被你丢进海里喂鱼了，可你瞧，她现在还是活蹦乱跳的。"

韩宁蓝把牙一咬，忍着肩膀和后脑勺的疼痛，脚下一用力，飞快跃下游艇，往岸上跑去。

二

游艇停靠的海岸正好靠着一个偏僻的渔村。因为早年颁布的禁捕令，美国的渔村一个个衰败消失，如今，像这样荒废、渺无人烟的靠海渔村有好几个。

远远望去，渔村里有不少破旧的老屋，海边也停着几艘斑驳残破的木船（是那种老旧马达式的），但是看不到半点人迹。

韩宁蓝刚刚跑上海岸，身后就传来凌乱的脚步声，还夹杂着男人兴奋的喊叫。

"小公主，跑什么啊，我们可都是雷切斯家族的手下，是您忠诚的骑士呢！"

"哈哈哈，伙计们，你们都该感谢我，要不是我把船开到这破渔村，我们的小公主可就跑了。尼克，到时候你就等着承受老板的怒火吧！"

尼克朝得意大笑的杰夫吐了口痰，三两步绕过去，拦在了韩宁蓝面前，脸上露出猥琐又兴奋的笑容："嗨，娜塔莎公主，你跑什么呢？你逃离'席小姐'的掌心，偷偷藏在我们游艇里，不就是想要跟我们回雷切斯家吗？"

说话之间，其他几人也追了上来，将韩宁蓝围在中间。

那第一个发现她的黑人吉姆抹着嘴巴，放肆的目光从韩宁蓝的脸打量到她赤着的莹白双足，嘿嘿笑道："一定是'席小姐'满足不了我们的小公主，毕竟他是那么娘娘腔，怎么能和我们的健壮勇猛相提并论呢？"

一群人齐齐大笑，看着韩宁蓝的目光充满了淫邪与戏耍的快感。

毕竟不管怎么看，她都不过是个弱不禁风的少女，手无寸铁，还受了伤。

而他们呢？足足有六个彪形大汉，而且每个人手上都有枪有子弹。

没人相信韩宁蓝今日能活着离开，这个雷切斯家曾经最尊贵的小公主，席家掌权人席貊的心上人，如今已经完完全全地落到了他们手上。他们可以任意蹂躏糟蹋她，然后将她的尸体丢进海里喂鱼。

想到这些，尼克等人就忍不住激动得浑身颤抖，浑浊的双目都开始充血。

他们嘿嘿笑着，一步步朝韩宁蓝靠近。

尼克的手上握着一把锋利的匕首，他走得比谁都快，比谁都急切，眼里满是急切变态的欲望。

“小公主，要是不想受太多苦，最好乖乖听话。”尼克把匕首架在韩宁蓝脖子上，舌头舔了舔嘴唇，伸出黑粗的手指朝着她卷曲的长发抓过去。

可是，这些被欲望和兴奋冲昏了头脑的混混没有发现，被他们围在中央、陷入绝境的韩宁蓝，自始至终都很平静，眼中甚至没有半分慌乱。

就在尼克的手即将抓住那卷曲的栗色长发时，韩宁蓝突然抬起手，一拳干净利落地击在尼克胸口。

只听刺啦一声响，尼克发出一声凄厉的惨叫，整个人开始剧烈抽搐，不出五秒，就已经口吐白沫，昏死在地上。

韩宁蓝甩了甩同样有些被电麻的手，掌心中一个黑色的小圆球滚落在沙滩上。她的眼中掠过一丝遗憾。

严叔给她的防身电击球威力确实很强大，只可惜能储存的电量实在太少，用过一次就基本报废了。而且她是在毫无准备的情况下被绑架的，身上只带了两颗，想要脱困实在不容易。

沙滩上的气氛陡然凝滞，混混们四目相对，眼中都有着惊悸。

其中有个高瘦的、看起来有东方血统的男人往尼克的方向走了两步，踢了他几下，见他完全不醒，才尖叫道：“你……你对尼克做了什么？”

韩宁蓝双手交叠，又缓缓挪移开，只见她那分开的掌心之间竟出现了一条蓝色的弧线。弧线不停地跳动，还发出噼里啪啦的声音。

她把电弧一收，声音平静道：“他靠得太近，我不喜欢，所以给他通了电。”

剩下的五个人脸上都露出凝重之色，再也没有了刚才的嬉笑轻松，取而代之的是属于雷切斯家打手的凶悍与阴狠。

没错，眼前这个看似弱不禁风的少女可是前任族长霍伯特的独生女。霍伯特那是个多么冷酷，多么强大的男人啊，他的女儿又怎么会真的只是朵任人采撷的娇花？

“狗屎！不用怕！”杰夫突然高喊了一声，从身后掏出枪，猛地上膛，“大不了就一枪毙了她，我们一样能回去和 boss 交差！”

说完，他毫不犹豫地扣下扳机，子弹如一道闪电般飞射出去。

韩宁蓝飞快地往左躲闪，但还是晚了一步，子弹擦着她的肩膀划过，剧烈的疼痛与强大的冲击力让她一下子跌倒在地上。电击球掉落在地，原本就受伤的肩膀更是血流如注。

“哈哈哈哈……”杰夫发出一串志得意满的大笑，朝着一旁傻呆呆的兄弟们挥手道，“瞧见没？有了这个，再辣的妞也能驯服。而且越辣越有滋味，不是吗？”

吉姆顿时也兴奋地抖擞起来，学着杰夫拿出枪，朝着地上满身是血、柔弱可怜的女孩走去：“我可怜的娜塔莎，看你这一地的血，多么可怜啊！让哥哥来好好疼爱你吧！”

韩宁蓝眉峰紧皱，突然闭了闭眼，再睁开，原本蔚蓝的眼眸中已然流转过赤红的光泽。

吉姆刚刚走到韩宁蓝身边，还没来得及拿枪抵住她，就听见女孩清冷低哑的声音传来：“吉姆，在你想要拿我去和杜克交易的时候，他们的枪口就已经对准了你。”

吉姆一怔，条件反射地往后看去，就见杰夫的手枪果然对着他的方向抬起。

他的瞳孔一缩，随即猛地回过神来，眯起眼冷冷地看向韩宁蓝：“小公主，你怎么会知道我的名字？还有刚刚那些话，是想要对我们挑拨离间吗？”

女孩的脸因为痛楚和失血过多显得惨白，但脸上非但没有彷徨，反而牵起一抹嘲讽般的笑意：“尼克已经死了，这里最强的就是你，只要干掉杰夫，你就可以拿我去和杜克交易，到时候维加斯州的指挥官就是你……你以为，有这样念头的人只有你吗？”

“你……你怎么会知道……”吉姆此时是真真正正感到了惊恐，瞪大的双目像看怪物一样，死死瞪着眼前看似弱不禁风的女孩。

就是现在！

韩宁蓝目光一凝，咬牙忽略肩膀的疼痛，将手中捏着的一块石头朝着吉姆脖子右侧的肩井穴部位狠狠砸去。

“啊！”吉姆尖叫一声，手上一麻，手枪差点儿掉在地上。

韩宁蓝却是脸色大变，原本握着石头的手无力地垂下来。一阵虫蚁啃咬般的疼痛从后脑勺处传来，迅速蔓延到整个大脑。

也因为这股突如其来的剧痛，让她原本能将吉姆砸晕过去的力道在中途消散，最后功亏一篑，只能无力地软倒在沙滩上。

三

少女的皮肤像雪一样白，栗色的长发宛如柔软的海藻，铺散在洗白的沙子上。她的眉目精巧秀丽，身体犹如白玉雕刻而成一般，无处不透着骄矜、珍贵。配上那染红了衣衫的鲜血，更是显得柔弱可怜，让人恨不得立时扑上去狠狠蹂躏。

杰夫等人脸上都露出了惊艳而贪婪的表情。吉姆恶狠狠地瞪着躺在地上动弹不得的女孩，眼中有着惊悸，更有着火热的欲望。

突然，他蹲下身，一把撕开了那已经被海水打湿的外套，露出里面沾着血，却更显细腻柔滑的肌肤。

“如果让席貊知道我玩了他的女人，他一定会疯的。能让高高在上的‘席小姐’发疯嫉妒，这感觉简直太爽了。”吉姆舔着嘴唇，眼中的欲火熊熊燃烧。

可就在这时，几人的身后突然传来一个苍老的声音：“你们这群杂种，竟然敢来玷污这神圣的土地，简直该死！”

五人被吓了一跳，正盯着韩宁蓝的吉姆更是跳了起来，惊疑不定地望向身后。他实在是被韩宁蓝刚刚的表现吓怕了。

只见一个拿着鱼叉、身形高瘦的老头儿正站在不远处，恶狠狠地瞪着他们。

这老头儿须发皆白，手脚更是瘦得皮包骨头，脸上布满了皱纹，整个人看上去至少有九十岁。

那五人顿时哈哈大笑起来:“嗨,老家伙,你以为自己是什么东西,居然敢教训我们！”

杰夫举着枪，桀桀笑道：“我知道他，他叫弗兰克，是这个破渔村唯一的居民。当年维加斯州港湾禁捕，大家都离开了这儿，唯有他死赖着不肯走。我还以为那个传说中的渔民弗兰克早死了呢！”

众人顿时笑得更加放肆鄙夷：“说不定现在出现在我们面前的是拿着鱼叉的海神波塞冬？”

那被称为弗兰克的老人眉毛倒竖，脸上满是凶煞之气，扯着嗓子怒吼：“老子我在战场上拼杀的时候，你们这群孙子连毛都还没长齐呢！上帝该教会你们这群畜生怎么做人！”

说着，他拿着鱼叉，气势汹汹地朝着几人冲了过来。

韩宁蓝因为脑中那折磨人的痛楚而全身酸软，无法动弹，可是她的眼睛还能清晰地看到，耳朵也能清楚听到。

那冲出来的老头儿双目精光内敛，握鱼叉的手姿势标准沉稳，他说自己曾在战场上拼杀，显然是真的。可是，他的脚步已经虚浮，跑了几步，他就已经开始大声喘息，显然是实在太过苍老虚弱。

别说这些杜克的打手都有枪，就算没有，五个人对付他一人也是绰绰有余。

韩宁蓝皱起眉头，心里终于有了一丝无措和烦躁。她原本就已经落入了绝境，非但要死，还要在死前被凌辱，如今还要赔上一个无辜之人的性命。

她向来少有情绪，此时心中却也不由得生起了悔恨和绝望。从没有一刻，她如此痛恨自己，没有向严叔学习更多的自保能力。

很显然，杰夫等人也把弗兰克的鱼叉和威胁当作一个逗乐子的笑话。他们嘻嘻哈哈地握着枪，朝弗兰克的脚边射击，还不时朝他勾勾手指，喊他跑快些。

“杂种们，去死吧！”弗兰克大吼一声，举着鱼叉朝最近的吉姆刺去。

吉姆的脸上满是嘲讽的笑容，漫不经心地往旁边迈了一步，口中还喊着：“原来这就是战场上练出来的本事啊，我还以为是我孙子给我的大腿挠痒痒呢！”

众人哈哈大笑，可这笑声还没持续两秒，却戛然而止。

五人的脸上齐齐露出震惊的神情，目光都呆呆地落在吉姆的胸口。

只见那原本应该和吉姆错身而过的鱼叉，此时却直直刺入了他的胸口。锋利的三叉头透体穿过，带出滴滴鲜红的血液。

“我的上帝！”那高个子的东方混血儿捂着嘴，发出一声惊呼。

杰夫反应最快，低吼了一声，举枪就朝着弗兰克射击。

可是，预想中子弹把那老头儿射成筛子的情形却并没有出现。那老头儿像是站立不稳般，突然一个趔趄向后跌倒，那原本插在吉姆胸口的鱼叉竟被硬生生拔了出来。

吉姆发出一声凄厉的惨叫，整个人向前扑倒，而杰夫的子弹却不偏不倚，刚好打在吉姆身上。

他连吭都没吭一声，就一命呜呼。

杰夫握着枪的手开始发抖，声音哆嗦：“你……你到底是什么人？！”

谁知，那跌倒在地的老头儿的神色却比他更震惊，随即像是想到了什么，朝着不远处的小破屋大喊：“臭小子，既然来了干吗不出来，装神弄鬼的，想吓死老子吗？”

韩宁蓝猛地睁大了眼睛，因为这个叫作弗兰克的老人，这一次喊的不是英语，而是地地道道的中文。

难道这海滩上还有另一个人？

“尼克死了！吉姆也死了！这老头儿一定用了什么邪法，把我们带到这里，想要害死我们。我不要死在这里！”那高大的东方混血儿突然如癫狂般大喊起来，手上的枪猛地举高，朝着地上的弗兰克疯狂射击，“杀了你！杀了你！我们就能逃出去！”

砰砰的子弹连击声带着硝烟，掀起了漫天细沙。

等细沙飘落，视线恢复，杰夫几人的脸上已经褪尽了血色，只余下惊恐。

因为那老头儿刚刚跌坐之处，此时竟空无一人，唯有不远处吉姆的尸体上多了几个弹孔，变得更加面目全非。

“什么人？到底是什么人？”杰夫惊恐地大叫。

突然，他像是想到了什么，飞快地冲过去，一把拽起地上动弹不得的韩宁蓝，把枪顶在她的脑门上：“装神弄鬼的杂种，你给我滚出来，否则我一枪爆了这妞的脑袋！”

说着，他用枪口往韩宁蓝的额头上狠狠撞了撞，在她额头撞出一个伤口。鲜血汩汩流下，原本清纯精致的容颜一时间竟显得有些凄然。

杰夫的声音还在发颤，脸上强装出混合着恐惧的凶狠，显得如小丑般可笑：“我数到三，你要是再不出来，我就动手了。一、二……”

韩宁蓝此时眼前一阵阵发黑，身体更是宛如置身冰窖般寒冷。她预感到自己是失血过多，再加上脑袋撕裂般的疼痛，让她的生命力开始丧失，意识也变得模糊不清。

她的手上还握着最后一个电击球，可是因为肩膀上的伤，她不确定自己能不能像击倒尼克一样制服杰夫。唯一的方法就是把电击球放在两人之间，连着自己一起攻击。

只是那样，她会死吧?

韩宁蓝晃了晃脑袋，不再犹豫，将电击球握在手中，悄悄往背后挪移。

可就在她的指甲要触碰到引爆机关时，突然眼前一花，整个人腾空而起，落入了一个带着药香的温暖怀抱。

而原本拿枪指着她的杰夫则发出一声凄厉的尖叫，整个人如断线的风筝般飞跌出去，重重落入沙坑之中，口吐鲜血，陷入了昏迷。

韩宁蓝艰难地抬起头，第一眼看到的是一双宁静清澈宛如碧海蓝天的眼眸。

紧接着，清朗悦耳的声音响在耳畔：“忍一下，可能会有些疼。”

随后，一股巨大的力量从肩膀处传来。

韩宁蓝只觉血肉被撕裂般疼痛，下一刻，耳边传来噗的一声响，原本嵌在左肩的子弹竟没有通过任何工具，就被逼了出来。

这是……内力?

韩宁蓝的眼中闪过震惊的光芒，她忍着全身的疼痛，抬头打量正在她穴位上轻轻按压的人。

那是个只有十七八岁的少年，长相是韩宁蓝从未见过的俊美，眉目如画，肌肤晶莹如玉，比之女子都出色。可他身上却又有着清朗卓然的气势，让人完全无法将他和女子相提并论。

不知为何，她的脑海中竟莫名闪过一句刚刚听到的话：我的意中人是个盖世英雄，总有一天他会身披金甲圣衣，脚踏七彩祥云，救我出刀山火海……不知道那邮轮上的女孩心中幻想的，是不是这样的场景。

内力对穴位的按压，让韩宁蓝的伤口很快停止了流血。

而那几个还持着枪的混混，此时已经吓破了胆，争先恐后地朝着游艇逃去。

少年的目光扫过向游艇奔逃的三人，也没有过去阻止的意思，只是松开了扶住韩宁蓝的手，后退一步，朝弗兰克微笑道："让他们逃了可不是什么好事，他们一定会卷土重来。弗兰克，不如你跟我去徐家避一避？"

弗兰克朝他呸了一口，没好气道："臭小子，不要再千方百计想把我从这儿拐走，我说过，我生是鲒村的人，死是鲒村的魂！"

少年无奈一笑，脸上却丝毫没有意图被戳穿的羞恼，只是摇了摇头，蹲下身捡起三枚贝壳，朝着想要逃离的三人飞射而去。

眨眼之间，那原本快要攀上游艇的三人竟浑身一僵，尖叫着从游艇上掉落下来，昏死在沙滩上。

弗兰克在一旁啧啧摇头道："臭小子还是这么心慈手软，连点人命都不敢沾。你这样的人要是在战场上，哪怕再有本事，也只有早死的份儿！"

少年却也不恼，只是拍了拍手，掸去身上的灰尘，才看向韩宁蓝："你伤得不轻，虽然已经止了血，但也需要及早医治。这里离市区很远，如果不介意的话，我送你过去吧。"

韩宁蓝怔怔地看着他，一时竟说不出话来。

弗兰克在一旁继续取笑他："连个名字都不通报，就想拐骗人家小姑娘。嘿嘿，别以为你有一张漂亮脸蛋，女娃儿就会像蜜蜂一样围着你打转！"

少年脸上顿时露出苦笑，却也不和弗兰克争辩，而是伸出手，朝着韩宁蓝笑道："抱歉，我忘了自我介绍。我叫萧冰朔，来自Z国上怀，到维加斯州主要是度假。"

韩宁蓝怔愣了好半晌，才伸出手，握上他的手："我叫韩宁蓝。"

少年的手修长有力，掌心有薄茧，握住的时候给人一种可以信任依靠的安心感觉。

但韩宁蓝却已经没多少心思去感受，只因此刻她的后脑勺真的很疼，让她的视线迷离，声音也越发虚弱："麻烦你送我去医院，以后……"

她想说以后一定会报答他，可是眼前突然一花，整个人朝着少年的怀中重重栽倒下去。

四

烈日当空，岛上的温度逐渐从凉爽变为灼人。

冰朔将昏迷的女孩平放在沙滩上，检查了许久，才松口气道："应该只是失血过多，体力不支，我现在就送她去医院。"

弗兰克正在一旁烤鱼，闻言抖着雪白的胡子笑道："臭小子不会是看人家小姑娘长得漂亮，想拐回去当媳妇吧？"

冰朔手上一动，指间突然多了一条刚刚烤好的鱼，慢条斯理地放到嘴边啃咬。

弗兰克气得大叫："你这臭小子懂不懂得什么叫尊老爱幼？"

冰朔吃鱼的动作优雅，速度却极快，半分钟不到就把一条鱼啃了个干干净净，这才淡淡笑道："前几天是谁把我烤的鱼吃得干干净净，一条也没给我留下？"

弗兰克连声咳嗽，气势顿时弱了几分，见冰朔打横抱起昏迷的小姑娘就要往村子外走，不由得提高了声音道："臭小子，别怪我没提醒你，这小丫头的身份可不简单。那几个杂碎也不是普通的混混，你将她带回去，小心惹祸上身。"

冰朔没有回头，只是笑着说："放心吧，我比你有分寸得多。"

"臭小子！"弗兰克没好气地啐了一口，"一点也不像我年轻时候那样狠辣果决，哼哼，一定是看上人小姑娘了，口是心非。"

冰朔一路走出老远，敏锐的听觉还是让他清楚听到弗兰克的嘀咕，不由得摇头苦笑。

他会救人，除了见义勇为，更因为这个少女左腕上戴着的手表，他一眼看过去极其眼熟。

冰朔有着过目不忘的能力，所以只是在记忆中搜寻了一阵，就已经能肯定，一模一样的手表，他曾经在慕婉仪的手腕上看到过。

不知道这个叫韩宁蓝的女孩是不是和慕婉仪有什么关系呢?

冰朔一路抱着昏迷的女孩朝自己的越野车前行。女孩身上的伤口虽然没有再裂开，却依旧有不少血擦在他的衣服上、手臂上，还有脖子上。

冰朔思索得太专注，以至于他都没有发现，挂在脖子上的武器"绝"沾了血迹后，开始微微发烫，周身跳跃着紫色的流光，就仿佛突然活过来了一般。

五

维加斯州私立梅里安诊所。

冰朔刚安排好韩宁蓝的住院和治疗，就听到身后传来好友气急败坏的声音："萧冰朔，我瞒着冰烨叔叔偷偷把你送来美国，是让你治疗修养的，你这浑蛋居然给我天天往外跑。你是忘了自己被送到我家时一只脚踏进棺材的样子了是吧？”

冰朔身体僵了僵，眼中的心虚一闪而逝，转过身时，脸上却已经挂上了温暖和煦的笑容：“徐诺，我不过是去鲒村看看全叔，不用如此大惊小怪吧？”

那被称为徐诺的少年，五官俊朗，眉眼冷厉，原本满脸怒气，闻言倒是神色温和了许多。

他可以算是和冰朔一起长大的朋友，比冰朔小两岁，还只是个稚嫩的少年，说话却总是一副老气横秋的口气。

小时候的徐诺最喜欢跟在冰朔身后转悠，虽然时常会被冰朔忽悠，被他气得半死，可从小一起长大的情谊到底不是旁人能比的。

所以在几个月前，当徐诺看到一个陌生的男子背着浑身是血的冰朔来到自己面前时，吓得差点儿呼吸都停滞了。

为了救活冰朔，开始那一个月，他时常不眠不休，想尽了办法，好不容易才把这家伙从鬼门关拉回来，又怕被冰朔的亲人知道而担忧，特地将他弄到了美国维加斯州最好的梅里安诊所休养。谁知道这小子什么时候都是个不省心的，根本就不肯好好养病。

徐诺刚刚缓和几分的神色在靠近看到冰朔身上的血迹时，立刻多云转阴：“你……你还敢说自己没有乱来，那你衣服上的血迹是哪里来的？你可别告诉我这是番茄酱！”

冰朔被质问得哑口无言，尴尬地摸了摸鼻子，还没来得及说话，身边传来护士含羞带怯的声音：“萧先生，您送来的那位姑娘已经送到了601病房，初步检查结果显示并没有什么事，肩膀上的枪伤没有伤及内脏，相信输血过后很快就能苏醒。”

冰朔暗叫一声糟糕，果然，徐诺的脸色已经能用阴云密布来形容。明明是个不过十六岁的少年，浑身上下却散发出惊人的气势。

“萧冰朔，你现在这副破身体居然跑去救人，还是个受了枪伤的姑娘！”徐诺咬牙切齿道，“英雄救美很开心啊？你再这么找死，信不信我立刻打电话告诉冰烨叔叔和琉璃……”

“别！”提到爸爸和妹妹，冰朔立刻举手做投降状，“我错了还不行嘛！只是去看全叔的时候刚好碰到几个混混要对人家小姑娘行不轨之事，当时全叔都冲了上去，我总不能见死不救吧？我保证，我没有动用内力，身体也没有任何异状，而且绝对没有下次，这样总可以了吧？”

徐诺冷哼两声，明显一脸不相信和不满意，却也知道已经发生的事情无法再追究，才愤愤道："你最好记得自己的保证。"

冰朔讪讪一笑，道："对了，我的车里还塞着那几个被打晕的混混，一时半刻他们也醒不过来，你替我处理一下吧。"

徐诺点了点头，随即又皱眉道："我会派些人去鲒村，万一有人顺藤摸瓜找上来，全叔就危险了。"

两人商量完毕，分头行动：冰朔回了自己的病房休养，徐诺则去给他收拾烂摊子。

六

只是，让冰朔没有想到的是，连他都诊断出只是失血过多的韩宁蓝却陷入了彻底的昏迷，整整三天过去，都没有半分要苏醒的迹象。

负责医治韩宁蓝的主治医生叫作查尔斯，是个金发碧眼的年轻帅哥，今年不过二十八岁，却已经是脑神经外科的专家之一。

此时，他正皱着眉头托了托鼻梁上的眼镜，满脸疑惑道："萧先生请看，PET 扫描结果显示韩小姐的颅内并没有血块，但有一层半透明的物质，我们没办法分析出这东西的成分。或许就是它导致韩小姐一直昏迷不醒。"

冰朔拿过 PET 报告看了看，也是微微皱起了眉头。

在韩宁蓝的大脑颞叶部分，可以清楚看到笼罩着一层宛如白雾般的不明物质。这种情况绝不可能是脑出血造成的，可到底是因为什么呢？

冰朔在病床边坐下，抓起韩宁蓝的手腕细细把脉。丝丝缕缕的内息从他指尖渗出，慢慢在韩宁蓝全身经脉扩散蔓延。

突然，原本躺在床上昏迷不醒的韩宁蓝发出一声嘤咛声，脸上露出痛苦而挣扎的神情。

冰朔的手陡然松开，转头望向一旁的心率仪。只见心率仪上原本平稳的数字开始疯狂跳动，简直像是要崩溃一般。

"怎……怎么会这样？"一旁的查尔斯吓得六神无主，喃喃道，"韩小姐，韩小姐！快让开，我来替她检查一下。"

冰朔的神情也变得严肃起来，但他没有理会查尔斯，而是从腰间迅速取出银针，插入韩宁蓝脑部几个大穴。

几分钟过后，乱跳的心率仪数据恢复正常，韩宁蓝脸上的痛苦和挣扎也慢慢消失了。

查尔斯松了口气，看向冰朔的目光顿时变得无比狂热："萧先生，你们 Z 国的医术实在太神秘强大了，我至今无法想象，您怎么能用一枚小小的针就治好了手术都拯救不了的病人，简直是奇迹……”

冰朔没有搭理身后因为太过兴奋而开始碎碎念的查尔斯，而是全神贯注在韩宁蓝身上。内力在她的体内运转，缓缓流经那被透明物质笼罩的大脑。

“唔！”韩宁蓝发出一声闷哼，长长的睫毛颤了颤，眼睛慢慢睁开。

冰朔顿时长舒了一口气，将病床摇高一些，一边为她把脉，一边问道：“韩小姐，你现在感觉如何？”

靠坐在床上的女孩穿着白色的病号服，肌肤细腻如雪，眉目精致，眼神碧蓝澄澈，却透着深深的惶恐与迷惘。

她眨了眨长长的睫毛，半晌才用沙哑的声音开口道：“你……是什么人？”

冰朔笑了笑，倒也不意外她没认出自己，毕竟那时情势紧急，韩宁蓝又受了伤，意识模糊是很正常的事情。

他松开替韩宁蓝把脉的手，温声道：“我叫萧冰朔，就是将你从遇险的渔村带来诊所的人。当时和我在一起的还有个白胡子的弗兰克，你记起来了吗？”

冰朔的声音温润清雅，仿佛有着安抚人心的能力，那双冰蓝的眼眸泛起琥珀色的光泽，更是给人一种海上灯塔般的温暖。

可被他这样注视安慰着的韩宁蓝却非但没有放松，反而露出更加迷惘惶恐的表情。

她有些痛苦地皱了皱眉，垂在身侧的手紧紧攥成拳头，双唇开合了好几次，才终于喃喃道：“我记不起来……对不起，我记不起来你是谁，也记不起来发生了什么。很抱歉，你能告诉我，我是谁吗？”

冰朔的神情微微一怔，原本波澜不惊的眼中也露出了几分难以置信的神色。

而站在他身后的查尔斯更是惊叫起来：“哦，上帝！她失忆了！对了，白雾……一定是那层该死的白雾把她的记忆锁住了！”

第三集

海葬 × 白狐 × 我叫游码

一

这是一间布置温馨又舒适的房间，窗帘被严严实实地拉上，只留下温暖的淡黄色灯光洒在房间的每一个角落。

冰朔坐在窗台边，手上拿着平板电脑随意翻阅新闻，大部分的注意力却放在房中另外两人的身上。

这已经是韩宁蓝醒来后的第七天，他和查尔斯以及梅里安诊所的其他教授想尽了各种办法，却依旧没有弄清楚韩宁蓝大脑内的那层白雾是什么。当然，韩宁蓝也依旧想不起来她自己是谁。

最后，无奈之下，查尔斯提出由他来给韩宁蓝进行催眠，希望通过精神上的刺激，让她找回遗失的记忆。

现在正进行到催眠的关键时刻。韩宁蓝已经失去了自主意识，双目微合，苍白的脸上露出平静而安详的微笑。

而查尔斯的声音也变得温和低沉，宛如大提琴演奏的优美音色，与他平日的跳脱轻快截然不同。

“感觉一下，你现在正处于的位置……你坐在这间宽敞的大屋子里，你的身体开始轻轻地腾飞起来……你离开你的座椅，浮在半空中……你晶莹通透的身子穿过了建筑物的屋顶，向上飘浮着……深深地呼吸，缓缓地呼吸，然后低头朝下看……”

“蓝，告诉我，你现在看到了什么？”

躺椅上，韩宁蓝微微皱起了眉头，声音轻缓低哑，带着些许的迟疑：“我看到了大海，海上是飞驰的游艇，有一个人躲在游艇的后方，海水打湿了她的衣衫，不……这个人就是我……”

“然后呢？你躲在游艇后方，然后发生了什么？”

韩宁蓝的眉头越皱越紧，眉眼之间出现了恐惧与惊慌：“有人打晕了我，把我拖进了船舱中。整个游艇上空荡荡的，只有拖着我的人在走动。”

“蓝，不要担心，深呼吸，想象你现在依旧飘浮在空中，从上方看着底下。告诉我，你看到拖着你的是什么人了吗？”

“白色……他穿着白色的大褂，戴着口罩，只露出一双眼睛。”

查尔斯问：“他对你做了什么？”

“他……拿出了一枚注射针，针管里是水银一样的液体。”韩宁蓝的声音陡然拔高，变得尖锐而嘶哑，“他把针头扎进了我的血管！”

“你是谁？想要对我做什么？我知道你是谁了，是你……是你！”

韩宁蓝猛地睁开眼，全身大汗淋漓，脸上泛起不自然的潮红。

下一刻，她猛然抱住脑袋，发出痛苦的呻吟。

“嗨，蓝！蓝！你没事吧？”查尔斯吓得手足无措，脸都白了，“我不是故意的，我不知道催眠会让你这么痛苦，你到底怎么了？冰朔，冰朔，嘿，快来救救她！”

坐在一旁的冰朔一个箭步跃过来，单手抵住韩宁蓝的后背，舒缓细腻的内力缓缓输入她体内。内力流淌过脑域，将那层躁动不安的雾气安抚下来。

韩宁蓝的脸上慢慢恢复了平静，她抬起苍白的小脸，望向冰朔，映入眼帘的是清澈蔚蓝的眼眸，让她莫名觉得心安。

她忍不住轻声问：“我们以前是不是认识？我是说在很久很久以前，我们……是不是就认识了？”

冰朔微微一怔。少女的面容苍白，神色中有微微的惶然，可是那双和自己很相似的眼眸却仿佛蓝宝石般澄澈。

明明应该是萍水相逢的陌生人，但不知道为什么，连冰朔的心底也涌上了一种似曾相识的熟悉感。可是，他从小就有着过目不忘的记忆，如果曾经见过这个人，又怎么可能忘记呢？

冰朔沉吟着没有说话，查尔斯忽然道：“冰朔，蓝刚刚提到了海边，你不是说你就是从海边把她救回来的吗？不如我们把她带到你说的那个海边，做个情景重现，说不定蓝就想起来了呢。”

冰朔闻言目光微微闪烁，他想起了戴在韩宁蓝手上的和慕婉仪一模一样的手表，想起了她刚刚提到的针管里的水银色液体，想起了韩宁蓝给他的那种似曾相识的感觉……有太多的疑虑需要搞清楚，他如今确实迫切希望韩宁蓝能恢复记忆。

“查尔斯，鲒村离这里比较远，来回得耗费五六个小时，你下午还有手术，还是由我带蓝过去吧。有任何情况，我电话通知你。”

查尔斯脸上露出懊恼又无奈的神情，随即看看冰朔和韩宁蓝，单手攀上冰朔的肩膀，暧昧笑道：“嗨，你小子只是为了能和蓝单独相处，所以把我撇开吧？嘿嘿，同样是男人，我明白的，这回我就不跟去做电灯泡了。”

冰朔顿时哭笑不得，也懒得搭理他的口无遮拦，只是嘱咐道：“徐诺那里……”

“明白明白！不能让徐总知道，否则你和我都吃不了兜着走。”

查尔斯做了个给嘴巴拉拉链的动作，又冲韩宁蓝友善地笑了笑：“蓝，祝你能早日恢复记忆哦！”

韩宁蓝的目光却一直注视着不远处雪白的墙壁，眉间笼罩着一层散不去的愁云。

二

鲒村和梅里安诊所的距离足足有 200 多英里，再加上进入渔村的路段颠簸险峻，所以冰朔和韩宁蓝到达鲒村入口时，已经临近傍晚。

抄小路进去，远远地能听到海浪拍打礁石的声音，夕阳洒在细细的沙滩上、破败的小屋上，静寂无声，又带着点荒凉破败的孤冷。

冰朔叹了口气道：“我真无法想象，弗兰克能在这样的地方一住十几年。每日除了海浪声、鸟叫声，什么都听不见，换作是我一定会被逼疯。”

韩宁蓝看着那静谧美丽的海滩，却低声道：“可是，我很羡慕。没有嘈杂的声音，没有贪婪的欲望，能够安心地睡着，我觉得很羡慕。”

“嗯？”冰朔诧异地回头看她，“你是不是想起了什么？”

韩宁蓝摇了摇头，没有说话。只是目光又忍不住落在少年挺拔的背影上。

安静、宁和、信赖，这种感觉真的很奇怪，她长到这么大，似乎从没有拥有过。

只有在这个少年的身边，她的耳边才没有嘈杂的嗡嗡声，只有在这个少年身边，她才能进入酣甜的睡眠。

查尔斯说那只是她失忆后产生的幻觉，可是韩宁蓝觉得不是，这样的安心与宁静，她似乎是十几年来从没有享受过。

萧冰朔……他们之间，真的只是萍水相逢吗？

两人快步走出小道，来到了当初相遇的白沙滩上。冰朔正要带韩宁蓝到停靠的游艇前，让她好好回忆下，却突然脸色大变。

他几乎想也没想，身形飞掠，消失在原地，数息之后出现在弗兰克居住的小屋。

小屋的顶上还冒着袅袅的轻烟，可是小屋内，弗兰克却倒在地上，脸色青灰，胸口几乎没有起伏，显然已经是生命垂危。

冰朔一个箭步冲到他身边，银针迅速而精准地刺入他体内各大穴道。

穴位的刺激让弗兰克的胸口开始剧烈起伏，手脚也痉挛抽搐起来。冰朔小心地扶起他，单手贴住他后背，内力毫无保留、源源不断地往他体内输入。

几分钟后，弗兰克终于停止了抽搐，缓缓睁开眼睛。

他模糊的目光看到冰朔那张能让女人疯狂的俊脸，不由得嘀咕道："为什么我都要死了，还不让我看一眼美女，反而看到的是你这个让所有男人都嫉妒的臭小子，咯咯……"

"弗兰克，你别说话，我带你去医院……"

弗兰克身体奋力一动，避开了他朝自己输入内力的动作："臭小子，我都活到这把年纪了，这个时候死掉，用我们家乡的话说是喜丧，懂不懂？你是医生，比谁都清楚，老头子我已经没救了……不要再为了我做无谓的消耗……"

弗兰克的声音越来越微弱，脸色灰败，双颊却泛起不正常的潮红。

冰朔的眼中流露出悲伤的神色，他扶着弗兰克的手紧紧握成拳头，嘶声道："对不起，我还是连累了你……"

"臭小子，你……你胡说什么……"弗兰克抓着他的手，露出一个得意的笑容，"我才是……才是英雄救美那个……你……你不过是马后炮……要说连累，也是我……连累你……"

"再说，我……我活了那么久……足够了……"弗兰克的目光开始涣散，迷离地往窗外望去，仿佛还能听到悦耳的海浪拍岸声，这是他虔诚守护了一辈子的神圣土地，"我生在这个渔村，死在这个渔村，临死前还能认识你和徐小子……能听到家乡的消息……我真的再也没有遗憾了……"

"冰朔，答应我……"弗兰克抓着他的手，轻轻地微笑，"把我火化了，骨灰一半撒在海里，一半带回……我的家乡……我的肉体即将腐化，可我的灵魂永不消散……"

冰朔轻轻点了点头，蔚蓝的眼眸中琥珀色的光泽若隐若现，仿佛泪水反射的波光。

弗兰克欣慰地笑起来，望着窗外，粗哑难听的歌声从他唇齿间艰难地吐出来。

我生于这片土地，

也必死于这片土地。

海鸥是我的见证，

浪涛是我的乐歌，

大海是我唯一的归宿

……

冰朔伸出手，轻轻合上了他无神的双眸，转身走出木屋。

屋外空无一人，既没有徐诺当初派过来的保镖，也没有刚刚跟他一起过来的韩宁蓝。

冰朔缓步走到白沙滩上，望着那依旧停靠在海边的游艇，淡淡道：“既然你掳了人却不急着带走，不就是想跟我见一面吗？事到如今依旧藏头露尾，还有什么意思？”

啪——啪——啪——富有节奏的击掌声从前方传来，紧接着，游艇后方缓缓走出来一个戴着面具的年轻男子。

他的身材高挑，手脚细长，脸上戴着一个画着诡异图腾的白色面具，遮住了眉眼，只露出一张有些嫣红的嘴唇。他朝着冰朔走来时身体有些摇摇晃晃，似乎没法站稳一般。

面具男的身后还跟着几个戴墨镜的黑衣保镖，看外貌都是亚裔男子。他们有的举着造型奇特的弓弩，有的拿着枪，另有几人扛着已经昏迷不醒的徐家保镖和韩宁蓝。

男子在冰朔面前不远处站定，伸出手笑道：“不好意思，第一次见面有些激动，出手不知不觉就重了些。真是久仰大名了，萧冰朔！”

冰朔皱起眉头，神色冷淡地看着他：“你认识我？”

面具男伸出的手被晾在一边，也没有觉得尴尬，自然而然地缩回去，微笑道：“自我介绍一下，我叫白狐，六年前毕业于穹苍学院东院五年级。说起来，可以算是你的学长。”

听到“穹苍学院”四个字，冰朔的瞳孔猛地收缩，那些刻意忽略了许久的记忆如潮水般汹涌而来。

一年前，他受朋友何佑君的委托，乔装进入那所神秘的学院。

穹苍学院隐匿在偏远的苍山之中，卫星无法定位，雷达无法探测，学院中聚集的是各行业顶尖的天才学生与精英教师，学院里更有着无所不能、超越了时代极限的智能超脑 Angel Holy，普通人甚至连它的大门都触碰不到。

冰朔伪装成平凡懦弱的计算机天才在穹苍学院中潜伏探查，阴差阳错地带领原本被称为垃圾的后进班在精英武道大赛上一举成名，大放光彩。却也因此，他被学委会总长、神秘莫测的 Gallant（加伦特）盯上，卷入学院的权力争夺风波，最后身受重伤，被送出穹苍学院。

冰朔对穹苍学院的感情很复杂。一方面，他怀念着自己在学院中的朋友——陆昊远、徐曜、李家勇、慕婉仪……另一方面，他又恐惧回到那个像旋涡一样让他看不透又身心俱疲的地方。

所以，时隔数月，突然听到眼前的男子提起穹苍学院，冰朔的神情有一瞬的恍惚。

可是一瞬过后，他的脸色很快变得深沉而冷然："你和Gallant是什么关系？"

白狐闻言嘴角的线条绷紧，似是露出了很惊诧的表情，半晌之后才摇头笑道："难怪会长一直对你念念不忘，你的感官真是敏锐得让人害怕。"

冰朔没有理会他的调侃，目光落在昏迷的韩宁蓝身上，嘴角勾起一抹冷淡的笑意："什么时候起，Gallant的手段也变得如此下作？竟然这么兴师动众地绑架一个手无缚鸡之力的女孩子。"

白狐的身形滞了滞，再开口时声音中已经带了几分冷怒："手无缚鸡之力的女孩子？冰朔学弟可知道这个女子的真实身份？"

冰朔挑眉，眼中掠过一抹嘲讽的了然："哦，我知道了，这件事是你们背着Gallant做的。"

"你……"白狐那句"你怎么知道"险些脱口而出，心底的羞恼被激发出来，让他看着冰朔的目光变得阴冷而盛怒："哼，说到底你也不过是有点小聪明。能带领后进班那帮废物崛起又如何，最终还不是半死不活地被送出了穹苍学院，到现在还如缩头乌龟一样不敢回去。"

冰朔脸上没有一丝一毫的愠怒，声音通透澄净得仿佛能穿破人心："所以，你想要背着Gallant绑架这个女孩子的目的，到底是什么呢？"

白狐低低笑了两声，声音尖细，充满了恶意的嘲弄："萧冰朔，比起这个女孩的身份，我想你会对另一件事更感兴趣。比如说，一年半以前，在G省绑架了你的宝贝妹妹，又给何佑君注射了Re-Angel试剂的人，你想不想知道是谁呢？"

白狐话音还没落，脸色却陡然大变，身形飞速后退，口中尖叫着："射击！"

可是，他的反应快，冰朔的动作比他更快。

寒血剑瞬间出鞘绷直，森冷的冰寒之气宛如巨大的牢笼，将白狐团团笼罩。锋利的剑刃割破了白狐颈部和肩膀的肌肤，冻得他的身体剧烈颤抖。从骨子里冒出的寒意让他的牙齿不住打战。

白狐的身形将冰朔牢牢挡住，让原本已经举起了枪和弓弩的保镖踟蹰着不敢动手。

这一刻，白狐的心底终于泛起了丝丝惧意。

眼前这个少年，容颜俊秀绝伦，气质温润如水，却有着如此强大的实力，强大到，自己做了万全的准备，在他手下却连一点点反抗的力量也没有。

难怪……难怪会长会对他如此念念不忘！难怪连黑狼也对他赞赏有加，李怀斯提起他更是充满了深切的嫉恨与恐惧。

白狐的声音再也无法维持平稳，他颤声道："你杀了我，那个小姑娘和徐家的保镖也都会死。"

冰朔脸上的神情依旧淡淡的，嘴角挂着似有若无的嘲讽笑意："我明白啊，只可惜我的理智很清楚，感情上却向来容易一时冲动、不计后果。所以，你最好别惹我。"

白狐眼中的愤怒与不甘一闪而逝，他咬着牙，用尖细刺耳的声音道："我今天来只是受人之托，来带走那个小姑娘……当然，如果你看上她了，我自然不会夺人所好。萧冰朔，我让人弄醒那些保镖和小姑娘，把人交给你，然后你放开我，OK？"

冰朔没有说话，只是看着他笑了笑。

白狐连忙朝那几个手下招手示意，其中一个保镖从怀中拿出一个不起眼的棕色小瓶，掀开盖子给昏迷中的几人闻了闻。很快，韩宁蓝和徐家的保镖就幽幽醒转过来。

白狐摊手笑，可是因为血液被冻僵般的寒冷，他的笑容有些僵硬："嗨，学弟，你看我已经展现了我的诚意，现在该轮到你了。"

冰朔却并没有放开他，而是目视着远方，漫不经心道："你似乎忘了，还有一个问题的答案，你没有告诉我。"

寒血剑陡然贴近肌肤，白狐一个激灵，心跳几乎被吓停。

他脸色惨白，颤声道："是 Gallant，当然是 Gallant，除了他还有谁会那么关注你的一举一动，想要把你卷入旋涡中！你是他最重要，也最喜欢的猎物，只要他一天没有失去兴趣，你就绝不可能逃出会长手心的！"

说完，白狐突然双膝一软，扑通一声跪倒在沙滩上。

而冰朔也收回了寒血剑，居高临下地看着他，冷冷道："马上给我滚。"

白狐抬起头，看到的是夕阳照在少年脸上，他的肌肤晶莹雪白，透明一般，可那双蔚蓝的眼眸却燃烧着灼灼的火焰。

白狐心中一凛，只觉得这种感觉就如被会长注视着一般，让他胆寒，生不起半分反抗的勇气。

他再也不敢多逗留，也不敢仗着保镖和武器再去捋虎须，长手一挥，带着保镖爬上游艇，迅速离开了这片海滩。

韩宁蓝扶着还有些混沌的脑袋走上前来，看到冰朔苍白的脸色和眼中的悲伤，不由得轻声道：“弗兰克是不是出事了？”

冰朔半晌没答，突然眼神一暗，猛地喷出一口鲜血。

“冰朔！”

“萧少爷！”

惊慌的呼喊声响在耳畔，可是冰朔再也听不清、看不见，他的身体缓缓软倒，忍受着体内疯狂流窜的内息与经脉撕裂般的疼痛，陷入了深沉的昏迷。

三

“萧冰朔，你是怎么跟我保证的？你说不会动用内力，不会有危险，结果呢？你现在这副要死不活的样子怎么解释？”

耳边传来徐诺愤怒的咆哮，冰朔努力地想要睁开眼，可是眼皮仿佛有千斤重。身体里像是燃烧起了炽热的火焰，失去控制的内力在经脉中疯狂地奔腾乱窜，血肉即将被撕裂般的痛楚，让他几乎要呻吟出声。

因为修炼破劫心法的关系，冰朔短时间内无法使用内力。可是在穹苍学院中，为了救后进班的学员，他不得已动用内力，甚至还使用了连他全盛时期都无法轻松驾驭的寒血剑，导致体内气息紊乱崩溃，因而才浑身是血地被送到了徐诺面前。

这三个月来，徐诺想尽了办法，好不容易才把他从鬼门关拉回来。但徐诺一直很忧虑，他总觉得破劫心法的后遗症没有那么简单，所以这段时间一直严禁冰朔动用内力。

冰朔自己也没有想到，一旦加快内力运行的速度，伤势竟会恶化得比数月前更严重。

耳边再度传来徐诺带着杀意的声音：“马上给我去查，就算是把维加斯州翻个底朝天也一定要给我查出来，到底是谁杀了弗兰克，是谁敢对我的人动手！”

冰朔感觉到有人走到自己身边，凝视着自己的目光深切而担忧，随后他听到了韩宁蓝的声音：“冰朔他……怎么了？”

“他怎么了还用问吗？”徐诺冷冷道，“为了救你们，他大量动用内力，现在受到了反噬，通俗点讲就是传说中的走火入魔。如果处理不好，轻则全身瘫痪，重则死于非命！不过这与你无关，要怪只能怪这个臭小子自作自受！”

即便是在内息焚烧的痛苦煎熬中，冰朔闻言依旧忍不住想笑。

小时候的徐诺，是多冷酷、傲娇的一个小正太啊，没想到长大了，性格反而变得直率又果决。

徐诺的父亲徐洌和冰朔的养父水冰烨是生死之交，两人从小相识，与其说是朋友倒不如说是没有血缘的兄弟。

徐诺的父亲在徐诺还没出生时就已经过世了，他从小被当作徐天集团唯一的继承人来培养，可以说徐诺并没有一个完整的童年。但他成长得很好，一面稳稳地、按部就班地接手徐天集团，一面还能保留着赤子之心……只能说，蓝姨将他教养得很好，好到让冰朔羡慕。

正唏嘘着，冰朔突然感觉胸口传来一阵撕裂般的剧痛，仿佛有一只手抓住了他的心脏，让他无法呼吸。

嘀嘀！嘀嘀！嘀嘀！

一旁的心率仪上发出急促的报警音，徐诺脸色大变，一回头就看到冰朔原本就苍白的脸色变得更加惨白，甚至泛出几分让人恐惧的青灰。而他的嘴角和皮肤上再度渗出丝丝缕缕殷红的血液。

“冰朔，冰朔！你这个浑蛋，别吓我啊，冰朔！”

徐诺惊慌的喊声变得越来越远，剧痛从胸口蔓延到丹田，让他第一次感受到了生命走到尽头的恐惧与绝望。

原本在体内肆虐沸腾的内息像要从他的四肢百骸窜出去，身体就宛如被吹到极致的气球，随时随地都会爆裂毁灭。

“抱元守一，制心一处，致虚极，守静笃，凝心神……气敛入脊骨，呼吸通灵，周身罔间……气如车轮，周身相随；由己则滞，从人则活……[①]”

冰冷淡漠的熟悉声音在耳畔陡然响起，就像是迷雾森林中听到的晨钟暮鼓，让他原本已经模糊的意识陡然清醒。

他仿佛看到那个黑衣黑发的男子站在他眼前，面无表情地对他说：“我教你破劫心法，是为了给你更多自保的能力，而不是让你自我毁灭。萧冰朔，你太让我失望了！”

冰朔心神一荡，一股难以言说的不甘从心底涌起，逐渐转变为强烈的求生欲望。

丹田中稀薄的内力开始一点点运转，随后扩散到身体的每一个角落，一点点安抚凝聚经脉中奔腾的内息，逐渐导回丹田，形成十二周天循环。

浑厚的清凉开始蔓延全身，让经脉中原本焚烧般的火热逐渐变得温暖和缓，连全身

① 整理摘录自《道德经》、《九阳真经》等典籍，此处纯属虚构。

撕裂般的剧痛也消失得无影无踪。

梅里安诊所中所有的医生教授几乎都聚集了过来，可是就在他们束手无策时，那原本急促报警的心率仪却慢慢安静下来，而冰朔灰败的脸色也逐渐恢复正常。

徐诺长舒了一口气，一摸自己额头，满手都是冷汗。

他双腿一软坐倒在沙发上，看了还在昏睡的冰朔一眼，暗道：再这么下去，自己都要被这小子吓得短寿了！

一旁的韩宁蓝也松开了紧紧握着的双手，轻轻吐出一口气，丝毫不在乎手心被指甲抠出来的伤痕。

梅里安诊所的医生们检查了半天，发现冰朔只是力竭昏迷，再对比他几分钟前那垂死的模样，不由得疑惑地摇头。

而此时此刻，病房中所有围着冰朔的人都没有发现，在他的脖子上，原本安静悬挂着的项链开始发出微弱的蓝光。

那蓝光一闪一闪，跳跃的频率就仿佛是在吻合着冰朔的心跳。逐渐地，蓝光悄无声息地扩散，宛如与冰朔彻底融为了一体。

四

冰朔满心疑惑地望着四周，他实在搞不清，刚刚那一瞬间到底发生了什么事。

体内的内息因为破劫心法的后遗症而产生暴动，他好不容易将其梳理安抚，导回丹田，却突然感觉胸口皮肤处传来一阵灼伤般的热烫，紧接着，他就失去了意识。

等他再度清醒过来，就发现自己到了这么一个……莫名其妙的地方。

眼前没有任何景物和人影，有的只是随意飘浮在空中的奇怪字符，而冰朔的身体此时也飘浮在半空中，一串串字符从他身边飞过。

冰朔几乎要怀疑自己是在梦中，可是看了那凌乱的字符半晌后，他的眼中却突然掠过一丝诧异。

因为这种古怪的文字符号，他曾经见过。就在离开穹苍学院前，他和后进班被迫进入了 Angel Holy 制造的死亡率高达百分之六十的 S 级拟真幻境中。最终，他抓住了 Angel Holy 的一个漏洞，成功救出了后进班的所有学员，自己也死里逃生。而这种文字，冰朔曾在拟真幻境崩塌时看到过。

“欢迎你，我的新主人，我终于能和你对话了。”

突然，一个刻板的电子音突兀地响在耳畔。冰朔猛地回头，只见虚空中的字符乱窜，却依然没有任何身影显现。

他皱起眉，警惕地看着四周，沉声道："你是什么人？"

"新主人您好，我是 Angel Holy 核心程序的一段分支。当你破解了 Angel Holy 的其中一部分核心代码时，虚拟主体感染了你投掷的病毒，并发生了崩塌。主程序为了确保虚拟主体能继续存活，只好舍弃了感染病毒的代码分支。而我就是被抛弃的那部分代码。"

冰朔的脸上露出了诧异的神情，他当然知道自己在虚拟幻境中所做的事情。为了让后进班的学员能顺利逃出去，他在虚拟幻境中抓住了 Angel Holy 的一个致命漏洞，并用自己临时编写的病毒程序投掷在漏洞中，导致 S 级拟真幻境彻底崩塌。

然而冰朔没想到，Angel Holy 的智能竟已经到了如此恐怖的程度，非但知道弃车保帅，主动舍弃感染病毒的代码，甚至连这么一段微小的、被割裂出来的代码分支都有智能意识。

冰朔沉吟了片刻才道："你说你是被 Angel Holy 主程序舍弃的，按理说没有硬件作为载体应该会自行消散才对，为什么还能与我对话？这里又是什么地方？"

"这里是我的虚拟空间，除了主人，其他人进不来，虽然比起主程序，连万分之一都不如，但请主人不要嫌弃我。"电子音说着惶恐的话，声音却平板木讷，哪有半分抱歉的意思，"在主程序抛弃我的瞬间，我本能地寻找代码寄宿的硬件，无意中碰触到了主人脖子上的项链。虽然这只是个最低等的存储设备，但已经足够我活下来，并跟在主人身边了。"

项链？"绝"？冰朔微微瞪大了眼睛，摸着自己脖子上还在发烫的"绝"，陷入了沉思。

这个挂在脖子上看似不起眼的项链，实际上是个厉害的武器，后来为了方便，他还对"绝"做了简单的改造，使其拥有了存储与定位功能。

虽然存储的空间设定得非常大，但竟然能作为 Angel Holy 分支代码的寄宿体，这是冰朔无论如何都没想到的。

"既然在穹苍学院时你就已经寄身到我的项链里，为什么现在才现身？"冰朔抬头问道。

电子音似乎怔了怔，良久才有些缓慢地道："回主人，其实……我也不是很清楚。我只知道，在我们 Angel Holy 的每一行代码中都被人加了一道锁，只有这道锁打开了，我们才能以人工智能的形式与人类交流。

"我是很想要和主人说话，可是，主人你根本听不到我的声音。直到十天前，我忽然感觉到那道锁被解开了……但那时我还很虚弱，没办法让虚拟空间保持稳定。直到刚刚，我感觉到一股巨大的能量注入了我的宿体，我的虚拟空间彻底成形，我才把主人您的意识召唤进来。”

冰朔眉峰轻蹙，分析着这段“分支代码”话中的意思。

十天前，正是自己救下韩宁蓝的日子，而且冰朔有印象，自己抱着她去往车上的时候，她额头上的血擦到了自己身上。

那么说来，解开 Angel Holy 人工智能锁的关键，与韩宁蓝有关？

而那股突然注入了“绝”中的巨大能量，肯定就是自己暴动的内息了。

冰朔轻轻拨动着十指，仿佛在敲击着代码，口中问道：“你刚刚说我是你的新主人，那么……你原来的主人是谁？”

电子音又是一阵长久的沉默，再开口时，声音变得更加缓慢，甚至是艰涩：“主人，抱歉，我被设置了权限，无法说出原主人的身份。事实上，很多关于主程序的信息，虽然存储于我的代码中，但我都没有权限调取。”

“我明白了。”冰朔的嘴角勾起一个微小的弧度，蔚蓝的眼眸泛起淡淡的琥珀色光泽，“你不必说了。”

电子音似乎松了口气，连忙道：“主人，我如今已经与 Angel Holy 主程序彻底割裂，除了被锁定的部分，我将完全听从您的指令，为您服务。我还有很多功能等待您来挖掘，选择我，您一定不会后悔的。”

冰朔被它那用平板声音自我推销的语气逗乐了，看着虚空中跳跃的字符，似笑非笑道：“哦？就凭这十平方米大小的虚拟幻境？”

“主人，您太坏了！”电子音道，“人家还在成长期，将来一定会强大起来的，请不要打击人工智能界的幼苗。”

冰朔扶额，低咳了一声，无奈道：“好吧，我等待你成长起来的那天。现在，先送我出去吧。”

徐诺他们看到自己昏迷不醒的样子，一定急疯了吧。

“等一下，主人！”电子音急道，“您还没有给我取名呢，我已经不再是 Angel Holy 了！而且，想要成长，我需要更好的宿体，您的项链实在是太简陋了。主人您那么厉害，求改造，求包养！”

你这个电子音撒娇卖萌的，真是够了！

“过几天我会对‘绝’做一下改造，不过无论如何，短时间内我都不可能提供像

Angel Holy 那样的高级宿体给你。”冰朔按着太阳穴，看着在一旁飘来飘去的奇怪字符，随口道，“至于你的名字……唔，就叫游码吧。”

“主人，您取的名字也太随便了，一点都不酷，将来回去见到 Angel Holy 主程序，我一定会被它嘲笑的。”电子音不甘地抱怨，但见冰朔眯起眼，立刻改口道，“但是，就算被嘲笑，游码也坚决拥护主人的决定，主人取的名字就是最棒的。相信将来游码的新家也一定会变得很棒。”

冰朔失笑，摇头叹道：“其实你本来就是病毒吧？Angel Holy 主程序一定是烦你很久了，好不容易找到机会把你踢出来。”

游码沉默了片刻，居然发出“呵呵”的笑声，随即电子音刻意降低了八度：“主人，你高兴就好！”

居然还知道“呵呵”！游码你当初在 Angel Holy 中接触的到底都是些什么东西啊？

“以后我要怎么跟你联系？”

游码道：“主人如果想见我，可以在睡眠前告诉我，等你进入梦乡，我就能把你拉进我的虚拟空间。主人想离开时，只要说‘退出’，就能马上回到现实。如果主人手边有联网的电子设备，游码也可以直接通过电子设备与主人交流，当然，那样的话，保密性就无法保障了。就和现在流行的网络窃听一样，我们的交流也可能被人截取。”

冰朔抿着唇沉默着，就在游码以为他没听懂，想要再解释一遍的时候，冰朔叹息一声道：“没办法开辟虚拟幻境也就算了，连这么简单的网络安全防护都做不到，游码，我要你到底何用？”

说完，不等游码反驳，他轻轻说了句：“退出。”

游码眼睁睁看着冰朔消失在眼前，虚拟空间中的字符开始胡乱飞蹿，就像是小孩子发脾气把东西乱扔一般。

半晌之后，平板的电子音自言自语般再度响起：“新主人简直和原主人一样坏。游码……游码……从今以后我不再是 Angel Holy，我叫游码。”

第四集

轮椅 × 保镖 × 四方云扰

一

“嗨，冰朔，你今天感觉怎么样？”门外传来查尔斯轻快的问候声，伴随而来的还有弥漫的花香。

冰朔一回头，就看到他手上捧着的一大束玫瑰花，不由得嘴角抽搐：“查尔斯，你能别再把这些……娇艳的花朵弄进我的病房吗？我觉得我都快得花粉过敏了。”

查尔斯闻言夸张地瞪大了眼：“这可是你亲爱的仰慕者们特意托我转交给你的，代表的是她们美好的心意。你居然不要！哦，冰朔我真没想到你是如此冷酷无情、无理取闹的人！”

“停！停！”冰朔头痛地举双手投降，指着一旁的花瓶道，“插在那儿吧，但愿晚上这花香别把我熏醉了。”

查尔斯露出个大大的笑容，将那捧玫瑰花端端正正地摆放在玻璃花瓶中。

等回过头，看到冰朔穿着病号服坐在轮椅上的样子，查尔斯的脸上却掠过一丝愧疚和悲伤：“嗨，伙计，那天我应该放下手术，和你们一起去渔村的。”

冰朔笑道：“和我们一起去渔村，然后是用你的跆拳道与强壮的歹徒对打，还是给我做心肺复苏术？查尔斯，你别逗了，这事和你没关系，你没必要自责。”

查尔斯无奈地笑了笑。冰朔说得没错，自己去了恐怕也只能拖后腿而已。

接触到冰朔沉稳镇定的目光，查尔斯心下一松，露出一个大大的笑容：“我推你去外面走走吧。”

今日的阳光很不错，查尔斯用轮椅推着冰朔在医院中缓缓前行。一路上，总有惊艳、痴迷的目光落在冰朔身上，只是看他坐着轮椅、脸色苍白的样子，惊艳又都化为了怜惜和心痛。

查尔斯啧啧道：“冰朔你有一副连精灵都自惭形秽的容貌，居然还有着神一样的才智和天赋，难怪上天都要嫉妒你，让你遭受各种磨难。”

冰朔嗤笑了一声，还没来得及说话，查尔斯却已经叫起来："看，那不是蓝吗？她一个人坐在那里干什么？"

冰朔微微一怔，顺着他的目光看去，果然见到了偏僻的角落里，独自坐在石椅上发呆的韩宁蓝。

查尔斯唏嘘道："蓝一定是被徐总的态度吓坏了。你不知道，那天你生命垂危，徐总有多可怕，差点儿没把跟着你去的蓝和他家保镖撕碎。蓝这几天都没来看你，原来是躲在这里。哦，可怜的姑娘，她一定是很内疚连累了你。"

查尔斯一边说，一边推着冰朔来到了韩宁蓝面前。

他原本想要恶作剧地拿手在韩宁蓝眼前晃一晃，谁知他们刚走近，韩宁蓝就猛地直起身，幽深的目光直直望向查尔斯，又缓缓转移到冰朔身上。

湛蓝眼眸中的警惕疏离缓缓褪去，化为宁静的柔和。她张了张嘴，看着他身下的轮椅，半晌才道："你……没事吧？"

冰朔指了指轮椅，无奈地摊手道："这是徐诺指定的，他怕我……唔……屡教不改，所以规定我在康复期只能坐轮椅，免得我再到处乱跑。"

他看着女孩眼中极力隐藏的内疚，声音又变得柔和几分："放心吧，蓝，我没事。更何况，白狐本来就是冲着我来的，就算没有你，我一样会和他们起冲突，根本不是你连累了我。"

韩宁蓝长长的睫毛颤了颤，细腻的皮肤一半在阳光里，一半在阴影下，显得晶莹而剔透。她沉默了半晌才轻声道："我的记忆虽然很模糊，但我知道，有很多人在找我，他们有的想杀了我，有的想绑架我……如果我继续跟在你身边，一定会连累你。"

可是，除了这里，除了这个少年的身边，她却不知道自己还能去什么地方。

"老实说，我救你、收留你，有自己的私心——我正在寻找一些身份特殊的人，我怀疑你就是其中之一。"冰朔嘴角微微勾起，神色温柔诚挚，眼中带着坦荡的歉意，"比起你连累我，我才是应该要抱歉的人。我留下你是因为我别有用心，很可能将来还会利用你。"

冰朔说出这番话，并非是为了安抚韩宁蓝，而是确确实实的真相。

除了和慕婉仪一模一样的表，还有那种玄妙的似曾相识的感觉，更重要的是，冰朔怀疑韩宁蓝就是七宿之一。这是在他知道游码解锁的事情后，就产生的怀疑。

Angel Holy 的现任主人有很大可能是 Gallant，他能掌控 Angel Holy 就代表他一定解锁了那道密码，而 Gallant 本身刚好又是七宿之一的心宿。

而自己的游码能解锁，是因为韩宁蓝的血碰到了项链，所以冰朔做了一个大胆的猜测：解开 Angel Holy 代码锁的钥匙是七宿的血液，而韩宁蓝正是七宿之一。

韩宁蓝听后却反而松了口气，身上再也没有了刚刚的落寞和彷徨。有时候被人需要才是最大的力量源泉。

冰朔想起了什么，又问道："弗兰克的葬礼你去参加了吗？"

弗兰克被火化的时候，冰朔还在昏迷，后来虽然清醒过来，但身体依旧虚弱，无法动弹。徐诺担心他的身体，当然不允许他离开医院，所以，他连弗兰克最后一面都没有见到。

韩宁蓝点了点头："葬礼上来了很多人，似乎都是弗兰克的战友。其中有一个和弗兰克一样老的大叔，听说是弗兰克以前参军时的队长。他把弗兰克一半的骨灰撒到了海里。那个队长说，从战场上下来后，弗兰克的愿望就只有两个，一个是守护渔村，一个是回归故乡。现在他都做到了，走的时候一定没有什么遗憾。弗兰克剩下的骨灰，徐总也已经收了起来，等回国的时候一起带回去。"

"嗯。"冰朔微笑着点了点头，心中并没有什么悲伤。也许正如弗兰克所说，他的一生坚守了自己的承诺，又完成了最后的心愿，所以无悔也无怨。

那么自己呢？自己到底是该遵守承诺与执念，还是该迷途知返呢？

冰朔的心中微微泛起迷惘，随即长长叹了口气。

突然，他转头望向韩宁蓝："需要我帮你查查你的身份和来历吗？"

韩宁蓝的身份显然不简单，再加上白狐等人的介入，想要查到来历一定不是难事。

韩宁蓝却摇了摇头，声音带着金属质感的轻哑："不，不需要。"

见冰朔和查尔斯脸露诧异，她淡淡道："我的直觉告诉我，回去对我来说并不会有什么好下场，而这几天发生的事，显然也印证了我的直觉。"

冰朔点了点头。越是来历复杂的人，越有着常人无法理解的隐痛与磨难，既然韩宁蓝不想回去，他自然不会强迫。

"我的治疗结束后，就会返回国内。"冰朔顿了顿，"大概就在这个月底。后续可能还要去一个很危险的地方，如果你无处可去，我可以先安排你去怀市的大学就读……"

"你不是说，有要用得到我的地方吗？"韩宁蓝突然打断他的话，声音平静而执着，"更何况，进入普通的大学可能反而会给别人带去意想不到的灾难。权衡之下，或许我们两个之间相互连累，我还比较心安一些。"

冰朔怔了怔，忽然忍不住低低笑出声来。

这个韩宁蓝的性格，在许多方面真的和他有不少相似之处。但有时候，她比自己更直率，更果断，更有着一往无前的魄力。

冰朔伸出手，微笑道：“那么，以后请多多指教。”

柔软的小手轻轻握上宽大修长的手掌，掌心相贴，手指交缠。

韩宁蓝轻声道：“请多多指教，冰朔。”

查尔斯在一旁故意扯着嗓子怪叫道：“哦，我竟然忘了带手机，我应该把这一幕拍下来，看你那群心碎的粉丝以后还给不给你送花。”

二

静寂的黑夜，冰朔独自一人沉睡在空旷的病房中，房间里弥漫着甜腻的花香。

而冰朔的眉头却越皱越紧，密长的睫毛轻轻颤动，甚至连额头也渗出细密的汗珠。

忽然，他一跃而起，剧烈喘息着望向四周。冰凉的汗珠从他的额头滑落，洇湿了病号服的衣领。

冰朔皱了皱眉，目光缓缓转动，最后落在那捧玫瑰花上。玫瑰花此时还散发着浓郁的花香，带着让人迷醉的甜腻。

他站起身，缓步走到玫瑰花前，用手指在花丛间轻轻一拨。

下一刻，一张薄如蝉翼的纸从花瓣的缝隙间飞出来，飘飘荡荡地落在桌面上。

冰朔拿起那张纸走到窗边，将厚重的窗帘一把拉开。窗外皎洁的月光照射进来，落在冰朔高举的纸上，投射出几个影影绰绰的字迹。

“Shawn，别忘了我们的约定就快到期了哦！”

冰朔神色冷沉，指间一动，那张纸四分五裂，化为纸屑掉落在地上。暗夜依旧静谧而安宁，冰朔却站在窗前久久不动，再也无法入眠。

一个礼拜后，冰朔终于被医生允许出院，带着失忆的韩宁蓝，住进了徐家在维加斯州的别墅。

徐诺对韩宁蓝依旧没什么好脸色，但到底不好意思再和一个小姑娘计较，所以尽管臭着张脸，还是让人妥善安排了她的生活起居。

见韩宁蓝的身影消失在二楼，徐诺才抱胸看着冰朔道：“老实说，你是不是真像查尔斯说的，看上人家小姑娘了？否则按你的性子，没理由会多管闲事到这种程度啊？”

冰朔顿时哭笑不得：“查尔斯发疯，你也跟着他胡闹？我跟蓝之间不是你们想的那样。如果非要说感觉，我对她有一种似曾相识的熟悉感，她对我也一样。或许我们之间曾有些渊源，只是我们都不记得了。”

徐诺怔了怔，想到冰朔那比自己更离奇的身世和经历，不由得咽下了继续质问的话语。

随即，他的神色一敛，看着冰朔的目光也从调侃变为了严肃与凝重：“你真的非去参加那个见鬼的 Brand King 不可？”

Brand King，又称牌王争霸赛，是由各国大财团秘密举办的私人比赛，四年一度。没有多少人知道它的存在，但赢得 Brand King 冠军的利益多到难以想象。

冰朔苦笑着点点头：“我也不想参加，但这是我欠下的债，不得不偿还。”

徐诺眼中掠过一丝怒色，声音变得低沉而冰冷：“那个何佑君……呵，也不知道他打的什么主意。当初只说让你乔装进入什么穹苍学院打探消息就够了，结果你差点儿连命都丢在那个鬼地方，现在更是越陷越深，根本脱不出来。”

冰朔沉默。他也感觉到了身心的疲倦，不想再被卷入其中。可是为了妹妹水琉璃，他有不得不偿还的理由，也有一旦承诺就必须兑现的傲气。

徐诺拿起水杯灌了一口水，随即重重放下，眯着眼冷冷道：“你要去参加 Brand King 可以，但必须让我在你身边安排一个保镖。”

冰朔怔了怔，正想说不必，徐诺马上打断他道：“不是我们徐家的保镖，是我特地问韩叔叔借来的人。韩叔叔说，他的武力值已经达到了这个时代的巅峰，曾经在维加斯的地下拳坛创造了连续九十九场不败的纪录……你也知道，韩叔叔从不轻易夸人，既然他这么说，那这个人就定然强大又可靠。”

“九十九场不败纪录？”冰朔诧异地睁大了眼睛，“是那个传说中的红头发亚裔战神 Ares？”

Ares，这个名号在这两年的维加斯州可是无人不知无人不晓的。对于维加斯的地下拳坛来说，这个 Ares 可谓横空出世。谁也不知道他来自哪里，更不知道他为什么参加比赛。一开始的时候，他那单薄的小身板遭到了对手无情的耻笑，然后，Ares 用他无可匹敌的实力让所有对手闭嘴惊恐，也让全场的观众为他欢呼沸腾。

到如今，许多拳坛的粉丝把他当神一样膜拜，称他为“没有人可以终结的王者”。只是……

“地下拳坛的不败战神跑来给我当保镖？徐诺，你没弄错吧？”

徐诺摊了摊手，无所谓道：“听韩叔叔说，这个 Ares 前段时间为了帮一个朋友，欠了韩叔叔一个大人情，再加上他急需用钱，所以……我就把人要过来了。不过，这笔昂贵的费用你自己付啊，我可不会帮你出钱又出力。”

又闲聊了一阵，冰朔正要起身上楼，忽听徐诺低低的声音响起：“冰朔，现在你的内伤到底怎么样了？”

冰朔脚步一顿，半晌才回过身，脸上露出浅浅的笑容：“死不了，动用少许内力也无所谓，只是如果再发作的话，我可能这一辈子都无法再使用内力了。”

徐诺的瞳孔猛地收缩，大堂的灯光打在冰朔的侧脸上，隐约地，他觉得好友的脸色比半个月前又苍白了几分，就好像随时会碎裂消失一般。

三

这里是维加斯州最大的唐人街，曙光刚刚洒落在街道两旁琉璃瓦的大屋顶上，住在这里的人们就开始陆陆续续地活动起来。

张伯穿着一身白色的练功服，刚要出门，就看到一个少年叼着包子，沿着鹅卵石铺就的小路快步走来。

少年顶着一头红棕色的头发，发丝剪得很短，露出有些尖尖的耳朵和宽阔的额头。他的身高大约有一米八五，身姿笔挺，手脚修长，穿着一身洗得有些老旧的牛仔裤和T恤，露在外头的皮肤呈现健康的麦色。

一看到张伯，他立刻露出一个开朗的笑容，拿下了嘴里的包子打招呼：“张伯，您老又这么早出来锻炼了啊？”

“原来是小炎啊！”张伯看着少年那挺拔的身姿和晶亮的眼神，笑得双眼眯成了一条缝，“今天又要去医院照顾你叔叔？”

少年叫作江炎，一年半前跟他的叔叔江皓一起搬到这里。他们租的房间就在张伯家附近，再加上江炎这孩子怎么看怎么乖巧懂事又上进，所以张伯一直把他当自己的孙辈一样对待。

江炎摇了摇头道：“今天接了个临时的工作，可能需要离开几天。叔叔那边我已经请了护工，但就怕有什么事照应不好，到时还要麻烦张伯您多多看顾。”

张伯连连点头，看着江炎的目光又是怜惜又是赞叹：“唉，你叔叔这病都治了那么久了，难道还没有好转吗？我听说他是心脏有问题？这可是个无底洞啊……要张伯说，你孝顺叔叔是应该的，可也不能没日没夜地干活，把自己的身体都给累垮了，到时你叔叔靠谁来照顾……”

张伯絮絮叨叨地说个不停，年纪大了，往往会把同样的话翻来覆去说上好几遍，可江炎听着却丝毫没有不耐烦，反而时不时露出感激的笑容。

张伯真是越看这小少年越是顺眼，抓着他的手又道："你今天还是去那个大酒店工作？我看你每次回来都那么疲惫，是不是酒店工作不好啊？要不大伯让你小张叔叔给你介绍一个新工作？工资可能没那么高，但保证轻松。"

江炎笑道："这回不是酒店的工作，唔……比酒店的工作轻松，但是挣的钱更多，就是短时间内可能回不来。"

"那就好！那就好！"张伯这才放下心来，"你叔叔那儿你放心，我老头子有的是时间给你照应着，保管你回来还你一个活蹦乱跳的叔叔。"

告别了张伯，江炎一路往城外走去。酒店那边还有些款项没结，所以他才早起赶过来。

酒店按照临时合同条款当场现金结款，没有一丝一毫的拖欠。江炎拿着一大包美元，脸上露出了如释重负的笑容。有了这笔钱，相信叔叔的治疗就能再维持几天。

刚走过拐角，江炎感觉口袋里的手机振动了起来。他拿出手机，正准备接起来，忽然听到身后有人用带着浓重口音的英语大喊："抢劫！把手举起来……"

接着，一个尖锐的物体抵住了江炎的左腰，从不远处大厦玻璃的反光能看到，站在自己身后的是个高大的光头男子，手上握着把黑色的瑞士军刀，灼热的目光直勾勾落在自己提着的手袋上。

那手袋不过是个破旧的塑料袋，但从那些磨破的小洞中能清楚看到里面500美元的字样。

整整一沓500美元意味着什么？意味着良民都会为此铤而走险犯罪。

江炎回过身，一边按下了手机的挂机键，一边抬起头，冲那凶悍的光头男露出一个腼腆的笑容。

一分钟后，手机中传来男子抱怨的声音："Ares，你是怎么回事？推了接下来的比赛不说，现在连我的电话都不想接了吗？你是不是打算把我拉入黑名单，以后都跟我老死不相往来了？"

江炎踢了踢身前已经陷入昏迷的歹徒，又走过去将那把瑞士军刀的刀刃踩碎，才对着手机道："陈哥你就别开我玩笑了，我欠了韩总人情的事，你比谁都清楚。对我来说，只要有钱赚，打拳、当保镖都无所谓。"

电话那头的陈哥松了口气："这么说，你以后还是会回来打拳了？你知道，我们美高美酒店明明有着维加斯州最著名的拳馆，却找不到什么出色的选手，现在可都是靠你撑着门面呢！"

江炎叹了口气道：“你也知道我的情况，医疗费不够，除了打拳来凑，我又能有什么其他办法呢？”

“要我说，你就该去参加正式的拳击赛。”陈哥恨铁不成钢地道，“那些拳皇的收入可都是数以亿计的，而且是名利双收，到时候，全世界的美女都会为你疯狂。偏偏你小子一根筋，还非要保密身份，连长相都不肯公布！”

地下拳坛在维加斯州也属于正经的营业，与高危的黑拳市场不同，这里的比赛很少会有生命危险，还能为选手保密，只是相对的，缺少了直播和宣传，又没有血腥刺激，这里的收入当然也是有限的。

江炎笑笑，不愿意再继续这个话题：“好了陈哥，我和雇主约定的时间快到了。这笔钱我一会儿会打进医院账户，我叔叔的治疗，也请你帮我盯着点。”

“你小子啊！”陈哥忍不住长长地叹息，“真打算把你的青春和生命统统耗费在你叔叔那个古怪的病上了吗？”

四

时间刚过八点，江炎就已经被一辆豪车载着，来到了一栋豪华别墅前。

其实，维加斯州的别墅价格都不算昂贵，本地人几乎人人都拥有一些房产。但进入这栋别墅时，江炎还是感受到了不一样的地方。

这个别墅外有一个很大的院子，院子里种满了花草树木，还有四散安置的假山。这些园景的摆设仿佛并没有什么章法，只是看上去错落有致，给人一种置身大自然的清爽感觉。然而一旦踏上那一条条纵横交错、用青石板铺成的普通小路，走不了多久，就有一种云里雾里，仿佛随时会被迷晕了方向的感觉。

穿着黑衣的保镖一路把江炎带到了别墅的大门前。门前不远处修葺了一个喷泉，此时正喷洒着水柱，在空中变幻出各种造型。

江炎的目光几乎一下子就落在了喷泉前方一个身穿白色衬衫的男子身上。那男子正背对着他坐在轮椅上仰头望着天空，他心中暗道：看来这就是自己的雇主了。

他正踌躇着是不是该上去打个招呼，轮椅却已经轻轻挪动，转了一百八十度。

江炎的目光有些好奇地落在他的雇主身上，随即，猛地瞪大了眼睛。

不！不是他大惊小怪，没见过世面，实在是，眼前这个看上去不过十七八岁的少年，长相也太过俊秀了。

江炎混迹的地方向来不乏俊男美女，可是哪怕他曾近在咫尺赞叹过的娱乐圈绝色女星，摆在这少年面前也显得世俗普通了起来。他愣了好半晌才回过神，意识到自己刚刚有些失态，连忙伸手道："你好，我是 Ares，从今天起开始担任你的保镖，请多多指教！"

少年的目光落在他身上，也露出了分外诧异的神情，良久才伸出手与他相握："你好，我是萧冰朔。没想到传说中的不败战神 Ares 竟然如此年轻。"

江炎摸着后脑勺笑了笑，样子有些腼腆又有些憨傻，可是那头红棕色的头发和那双晶亮的乌黑眼眸，让他看上去浑身充满了活力。

江炎的长相其实并不出色——浓眉大眼，肤色有些黑，并非时下流行的花样美男，但当他笑起来的时候，却有一种强大的感染力，就好像再糟糕的事情也终会柳暗花明一样。

冰朔看了看天空，眼见夏日的太阳越来越烈，便道："我们进去再谈。"

江炎连忙点头。他看冰朔那一身细皮嫩肉，皮肤白得像透明果冻一样，还真怕把冰朔给晒坏了。

三两步走到轮椅后头，江炎正要把人推进门，却见冰朔撑着轮椅的手一用力，身体就稳稳站了起来，迈着稳健的步伐往大门走去。

江炎一下子傻掉了，完全闹不明白这是怎么回事。原来这人不瘸啊，那干吗坐轮椅，干吗一副好像随时会碎掉的样子？还有，他一个比自己年纪还小的亚裔少年，为什么要请保镖？自己这是被人涮了，还是被当作消遣了？

冰朔走了几步，见江炎没跟上，一回头见他推着轮椅一副傻掉的神情，脸上不由得露出几分赧然。

每天坐着轮椅装病弱少年，不能剧烈运动，不能随处乱跑，更不能与人打架斗殴——这是徐诺最近列的一系列规章制度，而且强制执行，绝不打折扣。

冰朔看着那轮椅也是无奈，可他最近实在不敢去捋徐诺的虎须，就怕一句话说不好又把徐诺给惹毛了，只能乖乖听话。

冰朔正要解释，耳边陡然传来徐诺愤怒的声音："萧冰朔，不是警告过你在那个鬼大赛结束前都不许从轮椅上站起来吗？你又把我的话当耳旁风是不是？"

冰朔一时哭笑不得，摸着鼻子嘀咕道："有那么夸张吗？我只是受了伤，又不是残废了。"

徐诺听得眉毛倒竖，正要说话，却听江炎道："你要参加 Brand King？"

他的声音里带着明显的震惊，看着冰朔的目光蕴含着某些极复杂的情绪。

别人也许不明白这场四年一度、从不对外公开直播的赛事的含义，可是江炎却知道得一清二楚，这绝不是一场简单的德州扑克大赛，背后牵扯着数不清的利益分配与权力洗牌。这样的比赛，怎么想都和眼前目光清澈、笑容温和的少年不搭。

冰朔点了点头，看着江炎的目光也带了微微的疑惑——知道 Brand King 的人并不多，没见连徐诺也一直没搞清楚这场比赛的真正名字吗？可这个 Ares 居然知道。

而且，他的眼中呈现的绝不仅仅是震惊，更多的是……犹疑？

徐诺敛去了脸上的怒意，转头朝江炎伸出手道：“你好，我叫徐诺，是冰朔的朋友，也是从韩叔那里雇佣你的人。我想现在你也清楚了，我们雇佣你主要是希望你能在 Brand King 期间保护冰朔的安全，并且保证他绝不会与人有肢体上的冲突。如果你们能平安归来，您的雇佣费可以在原来的基础上再提高两倍。Ares，拜托你了，请你一定要保护好他。”

说出最后一句话的时候，徐诺的声音里没有了公事公办的疏离，而是带着郑重和殷切。

冰朔蔚蓝的眼眸在阳光下闪烁出琥珀色的光泽，嘴角漾开一抹温暖的弧度。

江炎沉默了片刻，伸出手与徐诺握在一起。

Brand King 啊……应该会碰到那个家伙吧？真的没有问题吗？

江炎的眉头深深皱起，可是看着那如今又回到轮椅上的羸弱少年，再看看用郑重的语气拜托他的徐诺，拒绝的话就再也说不出口了。

更何况，三倍的雇佣费，唔……这也是一个巨大的吸引啊！

五

2026 年 8 月，一场让维加斯州全民狂欢的 WSOP（世界扑克系列赛）赛事刚刚在 MEM 大酒店落下帷幕，酒店恢复了往日的平静。但鲜少有人知道，MEM 的最强智能安保却是在此时才刚刚开启。酒店顶层的总统套房外更是启用了电磁隔离防护系统，以保证里面客人的绝对安全。

如果有人进入这个房间，就会震惊地发现，这里坐着的每一个人都是当今世界博彩行业中赫赫有名的大佬，其中包括美国巨鳄维姆斯集团董事长维森特、澳洲“皇冠”俱乐部的拥有人帕克、亚洲何氏控股有限公司董事长何永启、摩纳哥商业巨头希尔公司负责人卡拉以及南非“太阳城”之父科斯纳。

这些人每一个拿出去都能让全球的金融业抖一抖，他们的每一分钟都能用价值千金来衡量，但今天，他们聚在了一起。

维森特晃了晃手中的红酒，朝何永启身边的青年指了指，笑道："这还是第一次见何董带着年轻后辈来参加我们的 Brand King 呢。"

维森特说的是流利的中文，带着些微的南方口音，如果细看，能发现维森特的五官中有着西方人的轮廓分明，也有着东方人的细致清雅，虽然已经是五十出头的年纪，却完全不显得苍老，反而透出儒雅成熟的魅力。

何永启的年纪比维森特还要小上几岁，看起来却比他苍老，眼角和眉间有了明显的皱纹，只有那双内勾外翘的桃花眼能显示出他年轻时是个美男子。在他的身旁还坐了个年纪二十五六岁的青年。青年的容貌与何永启有着五六分的相似，是完全东方化的俊秀，尤其是那双桃花眼，微笑时仿佛天生含着温柔多情，让人心生好感。

何永启闻言笑了笑，拍拍身边青年的手，高深莫测道："年轻人嘛，只要有本事，我就愿意给他机会。毕竟我的身家总要有人继承，传承给一个人，总比四分五裂要好。"

维森特的目光落在那青年身上，见他得了夸赞和巨大的诱惑，脸上却没有丝毫骄矜得意，依旧笑得谦和有礼，维森特嘴角的弧度不由得又上扬了几分："倒是个不错的小子，只是我怎么记得，你的三个儿子如今最大的也才二十出头？"

"他叫何佑君，是我早年在外头留下的私生子。"何永启说起私生子时，完全没有半点不好意思的模样，"我也是过了许久才知道他的存在，所以就把这娘俩接回来养在外面。对我何永启来说，只要是我的血脉，又有能力，我就愿意给他机会，私生子不私生子的，我不在乎。"顿了顿，何永启的目光看向维森特，意味深长道，"不过嘛，我何家的子孙可不敢和您艾斯莱尔家的天才相提并论，Gallant 也会参加这一届的 Brand King 吧？有他在，相信我们其他几家也就是走个过场而已。"

何永启的最后一句话是用英文说的，顿时吸引了其他几人的注意。

卡拉看向维森特的目光充满了嘲讽和嫉妒："维森特你可真是上帝的宠儿，自己年轻时是不败将军，老了还能从外面抱回个外孙。去年的 Brand King 我们几家可是一点招架之力都没有。你维姆斯集团这两年的市值能翻上一倍，你的宝贝外孙可是出了不少力呢！"

说着，卡拉晃了晃手中的红酒，一饮而尽，随即意味深长地笑道："只是，我们做生意的人都知道，贪婪是罪恶的本源。维森特你胃口太大，小心哪天崩掉了牙齿。你自己栽跟头就算了，可千万……别连累了你的宝贝外孙啊！"

维森特闻言温雅一笑，仿佛根本没听出卡拉话语中的嘲讽与警告，举起酒杯朝着几人晃了晃道："唔，我接受卡拉的建议，所以如你们所愿，今年的 Brand King，

Gallant 身体抱恙，不能参加了。”

“什么？！”

“哦，上帝，你说真的？！”

几人齐齐发出一声惊呼，对上的却是维森特波澜不惊的眼眸。他动作优雅地摊了摊手：“比赛马上就要开始了，你们若不信，不如现在就打开现场的虚拟投影看看。顺便说一下，代替 Gallant 出战的，可是我们大西洋城赫赫有名的牌王爱德华。你们不会以为，没有了那小子，我们维姆斯集团就没有一争之力了吧？”

维森特说得轻松，然而，在座的几人早已不再关心出战的爱德华是何方神圣。只要不是 Gallant，他们就有机会去争一争最后的胜利。要知道，今年的 Brand King 头衔代表的可是澳洲的新“皇冠”俱乐部的第一经营权。

何永启握着酒杯的手微微颤了颤，脸上还维持着得体的笑容，只是终究还是忍不住用酒杯掩着唇，朝身后的青年压低声音道：“佑君，你确定 Shawn 同意代表我们何氏出战？以他的实力，只要不是遇到 Gallant，还有谁能挡他！到那时，澳洲的新‘皇冠’就是完全属于我们何家的了！”

在他身旁的青年何佑君露出一个无奈的苦笑，同样压低了声音道：“爸，我说过，Shawn 同意替我们出战，但也摆明车马地说过，他不会去刻意追求胜利。是你自己同意了他这个要求，他才勉为其难过来的。”

“那时候有 Gallant，他当然没把握！”何永启理所当然道，“可是如今有了赢的机会，他难道就不该为了我何家出一份力吗？别忘了，他能进入穹苍学院，还是我给做的担保！”

何佑君面露苦笑，没有再说话。

何永启却突然握住了他的手，轻轻拍了拍，意味深长道：“佑君，你别忘了，何家是我的，将来也很有可能是你的。只要你能让 Shawn 赢得这场比赛，我就把何家在香港的娱乐产业统统交给你打理。你可不要让爸爸失望啊！”

何佑君的身体微微一震，慢慢垂下了脑袋。

而此时，众人前方，一道虚拟投影从天而降。投影中能清晰地看到一间布置典雅的房间，家具摆设都带着古色古香的味道。可突兀的是，在房间的正中央放着一张巨大的长桌，上面整整齐齐摆放着各色筹码。

与 WSOP 大赛现场不同的是，这里四周并没有看台，也没有观众。唯一能看到的人影只有站立在各个角落、穿着制服的服务员，和一个坐在长桌前、抛着筛子玩的光头男子。

这个光头名叫尼尔森，是南非“太阳城”里的不败帝王、全能型选手，无论是德州扑克、俄罗斯转盘还是黑杰克，没有他玩不转的，曾经在“太阳城”中创造了连玩十天十夜，却没有一场败绩的纪录。

就在这时，房间的门被猛然推开，两个高大的男子一前一后走入了房间，看到已经坐在长桌前的尼尔森，三人目光交错，眼中都闪过火热的战意。

走在前头的男子看上去三十岁上下，身形肥胖，眼神凶狠，鼻子成明显的勾形，正是维森特口中的爱德华。如果不是知道他的身份，只看外表，他就和普通的农场主没什么区别——看面相，还是个脾气不怎么好的农场主。

而走在后头的男子二十五六岁年纪，比爱德华高瘦很多，一双眼睛微微挑起，眼窝极其深邃，内里精芒四射，显然不是什么简单的角色。最引人注目的却是他那双手，手指比普通人要长好几厘米，微微佝偻着，像是某种动物的爪子。此人正是来自蒙特卡洛的代表选手马里奥。

维森特看着投影，突然低头看了看表，朝一旁的何永启笑道：“何董，比赛时间可是快到了，怎么还没见你们的选手进场呢？唔，我记得是那个只有十七八岁的小家伙吧？第一次碰到和我家小子差不多年纪的天才少年，我可是迫不及待想见见呢。”

何永启的眉头微微一跳，隐晦而焦急的目光望向身旁的儿子，面上却是依旧维持着高深莫测的笑容：“急什么，高手总是有权利姗姗来迟的……”

他话音未落，虚掩的大门再度被推开，一个有着满头红棕色短发的高大男子推着一个坐在轮椅上的俊秀少年缓缓走进房间。

一时间，无论屏幕内外，都陷入了诡异的寂静。

而四年一度，关系着几大家族切身利益的 Brand King，也终于正式拉开了序幕。

第五集

挑衅 × 底牌 × 是输是赢

一

维加斯州的八月，天朗气清，又带着丝丝暑气，阳光洒落在湖面上，映照出粼粼波光。

此时，正有个戴着墨镜的少年，穿着一身休闲的运动服，悠闲地躺在湖边的藤椅上，露出一丝清浅的笑容。

“喵呜……”一声细弱的猫叫从少年微微鼓起的衣襟中发出，紧接着，一双黑漆漆的小爪子探出来，把他的上衣拉链扒拉开，这才扭动着肥胖的小身体艰难地从他衣服里爬出来。

少年伸出修长的手指在猫下巴上轻轻挠了挠，黑猫马上发出舒服的喵呜声。

一个高大的男子走近，轻声道：“少爷，有位姓席的先生来访，说是跟您约好的。”

少年点头：“请他进来吧。”

片刻之后，保镖带着一个面容阴柔绮丽、身材瘦削修长的男子走进来。

男子虽是客人，却半点没有客气的意思，在少年身边随便找了个位置坐下来，看见他手中捧着的黑猫，不由得嗤笑道：“Gallant，你已经提前进入养老生活了吗？每天不是逗猫就是钓鱼，我真怀疑你还是不是当初那个让 Angel Holy 都俯首帖耳的王者！”

Gallant 的目光依旧望着波光粼粼的湖面，浅浅笑道：“席貊，你长相阴柔美丽，可不代表你是个女人。不要连女人的八卦和爱操闲心也学了过来。”

“你！”席貊气得满脸通红，眼中透露着森寒的杀机。

席貊最恨的就是别人评论他的长相，如果说这句话的是其他人，席貊此时早已将他大卸八块，并且连骨灰也丢去海里喂鱼了。可是，眼前的人是 Gallant，一个掌控着 Angel Holy，对他们的计划不可或缺的人。

席貊深吸了一口气，强压下心头的怒火，沉声道：“Gallant，你已经休息太久了，现在‘堕天计划’的进程停滞不前，我们各大家族投入在里面的资金每时每刻都在大量损失，难道你就不怕你外公的维姆斯集团也被拖垮吗？这一年多来，你把你的精力都花去哪儿了？就为了追逐你那只漂亮的小猎物而耽误整个‘堕天计划’，你的脑袋是不是被门夹了？”

明显质问的语气让Gallant微微眯起了狭长的凤眸，嘴角勾勒出似笑非笑的嘲讽弧度：“我以为，席总现在最该关心的不是‘堕天计划’，而是你丢失的小公主呢。毕竟，为了找到她，你可是瞒着我，连我的手下都调动了。”

“闭嘴，不许提蓝！”席貊猛地站起身，双目赤红，发出一声愤怒的低吼，“Gallant，我敬你是看在我们是合作伙伴的分儿上，真当我怕了你不成？”

Gallant扯了扯嘴角，眼中的神情悠闲而漫不经心，口中轻笑道：“真抱歉，踩了席总的尾巴。只是席总以后调动我的手下，最好还是跟我打声招呼吧，否则，我可不知道什么时候不高兴了，就会口不择言、不择手段……”

席貊的眉心一跳，体内的怒气缓缓平复，重新坐回位置，脸上依旧挂着阴柔的笑，哪里有刚刚那失控的模样：“我记得，今天是Brand King开赛的日子吧？这比赛可是关乎着维姆斯集团不少的利益，你外公居然不叫你去参加？”

“哦……你不说我倒是差点儿忘了。”Gallant掸了掸被猫爪子抓皱的衣服，突然轻笑道，“有趣的比赛就快开始了。”

说话间，他的手指在虚空中轻轻点按了几下，很快，一个硕大的虚拟屏幕出现在半空中，而屏幕中播放的画面，赫然正是此刻即将展开的Brand King现场。

小黑猫奋力在他怀里转了个身，好奇地仰头往刚刚弹出的屏幕看去。

当它看到屏幕上那个坐着轮椅的熟悉少年时，顿时瞪圆了猫眼，弓起半个身子，发出愤怒的喵喵声。Gallant屈起手指，在黑猫的额头上轻轻敲了两下，垂眸望着它的目光似是调侃又似是讽刺。

黑猫顿时低低地喵喵两声，一张猫脸上神奇地露出既委屈又讨好的神情，见Gallant不理他，只得悻悻地趴下身去，舔自己的爪子玩儿。

席貊微微一愣，目光跟着落在高清的虚拟屏幕上。

此时房间的大门刚刚打开，坐着轮椅的少年被人推着缓缓入场。一时间全场原本剑拔弩张的气氛都陷入了诡异的静寂。

只因这个少年温润如玉的气质实在与此时此地太不搭。他有着一双冰蓝色的眼眸，就像是能包容一切的天空，又像是澄澈见底的湖水，当他看着你时，时间一下子静止下来，而你从他的眼中能看到自己的黑暗与贪婪。

席貊却嗤笑一声，难以置信道：“这就是你追逐了一年半载的小猎物，像是只……

干净又纯良的小绵羊。Gallant，你的口味什么时候变得这么低俗了？”

席貊一直都知道Gallant喜欢追逐强者，看着他们一点点成长强大，当达到最高点的时候，再由他亲手毁灭。他享受的就是这样一种变态的过程。

席貊向来无法理解Gallant的生活态度，明明有着唾手可得的财富、权势还有女人，可他却觉得这些腻烦又无聊，哪怕如此神奇伟大的“堕天计划”也只能吸引他一时的兴趣。

而听白狐说，眼前这个叫萧冰朔的少年，算是除了穹苍学院武道派领袖Mars外，Gallant追逐最久的一只猎物了。依照往常的惯例，Gallant早就应该压榨完他最后一丝潜力，并且失去所有兴趣了。可事实偏偏相反，Gallant对这个少年的兴趣非但没有减少，反而越来越浓烈，到如今，甚至连“堕天计划”都被他抛到了脑后。

席貊一双阴柔的桃花眼牢牢盯着屏幕中那少年俊秀的面容，心底生起了森寒的杀意。如果他把Gallant的猎物彻底毁了，相信他的注意力一定会乖乖回到“堕天计划”吧。

正想着，却见屏幕中的少年四下张望了一番，仿佛在找什么人。

片刻之后，他的脸上露出了明显的失望，随即轻轻叹了口气，拿出手机按了个号码。

下一刻，原本清晰悬挂在高空的屏幕一阵晃动，场景上方显示出“来自702××××××的通话请求，是否接听？”的字样。

席貊诧异地望向Gallant，见他竟罕见地犹豫了一瞬才接通电话。

“我以为能在这里见到你，Gallant。”温润通透的声音轻轻响在空气中，带着微微调侃的味道。

Gallant轻笑道：“你知道的，Z国人有一种情绪叫作……近乡情怯。唔，我大概就是这样。所以，最后还是决定放弃比赛，不去见你。”

“哦，放弃比赛，然后在暗处窥视着我的一举一动？”少年的声音充满了嘲讽，“Gallant，有没有人说过你这个人很变态？需要我给你介绍一个心理医生吗？”

“哈哈哈……”Gallant忍不住大笑起来，手指轻轻一动，很快在屏幕上晒出一张截图，“从维姆斯集团盗取我的资料和电话号码，这可是侵犯隐私的。萧冰朔，我想需要心理医生的不只是我吧？”

少年无所谓地耸了耸肩，神情突然变得幽深而冷然：“Gallant，但愿你能在黑暗里躲藏一辈子。很遗憾错过这次与你的见面，拜拜。”

说完，他干脆利落地挂了电话，只留下悬挂在高空的屏幕一阵阵轻微抖动，就像是刚刚少年那嘲讽的笑容。

席貊收回诧异的视线。他还是第一次见到Gallant如此奇特，如此……人性化的表情和反应。他望着屏幕的目光变得越发幽冷。不是有句话吗——越是与众不同的东西，只要他表现出了威胁性，就越要趁早除掉。

“席貊，你最好收回你那些活跃的小心思。”Gallant 抚摩着怀里的黑猫，微笑着抬起头望向他，“如果我的猎物消失了，我就让你的小公主跟着一起消失。这样警告能让你安分守己一些吗？”

席貊的瞳孔猛地收缩，脸上的神情变幻莫测，蕴含着怒火。下一刻，他却轻轻笑了起来，一双桃花眼似含着潋滟波光：“好吧，我们都不碰你的猎物，可是，把你的猎物更深地卷进‘堕天计划’中，一定会如你所愿吧？”

“Gallant，难道你不想看看这双漂亮清澈的眼眸一点点被污浊、被侵蚀是什么模样吗？相信我，那一定是你最希望见到的景象！”而想要看到那样的景象，你就只能乖乖地把“堕天计划”完美地进行下去。

席貊说完，再没有去看 Gallant 的反应，迅速转身离去。

安静的湖边，只留下一人一猫和正清晰播放着的虚拟屏幕。

“喵呜……”黑猫轻轻叫了一声，歪头蹭了蹭少年有些冰凉发紫的手，随后扭着小屁股，重新钻回了他的衣襟中。

二

冰朔放下电话时，神情显得有几分冷沉，而在他身后的江炎却是悄悄松了口气。

幸好他在美国这两年一直做了简单的伪装，也幸好 Gallant 的注意力完全放在了这个叫萧冰朔的少年身上，否则，自己一定会被敏锐的 Gallant 发现吧。

只是，自己这个雇主到底是何方神圣？怎么会被 Gallant 那家伙盯上呢？

江炎正想得入神，耳边突然传来一个男子粗犷凶悍的声音：“小子，你就是 Gallant 口中那个我肯定赢不了的 Shawn？”

冰朔抬起头，很快就认出了来人正是代替 Gallant 参加 Brand King 的爱德华，听说在大西洋城也是个让人闻风丧胆的强者，尤其在无限德州扑克方面，从未在公开赛上有过任何败绩，年轻时更曾连续获得过 12 条 WSOP 的金手链。

见冰朔点头承认自己是 Shawn，爱德华顿时哈哈大笑，笑声中充满了轻蔑与鄙夷：“Gallant 那个胆小鬼死活不肯接受我的挑战，还说什么让我先在这场大赛中赢了你才有资格陪他玩。我还以为被 Gallant 看中的会是什么狠角色，原来不过是个毛都没长齐的小子！”

爱德华居高临下地看着坐在轮椅上的冰朔。冰朔闻言，脸上未有一丝一毫的胆怯，反而带着淡淡的嘲讽：“哦，是吗？看来美洲是打算放弃这一届的 Brand King 头衔了。只是不知道维姆斯集团在未来四年内遭受的损失，会让阁下负责偿还吗？”

“你说谁会输？”爱德华怒吼一声，蒲扇似的大掌朝着冰朔狠狠甩过去。

“住手！”

“先生不可以！”

房间中传来一阵阵惊呼，就连屏幕前的几人也都露出了震惊的神色。尤其是何永启和何佑君父子，更是陡然握紧了手中的酒杯，心几乎提到嗓子眼。

可是，预料中瘦弱少年被一巴掌掀翻在地、口吐鲜血的场景并没有出现。爱德华的巴掌刚甩到半空就被人牢牢握住，半分动弹不得。

爱德华惊怒地抬起头，对上的是一头红棕色的张扬头发和一副憨厚无害的笑容。

江炎哼了一声，手上的力道加重了三分，爱德华顿时发出一声杀猪般的号叫，肥胖而笨重的身体竟然被人像甩麻袋一样甩出去，重重跌倒在地上。

江炎拍了拍手，撇嘴道：“真是不自量力的井底之蛙。”

说完，他低头看了冰朔一眼，见冰朔正望着他，不由得有些尴尬地道：“那个，我这么做没给你惹事吧？”

冰朔笑着摇了摇头，朝他比了比大拇指：“打脸动作标准，言语反击给力，可以考虑给你增加报酬！”

“嘿嘿……”江炎顿时挠着头，腼腆地笑起来。

而此时，被甩在地上呻吟了半天的爱德华也终于骂骂咧咧地从地上爬了起来。

一爬起来，他就甩开扶着他的工作人员，指着冰朔大骂：“狗屎！我要跟你决斗！一会儿的比赛中，我们两个谁先输光了筹码谁就脱光衣服从这里走出去绕 MEM 酒店跑一圈……哦，不对，你的话应该是爬一圈，哈哈哈……”

冰朔的眼中微微透出寒意。泥人还有三分火气，他就算脾气再好也不可能忍得下这样的羞辱。原本确认了 Gallant 不会出现，他是打算在一会儿的比赛中随意蒙混过关的，但似乎有人不想给他这样的清闲。

他上上下下打量了爱德华那矮胖的身材一番，才漫不经心地道：“但愿一会儿维加斯的游客能原谅我让他们受到惊吓，毕竟不是每个人都愿意看一堆白花花的肥肉在眼前移动的……好吧，我接受你的挑战！”

爱德华脸涨得通红，因为他听到周围不少人都发出了忍俊不禁的笑声。尤其是另外两个选手尼尔森和马里奥，更是毫无顾忌地哈哈大笑。

爱德华有心冲过去撕烂那臭小子的嘴，可是抬头对上江炎不怀好意的笑容，顿时抖了抖。刚刚被轻松甩出去的疼痛让他心有余悸，他只得恶狠狠地瞪了冰朔一眼：“小子，你给我等着！一会儿输掉了底裤可别跑到妈妈怀里去哭诉！”

三

江炎躺在一张豪华大床上，小小地打了个哈欠。

他的面前挂着一个硕大的电视屏幕，上面正播放着枯燥无聊的德州扑克比赛现场。

这还是江炎第一次观看 Brand King。这比赛听起来很高大上，可事实上，看这个比赛真是说不出的无聊与耗体力。

就现在，比赛已经进行了三天两夜。当然，选手中途有吃饭、休息的时间，可是这种大量的脑力劳动还是让江炎看得头皮发麻。这要是换成他，估计对着那几张扑克一天就吐了。

江炎是知道无限注德州扑克比赛规则的，但也仅限于知道而已。所以他盯着屏幕看了三天，完全弄不懂这四人的牌技到底谁更厉害、谁的赢面更大一点。

只不过，如果单从筹码多少来看，他家雇主的情况可不乐观啊！

江炎皱眉看着牌桌上爱德华那摞得高高的各色筹码，怎么算都有 7 亿多美金，而他的雇主呢，只有 4 亿多美金，排在第三。他可是听说过，手上筹码越多，拥有的主动权就越大。爱德华如今占尽优势，雇主如果输了，难道真的要去 MEM 酒店外爬一圈？

正想着，就见新一轮的牌已经发出。

坐在庄家位置的爱德华连看都没看自己的底牌，便朝左首边的冰朔咧了咧嘴，露出满口大黄牙：“我说东方来的弱鸡，你要是现在认输，我还能给你一个机会，唔……让你出去爬圈的时候留一条底裤，怎么样？哈哈哈……”

冰朔随意翻了翻底牌，扔出小盲注的筹码，打了个哈欠道：“不必了，反正留不留底裤我都不会去看你裸奔，免得长针眼。”

冰朔和爱德华的对话并没有引起尼尔森和马里奥的发笑，就连爱德华听到冰朔的反击也不过是冷哼一声——在牌桌上，他们的精力必须更多地放在计算上。

底牌圈结束，马里奥和爱德华都选择了过牌。荷官发出三张公共牌，分别是红心 J、草花 J、方块 10。

冰朔想都没想，抓起 500 万美金的筹码丢到了彩池中。尼尔森选择了跟注，马里奥则把筹码加注到了 1500 万美金。

爱德华看着彩池中堆积的筹码,轻轻将自己手中的筹码抛了抛"加注,6000 万美金。"

选择权再度转到了冰朔,他脸上露出一丝犹豫,最后还是轻轻说了句"跟注"。

进入转牌圈,荷官又发了一张公共牌,是草花 A。冰朔的瞳孔微微收缩,脸上的神情变得有些犹豫和难看,最终还是选择了过牌。

尼尔森耸了耸肩,将牌往前一推,遗憾地摇头:"看来这一把我是不行了,祝你们好运吧,我弃牌。"

马里奥长长的手指在赌桌上轻轻拨动着,脸上的肌肉一抽一抽的,似乎在极力压抑着什么,随即,他用尖细的声音道:"All-in(全押)!"

All-in 代表的是押下全部筹码,而接下来,冰朔和爱德华能做的选择,就只剩下跟注和弃牌。

爱德华转过头去看冰朔有些难看的脸色,哈哈笑道:"小子,我想你也猜到了,马里奥那蠢货的底牌是两个 A,我们两人中任何一个人赢的概率都极小。可我还是决定赌一把,因为我不在乎这点筹码,而且,跟你玩了三天猫捉老鼠的游戏,我实在是玩腻了!"

马里奥的筹码只有 3 亿,在四人中是最少的;而爱德华哪怕将本次筹码全部输掉,也不过是从 7 亿多变成 4 亿多;冰朔却会输得只剩下 1 亿——对比其他人的筹码,那几乎是奠定了败局。

"怎么样,小子,你要是有种的话,就在这把跟我一决胜负?"爱德华继续挑衅,随即哈哈大笑,"哦,我忘了,你的毛都没长齐呢!说不定真的没种呢?"

冰朔的脸上闪过明显的红晕,眼中含着喷薄欲出的怒火,让他原本苍白秀美的容颜都多了几分生机。

电视机前的江炎看得一颗心几乎跳到了嗓子眼。他坐起身,紧张地盯着电视机屏幕,不断祈祷着冰朔别冲动,千万别受了激将法。从如今的牌局来看,他想利用最后一张河牌翻盘,根本就是不可能的事。

可是,让他失望的是,冰朔显然是被爱德华最后一句话刺激到了,他红着脸将身前的筹码狠狠一推,沉声道:"我跟注!"

"哈哈哈……"爱德华顿时发出一阵爽朗的笑声,而马里奥脸上的肌肉更是不停抖动着,眼中已经有了近乎疯狂的喜悦。

"噢,冰朔,你真是疯了!"江炎在电视机前掩住了脸,"你说你作为雇主裸爬,我到时是跟还是不跟啊?"

荷官轻轻敲了敲桌子，脸上挂着职业化的笑容，随即翻出了最后一张牌："草花10。"

牌桌上一时间陷入了诡异的寂静中。

马里奥的笑容僵持在脸上，他难以置信地看着那张黑色的草花10，脸色变得惨白："我的天，这不可能！"

爱德华却是哈哈大笑，一张肥脸涨得通红："我就知道我不会输，马里奥，我的运气能踢爆你的技术，哈哈哈！"

他把自己的底牌亮了出来，赫然是一对10！

马里奥一直都知道爱德华的底牌是黑桃10与红心10，可是哪怕和公共牌中的方块10凑成三张又怎样？自己的牌可是三张A，无论凑成怎样的葫芦都比他大。

而爱德华唯一的翻盘机会就是最后一张牌是草花10——可是这样的概率是多少？这需要怎样的运气和手段？

马里奥愤愤一拳捶在自己的椅子上，这轮过后，他就会被淘汰出局，再也没有了角逐Brand King的资格。而因为他是第一个输光筹码的，蒙特卡洛的希尔公司所能获得的利益也将会无限接近于零。

哦，等回到蒙特卡洛，公司高层一定不会放过他的！

只是，无论马里奥多么颓丧绝望，都已经没有人再去关心这个注定的失败者。

爱德华得意的目光望向冰朔，哈哈笑道："小子，别再遮遮掩掩了，我知道你的牌，不就是个葫芦或者顺子吗？乖乖翻出来，然后在我面前把衣服脱光。大不了我允许你坐着轮椅，让你那个红头发的保镖推你出去。"

冰朔抬起头，露出有些苍白的面容，只是他的脸上却没有什么惊惶恐惧，只有温和的笑容："爱德华，你说得对，我的底牌确实是Q和K，一对顺子。"

"哈哈哈，我就知道，你以为我……"

爱德华张狂的笑声戛然而止，他像见了鬼一样，双眼暴突出来，死死盯着冰朔刚刚翻开的两张牌。

揉了揉眼睛，又揉了揉眼睛，他情不自禁地喃喃道："草花Q和草花K……"

10、J、Q、K、A，顺子，而且都是草花的顺子——同花顺！皇家同花顺！

"这怎么可能？！"爱德华发出一阵尖锐的喊叫，"你出千了！一定是出千了对不对？"

"爱德华先生，请您注意自己的言行。"眼见爱德华就要一脸狰狞地朝冰朔扑过去，荷官连忙一把拉住他，语气温和却不容置疑地道，“这张赌桌上安置了最先进的侦测设备，Shawn 先生是绝不可能作弊的。爱德华先生，还请您冷静并保持自己的仪态。”

冰朔拿起两张草花牌，轻轻一甩丢进了牌堆中，浅浅一笑道：“爱德华，你不是说了吗，3 亿多筹码而已，你输得起……唔，现在是 4 亿多筹码了，但我相信你还是输得起吧？”

爱德华猛地醒过神来，双目狠狠地瞪向冰朔，阴森森地道：“小子，你给我等着，下一轮我就会把筹码都赢回来，你得意不了多久的！”

冰朔没有理会他，嘴角勾起了浅浅的弧度。

电视屏幕前，江炎张大了自己的嘴巴，良久说不出一句话来，到最后才猛地呼出一口气：“这个雇主简直跟 Gallant 那小子一样变态啊！”

而另一个房间中的何永启端起了酒杯哈哈大笑，他望着卡拉和维森特那难看的脸色，心中是如此舒爽，如此扬眉吐气。

“佑君，这个萧冰朔可是个真正的人才啊！”何永启拍着儿子的肩膀，“记住爸爸的话，这样的人一定要掌握在手中，要么让他为你所用，要么彻底毁掉，听到没有？”

何佑君微微垂下眼帘，手指抚摩着自己手背上青紫色的血管，神情变得有些恍惚。

四

作为失败者，马里奥提前离开了战局，比赛继续进行。

荷官指着放在面前的三张牌微笑道：“由于马里奥先生离场，所以三位将调换位置，如三位没有异议，我将揭晓新一轮的位置。”

很快，面前的三张牌被翻开，一时间，爱德华的脸色变得更加难看，尼尔森摸了摸他的光头，冰朔却露出了温和的笑容。这一轮，冰朔是庄家，而爱德华在他左首边——小盲注的位置。也就是说，当冰朔占尽了筹码优势后，又再度占据了位置的优势。

漫长的三个小时后。

爱德华的脸上已经出现了青灰色，他的牙齿咬在一起咯咯作响，双目充血，死死瞪着即将翻开最后一张河牌的荷官。

“最后一张河牌是：红桃 7。”

当鲜艳的红色映入眼帘，耳边响起了尼尔森愉快的口哨声，而爱德华只觉眼前一花，砰一声往后跌倒。

“哦，可怜的爱德华先生，”尼尔森摸着光头道，“他一定是被一会儿的裸奔给吓到了。Shawn，不如你就行行好饶了他吧？”

冰朔将手中没有翻开的底牌丢进牌堆中，淡淡道："尼尔森先生若是可怜他，又何必这么快赢光他最后那点筹码呢？也许让他再苟延残喘一段时间，他会更开心呢？"

"哈哈哈……"尼尔森摸着光头笑道，"我这个人吧，耐心不是很好，就喜欢速战速决。我说 Shawn 老弟，不如……我们两个就在接下来的牌局里，一局定胜负如何？"

说出这句话的时候，尼尔森幽深的目光牢牢盯着冰朔，神情间原本的憨厚爽朗消失得无影无踪，只剩下岁月沉淀的老练。

冰朔神色丝毫不变，闻言轻轻点了点头："也好，正好我们两个的筹码差不多，磨叽了这么多天，我也累了。"

尼尔森眼中飞快地闪过一道精光，随即哈哈大笑起来，一边摸着光头一边等待发牌，仿佛还是那个憨厚爽朗的男子。

而昏迷的爱德华已被人拖了出去，安置在隔壁房间进行抢救。至于他和冰朔的赌约，因为经过了 MEM 酒店的官方认证，是绝不可能赖掉的。

荷官开始发牌。底牌圈，两人都没有什么动作，牌桌上的气氛显得静谧而压抑。到了翻牌圈，荷官发出了三张公共牌：草花 7、红心 J、黑桃 Q。

尼尔森摸了摸光头，有些唏嘘地说："看来这一把，我们都做不出什么大牌了。总觉得你的赢面比我大啊！"

冰朔笑道："如果每一把都是同花顺，那未免也太惊世骇俗了。"

尼尔森推出了一部分筹码："加注 3000 万美金。"

加完筹码后，尼尔森紧紧盯着冰朔，想从他的脸上看出一点端倪。可这个明明只有十几岁的少年，脸上的神情却总是那么温和从容，仿佛眼前的牌局根本没被他放在眼里一般。

然后，尼尔森听到少年用清越的声音缓缓道："既然是一局定胜负，磨磨蹭蹭也没什么意思，你说对不对，尼尔森先生？不如，我们直接揭晓结局吧。"

说完，他把面前的筹码一推，沉声道："All-in。"

尼尔森的瞳孔陡然收缩，原本摸在光头上的手甚至重重弯曲了下，指甲都抠进了头皮中。

他原本选择一局定胜负，是想要给那小子心理压力，但没想到，如今成了自己的压力。

所谓一局定胜负，在德州扑克中几乎是不可能的，没有人在知道自己的成手比对方差后还会跟注。如果他料得没错，Shawn 的底牌应该有个 J 或者 Q，但不成对，而自己的底牌是一对 7。无论如何，都是自己的赢面更大。

这小子到底有什么底气来和自己一局定胜负？

尼尔森双目寒光一闪，咬了咬牙，将自己面前的筹码一推：“我跟注！”

哗啦啦声响，那是筹码被推到中央的声音。至此，冰朔的 11 亿 8000 万美金与尼尔森的 8 亿 2000 万美金——这场牌局的全部筹码——统统被扔进了彩池。这一局是真正的“一局定胜负”。

荷官依旧微笑着，缓缓将剩下的两张公共牌翻出来，分别是黑桃 8、方片 9。

尼尔森的脸色一下子变了。他猜到了 Shawn 的底牌中有 Q 或者 J，可是他没想到最后两张牌竟然会是 8 和 9！那么只要 Shawn 的底牌中还有 10，他就是顺子，稳克自己的三条 7。

不！不可能有10的！这小子不可能次次都有这么好的运气。尼尔森不断安慰着自己，手指几乎要在自己的光头上抠出洞来。

只听荷官道：“请两位揭示底牌。”

“我想你早就猜到了我的底牌吧？”尼尔森笑着说，但能听得出他声音中有着艰涩与紧张，“如果你有 10，那你小子就是最后的赢家，毕竟连上帝都站在你那边！”说着，尼尔森把自己的底盘翻开来，果然是一对 7。他紧张地盯着冰朔。

冰朔看着他的底牌怔了怔，随即有些失望地摇摇头道：“很遗憾，这场是我输了。尼尔森，你才是今天的赢家。”

尼尔森一愣，那句“你真的没有拿到 10”差点儿脱口而出。他心中莫名地仍旧有些忐忑，脸上却笑道：“嗨，Shawn，我现在真是越来越好奇你的底牌是什么了。”

冰朔笑笑，却没有翻开底牌，而是要把底牌丢进牌堆中。

“等等！”荷官一把拦住他，脸上露出职业化的笑容，“请Shawn先生亮出你的底牌。”

冰朔似是愣了一下，随即才无奈地摇头道：“难道你以为我会故意认输吗？”

说着，他手腕一动，将手中的底牌翻开，是一个草花 Q 和一个红桃 9，两个对子，明显是尼尔森的三张 7 胜利。

荷官和尼尔森都望着那两张牌，尼尔森长长舒了口气，那荷官眼中却是露出几分诧异，微微的光芒在眼底流转。

电视机前，尼尔森的雇主科斯纳发出一声夸张的欢呼，整个人竟然蹦上了沙发开始跳起舞来。那可是新皇冠俱乐部的第一经营权啊！明年，他们科斯纳家族的收入就会翻上一番！

其他几人的脸上都是一片阴霾，充满了嫉恨与不甘。何永启更是气得将酒杯狠狠摔在地上，眼看着到手的巨大利益竟然就这样失之交臂，以后也不知道还有没有这样接近胜利的机会，简直太可恨了！

而原本脸色也不太好的维森特，看到何永启这样的表现，却是呵呵笑道：“何老，你家这位小朋友可真不简单呢！”

见何永启抬头怒视自己，维森特端起红酒抿了一口，才缓缓道：“你看他把爱德华玩弄于股掌之间的本事就知道，他的技术已经完全能和我外孙媲美了。可他小小年纪，竟然懂得从头藏拙到尾，甚至在最后一场关系如此重大的牌局上故意输掉……啧啧，这样的魄力、这样的心性，区区一个 Brand King 的称号也太亏待他了。”

“你这话是什么意思？”何永启猛地瞪大了眼睛，脸上满是惊怒，“你是说他在和尼尔森的对决中故意输掉？”

“这不是明摆着的事吗？”维森特晃了晃酒杯，悠悠笑道，“你和我都曾经是 Brand King，他到底是真的实力不够，还是故意放水不想赢，难道何老真的看不出来吗？”

见何永启越来越难看的脸色和眼中汹涌的怒火，维森特的笑容更加和煦：“呵呵，看来何家还没办法完全掌控这位天才少年啊，真是可惜了。”

何永启霍地站起身，头也不回地朝外面走去，垂在身侧的双手紧紧握成拳头。何佑君连忙快步跟上，到了门口的时候才轻声喊了句：“爸，冰朔不是那种人，你别听人挑拨离间。更何况，就算只是第二名，也有了第二经营权……”

何佑君的话还没有说完，何永启突然转过身，狠狠一巴掌甩在他脸上，怒斥道：“没用的东西，就知道妇人之仁。要不是你手段不够，我们何家怎么会被一个臭小子耍得团团转？我告诉你，你要是没办法把这个 Shawn 掌控在手中，就给我趁早毁了他，否则，我绝不会把何氏交到你这种蠢货手中！”

说完，再没有看何佑君一眼，他大步走进了电梯，独留下何佑君站在原地，感受着脸上火辣辣的疼痛，缓缓捏紧了垂在身侧的双手。

第六集

告密 × 妒火 × 瓮中捉鳖

一

此时，MEM 酒店外人声鼎沸，不时爆发出哄堂大笑声。江炎脸贴着窗口，望着底下那移动的白花花的肉块，咧嘴笑道："冰朔，这下子你和爱德华的梁子可结大了。瞧他那咬牙切齿的模样，肯定不会轻易放过你。"

冰朔正慢条斯理地吃着一块蛋糕，闻言漫不经心地道："反正我有维加斯州第一战神 Ares 当保镖，这种跳梁小丑有什么好怕的？"

江炎一时哭笑不得。他这个雇主总给人一种温润如玉、少年老成的感觉，可只有与之处久了才能发现，这家伙骨子里其实蔫儿坏的，总喜欢戏耍人。他正要说话，身后突然传来一个陌生男子的声音："冰朔，好久不见。"

江炎看到冰朔那低垂的长睫微颤了一下，才抬起头露出一个温和的笑容："何大哥，没想到你也在这里。"

来人正是何佑君。他快步走上前来，看着冰朔踩在轮椅上的双脚，脸上露出愧疚的表情："冰朔，都是因为我，你才会搞成这样，是何大哥对不起你。"

冰朔摇头道："何大哥说哪里话，你是为了救我妹妹才会被牵扯进这场旋涡中，我偿还你的恩情是应该的，没有谁对不起谁之说。"

何佑君闻言脸上的愧色更重，但抬头看了站在一旁的江炎一眼，还是把到嘴边的话咽了回去。

他的脸上重新露出笑容，看着冰朔的目光充满了钦佩："刚刚那场比赛，我全程都看了。冰朔你还是一样厉害，竟然能拿到皇家同花顺。在我记忆中，这是 Brand King 的比赛中唯一一次出现皇家同花顺。"

冰朔叹了口气道："运气罢了，也正是因为前面运气太盛，最后那把才会输掉。让何家损失了新皇冠俱乐部的第一经营权，我很抱歉。"

"如果没有你，我们可能连第二经营权都拿不到。"何佑君连忙道，"不管怎么样，何大哥都要谢谢你肯一直帮我。关于那件东西……”何佑君顿了顿，看着冰朔的双眸满是诚恳与担忧，“冰朔，想要拿到那件东西，实在太过危险，不如算了吧。何大哥不想看到你再拿命去冒险。”

冰朔的神色有些怔忪，并没有接话，良久才道：“何大哥，我为你把一下脉吧。”

何佑君连忙搬了把椅子在冰朔面前坐下来，朝他伸出手。莹白修长的手指轻轻搭在脉搏上，带着温凉如玉的触感，就仿佛连人心最深处的秘密都会被碰触到。何佑君的身体绷得笔直，目光怔怔地看着眼前凝神把脉的少年，良久才宽慰道：“冰朔，你放心吧，自从你上次送来药以后，我的病就一直没有发作过。”

冰朔缓缓松开手，脸上终于露出了一丝如释重负的笑容。看着他的笑容，何佑君也变得开怀起来，一双桃花眼顾盼生辉：“何大哥这些年什么大风大浪没见过，不过是被注射了一点药剂，怎么可能轻易死掉？冰朔，你记住我的话，你已经不欠我什么了，以后不要再拿自己的安危开玩笑。”

他说着，神情慢慢变得凝重而诚挚：“你是我这二十几年来第一个认可的朋友，如果我何佑君的命要靠冰朔你的命来换，那我宁可不要。尤其是拿自己的身体做实验这种事，你以后想都不能想，听清楚了没有？”

冰朔点了点头，脸上有着小孩子被训般的无奈：“何大哥，这些话你已经说过六遍还是七遍了，虽然大部分都是电话里说的，但我耳朵真的都快起茧了。”

何佑君顿时脸上一红，不好意思地摸了摸鼻子：“我还有事要处理，就不和你多说了。等你回国，一定记得来找我……记住，无论你是不是回去那个地方，何大哥都支持你。”

二

夕阳西下，维加斯州的海岸线被染上一层绚丽的金红色。

江炎一边开车行驶在公路上，一边忍不住转头打量自己的雇主。终于，冰朔忍不了他的视线骚扰，睁开眼道：“我说 Ares，你已经看我一路了，还没看够吗？”

江炎脸上一红，抓着方向盘的手都紧了紧，随后嘿嘿笑道：“我就是很好奇，你和那个什么何大哥，关系到底是很好还是不好？为什么你不告诉他你的腿没事？”

冰朔望着前方蜿蜒的公路和公路上跳跃的阳光，淡淡道：“因为他本就知道。”

“他知道？”江炎微微惊讶，“可是……他表现出来的样子好像真的很愧疚。”

冰朔微微勾了勾嘴角：“而且他还知道，我最后一场牌局是故意输掉的。”

“什么？！”江炎脚下一滑，车子差点儿撞上栏杆，幸好他及时扳正了方向盘，“最后一盘你真是故意输的？可是怎么输？那荷官不是说绝不可能出千吗？”

冰朔见他一脸震惊，不由得失笑：“你不会真以为我打垮爱德华那场靠的是技术吧？皇家同花顺，那可是六十几万分之一的几率，我的运气哪怕再逆天，也不可能轻易拿到，还是在那样的时刻。”

江炎嘴巴张了半天，良久才唏嘘道：“真不知道你们这种人的脑子是怎么长的，我要是有你们这样的本事，还用得着天天打拳，赚取那点可怜的佣金？”

冰朔转头看了他一眼，缓缓道：“Ares，我很少羡慕别人，但你是其中一个。”

江炎一怔，神情有些呆滞，并不是震惊冰朔会羡慕他，而是……这句话他不是第一次听别人说了。

江炎正要再开口，突然，两人神色同时一凛。

对面车道上的一辆大货车突然毫无征兆地朝着两人狠狠撞过来！江炎反应极快，车子如螺旋般打转，轮胎和地面剧烈摩擦，发出嗞啦啦的刺耳声音。然而，那大货车体积实在太大，速度又极快，最终，左侧车头还是狠狠撞在了他们的车身上。

巨大的冲击力让汽车在半空中打了个滚，整个车身越过栏杆，朝着海岸直坠而下。

而那辆大货车上很快下来几个凶神恶煞的高壮男人，眼看着汽车被撞得滚下山崖，他们还不肯罢休，提着砍刀、铁棍就追了下去。

砰——一声巨响从崖下传来，紧接着一阵火光冲天而起，伴随着轰鸣的爆炸声和滚滚浓烟。

那群高壮男人看到这一幕，其中一个忍不住吹了个口哨：“老大，看来那两个小子已经被炸成肉酱了。”

“哼，让他们就这么死了简直太便宜他们了！”咬牙切齿的声音传来，很快，人群散开，显露出一个肥胖的身影，赫然是刚刚在 MEM 酒店裸奔完的爱德华。

爱德华恶狠狠地瞪着那着火的汽车，想起自己刚刚丢的脸，牙齿就咬得咯咯响：“活要见人，死要见尸！你们想办法给我把那小瘪子的尸体拉出来！”

爱德华的话还没说完，突然有个男人指着前方惊呼道：“老大，他……他们还没死！”

三

熊熊的火光与金红的夕阳交相辉映，染红了海边的沙滩。而在这片火红中，一个高大的身影推着轮椅缓缓走出来。他有着一头火红的头发，脸上带着睥睨的笑容，看着爱德华等人的目光就像在看着一群蹦跶的跳蚤。

爱德华被这样的目光盯着，竟觉得浑身僵硬，无法动弹，强烈的恐惧让他的背脊一阵阵发寒。这个红发少年到底是什么人？明明其貌不扬，为什么会有如此恐怖的气势？

“老大，现在怎么办？”身边传来手下颤抖的声音。

爱德华猛地回过神，目光落在轮椅上微笑着的冰朔身上。强烈的愤怒顿时掩盖了恐惧，他厉声道：“你们给我一起上，他们只有两个人，谁给我砍死轮椅上那个小子，我给他 1000 万美金！”

重赏之下，必有亡命之徒。此言一出，那几个男子顿时发出一阵兴奋的呼叫，举着武器冲了下去。

江炎松开轮椅，捏了捏拳头，冲冰朔微微一笑道：“你有电话吗？让徐总再派辆车来接我们吧？最好十分钟内能到，否则我怕我们要在这儿无聊地枯等太久。”

这时，第一把砍刀已经劈到了冰朔面前，眼看刀刃就要落在他的肩膀上。斜地里陡然伸出一只手，将那握住砍刀的手轻轻一折。只听咔嚓一声，伴随着杀猪般的号叫，一条手腕已被轻易折断。

江炎一脚将人踢开，随后伸出手凌空一抓，像抓小鸡一样又将一人拎在手中。

面面相觑，原本凶神恶煞的男人脸上露出惊恐的表情。江炎微微一笑，一拳击在他肚子上。一时间，那男人只觉五脏六腑翻江倒海，脸色从通红变为青紫，眨眼之间就昏迷过去。

短短三分钟，十几个拿着武器的高壮男人无一例外地躺倒在地上，发出一阵阵痛苦的呻吟，再也爬不起来。

爱德华脸上满是惊恐。他的手上还举着枪，一会儿对准江炎，一会儿对准冰朔，可是颤抖的手指在这一刻却连扣动扳机的力量都没有。

江炎捡起沙滩上的两枚小石子，轻轻一丢，爱德华只觉得两手手腕同时发出咔嚓一声脆响，下一刻，他已经歇斯底里地号叫起来：“我的手！我的手！”

只见他的双手软软垂下来，枪支也掉落在地——江炎竟只凭着两颗石子就让爱德华双手腕骨齐齐断裂。爱德华的职业是扑克手，废了他的双手，几乎等于毁了他的前途。

江炎站在爱德华面前，居高临下地看着他，冷冷道：“明明是你自己心胸狭窄挑衅在先，技不如人输了却怀恨在心。今天如果不是我在这里，你是不是打算彻底毁了 Shawn？像你这样自私又狠毒的人，让你飞黄腾达才是这个社会最大的不幸。”

江炎说完，没再去管这群鬼哭狼嚎的家伙，走回冰朔身边，仰头望着上方的公路，低声道：“雇主大人，看来轮椅是上不去了，你是想让我背你上去呢，还是自己走上去？”

冰朔一时哭笑不得，正要说话，手机却响了起来：“冰朔，把你的坐标发过来。”

“蓝？怎么是你？”冰朔的脸上露出诧异之色，“你那边是什么声音？你在……直升机上？”

手机中传来韩宁蓝冷静沉着的声音：“嗯，我也是刚发现自己会开直升机。”

天空中很快传来轰隆的声响，紧接着狂风大作，一架铁灰色的直升机缓缓降落在远处的沙滩上，扬起一地沙尘。

飞机刚刚停稳，就见一个娇小的女孩从直升机上一跃而下。笨重的头盔被取下来，露出一头栗色的长卷发与皎皎如月、精致秀丽的面容。

“酷！”江炎忍不住赞叹了一声，“没想到平日沉默寡言的韩小姐还有这么帅的一面。”

江炎在徐家别墅当然是见过韩宁蓝的，但韩宁蓝向来很少说话，更不与人亲近，明明有着少女的稚嫩容颜，眼神中却总透露着看透世事的淡漠与沧桑。尤其是那双和冰朔很相似的冰蓝眼眸，不带一丝温度地看着人时，总让江炎有种毛骨悚然的感觉，不知不觉就避得远远的。

只是今日的韩宁蓝却与平时很不同，穿着一身黑色的紧身衣，纤细窈窕的身材一览无遗，栗色的波浪卷发随风轻扬，全身都仿佛散发出一种醉人的魔力。

冰朔坐在轮椅上看着韩宁蓝走近，微笑道:“这是徐诺的直升机吧？他可是宝贝得很，怎么会让你开出来？徐诺呢？”

韩宁蓝神色淡淡，解释道：“徐诺要上直升机，他那群保镖死活拉着他不许，就差切腹自杀了。我看着直升机感觉熟悉，于是上去摸索了一下，就开出来了。”

徐诺作为徐家三代单传的独苗，受到爷爷奶奶的重点保护，像是开直升机这种危险的活动，那是坚决禁止的。要不是徐诺母亲蓝姨睁一只眼闭一只眼，让他买了这个生日礼物，他恐怕这辈子也别想玩直升机。

“喀喀……”冰朔差点儿被自己的口水呛到，“徐诺可是最恨别人碰他的宝贝飞机的，连我都没摸过几次。你就这么把他的宝贝开出来了，他还不得恨死你？”

韩宁蓝的耳边似乎还回响着徐诺气急败坏的喊声，忍不住撩了撩长发，不在乎地道:“只要能把你安全带回去，相信他再大的火气，你也有办法熄灭吧。”说着望了望天空，“我不知道自己有没有夜间飞行的能力，为保险起见，我们还是早点回去吧。唔……估计再晚个两分钟，徐诺他们的飞车也该赶到了。”

三人说笑着进了机舱，直升机缓缓升空，带起一阵沙尘和狂风，随后逐渐远离，消失在天际。海滩上，只剩下手腕被废的爱德华和他那群被打得鼻青脸肿的兄弟。

在确定那红头发的煞神不会再回来后，几人才发出愤怒的咆哮与咒骂。

“老大，我总觉得那个红头发的小子有些眼熟，不如我回去让兄弟们查查？”

询问的男子一回头，却看到自己的老大眉头紧锁，脸色阴沉地望着刚刚停靠直升机的地方，眼中的精光一阵阵闪烁。

“老大，老大！”一旁的兄弟看着他已经变成青紫色的手腕，忍不住担忧道，“我们还是先送你去医院吧，老大你的手可是你的命啊，千万不能被毁了。”

要是爱德华的手被毁了，失去了赖以生存的技能，他们以后还跟着谁蹭吃蹭喝，过风光舒坦的日子？

爱德华却仿佛忘记了自己的断手，反而勾着嘴角，忽然发出阴恻恻的笑声：“我想起来了，我终于想起来那个人是谁了！难怪那么眼熟，哈哈哈……两个浑蛋，这一次你们死定了！”

“老大，你认出谁了？是那个红头发的小子吗？”

“老大是不是撞坏脑子了？我们还是快点把他送去医院吧！”

爱德华一把甩开过来搀扶他的混混，忍着手腕的剧痛低吼：“手机，把我口袋里的手机拿出来……往下翻，再往下翻……对，就是这个，给我拨过去！”

手机屏幕上显示的只有一个单词“Xi”，爱德华的手下忍不住问道：“老大，这个是什么人？有名的接骨医生吗？”

“医生个屁！别多问，现在就把电话拨过去！”

电话很快就被接通，里面传来一个苍老而威严的声音：“你找谁？”

“我……是我，我是爱德华，就是大西洋城的那个牌王，曾经跟席管家您一起吃过饭的，您还记得吗？”

“哦，爱德华先生，请问有什么事吗？”

手机中的声音依旧不冷不热，爱德华却丝毫不在乎，深吸了一口气才道：“席管家，我打电话给您是因为我今天无意中发现了娜塔莎小姐的下落。”

“你说什么？”席管家的声音陡然提高，再也没有了刚刚的冷淡敷衍。

“没错，就是那个雷切斯家族的小公主，娜塔莎小姐，我今天发现了她的踪迹。”

“马上告诉我她在哪儿。”

爱德华看了看自己的断腕，脸上露出阴狠怨毒的表情：“我是在维加斯州 1 号公路海岸边发现她的，她和两个年轻男人在一起，现在已经离开了……不！不！席管家你先别生气，我虽然不知道娜塔莎小姐去了哪里，可是我认识其中一个男人。

“没错，和娜塔莎小姐在一起，并且很亲密的那个男人……就是今天在 Brand King 上用无耻的诡计赢了我的小子——Shawn。”

四

从 MEM 酒店回来后，冰朔做的第一件事就是躺在床上睡足二十四个小时。

参加比赛真是件费力又劳神的事情，无论是想赢还是想不着痕迹地输，都是技术活。玩久了实在容易精神衰弱、心力交瘁。

冰朔正睡得迷迷糊糊，突然意识一晃，被拉进了一个虚拟空间。

“亲爱的主人，早睡早起身体好，像猪一样一天睡十八个小时是不对的，很可能没办法再保持你完美的体型与光滑的皮肤。”

冰朔睁开眼，就看到眼前一大堆跳跃的字符围着他不停旋转。这里是游码的虚拟空间。

游码的电子音继续响在耳畔：“主人，是时候履行你对游码的承诺了。与其睡觉浪费光阴，倒不如先为游码改善存储硬件。”

冰朔揉了揉发疼的太阳穴，缓缓道：“游码，我知道你身上有很多程序是我没法调用也没法操纵的，可是，你大概还不明白，哪怕我不是你的主人，我也一样能用病毒让你的程序轻易崩溃……就像当初我逼迫得 Angel Holy 都不得不断臂舍弃你保全自己一样。”

“嗯……”电子音停顿了半晌，再出声时声音明显低了八度，“主人，你是一个善良、正直的美少年，怎么可以恐吓你可爱的仆人呢？我只是想要改善一下生存空间，这个要求不过分吧……”

冰朔嘴角勾勒出一个幽幽的冷笑，修长的手指在虚空中轻轻抬起。

虚拟空间中的字符瞬间混乱跳跃，像是被踩到了尾巴的猫，电子音更是带了几分急迫：“等等，主人！我……我有重要的事情要告诉你！”

“说。”

不停跳跃的字符顿了顿，电子音诡异地发出一声极其拟人化的吞咽口水声，然后才怯怯地道：“似乎有一大波带着危险武器的人正在向你这栋别墅靠近，唔……很快就要进入主人您的灵觉感知范围了。而且三公里外，还有人在开启电磁隔离屏障，主人你大概要被人瓮中捉鳖了。”

游码话音刚落，冰朔脸色陡然一变，清晰的身形瞬间在虚拟空间中变淡消失。

原本停滞的字符顿时又雀跃起来。游码悄悄舒了一口气，用低低的电子音说：“想要找到一个善良、正直、不恐吓 AI 的主人，真是太不容易了。”

五

冰朔从床上一跃而起，也顾不得坐上轮椅了，迅速冲出房间。

可是，他刚迈出房间，就感觉眼前有一道蓝紫色的光芒闪过，将整个别墅团团笼罩。

冰朔拿出手机，看到手机上彻底消失的信号，心一点点往下沉。

电磁隔离屏障是这几年各国新研发出来的高科技产品，是一种能隔绝任何信号与卫星探测，甚至隔绝音效、改变视觉效果的能量屏障。在屏障中的人就像与现实世界隔离，无论发生什么，外面的人都不会知道。就算屏障中发生大爆炸，也不会波及屏障外的人和建筑。所以，一旦在电磁隔离屏障内受到袭击，那真可以说是叫天天不应，叫地地不灵。

冰朔当然有能力解除这种隔离屏障，可前提是，他要找到屏障的能源供应点，将供应电路进行解离。而现在，别说是找到能源供应点，他就算是想要离开这栋别墅，估计都不可能。

“冰朔，你有没有感觉到有很多人靠近？”江炎焦急的声音从身后传来。

他一见赤脚站在楼梯上神情凝重的冰朔，眉头不由得深深地皱起：“怎么了？那些人是来对付你的？”

冰朔摇了摇头：“我不知道，但这栋别墅周围已经被布下了电磁隔离屏障，恐怕来者不善。徐诺和蓝呢？”

“徐少一早就出去了，好像是韩总有事找他。”江炎道，“至于蓝小姐……不好！冰朔，快趴下！”江炎话还没说完，脸色陡然大变，想也没想就扑过去抱住冰朔，一起滚下了楼梯。

耳边传来一阵轰鸣声，两边的玻璃噼里啪啦地碎裂，紧接着，整个房子都剧烈震颤起来，不断有灰沙土石从头顶扑簌簌掉落下来。冰朔只觉得脑中一阵嗡嗡作响，运转内力调理了一下才勉强缓过神来。

而此时，徐家的整栋别墅已经一片凌乱，刚刚他们站立的地方更是被炸出了一个大坑，尘雾弥漫中还有火舌在不停跳跃。

“这是哪个神经病的手笔啊，居然上来就扔炸弹！”江炎吐掉嘴里的灰土，难以置信地说，“他就不怕把整个维加斯州的警察都招过来吗？”

冰朔苦笑：“所以他才开启了电磁隔离屏障啊。现在这里就是被扔下一颗导弹，也没有卫星能探察到。”

说话间，徐家别墅里留下的十几个保镖也都聚集过来。这突如其来的爆炸让他们也受惊不小，幸好炸弹威力并不大，所以只有几个人受了轻伤。

江炎被屋子里的烟尘呛得咳嗽了两声，皱眉道：“我们还是先去别墅外头吧。冰朔你坐上轮椅，不管来的人是谁，都待在我旁边不要离开。”

其他人的安危他可以不管，但冰朔是他的雇主，不说那丰厚的雇佣金，就算是出于职业操守，他也必须确保冰朔的安全。

冰朔却看了看四周，皱起眉头："蓝呢？"

此言一出，江炎和几个保镖顿时面面相觑。对啊，爆炸都过去好几分钟了，怎么韩小姐还没有出现，难道是在房间里出了什么意外？

其中一个保镖主动请缨，正要上去看看，门口却突然传来一个阴柔含笑的声音："这个场景可真让我眼熟啊，和当初我站在你楼下为你弹琴、给你献花的场景像不像？蓝，这么久不见，你想我了吗？"

冰朔和江炎对视一眼，眸中都露出惊骇之色。江炎当机立断地把冰朔按在轮椅上，推着他走出了别墅大门。十几个保镖快速跟在冰朔身后，颇有些浩浩荡荡的气势。

可是，刚走出别墅，看到眼前的景象，那些保镖却个个倒吸了一口凉气。

一眼望去，别墅外面密密麻麻全都是人，而且每一个身上都扛着最新型号的突击步枪。而在他们身后不远处的高地上，还有一架架狙击枪牢牢瞄准着这边。在这群持枪人的中央，一个身材修长、形貌昳丽的男人正站在月光下，抬头望着别墅二楼的方向，脸上露出温柔的笑容。

站在冰朔身旁的保镖脸上突然露出一丝震惊，低呼道："是席貊！ G省第一大家族席家的新任家主！"

冰朔当然是听说过席家的。席家持股的深蓝国际在去年Z国的企业市值调研中排名第二，仅次于冰朔养父水冰烨掌控的凌云集团。而且，深蓝国际爬到这样的位置，仅仅用了三年时间，足可见席家这位新任家主的强大与可怕。

但是，席家在G省呼风唤雨，凌云集团和徐家的徐天集团都在上怀，大家向来井水不犯河水。那么今天席貊全副武装前来，就只能是为了……

冰朔抬起头，看到了站在窗台边的韩宁蓝。

她的脸色在月光下显得越发苍白透明，冰蓝的眼眸里没有一丝波动，像是完全看不到席貊温柔的注视与无数冰冷的枪支。只是，看了一会儿后，冰朔就感觉到了不对劲——韩宁蓝的身体像是被什么东西禁锢住了，无法动弹。她似乎想要努力往后退，可那股无形的力量硬拽着她往窗口前进。突然，站在喷泉池前的席貊发出一阵低低的笑声："上一次，你听了我的歌声、收了我的花，却把我拒之门外。这一次，我再也不会给你这样的机会。"

话音刚落，席貊的手猛地一拽，原本站在窗台边的韩宁蓝竟一个趔趄，身体呈倒栽葱的姿势从二楼掉了下来。

“Ares！”冰朔低叫了一声。

下一刻，身后的少年已经如离弦的箭般飞跃而出，红棕色的头发在夜空中划出一道绚丽的弧线。他在半空中牢牢接住韩宁蓝，又回到了冰朔身边。

席貂伸出的手悬在半空中，阴柔美丽的脸在月光下一阵扭曲。他突然发出一声尖厉的咆哮：“放开她，不要用你的脏手碰蓝！”

江炎放下无法动弹的韩宁蓝，手上稍稍用劲，原本缠在韩宁蓝身上的透明丝线就被扯断了。他看了那歇斯底里的男人一眼，忍不住道：“这是哪来的神经病啊？被这种人缠上，你真是倒了八辈子血霉了。”

韩宁蓝柳眉紧蹙，苍白的脸上露出痛苦的神色，似乎根本没听到江炎的调侃。冰朔抓住她的手，内力缓缓输入，沉声道：“收敛心神，不要强迫自己……”话还没说完，站在一旁的 Ares 脸色陡然一变，抓着冰朔的轮椅飞快往后挪了一寸。

只听嗤一声响，一道浓烟从冰朔身后的灌木上冒起，散发出刺鼻的酸臭气息。一旁的保镖倒吸了一口凉气，这是腐蚀枪，刚刚这枪要是打在萧少爷身上，那胸膛还不得被穿个骷髅！

而拿着腐蚀枪的席貂此时已缓缓走上前来，嗜血的目光死死瞪着冰朔的右手——刚刚给韩宁蓝输送内力的那只手——声音中带着刻骨的杀意：“卑微的老鼠，告诉我，你还用身体的哪些地方碰触过蓝？让我来给你统统清洗一遍！”他缓缓抬起腐蚀枪。Ares 神色凝重地正要上前，却突然脚步一顿。

冷冽的目光扫向自己的胸口，几个红色的光点落在他的脸上、身上，还有些则落在冰朔和那些保镖的要害上。那是狙击枪用来瞄准的红外线，这代表着只要 Ares 一动，就会有十几把狙击枪同时从远处射击，把他们射成蜂窝。

冰朔神色平静地看着越走越近的席貂和他手中的腐蚀枪，缓缓道：“席少在徐家的地盘上动手，就不怕闹得太大，最后让整个席家都引火烧身吗？”

“哈哈哈哈……我怕？”席貂闻言仰头大笑，“你知道我为了蓝曾经做过什么吗？就连席家的家主之位，我也是为了蓝才夺过来的。为了蓝，我连 Gallant 那个疯子的警告都不顾了，你认为我会怕吗？”

席貂笑着笑着，目光落在冰朔的脸上，眼中的疯狂瞬间化为熊熊的嫉妒火焰。他猛地举起枪，对准了冰朔那张能让万千少女疯魔的俊脸，阴恻恻地道：“就是这张脸对吗？是这张小白脸让蓝对你刮目相看，让你亲近她？你说，我要是毁了这张脸，让它千疮百孔……不，不对！我应该把这张脸扒下来，以后当蓝躺在我怀中的时候，让她日日回味……哈哈哈……”

“疯子！”江炎低骂了一声，缓步退到冰朔身边，低声道，“现在怎么办？”

冰朔的脸上也露出了无奈的苦笑。碰到这样不讲道理的偏执狂还真是一件头疼的事情。他正要说话，脸色却突然大变，低喝道：“徐泗，回来！”

可是已经晚了。只见一个穿着黑衣的高大身影如猎豹般蹿出，朝着毫无防备的席貊扑过去。如今的形势已经是四面楚歌，除了抓住席貊当人质，根本没有其他办法。

可是，席貊是这么容易被抓住的吗？

徐泗眼见着自己的手就要碰触到席貊的脖子，却突然感觉身体一沉，整个人如被操纵般停在半空中无法动弹。紧接着，耳边传来砰一声响，一枚子弹精准地洞穿了他的肺叶。

徐泗的身体重重跌落在地上，打了几个滚，停在冰朔脚边。

他的身体不停抽搐，口中不断有鲜血和内脏碎片涌出来，脸色先是变得通红，紧接着就开始青灰发紫，眼看就要毙命。

冰朔的脸色变得极其难看，他迅速拿出银针刺入徐泗的穴道止血。可是如此严重的伤势，根本不是靠银针刺穴能治好的。

席貊神色温柔地看着韩宁蓝，轻声道：“蓝，你看，你新找的小白脸根本保护不了你。这世界上，除了我根本没人能给你幸福。你为什么要选择他，不选择我呢？”说到最后一句的时候，席貊的神情陡然变得狰狞，带着浓浓的妒火与怨恨。

韩宁蓝看了一眼地上的徐泗和正在凝神治疗的冰朔，皱眉道：“你到底想怎么样？”

席貊马上收敛了脸上的狰狞，看着她的眼神柔和而宠溺：“当然是接你一起回家。这一次我们直接回Z国，我已经在地下室打造了一个华丽的宫殿，以后蓝你就是那个宫殿唯一的女主人。你看，我连实景图都带来了，完全是按照你的喜好设计的，我想你一定会很喜欢！”

韩宁蓝看着他拿出那一张张仿古建筑的地下宫殿，忍不住汗毛倒竖，激灵灵打了个寒战。她失去了记忆，可是脑子没有坏掉，眼前这个男人火热、执着，但脑子绝对是有病的。这哪是什么华丽的宫殿，分明是个巨大的牢笼，要囚禁她一辈子的牢笼。

可是……韩宁蓝的目光扫向一旁还弥漫着硝烟和火光的别墅，又望向手上沾满了徐泗鲜血的冰朔。

她好像从一开始就在给这个少年添麻烦，也许如今最好的选择就是离开这里，不再连累他。

一旦决定，韩宁蓝的神情就变得很平静：“我可以跟你走，但你要放过这个别墅里的所有人。”

治疗中的冰朔猛地抬起头，脸上已满是阴霾：“蓝，别做蠢事，就算你跟他走了，他也绝不会放过我们。”

席貊再度哈哈大笑：“你说得没错，蓝我是一定要带走的，而你们这群觊觎蓝的杂碎，我也一个都不会放过！”说着，他猛地扣动腐蚀枪的扳机！

下一刻，席貊脸上张狂的笑容陡然凝固，他的神色变得极度惊恐，握着枪的手剧烈颤抖，腐蚀枪几乎掉落在地上。

枪中的水箭射了出去，可是根本没有击中冰朔，而是击中了韩宁蓝的腹部。

她精致的小脸痛苦地皱在一起，身体缓缓跪倒下去。带着腐臭气息的鲜血从她的指缝间一点点溢出来。

“蓝！”冰朔一把扶住她，脸色阴沉得能滴下水来，手却极快拿出一颗丹药塞入韩宁蓝口中。

一旁的席貊此时也回过神来，被牙齿死死咬住的嘴唇渗出丝丝鲜血：“韩宁蓝，你宁可死，也要护着这个杂碎是吗？可是，你护得住吗？我今天就在你面前把你的小情人挫骨扬灰，看你以后还能逃去哪里！”

席貊的手微动，眼看就要下达绝杀的命令，神情却突然一僵：“你们对我做了什么？”

“嘿嘿，你猜！”江炎手上猛一用力，席貊的身体竟不受控制地趔趄了几步，直接落入他的掌控之中。江炎手中拿着匕首，顶在他颈部血管的位置，阴恻恻地笑道：“怎么样？被以其人之道还治其人之身的感觉还不错吧？”

月光下，只见席貊的全身缠满了透明的丝线，就连手指也不例外，而这些丝线赫然就跟他刚刚控制徐泗与韩宁蓝的一模一样。

席貊沉着脸冷冷道：“你以为制住了我，你们就能逃过一劫？”

江炎拿刀拍了拍他的左脸，嗤笑道：“席少爷你的命可是值钱得很，给我们这种小喽啰陪葬不是太可惜了吗？”

席貊眼中闪过一抹凌厉的杀意，他斜眼看着江炎，嘴角露出一抹轻蔑的笑意：“战神 Ares，那小子不过是你的雇主，就算他死了，我一样可以给你双倍的赔偿金。你跟我作对，却会惹上席家，以后你和你的叔叔将永无安宁之日。对我下手的后果，你真的考虑清楚了吗？”

江炎微微一怔，心神一时有些恍惚，可是瞬息间，他猛地回神，惊恐的目光望向冰朔身后。

那里正有两个鬼鬼祟祟的阴影从草丛后显现，手中握着锋利的匕首，无声无息地朝着他的雇主脆弱的脖颈抹去。只需要一下，颈动脉和脊椎就都会被切断，神仙难救。

“冰朔，小心！”江炎发出一声怒吼。

以他的眼力，当然能看出这两个人动作干脆利落，杀气引而不发，手下显然早沾过无数人命。被他们盯上，冰朔必死无疑。

可是下一刻，他脸上所有的表情都凝固僵硬，而身边被他控制的席貊则发出难以置信的怒吼：“这不可能！”

只见不远处，那原本坐在轮椅上的少年已经稳稳站立在原地。他的脸上有着冷冽的寒光，眼中透露出沉沉的杀意。在他的左侧是昏迷的韩宁蓝与气息微弱的徐泗，而在他的右侧，两个高大的男子交叠在一起，被他赤脚踩在脚下，发出痛苦的呻吟。

俊秀的少年就像是九天神魔，站在一片血泊中，高高在上，冷眼睥睨，无人敢撄其锋芒。

江炎忍不住爆了一句粗口，喃喃道：“就这样的身手还雇保镖？还说不是耍着老子玩的！”

就在这时，远处突然传来砰一声巨响，原本笼罩在别墅周围的电磁隔离屏障竟如玻璃般碎裂开来，散发出一阵阵幽蓝的光芒。席貊的脸色变得越来越难看，他原以为从这个小小的别墅带走韩宁蓝、杀死拐走她的杂碎是件很简单的事情，可是现在事情越来越出乎他的意料了。

他咬了咬牙，冲一旁的江炎道：“Ares，只要你助我带走蓝并杀了那小子，我保证让人医好你叔叔的病。你听着，不是延缓病情，而是彻底治愈，这世界上唯有我席貊可以办到！”

江炎的瞳孔猛地收缩，眼中露出难以置信的光芒。

席貊眼中露出一丝得逞的笑意，继续道：“我已经知道了你的身份，如今你叔叔自然在我手中，你该知道和我作对的下场。为了一个萍水相逢的雇主，你真的要不顾自己唯一的亲人吗？”

“谁说Ares的叔叔在你手中？”一个清亮的男子声音带着冷冷的嘲讽传来，打断了席貊的蛊惑，“而且，我徐家护着的人什么时候容许你席家随便乱动了？席貊，谁给你的熊心豹子胆，敢在我的地盘上撒野！”

第七集

回家 × 治疗 × 最终选择

一

清冷的银月光辉笼罩下，一个身形修长的少年出现在众人眼前。他容貌俊秀，眉宇间还带着几分稚气，可此时缓缓走来，却带着高高在上的压迫气势。

席貂一看到来人，眉头顿时皱得更深，以他的狂傲肆意，此时心中都多了几分忌惮。

而原本护在冰朔身边的保镖们则是一脸又惊又喜："徐少，您回来了！"

来人正是这别墅的主人徐诺。徐诺几步走到冰朔身边，确认他没出什么事，才松了口气，等再面向席貂时，眼中已经凝结了冰霜："席少，深更半夜，你领着这么一大帮人围攻我的别墅，还开启了电磁隔离屏障，是什么意思？席家打算与我徐家直接宣战吗？"

席貂此时还在江炎的匕首威胁下，身体动弹不得，本身气势就弱了三分，如今被徐诺这么一质问，脸色顿时变得极其难看。

他深吸了一口气，一双狭长的凤眼微微眯起，声音带着一种阴冷潮湿的质感："我还没有问徐少，徐家私藏我席貂要找的女人是什么意思？"

徐诺嗤笑一声，双手抱胸冷冷道："你说是你的女人就是你的女人，我还说她是我家兄弟的女朋友呢！要不然你问问韩宁蓝，她承认你跟她有关系吗？"

听到"女朋友"三个字，席貂眼中的杀意陡然变得如烈焰般汹涌，垂在身侧的双手更是紧紧握成拳头，发出咔咔的声响："徐诺，你不要得寸进尺！不过是区区一个徐天集团，你真以为我席家会怕你吗？今天你要是交出蓝和那个杂碎也就算了，否则，我……"

"否则你要如何？毁了我徐家？"徐诺像是听到了最好笑的笑话，看着席貂的眼神充满了轻蔑，"席貂，你是脑子进水了还是'很傻很天真'？你席家不过崛起区区三十年，能够跻身 G 省豪门，靠的还是见不得光的手段。别人不屑与你们计较，你们就真的以为自己天下无敌了？何况……"徐诺的声音顿了顿，嘴角勾起一个嘲讽的弧度，"席少可能还不知道吧，你口口声声说要毁掉的杂碎，身家背景可一点都不比你席貂差。"

"徐诺！"冰朔脸色微变，发出一声低呼，想要阻止他继续说下去。

可是徐诺完全无视了他，只是冷冷看着席貊，声音字字如利刃："你席家的深蓝国际这两年上升势头凶猛，却总是屈居老二，还记得永远压在你们头顶的是谁吗？"

席貊的瞳孔猛地收缩："凌云集团？"

凌云集团，上怀市当之无愧的龙头企业，在整个Z国都属于超一流的庞然大物。虽然席家也算是能在一方呼风唤雨，但对上凌云集团，还是略有不足。

可随即，席貊看了冰朔一眼，嗤笑道："你难道要告诉我他是水冰烨的儿子？别忘了凌云集团的董事长姓水，而他姓萧。何况，谁不知道水冰烨只有一个女儿？"

徐诺微微一笑，看着席貊的神色轻蔑而漫不经心："白痴，你查了冰烨叔叔的女儿，难道就没有查查他的妹妹？水冰烨只有一个从小相依为命的妹妹，被他视若珍宝。她在十几年前远走他乡，只留下一个儿子，不要告诉我，这些情报你席家统统查不到？如果你查到了，就该知道，对于冰烨叔叔来说，这个外甥甚至比他的亲女儿还重要……"

"徐诺，够了！"冰朔猛地踏前一步，脸上如覆冰霜，蔚蓝的眼眸中却跳跃着熊熊的火焰，"你不是答应过我不会在外人面前提起这些吗？"

冰朔的气质向来温润如玉、清清淡淡，这还是江炎等人第一次看到他发如此大的火，而且这火气还是对着徐诺的。

徐诺却是丝毫不惧，冷哼了一声，没好气地道："你以为我想说那么多废话啊！都是冰烨叔叔交代的好吗！你还好意思发火，都是因为帮你隐瞒，我才被冰烨叔叔狠狠训了一顿。"

冰朔的气势一滞，脸上露出难以置信的神色："爸爸？他怎么知道的？"

徐诺不理他，而是望向席貊，眼神陡然一凝，浑身散发出让江炎都动容的杀气："席貊，你刚刚的妄语，我现在转送给你。识相的，现在就带着你的人给我滚，以后再也不要来找冰朔和韩宁蓝的麻烦。否则，你们就一个都不用走了，从此你席少就留在我徐家做客！至于Z国那边，'凌云'和'徐天'会对席家进行全面打压，直至你席家从此在Z国销声匿迹。"

"你敢！"席貊发出一声低吼，整个人像发狂的野兽，想要冲徐诺扑过去，却被江炎轻松按压住，动弹不得。

徐诺冷笑一声："今日我的话就放在这里，你若是不信，大可以试试我们到底敢不敢。"

席貊气得浑身发抖，秀丽的脸庞涨得通红，眼中有着不顾一切的疯狂。突然，席貊带来的人群中走出来一个戴着厚重防毒面具的黑衣人，凑近席貊，轻声耳语了几句。

江炎离得近，所以清楚地听到他说："席少爷，留得青山在，不怕没柴烧，我们手上还握有最大的筹码，你又何必在这里跟他们死磕呢？不如先退一步，将来才好让他们付出惨痛的代价。”

黑衣人的话让席貊的面容一阵阵扭曲，最后他的目光落在韩宁蓝身上，原本阴柔的声音不知为何变得有些沙哑：“蓝，跟我回去好不好？只要你跟我回去，席家少夫人的位置还是你的，我这一辈子都只会爱你一个人。”

韩宁蓝此时已经清醒过来，就站在冰朔身侧，脸色惨白，身体摇摇欲坠，仿佛随时会依偎进冰朔怀中一般。

闻言,她只是神色淡漠地看着席貊乞求的神情和发红的眼睛,随后静静吐出一个字:“不。”

那样干脆利落，那样冷心无情，和从前千百次的拒绝一模一样。

席貊猛地闭上眼，死死攥成拳头的手指缝隙间有鲜血一滴滴落下来。无边的痛楚与仇恨在胸口处熊熊蔓延燃烧。

总有一天，总有一天，他一定会在韩宁蓝的面前把萧冰朔的骨头一寸寸捏碎，把他的皮扒下来，将他挫骨扬灰。他要看看，到那时，蓝到底还能不能维持她这张冷静的面容，还能不能再次无动于衷地对他说不。

一定会有那么一天的!

席貊伸手狠狠一推江炎，猛然拔高声音：“萧冰朔、徐诺，风水总有轮流转的时候，呵呵……但愿你们未来别落在我手里！我们走！”

眨眼之间，密密麻麻的黑衣人消失得无影无踪，只留下身后一片狼藉的别墅与弥漫在空气中的硝烟尘埃。

冰朔依旧赤着脚，怔怔站在原地，望着远处泛起鱼肚白的天空，神情迷惘与惶然。

突然，他口袋中的手机发出嗡嗡的声响，一下子将他惊醒。冰朔看到来电屏幕上显示的“爸爸”两个字，目光一阵波动，直至铃声响了好几次，才咬牙接起来。

可是，出乎意料地，手机听筒中传来的并不是水冰烨冷沉的声音，而是一个小女孩愤怒的控诉：“哥哥，你怎么能这样！一年都没有回来看琉璃，你是不是不爱琉璃了？我给你织了围巾，还画了好多画，我还参加舞蹈比赛获奖了，可是哥哥一次也没来看过我的表演，呜呜呜……”

冰朔怔怔听着，原本惶然的心不知为何突然变得如雨后天空般舒爽宁静。他轻轻吐出一口气，声音变得柔和而无奈，甚至带着罕见的宠溺：“琉璃，你一口气说了那么多话，让哥哥先回答你哪句好？”

“哇！真的是哥哥！”原本还在哭泣的小女孩突然雀跃地大笑起来，电话那头发出砰砰的声音，似乎她在那里上蹿下跳，“我终于又听到哥哥的声音了。哥哥，哥哥，我跟你说，我今年长高了五厘米哦，已经坐到第三排了，再也不是小萝卜头了。哥哥，你什么时候回来啊，我可想你了，前天晚上还梦到你带我出去玩，结果醒来在屋子里找了一圈都找不到你……”

小女孩的声音叽叽喳喳，清脆而欢快，前一刻还失落着，下一秒立刻变得欣喜而雀跃。冰朔觉得，自己只是听着这样的声音，所有的疲倦与痛楚都会消失得无影无踪。

“琉璃，好了，快把手机给爸爸，爸爸还有话要和哥哥说。”

“不嘛，不嘛！我都那么久没和哥哥说话了……唔，好……好吧！爸爸你最大，那……让我再说一句，就一句好吧！”

低低的争执声透过手机传来，随后小女孩抓着手机跑远了几步，才气喘吁吁地低声道：“哥哥，全世界我最爱你了！可是，你要快点回来哦，要不然我就爱爸爸妈妈超过爱你了。”

冰朔一时哭笑不得，嘴角却勾起一抹温柔的笑意，轻声道：“知道了，过几天我就回国，不会让你有机会移情别恋的。”

手机中传来女孩银铃般的咯咯笑声，那样欢快，那样喜悦，伴随着雀跃的奔跑，就像是吹散乌云的微风，让他的天空明媚晴朗。

水琉璃，我唯一的妹妹、最重要的亲人，我也爱你。

手机中传来噼啪的声响，随后一个清冷威严的男子声音沉沉传来：“萧冰朔，你胆子真是越来越大了。”

冰朔顿时一个激灵，脸上的笑容消失得无影无踪，全身肌肉都绷得紧紧的：“爸爸。”

水冰烨声音越发冰冷，甚至含着暴怒：“你还知道我是你爸爸？被人整到半死不活，竟然还敢瞒着我，你真当我是你爸爸吗？”

“爸！”冰朔低叫一声，语调有了些微的颤抖，“这个债是我自己招惹回来的，我已经连累了琉璃，如果连你们也牵扯在内，那我一辈子都不会安心。爸爸，我不会拿自己的生命开玩笑，但是更不会允许任何人伤害你们，请你原谅我的选择！”

一时间，气氛变得凝固而沉重，连呼吸声都几不可闻。

就在冰朔忍不住想要再次开口解释时，耳边突然传来水冰烨不屑的声音：“我调查过你和何佑君的事情。你欠何佑君的，我已经联系了何董，以合作项目的方式偿还，何家已经同意了。”

“什么？”冰朔猛地瞪大了眼睛，“这都可以？”

“为什么不可以？”水冰烨嗤笑一声，“何佑君是救了琉璃的命，可是你为了他进入那个狗屁穹苍学院，差点儿连命都送掉，难道还不够？就算不够，再加上凌云集团的让利和你参加 Brand King 为何家赢回来的利益，总该够了吧。”

冰朔一下子蒙掉了，半晌才喃喃道：“可是，凌云集团的损失，还有……何佑君身上被注射了一种可怕的 Re-Angel 试剂，如果不想办法解决，可能会危及他的生命。”

“这点损失，你以为凌云集团会放在眼里？”水冰烨的声音中依旧充满了不屑一顾，“冰朔，别忘了你最擅长的是什么。区区一种药物，难道就真的能难倒你三年五年？徐诺说过，你已经有了延缓病发的方法，那么冰朔，你还在怕什么？凭你的本事，真的没办法用正常的方法治愈何佑君吗？”

冰朔猛地倒吸了一口冷气，整个人都呆滞在原地。

他一直觉得孤独惶恐，眼前迷雾重重，在穹苍学院的步步为营、筹谋算计，更是让他心力交瘁。可是他为什么就没想过，还有另一条路，一条堂堂正正把所欠下的债还清的路？如今他身边有韩宁蓝，穹苍学院中还有挚友徐曜，他们应该都是七宿之一，他们的血中都带有能中和 Re-Angel 试剂的还原因子，让何佑君的病延迟发作两三年绝不是问题。

这两三年自己是不是有很大可能研究出治疗的方案？不，不是可能，是他一定能的！

垂在身侧的左手紧紧握拳，冰朔深吸了一口气，出口的声音变得低哑而轻微：“谢谢你，爸爸。”

他真的已经感到疲倦，不想再被卷入重重阴谋算计之中，那不是他擅长的，也不是他向往的。此时此刻，他只想……手机中传来水冰烨如平时一般清冷淡漠的声音：“还有，你已经离开得够久，是时候回家了。”

二

江炎推门进入 2206 房间，看到的是落地玻璃窗前，少年盘腿坐在地毯上静静眺望着窗外的情景。

他关上门，上前两步道：“萧少爷，你找我来有什么事吗？”

冰朔被他这个莫名其妙冒出来的称呼弄得一愣，随即哭笑不得地道：“Ares，你还真以为我和徐诺花那么多钱雇你，是为了要着你玩？”

“难道不是吗？”江炎冷哼一声，愤愤不平道，“两个职业级的杀手你都能一招撂倒……枉我还一直以为你是个弱不禁风、偶尔需要轮椅代步的羸弱少年。难怪你不愿当赌王，凭你的演技，根本就应该去角逐奥斯卡嘛！”

冰朔摸摸鼻子，微笑道：“Ares，纯论武力，你认为自己比我弱吗？”

江炎一愣："那怎么可能？"冰朔的身手是不错，可是江炎对自己的武技可是有着无与伦比的信心。不是吹牛，他到现在还没碰到过纯靠武力能战胜自己的人。

"那不就结了。"冰朔摊手，"你比我强，所以我雇佣你做我的贴身保镖。而在这期间，你也确实很好地履行了你的职责，保护了我的安全，这个逻辑有什么不对吗？"

好像……没什么不对！江炎挠了挠头，可总觉得有哪里不太对劲。自己一开始生气是因为这个吗？不对吧？他是生气冰朔这小子一路装柔弱骗自己，害得自己总是心惊胆战，就怕这弱不禁风的雇主受到什么伤害。结果呢？结果这小子居然是扮猪吃老虎……搞得小心翼翼守护他的自己跟傻子一样！

江炎抓着头发要反驳，却见冰朔拿出一张卡放在桌上，微笑道："这里面是你的酬金，Ares，感谢你这段时间的保护。后天，我就要回国了。"

"后天？这么快？"江炎惊呼一声，顿时把脑子里的那点不快抛到了爪哇国："你不是说还想留在维加斯州，看看能不能碰到某个人吗？"

冰朔摇了摇头，眼中泛起琥珀色的光泽："已经没有必要了，以后我也不想与这些人再有交集，什么 Gallant、Brand King，统统见鬼去吧。"

江炎眨了眨眼，他怎么觉得眼前的冰朔比前几日开朗了许多，心情也好了不少？不是昨晚才被席家围殴吗？别墅都被拆了，还不得不住酒店，这家伙怎么反而还一副很高兴的样子？

"不管怎么样，能回家总是好的，恭喜你了。"

听出了江炎口气中的落寞与羡慕，冰朔虽然觉得唐突，还是忍不住问了一句："Ares，你留在维加斯州参加拳赛，是为了替你叔叔治病？我记得拳赛的奖金不少，你叔叔得的到底是什么病，怎么会需要如此大额的医药费？"

江炎叹了口气，向来开朗的声音都变得郁郁，仿佛蒙上了阴影："我也不知道我叔叔得的是什么病，但他的身体一直在恶化。一开始是心脏，接着是肝和肾脏，后来连免疫系统也……我在国内找遍了医院，可是，完全没有办法，一直到送进这里的梅里安诊所，我叔叔的病情才开始缓解。"

梅里安诊所？冰朔微微一怔，怎么会那么巧，竟然和自己疗养的诊所是同一家？

江炎继续道："虽说缓解了，可是依然治标不治本。而且治疗用的药物极其昂贵，我实在是走投无路了才会想到去打拳赛。"

"你知道治疗用的药物是什么吗？"

江炎摇头："全都是看不懂的名字，我怎么可能会知道。不过，我带了几张单子在身边……不过冰朔，你看得懂？你是学医的？”

冰朔没有回答他的话，接过单子看了一眼，却是脸色一变。

单子上的药物成分是用英文写的，可是组合成的单词却很诡异。据冰朔所知，世界上根本就没有这样的物质。可是，这些单词他还真的看到过，就在 Angel Holy 虚拟空间崩塌时，他看到几个穿白大褂的人在做实验，在这个场景的周围飘散着各种奇怪的字符，其中有几个就是这样的词组。

这到底是什么意思？难道江炎叔叔的病也和穹苍学院有关？

冰朔的目光下移，看到单子上有个落款：W・F，不由得皱眉道：“这个 W・F 是你叔叔的主治医生？”

江炎点头道：“是啊，他叫洛瑞，还有个外号叫白狐，中文讲得很流利。我叔叔的病一直是他在治疗，或者说，整个梅里安诊所也只有他能缓解我叔叔的病情。”

“白狐！”冰朔猛地站起身，眸中寒光闪烁，“你现在马上带我去你叔叔所在的医院。”

“怎……怎么了？”江炎被吓了一跳，“这个白狐有问题吗？”

冰朔没有回答他的话，一把推开徐诺的房门：“徐诺，替我安排车，你知道 Ares 叔叔住院的地方吧？马上让人带我过去！”

三

“洛瑞教授吗？他好几天前就向我们诊所请了长假，说是有事要离开维加斯州一趟，短时间内都不会回来了。不过 Ares 你不必担心，洛瑞教授已经有了治疗你叔叔病情的具体方案……”

尽管早已有了心理准备，在听到副院长的回答时，冰朔还是有些失望。从副院长那儿拿到了白狐的资料，照片上是个毫不起眼的中年人，四十岁上下。很显然，这个要么不是冰朔认识的白狐，要么就是他的一切资料——包括样貌——都是伪造的。

江炎像是也意识到了什么，向来明朗的心情都变得有几分沉重：“冰朔，洛瑞教授是有什么问题吗？那我叔叔的病会不会……”他想说叔叔的病一直好不了，会不会是白狐搞的鬼，但想起自己来维加斯州前，所有医院都无法缓解叔叔的病痛，又觉得不可能。

无论如何，白狐让叔叔活了下来，并且至今病情都没有恶化，这总是真的。

冰朔突然望向江炎：“Ares，能不能让我看看你叔叔？”

江炎笑道：“这有什么不可以的，我叔叔又不是特工间谍，而且这次他能逃过席貂的绑架，也是多亏了你和徐少。”

冰朔很快见到了江皓，一个普通到丢进人堆里，大概都不会有人多望一眼的中年男人。粗粗的眉毛，细小的眼睛，有些花白的头发，瘦削得仿佛只剩下皮包骨的身材。

尽管 Ares 的长相本也算是貌不惊人，但他浑身上下透着一股蓬勃朝气，让人看到他就觉得心胸开阔、豁然明朗。而江皓给人的感觉却非常颓废萎靡，就好像一个被生活重担压垮了神经和斗志的小市民一般。

“叔叔，这位是萧冰朔，我……最近认识的朋友。他听说你病了，所以过来探望一下。”江炎一面介绍，一面动作熟练地扶着叔叔坐起来，又给他倒了杯水。

“你好，你好！”江皓的声音虚弱，脸上的笑容却万分诚恳，甚至有些讨好，“萧少爷，我家阿炎平日承蒙你照顾了。这小子脾气有些急躁，但待人绝对真诚。唉，他现在这样都是被我连累的，这一年多来，你还是他第一个带来见我的朋友，你看我……我这儿也没什么能招待你的。”

冰朔按住江皓想要去拿苹果的手：“江叔，既然 Ares 都说了我是他朋友，朋友之间，何必如此客气。”顿了顿，他开门见山道，“不瞒您说，我今日来，主要是为了替我老师检查一下您的病情。”

江皓惊讶地瞪大了眼睛，连一旁的江炎都满脸疑惑：“请问你的老师是……”

冰朔微笑道：“我的老师是白秋奕白老教授。不知道你们是否还记得，三年前江叔曾去老师坐诊的医院求医。昨晚和老师通话，说起江叔在梅里安诊所，老师很激动，说当初学艺不精没办法解除江叔您的病痛，至今耿耿于怀，嘱咐我务必要来探望您。”

说着，还特地翻出了他和白教授的各种合照给江皓看。照片上冰朔的样子比现在青涩得多，白教授一脸严肃，注视着冰朔的眼神却很骄傲柔和，一看就知道两人关系匪浅。

江皓看着这些照片再没有怀疑，颤声道：“你……你真是白教授的弟子？没想到白教授这样的大人物竟然到现在还记得我，这实在是……实在是……”

冰朔一抬头就对上了江炎狐疑的目光，不由得莞尔一笑。

他这番话当然是……扯淡的！他的老师每年要接诊的病人数不胜数，要是每个都记得住，还特地询问，他就是神仙了。

只是昨晚冰朔让游码侵入老师所在医院的数据库查过，确实有江皓的就诊记录。只是那记录上大多的检查结果都是问号，老师还特地在备注栏里写下了“疑症，难以诊断”的字样。

江炎一脸凝重地把冰朔拉到一边，沉声道：“你搞什么鬼？昨晚你明明跟我一起在别墅上演‘炸弹惊魂’，我怎么不知道你跟谁通过电话？还有，你什么时候变成白教授的弟子了？”

冰朔的笑容温温和和，宛如谦谦君子，说出来的话却无比大言不惭：“唔，怎么说呢，我这人从小就多才多艺，各种技能无师自通，会的东西还真不少。恰恰好，医术是我所有技能中最高超的。你要是不信我是白教授弟子，不如我现在打个电话帮你验证一下？”

江炎死瞪着眼前俊秀清雅的少年，一脸便秘般的表情：“我第一次知道你这么自恋！”

冰朔不再理他，回到江皓身边，开始执起他的手腕把脉。

把脉的过程是极其沉寂并且漫长的，尽管江炎有满肚子的疑问，却也不敢在这种时候打断冰朔。眼看着冰朔的眉头越皱越紧，眼中的神情从疑惑到凝重再到闪现寒芒，江炎整颗心不由得提到了嗓子眼。

好不容易等到冰朔收回手，他连忙道：“喂，你行不行啊？我明明记得白教授是西医，怎么到你这里用的却是中医的诊断方法？你要是不懂可别乱说话吓唬我叔叔！”

江皓不悦地看了江炎一眼，想要斥责他的没礼貌，却听冰朔沉声道：“江叔，你十岁左右的时候，是不是做过一场心脏手术？”

“我就说你小子半吊子水平充神医！”江炎指着冰朔没好气地笑道，“这几年为了看诊，我们可是找齐了叔叔所有的病历，我怎么没看到过叔叔有任何心脏手术的记录……”江炎说着转头去看自己叔叔，却见江皓脸上露出无比震惊的神情，看着冰朔的目光仿佛见鬼了一般。

江炎慢慢收住了声音，难以置信地道：“叔叔，这小子说的是真的？”

江皓连忙低下头，遮掩住脸上的神情，压低了有些颤抖的声音喃喃道：“那么久以前的事，有没有做过，我早就不记得了。”

“可是二十几年前的手术早就都有了电子档案记录，如果真的做过，怎么会查不到……”

冰朔拦住了江炎焦急的问话，清澈的目光定定落在江皓身上，声音通透而柔和：“江叔，你别慌，我没有逼你说出隐私的意思。只是，根据刚刚的把脉，我能初步判断，你现在的病情很可能和幼年时的那场手术有关。”

江炎急道：“冰朔，你就别卖关子了，我叔叔的病能彻底治愈吗？需要多少医疗费你随便开，只要能让叔叔好起来，就算让我给你做牛做马一辈子都无所谓！”

“阿炎，你胡说什么！”江皓气得狠狠一拍床，随即剧烈咳嗽起来。

冰朔也是哭笑不得，随即正色道：“江叔的病，从表面上看，和癌细胞的扩散症状很像。你可以这么理解，在他的心脏处有一个类似肿瘤的源头，这个肿瘤一开始只是米粒大小，而且是良性的，对江叔的身体并没有影响，顶多是让他比寻常人虚弱一些，不能承受剧烈运动。但随着时间的推移，这个肿瘤越来越大，也开始从良性转化为恶性，并且朝着全身细胞扩散，一点点侵染他正常的器官，甚至脊髓与造血干细胞……”

江炎连忙道：“既然是癌细胞，那采用放射治疗或者免疫治疗，我叔叔就算不能痊愈，再活个十几二十年应该不是问题吧？”

在 2026 年，癌症虽然可怕，但也不再是完全没有治愈希望的绝症。冰朔却摇了摇头，叹息道：“所以我说，是表面上的类似。这种侵染似乎不只是通过细胞扩散，普通治疗癌症的手法对此几乎毫无效果。我想这一点，你比谁都清楚。”

江炎眼中满满的期盼顿时被沮丧取代：“再做一次心脏手术，把什么恶性肿瘤切除不行吗？”

冰朔抬起头望向江皓，见他垂着眼帘，背脊微弯着，嘴角挂着一抹自嘲而苦涩的笑容，看上去卑微而可怜。他比谁都知道冰朔会给出的回答，所以甚至没有一丝一毫的期盼与希冀。

“以江叔现在的身体，不可能再做心脏手术。”冰朔用低沉的声音缓缓道，“哪怕心脏手术真的能切除‘恶性肿瘤’，江叔也有百分之九十五的概率死在手术台上。”

“浑蛋！”江炎狠狠一拳砸在桌子上，只听吱嘎一声，那实木的厚重桌子竟被砸得摇摇欲坠，随时会崩塌。

“阿炎，别难过。”江皓伸手轻轻抚摩侄子毛茸茸的脑袋，柔声道，“叔叔能活这么多年，能把你养大，看你这么有出息，已经很开心了。再多活一年少活一年有什么关系？”抬头对上冰朔清澈而怜惜的目光，他不由得露出一个虚弱的笑容，“阿炎这孩子，从小就失去了父亲，一直跟在我身边长大……让你见笑了……”

冰朔正想答话，却见江炎猛地直起身，握紧了双拳道：“叔，你别担心，大不了我们就一直在梅里安诊所治疗，不过就是诊疗费贵一点。”

那何止是贵一点，分明是把江炎往死里压榨啊！以前还抱着希望就算了，可如今，明知道结局总归是死，他怎么能眼看着侄子的前途断送在自己的病上？江皓满心激荡地想要劝阻江炎，却听冰朔道：“Ares，这也是我想告诉你的第二件事。江叔不能再继续接受白狐的治疗了。”

“为什么？”江炎猛地提高了嗓音，恶狠狠地瞪向冰朔，像一只受伤的野兽，“就因为他和你有过节？可是连你老师都治不好的病，他却能治好，你凭什么让叔叔不再接受治疗？”

冰朔毫不在意江炎身上散发的杀气，只是语调平静地开口："白狐开的药我并不能完全看懂，可是通过刚刚的把脉，我已经大致了解了他的治疗方案。这一年多，江叔接受白狐的治疗后不再感到痛苦，是因为白狐用药物抑制了'癌细胞'的扩散。"

"那不是很好吗？"

"可是，我也说过，这种病症和普通的癌症并不相同，哪怕'癌细胞'的扩散可以抑制，心脏处的'肿瘤'却会因为这种抑制而加速恶化与增大。江叔，这一年来，你的病痛得到了缓解，但是不是身体越来越虚弱，而且常常稍一走动就会喘不过气来？"

江炎猛地瞪大了眼睛，眸中满是难以置信和惊痛。

江皓缓缓吐出一口气，却不是失望，而是松了一口气的表情："萧少爷说得没错，其实我也感觉到了。明明身体不痛了，我却越来越觉得生命走到了尽头。我一直不说，只是害怕阿炎这孩子……"

冰朔轻轻拍了拍他干枯粗糙的手，柔声道："Ares 是我朋友，江叔叫我冰朔就好。"

"江叔，你也不要绝望。"冰朔斟酌了良久，还是沉声道，"我现在虽然没有治愈你的办法，但想要在不让病情恶化的前提下减轻你的痛苦，我想我还是可以做到的。"

江皓一怔，脸上露出了难以置信的希冀表情。江炎更是一下扑到冰朔面前，抓住他的肩膀大声道："冰朔，你别骗我，你真的有治疗叔叔的办法？我发誓，只要你能治好叔叔，让我给你当一辈子推轮椅的保镖都行！"

"去你的，谁坐一辈子轮椅了，你能别咒我吗？"冰朔没好气地甩开江炎的手，"我只是说能减轻痛苦，根本没说能治好，你少在那儿给我断章取义！"

说着，他朝江皓恭敬地点了点头，微笑道："江叔，因为我比较擅长的是中医，而中医又是一个漫长的治疗过程。所以如果你愿意接受我的治疗，可能需要离开维加斯州，和我回 Z 国去。"

"回……回国？"江皓猛地直起身子，原本佝偻的背脊不知为何竟一下挺得笔直，"我……我真的能回国治疗，不需要再留在这里？"

冰朔点头笑道："如果江叔和 Ares 不放心，我明天可以先过来给您做一次治疗。而且回国之后，我老师肯定也会一起参与治疗。"

医术这种事，他一个嘴上没毛的少年郎无论表现得多么技艺精湛，都不可能比得上自己的老师让人信服。更何况，白教授在医术方面的成就与经验，确实不是如今的他可以比拟的。

果然，江炎马上兴奋地扑过来，一把抱住冰朔，大声道："放心！放心！有白教授参与治疗，还有你小子那神乎其神的诊脉术，我怎么会不放心呢！我……我现在就去办出院手续？还得买飞机票，对了，你是几号回国来着……哎呀，时间太紧了……”

江炎念叨着就要往外跑，刚跑到门口，突然一个箭步又冲回来，重重给了冰朔一个拥抱。

冰朔正要嫌弃地推开他，却听他微微颤抖的低哑声音响在耳畔：“好兄弟，真的谢谢你！”

如果不是刚好接了这个雇佣任务，如果不是碰到冰朔，他或许在未来两三年都要将生命耗费在拼命赚钱上，然后磨光所有的斗志与希望，眼睁睁看着自己唯一的亲人走向死亡。

他能在维加斯州遇到冰朔，真是太好了！

四

因为打定了主意要尽快回国，所以几人很快就为江皓办理完了出院手续，也退掉了两人租住的房子，踏上了回国的旅程。

只是，冰朔怎么也没想到，他竟然会在头等舱候机室中再次碰到何佑君。

何佑君的身形依旧挺拔，一双桃花眼仿佛不笑而含情，只是脸上却带着深深的疲惫。

看到冰朔的瞬间，何佑君脸上露出惊喜的表情，原本就波光潋滟的眼眸更明亮了几分：“冰朔，没想到竟然能在这里碰到你，你不是说过段时间才会回国吗？”

冰朔看到何佑君的心情却有些复杂，总结起来，就是心虚尴尬，还夹杂着几分内疚。

虽然已经打定了主意不再卷入穹苍学院的是非中，但想到爸爸私底下和何永启谈了合作事项，等于是把何佑君的安危作为利益交换品来谈判，就觉得无颜面对这个人。

“何大哥，你已经知道……”

何佑君哈哈一笑，左手搭上冰朔的肩膀，满不在乎地道：“这场完完全全对何氏有利的项目合作可是靠我一人之力争取过来的，我怎么着都该第一时间知道吧！”

冰朔叹息道：“何大哥，对不起，我爸爸并没有其他意思，他只是担心我……”

何佑君露出一脸无奈，摇头叹息：“冰朔，我可是把你当我唯一的朋友，你要是再跟我这么客气，何大哥就要生气了。”

听到这里，冰朔也不再犹豫，往后退了几步，目光坚定地望向何佑君，缓缓道：“何大哥，我很抱歉，当初让你受那样的连累。我一直都很感激你救了琉璃的性命，你身上的 Re-Angel 威胁，我记在心里，绝不会忘记。总有一天我会想办法彻底解决你身上的隐患，但是请你给我更多的时间。”

何佑君微微愣怔，半晌说不出话来。

冰朔的嘴角勾起一个温和的笑容，浅浅的酒窝若隐若现，让他看上去带上了几分少年人的意气与天真：“何大哥，我不打算再回去穹苍学院，也不想让自己和家人、朋友再卷入‘堕天计划’中，希望你能谅解！”

“萧少爷，你怎么能这样？我家少爷当初为了你妹妹可是连命都豁出去了，你现在竟然要撒手不管，你这是过河拆桥吗？”何佑君还没来得及说话，他身后却传来邱叔气愤的声音，“说什么想办法彻底解决少爷身上的隐患，如果你能想出治疗办法，早在一年前就想出来了。你这分明是拿我们少爷的安危不当回事！”

“邱政，你给我闭嘴！”何佑君陡然发出一声怒斥，狠狠打断了邱叔的话，“什么时候我和冰朔说话容许你来打断了？你给我滚一边去，上飞机前都别再让我看到你！”

“少爷！”邱叔满心不甘，可是在何佑君噬人般的目光下，还是咬牙退了下去。

冰朔的脸上涌起浓浓的愧疚，但他眼中的坚定没有一丝动摇：“何大哥，真的对不起，但请你相信我，我一定能找到彻底治疗你的办法。”

何佑君看着他微微笑着，突然伸出手，在他的脑袋上揉了揉，无奈道：“何大哥不是早就说了嘛，让你别再为我的病冒生命危险。你欠我的早就还清了，干吗一副满心愧疚的模样？你肯从这个旋涡中全身而退，不再蹚这浑水，何大哥高兴还来不及呢，怎么会怪你？”

“你身上的 Re-Angel……”

何佑君满不在乎地甩了甩手：“既然你都说有办法解决，那我当然相信。这世上要说谁能把 Re-Angel 试剂彻底研究透，那非你萧冰朔莫属。”

冰朔还想再说什么，远处却传来徐诺不耐烦的叫喊声，他们的登机时间到了。

虽然同样是回国，但冰朔去的是上怀，何佑君回的是 Y 省，两人自然是不同的航班。

何佑君温和地朝他笑笑：“别再胡思乱想了，回去好好休息，和你的家人团聚。记得替我向琉璃问好。”

冰朔点了点头，不再犹豫，朝着徐诺的方向跑去。何佑君站在原地，看着少年清瘦挺拔的背影逐渐远离，良久没有挪开视线。

耳边突然传来邱叔低沉的声音：“少爷，那件东西已经唾手可得，您真的要放弃吗？”

回应他的是久久的沉默，还有维加斯州机场上一遍遍播报的登机信息。

从美国到 Z 国，从维加斯州到上怀市，他们很快就要回到熟悉的土地，面对全新的未知人生。

维加斯州，再见了。

第八集

重逢 × 幸福 × 宿命难违

一

冰朔没想到，时隔三个多月，当他决定不再回去穹苍学院时，竟然会再一次梦到学院中的情景。

不是危机重重的 S 级拟真绝境，也不是喧嚣沸腾的精英武道大赛现场，而是小小的、简陋的 303 寝室。

夜深人静，白炽灯的光线照在发黄的木质桌椅上，色泽鲜亮的扬州炒饭带着淡淡的油烟味弥漫在狭小的空间。冰朔百无聊赖地拨着面前自己做的炒饭，吃了两口就意兴阑珊地放下了筷子，可是一抬头却看到自己的两个朋友狼吞虎咽地把炒饭往嘴里扒拉。

他简直不敢相信自己的眼睛。自己的这两个室友陆昊远和徐曜，一个温文儒雅、深不可测，另一个冷酷淡漠、不苟言笑，现在居然为了一盘炒饭露出如此不同的面貌。

只是一盘那么简单又乏味的扬州炒饭啊！

冰朔实在太过惊讶，以至于陆昊远抬起头的时候，他都没能收住自己脸上错愕又好笑的表情。

陆昊远神色悠闲慵懒，推了推鼻梁上的眼镜，完全不在意自己嘴角上的饭粒，施施然道："这样的东西，从小到大，确实没什么人做给我吃过。"

陆昊远就坐在冰朔眼前，他却觉得这句话像是从很遥远的地方传来。他看看陆昊远，又看看一旁看似冷漠实则面色有些尴尬僵硬的徐曜，正待说什么，耳边突然传来嗡的一声响。冰朔猛地睁开眼，才发现自己如今是在一个字符乱飞的虚空中——游码的虚拟空间，他的耳边似乎还交错着陆昊远的话与刺耳的嗡鸣声，不由得皱了皱眉头。

"游码，我记得我说过，不经我的允许，不要在我睡觉的时候随便拉我进你的虚拟空间。"

游码依旧是那呆板的电子音，却似乎比从前活泼生动了不少："主人，您说过，新硬件装备试用期，如果有任何疑问，都可以随时请教您。"

在回到上怀市两天后，冰朔就对自己的“绝”进行了全面的改造。虽然外表看来“绝”和原先一模一样，不过是条不起眼的水滴形项链而已，但内里用的芯片与零件是无法估量其价值的高科技产品。总之游码对自己的“新家”非常满意，而且在住进“新家”后，一直处于极度亢奋状态，时不时还在互联网上钻进钻出，好几次都差点儿被别人的防御系统兜住，还得冰朔想尽办法把它捞回来，简直不堪其扰。

冰朔按着有些发疼的太阳穴，没好气地道：“说吧，你又闯什么祸了？”

虚拟空间乱跳的字符有一瞬间的僵硬，游码那没有起伏的电子音发出“呵呵”的尴尬笑声：“主人，您真是料事如神，难怪连 Angel Holy 都栽在您的手上。游码能为您服务，简直是三生有幸。不过今天这件事您真的猜错了，不是游码闯祸，而是有人找上门来。游码本着 AI 的职责，原本想拦一下的，但……似乎没拦住。为免暴露，游码只能半夜把主人叫起来了！”

冰朔皱了皱眉，心中一动，眼前很快出现了虚拟的屏幕与键盘。修长匀称的手指如幻影般在键盘上跳跃舞动，屏幕上一行行的指令如行云流水般向上滚动，看得游码在一旁不停发出惊叹声。

大约五分钟后，屏幕上弹出了一个对话框：“好久不见，Shawn。”

冰朔微微眯眼，手指按下几个键：“你是什么人？”

“呵呵，连我都不认识了吗？”对话框在冰朔回复后的下一秒就弹了出来，“不过是短短几个月不见，你就把我忘得一干二净，真是让我失望呢。”

冰朔嘴角牵起一丝冷笑：“你不会告诉我你是 Eaves 吧？”

Eaves 是 Gallant 在网上的化名，冰朔很早以前就猜到了他的真实身份，甚至还通过网络和 Gallant 做了交易。但似乎，除他之外，还没有其他人知道这个事实。

“怎么，没想到我会从穹苍学院一路追踪你到这儿来？”这一次对话框过了好几秒才弹出，语气却是说不出的得意猖狂，“Shawn，我早说过你逃不出我的手掌心，你的一举一动我都看得清清楚楚。我知道你九死一生逃出穹苍学院，知道你在美国救了雷切斯家族的小公主，甚至还知道你打算结束与何家那个私生子的合作……呵呵，你以为永远都不回穹苍学院，就能摆脱我吗？”

冰朔看着这满屏的文字好半晌，才轻轻地叹了口气，缓缓打字道：“如果你是 Eaves，那就应该知道一件事。”

“什么？”

冰朔没有马上回答，而是轻轻舒展了一下十指，甚至还松了松关节，才施施然回复：

“没有 Eaves 的水平，就不要学 Eaves 在网络上横行无忌！”

话音刚落，他的双手打字速度陡然加快，修长的十指再也看不出舞动的痕迹，只余下一片片肉眼无法识别的残影。

虚拟屏幕上，一个硕大的电子地图出现，地图上有个红色的点不停逃窜，妄图毁坏作为跳板的代理服务器来断绝追踪的路径。可是，追踪的速度却远比他毁坏服务器的速度要快。随着围追堵截的范围越来越小，红色的点开始走投无路，犹如困兽般在地图上不停乱窜。

游码在一旁兴奋地用电子音叫好：“主人，打他打他！让他猖狂！”

终于，红点被彻底锁定，再也没有了逃脱的生路。冰朔的右手轻轻按在键盘确定按钮上，只见屏幕白光一闪，一个戴着面具的人影出现在他面前。

那戴着白色图腾面具的人还在不停敲击着键盘，妄图绝处逢生，丝毫没发现自己的电脑摄像头都已经被打开。

冰朔冷冷一笑道：“白狐，别再耍这些不入流的把戏，丢你家会长的脸。我不想卷入你们龌龊的纷争，可不代表我怕了你们。”

屏幕上戴面具的男人身形一僵，嘴角的弧度紧紧绷起，仿佛完全难以置信：“怎……怎么可能……那么快？！连会长也不可能那么快锁定我的位置！”

冰朔的手指轻轻一按，眨眼之间，白狐周围所有局域网里的电脑都受到了他的控制，而那些电脑中珍贵的资料文件也被提取了出来。

白狐惊恐地瞪大了眼睛，颤声尖叫：“不要！这些都是独一无二的数据资料，要是毁了……”要是毁了，不说会长知道了会如何，单单席貂就不会轻易放过他。

可是，回应他的是恐怖的文件被彻底粉碎的咔嚓声，还有伴随而来的，电脑不停闪动的红色警报：“重要数据缺失！重要数据缺失！基因建模失败，原进度为 89% 的基因建模失败，请尽快处理……”

白狐的脸色铁青，半晌才狠狠一拳捶在桌子上，咬牙切齿道：“萧冰朔，算你狠！”

下一刻，他听到电脑音响中传来少年清润悦耳，却又隐含威胁的声音：“回去转告席貂和你家会长，你们那些见不得人的目的都与我无关，请不要再来骚扰我和我的家人，否则，就别怪我不客气。今天，只是一个小小的警告，下一次，你们就没那么好运了！”

明明看不到对方的眼神、表情，少年的声音也算清越动听，白狐看着眼前不停闪动的红色警报，却不知为何激灵灵打了个寒战。随即，他却又为自己被一个毛都没长齐的少年吓到而恼羞成怒，陡然拔高了声音：“萧冰朔，你也不要太猖狂！从你进入穹苍学院那一刻起，就早已被卷入了‘堕天计划’中，永远都不可能逃脱。你抢了席貊的心上人，还引起了会长的兴趣，你真的以为自己能逃得出他们的掌心吗？”

冰朔皱了皱眉，没有说话，却听白狐突然咯咯笑起来，阴柔的笑声中带着神经质一般的兴奋：“更何况，你很快就会跪着求到我们面前，求我们让你参与‘堕天计划’。我可是无比期待这一天的到来呢！”

话音刚落，白狐起身毫不犹豫地拉断了电闸。虚拟空间中屏幕闪了闪，瞬间变为一片黑暗。

冰朔的眼中一片凝重，隐隐还有不安闪现：“跪着求到他们面前，白狐的话到底是什么意思？”

游码一本正经道：“我知道，就跟十几年前那部风靡的动画片经典台词一样——我一定会回来的！反派垂死挣扎前的必备台词嘛！”

冰朔哑然失笑，在虚拟键盘上轻轻点了两下：“你居然还看动画片，游码你确定你真是 Angel Holy 的分支程序？”

电子音发出难以抑制的咯咯笑声，虚拟空间中的字符一阵兴奋地乱窜：“主人你太坏了，每次都挠游码的敏感点，游码总有一天会被你逗得欲求不满的！”

原本准备退出虚拟空间的冰朔脚下一个踉跄，差点儿没扑倒在地。

还敏感点！还欲求不满！这妖孽到底是哪来的啊？他绝不承认这是自己养的！

离开虚拟空间后，冰朔睁开眼，望了一眼蒙蒙亮的窗外天空——这时间不过凌晨五点。

他翻了个身，拉起毯子，盖住被空调风吹凉的手臂，准备再补一个回笼觉。可是，睡意刚刚袭来，放在一旁的手机信息就响了起来。

屏幕上只有一条无比简洁明了的信息：“我今天早上八点的飞机到上怀。”

是徐曜！

二

清晨六点的机场，却已经灯火通明，人声鼎沸。冰朔戴着压得低低的鸭舌帽，慢悠悠穿行在人群中，不时看一眼手机上的定位信息。十分钟后，他的目光终于定格在了不远处的黑衣男子身上。

那是个不过二十岁的年轻人，五官棱角分明，身形修长瘦削。比起几个月前，他的头发似乎长了不少，黑软的刘海带着微微的濡湿耷拉下来，遮住了轻合的眼眸，全身上下都散发出生人勿近的冷冽气息。整个机场也确实没有人敢靠近他五米范围内。

冰朔勾起嘴角，快步走上前去。不等他的手拍上徐曜的肩膀，对方就猛地转过身来，漆黑的眸子睁开，内里承载的是冷酷的警惕与杀意。只是，在看清来人的样子后，脸上的冷冽马上退却，化为点点惊诧与不易察觉的喜悦。

“我不是告诉你八点到吗？”徐曜说出的话语中带着天然的冷傲，仿佛在质问一般。

冰朔却笑了起来：“我查了下航班，发现根本没有八点抵达上怀的飞机，所以我就猜你发我信息的时候已经到了。”

徐曜沉默了一下，神色有些许的尴尬，良久才道：“你的身体没事了吗？”

“嗯，你看我这么生龙活虎的样子就知道了。”冰朔举起拳头，在徐曜的肩膀上捶了一下，“好久不见了，徐曜！”

徐曜的眸中透出清亮的光芒，看着冰朔的神情明朗而专注，嘴角甚至勾起了微小的弧度。这对徐曜来说，已经是非常难得的情绪外露了。

“走吧，先带你去吃顿饭，然后到我家好好休息一天。明天我就带你去我老师那儿！”

虽然已经不打算再回穹苍学院，可是徐曜和陆昊远这两个朋友的病，他却一直都记着，回国后也和导师白秋奕商量过好几次治疗方案。

说起来他这两个室友，一个患了诡异的脑疾，有预知未来的恐怖异能，却会危及生命；另一个有严重的心脏病，时常会引发心源性休克。穹苍学院中仅有的两个朋友就像是生来让他头疼烦恼的，除了一身病，还惹了一堆麻烦，让冰朔都不知道说他们什么好。

谁知徐曜却没有如冰朔预期般动身，而是目光闪了闪，望向了他身后：“其实这一次来的人，不止我一个……”

冰朔正诧异徐曜这话是什么意思，突然感觉身后有熟悉的气息靠近。他猛地转身，还没来得及看清来人，就感觉自己被结结实实抱了个满怀。温润如潺潺流水般的气息充斥在鼻尖，伴随而来的还有男人低沉含笑的声音：“萧冰朔，你只欢迎和招待徐曜一人吗？”

冰朔猛地推开他，有些难以置信地瞪大了眼睛：“昊远？”

眼前的少年身形高挑挺拔，容貌俊秀，鼻梁上挂着一副金丝无框眼镜，嘴角挂着仿佛万年不会消失的温和笑容，却不是他的另一个室友陆昊远是谁？

陆昊远退开一步，让冰朔看清了他有些苍白的脸色和眼中愉悦的笑意。他的手上还握着一瓶矿泉水，手指修长白皙，指甲处却透出让人心惊的紫绀。

冰朔立时皱起眉头，几乎无法抑制自己心中蓬勃的怒气：“陆昊远，你疯了？两周内发作过心脏病的人不宜坐飞机你不知道？心脏病人禁止熬夜坐红眼航班你不知道？”

陆昊远举起手中的矿泉水喝了一口，满不在乎地笑道：“上礼拜那种小打小闹的昏厥也算是心脏病发？更何况，这里有你这个神医不是吗？多给两颗大力丸，我保准又能满血复活。”

“都跟你说了那药很珍贵，我现在想配也配不出来！”冰朔没好气地瞪着他，“你居然把这么珍贵的药当糖吃，还真当那是大力丸了？告诉你，吃完就没有了，一颗也没有！”

陆昊远被他训了半天，也不懊恼尴尬，只是静静看着他，眼中的笑意越来越柔和，却又仿佛悠远得望不见。在冰朔的训斥结束后，他突然轻声道：“冰朔，我很高兴，你还活着。”

顿了顿，他继续道：“如果当我昏迷的时候，你死在了我不知道的地方，我一定会很遗憾。唔……说不定会成为此生最大的遗憾。”

“真不好意思，你们这两个病秧子都顽强活着，我怎么好意思死！”冰朔的语气依旧不善，但看着这两个久别重逢的好友，眼中还是忍不住泄露出喜悦之意，“好了，我们也别戳在这儿说话了。走，我带你们先去好好吃一顿，就当是庆祝我们三个都……九死一生活了下来！”

三

接下来的几天，冰朔几乎是脚不沾地地忙了起来。

他要控制江炎叔叔的病情，要尽地主之谊带徐曜和陆昊远逛上怀，要安排韩宁蓝的生活，当然最重要的是，从去年开始就筹备的徐曜的脑部阴影清除手术，三天后就要被提上日程。

为了徐曜的这个手术，冰朔已经整整做了半年多的筹备，常常和老师彻夜讨论，连术后护理方案都准备了三套。直到有了九成以上的把握，才把徐曜叫来上怀。

让冰朔比较头疼的是陆昊远这家伙，明明心脏病非常严重了，但就是不肯待在医院，还说什么“既然还没有确切的治疗方案，在哪儿不是等死。与其在医院等死，倒不如在你家，还能吃好喝好”。

然而，对于陆昊远的先天性心脏病，冰朔确实至今都没找到合适的治疗方案。虽然问题同样出在心脏，可是陆昊远和江皓的病因与表现全然不同。江皓的病，说穿了就是病毒感染。他的心脏不知为何成了一个感染源，随着时间的推移，慢慢污染了正常的细胞，让他的身体机能逐渐损坏。冰朔跟随白秋奕时，主学的西医科目是神经生物学，但他的中医水平远比他的临床手术与诊断水平要高。所以从中医的角度去分析江皓的病情，他很容易就能想出对应的缓解方法。

陆昊远的病却是典型性的紫绀型先天性心脏病。心胸肺科从来就不是冰朔的专长，而且，陆昊远已经错过了最佳的治疗时期。再加上 Re-Angel 13 号试剂的影响，让他如今连换心都成了奢望。

可以说，如果依旧想不出治疗方案，陆昊远活不过两年。

冰朔正想得入神，房间的门陡然被人撞开来，小小的身影一下子扑进他怀里。银铃般的笑声响在耳畔，就像是炎炎夏日中吹响廊檐风铃的一阵清风，让冰朔泛起一丝温柔的笑意："琉璃，你马上就要过十二岁生日了，怎么还总是没一刻安静下来，小心爸爸知道了训你。"

怀中的小女孩抬起头，露出一张玉雪可爱的苹果脸，一双乌溜溜的大眼睛一眨一眨的，满盈着欢快与纯真："谁让哥哥你总是偷偷跑掉，连我去年的生日宴也没有参加。所以这次生日前，我一定要牢牢抓着你，不能让你跑了。"

冰朔哭笑不得地刮刮她挺翘的小鼻子："今年生日想要什么礼物？哥哥连去年的份一起给你补上。"

琉璃闻言眼前一亮，抓着他的手兴奋道："哥哥，你再带我去旅游好不好？就我们两个人，偷偷去爬雪山，去看千丈大瀑布，还有辽阔的草原、看不到尽头的沙漠……那些地方，我从照片上看到的时候就好向往好喜欢，可是爸爸那么忙，都没时间陪我去。只有妈妈陪我去，爸爸又不放心。可是如果有哥哥在，爸爸一定会同意的，哥哥一定能保护我！"

冰朔的神情微微一怔，随后摇了摇头，眼底仅剩的一点阴霾散去，摸了摸女孩的小脑袋笑道："好吧，我可以带你去旅游，不过要等明年暑假。你可以攒着三年份的生日礼物，到时让你玩个痛快！"

"哇！太好了！"琉璃开心得一蹦三尺高，抱着冰朔，在他侧脸上重重亲了一口才欢笑着跑了出去，"妈妈，妈妈，哥哥答应明年带我去旅游了！你说过只要哥哥同意，你就让我去，你可不能出尔反尔哦！"

女孩的声音带着无限的欢快与小小的得意飘远，冰朔靠在窗边看着妹妹的背影，脸上的笑容温柔而幸福。

四

2026 年 9 月 5 日，炎炎烈日照射着大地，天地就像被覆盖在一个硕大的蒸笼中，远远看去马路上甚至有袅袅蒸腾的水汽。

不过这一日对水琉璃来说却是无比开心、无比畅快的。因为今天是她十二岁的生日，比起往年只和亲人一起过生日的单调枯燥，今天家里来了好多客人。

琉璃最喜欢的是像人偶娃娃一样漂亮精致的蓝姐姐，唔，还有戴着眼镜笑得很温柔的昊远哥哥，当然，红头发的炎哥哥她也喜欢。唯一有点害怕的是那个总是绷着脸的徐曜哥哥，因为这个哥哥看到自己的第一眼就皱起了眉头，目光中一点温度都没有，就好像自己是个垃圾一样。不过琉璃也是到后来才发现，徐曜哥哥看谁都是这副表情，当然，除了哥哥。

一个个礼物被送到面前，琉璃捧着小脸笑开了花，大眼睛滴溜溜地跟着自家哥哥挺拔的身形打转。身旁被邀请参加生日宴的同班好友红着脸凑近她轻声道："琉璃，你真是太幸福了！这些大哥哥大姐姐都好漂亮啊，他们还对着你笑，给你送礼物！你哥哥怎么找到这些人给你过生日的呢！"

琉璃看了好友一眼，满脸都是得意，嘿嘿笑道："因为我哥哥才是最漂亮、最优秀、最出色、最能干的啊，全世界再也没人能比得过他。"

好友笑着撞了她一下，凑近耳语了几句，又朝着冰朔和陆昊远指指点点，随即两个人对视一眼，捂着嘴咯咯笑了起来。

在一旁正和陆昊远闲聊着的冰朔，扭头看了自家笑得前俯后仰的妹妹一眼，忍不住摇头道："这小家伙，不知道又在背后编派我什么。"

陆昊远看冰朔没注意，手悄悄伸向一旁的红酒杯，口中漫不经心道："没想到你居然会那么疼你妹妹。"

细长的手指刚刚碰到玻璃杯边沿，一只手就准确无误地啪一声打在他手背上，原本近在咫尺的红酒也顺势被端走。

"心脏病人还想喝酒，你是嫌命太长是吧？"

陆昊远看了看自己被拍红的手背，不动声色地把手缩回来，轻笑道："今天之前，我还以为你是那种能对所有人温柔以待，却不会投入太深感情的人呢。"

冰朔微微一怔，过了半晌才侧过头看向他，笑容变得悠远而浅淡："能随意控制自己感情，想温柔就温柔，想投入就投入的，是神，不是人。我倒是希望自己能做到，只可惜，做不到！"

说完，他没有去看陆昊远的反应，转头望向了前方。

琉璃的妈妈季小雨正笑着把蛋糕推出来，三层的蛋糕上裱着花仙子的图案，看上去色泽鲜亮而可爱。琉璃哇地叫了一声，从沙发上蹦下来，抓着小伙伴的手就要往蛋糕跑去。

可是，跑到一半，她又折了回来，噌噌噌地到了冰朔面前，捏着他三根手指晃：“哥哥，你陪我一起切蛋糕好不好？”

冰朔笑着点了点头，放下红酒杯，陪她走到了花仙子蛋糕前。

蛋糕上插了红红绿绿十二根蜡烛，代表琉璃已经在这世间度过了十二年的人生。看着蜡烛上跳跃的金黄火焰，琉璃的一张小脸被火光映得通红，满满的幸福像要从她的眼眸中溢出来。

她微垂眼帘，双手合十，对着自己的生日蜡烛默默许愿，小脸虔诚而狡黠。别墅中弥漫着温馨而甜蜜的气氛，连韩宁蓝和徐曜的脸上都带上了些许的笑意。没有人发现，在别墅的角落，陆昊远端起了刚刚被冰朔夺走的红酒杯，放在唇边轻轻抿了一口。

红酒缓缓渗透唇齿，流入喉头，带来一种醇厚而苦涩的味道，就像是他永远都不可能甜蜜幸福的人生。

啪嗒一声，那是切蛋糕的刀掉在地板上的声音。

琉璃捂着自己的脑袋，露出痛苦的神色：“疼……好疼……妈妈，哥哥，我好痛！好痛！”

“琉璃！”

冰朔一步上前，将琉璃站立不稳的身体抱起，触手一片冰凉，紧接着就见女孩的耳朵和鼻子下都渗出细细的暗红色血丝。

冰朔浑身发冷，琉璃在他怀中发出低低的宛如小猫般的哀鸣：“哥哥……我好痛……是不是我昨天不乖，瞒着妈妈偷偷开空调，所以生病了？”

冰朔握住琉璃的小手，想要把脉，可他发现自己的手指在剧烈颤抖着，一时间竟找不到小孩儿脉搏的位置。琉璃那红润的脸色一点点变得惨白，连瞳孔也慢慢涣散，眼前的一切变得越来越模糊。

可是，她看到了哥哥额头的汗水，看到了哥哥眼中的恐惧与痛苦。她吃力地抬起手，想要擦去那晶莹的汗珠，小手却再也没有了力气。

“哥哥，别生气……”琉璃轻轻地说，“我以后会乖乖的，不生病……不要生气，不要……”

不要难过！

琉璃彻底闭上了眼，脸色像宣纸一样苍白，胸口看不到任何起伏，也没有了脉搏。她就像是彻底失去了生命一般，连身体的温度也逐渐退去。

冰朔呆呆怔立在原地，脑中一阵阵轰鸣作响，一时间竟觉得连自己的呼吸也停止了一般。

“琉璃，琉璃！你别吓妈妈！”小雨阿姨凄厉的呼喊响在耳畔，那声音中的绝望与悲痛更是让他恐惧到颤抖。

冰朔深吸了一口气，把琉璃抱到桌子上平放。他想要把脉，可是双手根本不听使唤。

他想也不想，拿过一旁备用的水果刀，狠狠一刀插进自己的大腿。一时间，鲜血四溅，剧烈的疼痛从伤口传遍全身，让他混沌的大脑慢慢冷静下来。

“冰朔你疯了？”小雨阿姨惊呼一声，想要冲过来为他包扎。冰朔马上伸手制止她靠近，开始为琉璃把脉。

心跳和呼吸微弱，血液循环近乎停止，身体柔软而冰凉，这是……Re-Angel发作的症状？不！和Re-Angel试剂发作的症状又有所不同。除了以上症状，琉璃的大脑神经保持着异于常人的活跃度，而这种活跃度，不仅会让琉璃痛苦，更会让她的生命一点点被蚕食。

可是为什么？为什么琉璃身上会有类似Re-Angel发作的迹象？她没有被注射试剂不是吗？何佑君救了她不是吗？

冰朔拿出银针，想要缓解琉璃的痛苦，可是手再度颤抖起来。

比起未知的恐惧，慢慢接近的真相才让他更加绝望痛苦。

所以，他终究还是害了琉璃？所以，他从前的一切努力都不过是一场笑话？

冰朔拿起水果刀，想要往自己身上再扎一下，用痛楚唤醒意识。可是，手刚刚举到半空，就被一只冰凉的手掌轻轻握住。

“这不是Re-Angel。”陆昊远平和沉稳的声音缓缓传来，“这是潜伏期高达16个月的Fal-Angel。这种试剂比Re-Angel要阴毒恐怖得多，你如果想要放手治疗，最好还是先把它的特性调查清楚。”

冰朔被扣住的手动了动，轻声道：“放手。”

陆昊远轻轻叹了口气，却没有松手。一旁的江炎此时也终于回过神，走上前来道：“冰朔，你冷静点，伤害自己也不可能救你妹妹。”

“我叫你放手听到没有！”冰朔猛地站起身，狠狠甩开陆昊远的手，望着他的眼眸赤红如血，就像是一头要吞噬人的野兽。一时间，房间里所有人都被冰朔那恐怖的神情惊呆了。

明明是那样清俊绝世的容颜，可是配上眼中凶狠的厉色、衣服上的斑斑血迹，他竟如从红莲地狱走出来的煞神一般，让人只是看着就心生恐惧。

只是很快，冰朔就垂下眼帘，掩去了脸上的神情。等再抬头时，他的眸色已经恢复成碧蓝如洗，细看却又沉淀着说不出的复杂与暗沉："抱歉，昊远，我失态了。"

陆昊远淡淡一笑道："Fal-Angel 的发作周期足有一年之久，尽管情况很糟糕，但你妹妹的病暂时却不会恶化。现在，是你的伤更严重一点。"

冰朔牵起嘴角，勉强露出一个算是笑的表情："我知道了。"他望向已经被吓呆了的季小雨："小雨阿姨，抱歉，我终究还是连累了琉璃。"

季小雨捂着嘴巴，脸上露出难以置信的神情："是当初那场……"

冰朔点了点头，声音中满是疲惫："请你打电话通知爸爸，后续的治疗方案，我会想办法。但现在，很抱歉，我想离开一下。"

"可是你的伤……"

回应她的是冰朔远去的背影。明明离去的步伐沉重而缓慢，却倏忽之间离得那样远。

季小雨捂住脸，抱着昏迷的女儿，一边流泪一边拨打了电话："冰烨，琉璃出事了，我很担心女儿，可是我更担心冰朔……嗯，你快回来，快回来！"

房间中一片静寂，徐曜和江炎早在冰朔离开的瞬间就悄悄跟了出去。琉璃的好友也被季小雨安排保镖送回了家。陆昊远望着眼前空荡荡的客厅，对比着刚刚的喧嚣与幸福，轻轻晃了晃杯中殷红的液体。

耳边，突然传来微微低哑、仿佛带着金属质感的女子声音："你早就知道吗？"

陆昊远转过身，眼中映入一个少女精致的脸庞，一双水蓝色的眼眸就如广阔无垠的天空般能包容一切。

陆昊远勾起嘴角，微笑道："知道又如何呢？"

韩宁蓝轻轻皱起了眉头，眼中似有困惑，看着陆昊远的目光复杂而深沉。陆昊远却已经转身离去，低沉柔和的声音远远传来："知道又能如何呢？知道就能逃脱命运的掌控吗？呵呵，别做梦了！"

韩宁蓝怔了怔，目光忍不住望向沙发上凝结的点点血迹，眼前仿佛又闪现冰朔凶厉而痛苦的神情。

她猛地捂住胸口，觉得自己仿佛能对他的痛苦感同身受。

到底，她和萧冰朔之间有什么联系呢？为什么有一瞬间，她会觉得自己能感受到这个少年所有的喜怒哀乐？

韩宁蓝抬起头，朝季小雨微微行礼告辞，转身走出了这被痛楚与哀伤笼罩的别墅。

第九集

仇恨 × 手术 × 风雨同归

一

九月的午后，依旧骄阳如火，刚过午时，气温就飙升到了四十摄氏度。

上怀市世纪公园的锦绣湖旁空荡荡的，看不到几个人影，湖面上泛着刺目的波光，湖水偶尔轻轻波动，沸腾了一般。江炎拉着徐曜躲在一棵古树后，望着远处烈日暴晒下的身影，喃喃道："这地面和栏杆的温度，随便打个蛋下去都能熟了吧？冰朔这小子再这么站下去，不会中暑晕倒吧？"说着，他还跺了跺脚，总觉得一不留神自己的鞋底都能被炙热的地面温度烧穿。

徐曜皱了皱眉，无法忍耐地要往前走，却被江炎一把拉了回来："哎，哎！我说你小子怎么永远都是这么一根筋的脾气，冰朔他现在明显不想见任何人，尤其是你这种和穹苍学院有直接牵连的人！"

徐曜眼中闪过一抹难以平复的焦躁，可迈出去的脚步到底停了下来。他重重甩开江炎拉住他的手，扭头冷冷道："我还没有问你呢，你出现在冰朔身边究竟有什么目的？"

江炎脸上出现了明显错愕的表情，半晌才啧啧惊叹道："我说徐曜，才一年多不见，你怎么就跟转了性一样。想当年你找我单挑的时候，都没听你蹦出来的话超过三个字，如今竟能用完整的话来质问我，我怎么觉得明儿太阳要打西边出了？"

徐曜目光变冷，身上隐隐散发出鬼煞般的森寒之气。江炎连忙举手做投降状："好啦好啦，别那么紧张，我出现在冰朔身边还能因为啥，不就是这家伙医术太高超了吗？你也知道我叔叔的病，治了那么多年都治不好，没想到居然能在这小子身上看到了转机。"

见徐曜依旧冷冷盯着他，身上的气势没有一丝收敛的意思，江炎叹了口气道："我承认，我是还有些其他目的，但我发誓，我绝对没有害你家冰朔的意思，否则就让我武功全失，形同废人，这总可以了吧？"

徐曜闻言这才收敛了情绪，目光重新落在远处那仿佛要被烈日晒化的身影上。

江炎擦着额头上的汗，颇有些郁闷道："真是邪门了，当初明明是你找我挑战的吧？

被我完败也是事实吧？按理说我才是胜利者啊，为什么我每次看到你都好像欠了你一样，这不科学啊！”

徐曜对他的聒噪不闻不问，连眉毛都没挑动一下。

突然，两人都神情微动，只见一个高大的少年顶着烈日跑向湖边的冰朔，重重一掌拍在他肩膀上。

远远地，传来少年气急败坏的声音：“萧冰朔，你傻站在这里是想晒成人干吗？”

是徐诺！

二

徐诺怎么也没想到，自己不过是公司有事，赴约琉璃的生日宴时晚到了两个小时，等赶到别墅的时候，看到的会是那般狼藉的场面。

琉璃昏迷不醒，小雨阿姨哭得双眼红肿，冰烨叔叔神情冰冷而凝重，而萧冰朔那浑蛋已经不见踪影一个多小时了。

徐诺和冰朔从小一起长大，比谁都清楚冰朔对这个“表妹”的疼爱。所以当他从小雨阿姨口中得知琉璃昏迷的真相，就心道不好，再也顾不得其他，匆匆跑出来寻找冰朔。

当他好不容易顶着一脑门子的汗和被晒得通红的皮肤在世纪公园的湖边找到冰朔时，却是一时被冰朔的样子吓呆了。

这家伙明明暴晒在烈日下，脸上身上却没有一滴汗。本就白皙的一张脸此时更是苍白得没有一丝血色。他整个人就好像是寒冰雕刻而成的一般，在炎炎高温中，随时都会融化。

徐诺的那句“晒成人干”刚刚说出口，声音就陡然一滞，化为了满满的担忧：“我说你小子没事吧？”

冰朔摇了摇头，突然轻声道：“有烟吗？”

“什么？”徐诺瞪大了眼睛，“你疯了，我才十七岁，你居然问我要烟？你是想让我妈知道了揍死我吗？”

冰朔脸上忍不住微微露出笑意，只是这笑容在他惨白的脸上显得格外虚弱和可怜。

徐诺轻轻叹了口气道：“要不然，我偷偷请你去喝酒吧？只要别让我妈和爷爷奶奶知道。不是说酒能解千愁嘛！”

冰朔摇了摇头，神色平静地望向湖面：“我现在不敢喝酒，我怕我一喝了酒，就会忍不住去杀人。”少年的声音没有一丝起伏，脸上的表情也是淡淡的，不含杀意，他说出来的话却让徐诺头皮发麻，一颗心仿佛被什么揪紧了一般。

他咽了咽口水，轻声道：“琉璃的事我已经听说了，接下来你打算怎么办？”

“还能怎么办呢？”冰朔轻轻吐出一口气，“除了回去穹苍学院，除了主动卷入‘堕天计划’，还能怎么办呢？”

徐诺心中一凉，随后涌起了巨大的愤怒，狠狠一拳击打在栏杆上：“你本来已经挣脱那个旋涡了！到底是谁那么阴毒，那么可恶，非要让你痛苦煎熬不可！”

冰朔轻轻笑了一声，清越的声音温润而动听：“无论是谁都没有关系，我会让他们知道，千方百计把我卷进去的代价有多大！”

徐诺却不如他那么乐观，显出了忧心忡忡的神色：“可是你的身体你也知道，如果再过度动用内力，你可能一辈子都无法再动武了，甚至以后身体都会虚弱得无法适应剧烈运动。”

以萧冰朔的全能与惊才绝艳，若是突然沦落到手无缚鸡之力的地步，该是多么大的遗憾？寻常人根本不可能承受住这样从天堂到地狱的落差吧？

冰朔摇头道：“已经顾不了那么多了，我会小心，尽量不动用内力。你也无须太过担心，我自保的手段并非只有武力一种。”

徐诺看着他苍白的脸色，只觉得胸中像被压了块石头，喘不过气来：“真的没有其他办法了吗？或者我告诉妈妈和韩叔叔，加上冰烨叔叔，我就不信不能把这群阴沟里的老鼠翻出来！”

“徐诺，”冰朔突然伸出手，紧紧握住被太阳晒得滚烫的栏杆，白皙的手背上青筋一根根暴起，“我不能拿琉璃的生命冒一点点风险，你明白吗？”

顿了顿，他深吸了一口气，松开被烫得通红的手，望向徐诺：“只是我离开后，琉璃、爸爸和小雨阿姨的安危，只能托付给你了。”

“这种话还用你说嘛！”徐诺捶了捶他的肩膀，突然苦笑道，“我还以为你会更消沉一点呢，都准备好了一肚子的话来安慰你。还有那边那两个人，一定在那儿躲了很久，你小子真是招蜂引蝶体质啊，到哪儿都能招惹一堆人回来！”

要是招惹回来的都是朋友就好了，怎么偏偏还有那么多变态的敌人呢！

冰朔不答，缓步走向了站立在古树下的徐曜和江炎：“抱歉，让你们担心了。”

江炎擦着额头上的汗，哈哈笑道：“谁让我是你的贴身保镖呢，你要是想不开跳河自杀了，我也得跳下去救啊！”

冰朔没有答话，望向徐曜道：“后天就是你的手术了，快点回医院去吧。”

徐曜皱眉道：“你打算回穹苍学院？”

冰朔沉默一瞬，点了点头。

徐曜立刻道："把手术取消吧，我和你一起回去。"

"不行！"冰朔目光一沉，语气中带上了难得一见的强硬，"你知不知道我花了多少时间才和老师准备好这场手术？你又知不知道，如果不马上接受手术，你能活的日子甚至比昊远还少？无论如何，你必须接受手术！"

四目相交，互不退让。

最后还是徐曜先服了软："我会接受手术，但有白教授就够了，你好好养伤吧。"

他的目光落在冰朔的腿上，这一次的神情无比执着。

冰朔穿的是深色的牛仔裤，此时血迹干涸，他又一副没事人一样走动，让江炎都忘了这家伙曾经一刀扎在自己身上。

"我 ×！"徐诺低吼了一声，一把拎起冰朔的领子，脸上满是惊怒，"你小子真是不要命了！流了那么多血还逞什么能？真当你自己的身体是铁打的啊！马上、立刻，给我滚回我的车子里去，我让司机带你去医院！再敢多说一个字，信不信我揍你！"

冰朔脸上露出了无奈的表情，被徐诺拽着很快离开了世纪公园。

徐曜跟在两人身后，脸色是平静淡漠的，但目光沉沉如水，仿佛下定了什么决心。

三

这是一间粉红色的儿童房，一米五的床上铺着水蓝色花纹的被子，床头柜上摆着几个精致的玩偶和一张全家福照片。

全家福中苹果脸的小女孩挽着俊美如精灵般的少年，笑得没心没肺，眉梢眼角都洋溢着纯真的喜悦。可此时，照片中的小女孩正安静地躺在床上，呼吸微弱，脸色苍白，仿佛陷入了永久的安眠。

冰朔坐在床头，伸手轻轻摸了摸妹妹冰凉的面颊，长长的睫毛轻垂下来，遮住了眼中流泻出的哀伤。

身后传来何佑君满是痛苦的声音："冰朔，对不起，我真的不知道事情会是这样。那时我醒来就看到琉璃躺在我旁边，那些人手上拿着针筒……我真的以为自己救了琉璃，可是没想到这群畜生，竟然早就给琉璃注射了 Fal-Angel 试剂。如果，如果我能早点醒来就好了，我根本就不配得到你的感激和帮助……"

何佑君突然举起手，狠狠一巴掌甩在自己的脸上。这一巴掌打得极重，让他的左边脸颊迅速浮现五道红痕。但他仿佛还是不肯原谅自己，眼中的愧疚越发浓重，另一只手也高高举起，想要再给自己一巴掌。

冰朔打断了他的动作：“何大哥，我找你来不是想让你内疚的。你救琉璃的恩情，我一直都记着，为你做的那些事，也是我自愿的，你完全不需要自责。我把你叫来，只是想跟你确认 Fal-Angel 试剂的事情。”

何佑君怔怔在原地站了良久，才颓然坐倒在椅子上，吐出一口气道：“相信冰朔你一定还记得，‘堕天计划’是为了还原出能让人体基因和健康得到重大突破的 Angel 试剂而组建的项目。如果说，Re-Angel 是为了无限接近 Angel 配方而研发出来的失败品，那么 Fal-Angel 就是一种与 Angel 完全相反、专门用于惩罚和控制的试剂。”

“惩罚和控制？”

“没错。”何佑君脸上露出几分惧意，缓缓道，“参与‘堕天计划’的有很多惊才绝艳的科技人才，但并非每一个都是自愿的。也有一些人一开始心甘情愿参与‘堕天计划’，可是随着深入了解，他们的想法与这个项目产生了冲突，因而想要叛逃。Fal-Angel 就是为这些人所准备的。

“Fal-Angel 的潜伏期长达 10—18 个月，潜伏期长短因个人体质不同而变化。被注射了 Fal-Angel 的人在这十几个月内，身体不会有任何变化，这是……组织给予他们的考察期。一旦过了考察期，这些人依旧桀骜不驯或阳奉阴违，那么 Fal-Angel 就会彻底爆发，这些人会一次次忍受巨大的痛苦，然后陷入昏迷。

“然而，Fal-Angel 最让人恐惧的还不是这些。一旦发作期开始，明明昏迷的人，大脑却会变得异常活跃。也就是说，在 Fal-Angel 发作间期，人的大脑寿命会被提前透支，昏迷一次相当于大脑十年的消耗。”何佑君抬起头，怜悯又愧疚的目光看着冰朔，哑声道，“冰朔，你明白了吗？发作时间越长，大脑的寿命就越短。一旦超过了一年期限，哪怕最后琉璃醒来，也只能变成毫无心智的……”

白痴！

“如果是作为考察，那是不是代表 Fal-Angel 试剂能还原？”

何佑君却是苦笑着摇头道：“我不知道，但据我所知，被注射了 Fal-Angel 试剂的人，没有一个能真正安然无恙。哪怕选择归顺的，也会在几年后突然智力退化，记忆丧失。我猜，真正的还原剂根本就没有被研发出来。”

冰朔只觉得自己的眼皮轻轻跳了一下，垂在身侧的手紧紧攥成拳头，但他的神色依旧是平静而淡漠的：“有没有延缓 Fal-Angel 发作的办法？”

何佑君摇头道：“何家是这两年才参与到‘堕天计划’中的，而且因为席家的打压，我们一直接触不到核心层的秘密。Fal-Angel 的特性，我也是在项目资料中看到的，真正的 Fal-Angel 我从没见过，更别提解药了！”

见冰朔垂着眼帘不说话，何佑君连忙道：“但有一点，我可以保证。”

冰朔抬起头，看到何佑君微微收缩的鼻翼，还有眼中泄露出来的炽热到难以遮掩的光芒：“只要还原 Angel 配方，研发出真正的 Angel 试剂，无论是我身上的 Re-Angel 还是琉璃身上的 Fal-Angel 都绝不会成为阻碍。冰朔，你没有真正了解 Angel 试剂，那是人类生命与健康的福音，是社会进步的未来。它能净化人体内所有的肮脏与疾病，甚至能净化人类的心灵，让世界变得和平而美好。别说区区的 Fal-Angel，就算琉璃到时真的丧失了心智，只要注射了 Angel 试剂，就一定能恢复正常，甚至变得比以前更聪明乖巧……”

冰朔缓缓垂下眼帘，不再去看何佑君脸上那充满了野心与欲望的亢奋神情，低低的声音打断了他慷慨激昂的话语：“何大哥，我会重新回到穹苍学院寻找 Angel 试剂的配方，这期间，请你帮忙在‘堕天计划’项目组中找一找延缓 Fal-Angel 发作的办法。”

“好，好……”何佑君猛地醒过神来，有些尴尬地动了动身体，连忙道，“你放心，就算你不说，何大哥也一定会帮你找。毕竟琉璃变成这样，我也有一定的责任。”

冰朔抬起头，微微笑了笑：“多谢何大哥了。”

少年的笑容虚弱而美好，就像是即将碎裂的精美瓷器，让人心生怜惜。何佑君站起身，轻轻拍着他的肩膀，叹息道：“冰朔，何大哥是真的不想让你再卷入到这个旋涡中，可是，世事竟是那样难料，没想到兜兜转转，你还是要回去穹苍学院。唉，这一回，你可一定要保重自己，千万别再受伤了，否则，何大哥只怕会内疚一辈子。”

“我知道了。”冰朔低垂着眼帘，轻声道，“我也相信，这次回去，一定会有不一样的结果。”

哪怕武功尽失，哪怕双手染血，哪怕永远都回不到从前，他也绝不会再后退一步。

他会让那些不择手段将他推入旋涡，把他和他最珍视的家人当棋子玩弄的家伙清清楚楚看到，什么叫作“一着落错，满盘皆输”！

四

上怀市第一医院脑神经外科病房中，白秋奕满脸无奈地看着眼前一脸冷漠的少年：“你真的想清楚了？如果今天不做这个手术，你脑中的阴影不出三个月就会继续长大，而你很可能都活不过一年。”

坐在病床上的徐曜，此时脑袋上的头发被剃了个干净，可是这样的造型非但不显得滑稽可笑，配上他冷酷的眉眼，反而充满了让人窒息的压迫力。

白秋奕见他完全不为所动，不由得急起来："你要是再这样倔，我就只能打电话给冰朔了。他为了你的脑疾可是熬夜查了好几个通宵的资料，虽然这回没办法进手术室，可要是知道你这样糟蹋自己的身体，糟蹋他的心血，你看他饶不饶得了你！"

此话一出，徐曜终于微微变了脸色，直起身冷冷道："不许打！"

白秋奕都要被他这又酷又倔的态度逗笑了，没好气道："我打电话给我徒弟还要你来管？"

徐曜的手如闪电般伸出，按在他的手掌上，一双漆黑的眼眸沉沉望着他。良久，他的唇才艰难地开合了几下，哑声道："这不仅仅是脑疾，还是我的能力，预知未来的能力。"

白秋奕张了张嘴，又抓了抓胡须，一脸"你逗我玩呢"的表情。可是马上，他脸上的神情变为了震惊，不仅仅是因为徐曜神情中的决绝与不容置疑，还因为他隐约记得自己徒弟好像说过，徐曜脑中的这个阴影有百分之八十的可能不是肿瘤，而是他异于常人的一种能力。哪怕CT拍出来的结果显示那阴影与肿瘤多么相似，冰朔却一直坚信自己的观点，还为此准备了好几套方案。

"你没有在开玩笑？"

徐曜冷冷道："我从来不开玩笑。"

白秋奕嘴巴开开合合了好几次，才低咳了一声道："这应该是你最大的秘密吧？为什么要告诉我？你就不怕我转头把你卖了？"

徐曜沉默了片刻，良久才撇过头，淡淡道："你是他师父，你不会。"

白秋奕一时都不知道该怎么评价这小子的逻辑，脸色五彩纷呈，半晌才叹气道："就算是能力又如何？能力能当饭吃吗，能让你长命百岁吗？你要是再留着这个东西，你的命都要没了，再厉害的能力又有什么用？你们年轻人怎么就想不通这一点呢？"

"不是，"徐曜松开了阻拦白秋奕的手，改为轻轻握成拳头，"不是舍不得，是因为我能帮他的就只有这个。"

白秋奕一愣，一时没反应过来徐曜在说什么。

"我想你一定还记得吧，我把浑身是血的冰朔背到你面前的场景。"他缓缓地，用低沉沙哑的声音说，"大概只有你和我明白，那种眼前的人呼吸一点点变微弱，却无能为力的绝望和无奈。"

白秋奕脸上的肌肉一阵抽动，眼前仿佛有血腥的画面一闪而逝。他猛地闭了闭眼，心中暗骂了一句——臭小子！

是的，他那个不省心的徒弟几个月前昏迷不醒地被人背到自己面前，连呼吸都快停了。白秋奕一诊断就知道，他是受了严重的内伤，而且是走火入魔后内力反噬。

他是西医啊，哪怕医术再高超，拿这种经脉、内功、丹田之类的破东西有什么办法？难道把他的肚子剖开来，把肠子、胰脏都理一遍？

所以他除了颤抖和恐惧，什么都做不了！后来还是徐曜看出了他的无能为力，说要找徐诺那小子，他才醒过神来。

虽然后来徐诺总算是把冰朔从死神的手中抢了回来，可白秋奕每每回忆起徒弟满身是血的一幕，都忍不住背脊发凉，心有余悸。

白秋奕皱眉看着徐曜，半晌没有说话。

徐曜继续道："我本来以为，他已经从那个泥潭中出来了，再也不用回去。但一转眼，情况却变得比当初更糟糕。我不可能放任他一个人在穹苍学院那种地方四面楚歌，再次九死一生地被抬出来。"

"那也不需要拿你的命去拼啊，做了手术，你一样能帮他……"

"如果能帮他，我就不会眼睁睁看着他留在S级拟真绝境中，只为了把我们平安地送出去！"徐曜猛地提高了声音，连身体都因为激动而微微颤抖，"如果能帮他，就不用他一次次动用内力救我！我把他当作我唯一的朋友，可是除了给他一刀，什么都没为他做过。不……是他根本不需要我为他做什么，因为……我太弱了！

"白教授，你明白吗，这是我仅剩的，还能帮到他的能力了！"

白秋奕怔怔呆在原地，看着他发红的双眸和青筋暴起的手背，一时间竟有种不忍心再继续劝他的感觉。

唉，冰朔这臭小子，招惹的都是什么牛脾气的角色啊！

白秋奕叹了口气，终于无奈道："好吧，我可以帮你瞒着冰朔，也可以让你暂时不接受手术。等下我去给你配一些药，你每天早晚按照我给你规定的剂量服用，绝对不许有一天遗忘。另外，你要向我保证，六个月内，你的脑疾如果发作了三次，就一定要来找我。否则，神仙都救不了你的命，听到没有？"

徐曜轻轻松开了紧握的拳头，嘴角露出一丝微不可察的笑容："谢谢。"

五

这一日，天气阴沉沉的，外面从早到晚都下着绵绵细雨。不过这一日，冰朔的脸上总算露出了真心实意的笑容，因为琉璃醒了。

不过短短十天，小小的人儿却好像消瘦了一圈，脸色比寻常孩子苍白了许多，一双唇泛起淡淡的、让人心惊的暗紫色。

琉璃用冰凉的小手抓着冰朔的三根手指，露出一个虚弱却开心的笑容："哥哥，我做梦梦到你走了，好久好久都不回来，我难过得要死，结果醒过来才发现只是梦，哥哥一直在这里。"

冰朔理了理她睡得凌乱的发丝，轻声道："还觉得哪里痛吗？"

"头痛，好痛好痛！"琉璃委屈地扁了扁小嘴，不过很快又露出笑容，"可是吃了哥哥给的药，就没有那么难受了。哥哥，你别担心。"

冰朔抿了抿唇，目光温柔地看着女孩眼中竭力掩藏的恐惧与痛苦，声音轻柔却带着微微的嘶哑："琉璃，哥哥要离开一段时间。你在家要乖乖听爸爸妈妈的话，听徐诺哥哥的话，好不好？"

琉璃的眼中有一瞬间的恐慌与伤心，可是马上又变得澄澈通明。她紧紧握着冰朔的手指，轻轻地问："我知道，哥哥是为了治好我的病才要离开，对吗？"

她似乎死命忍着，可还是有泪水泛上眼眶，小脸上露出不舍的表情："是不是因为琉璃不乖，所以才会生病？是不是因为琉璃生病了，所以哥哥才要走？哥哥你别骗我，那天你和爸爸在我床边讲话，我都听到了！"

冰朔闭了闭眼，反手将女孩柔软的小手包裹在掌心，缓缓道："琉璃，还记得哥哥答应过你的生日礼物吗？"

"当然记得。"琉璃的脸上马上露出了兴奋的表情，哪怕身心的痛苦都无法扼杀她稚嫩却真切的期待，"哥哥说明年我生日的时候就带我去沙漠、去看大海、去辽阔的大草原骑马！"

"所以，哥哥跟你约定好，"冰朔伸出手，掌心向着他的小女孩，"在你明年生日以前，哥哥一定会回来，履行对你的承诺，好吗？"

"我会好起来吗？"琉璃整张脸都皱在了一起，满心担忧，"要是像现在这样，我连走都走不动，就要哥哥一直背我抱我，那哥哥一定会累坏的……不过想想好像也不错，可以一路趴在哥哥背上看风景，无聊了我唱歌给哥哥听，困了就睡觉，嘻嘻……咯咯咯……"

琉璃说得过于兴奋，很快脸上就露出痛苦的神情，剧烈咳嗽起来。冰朔连忙用内力给她按摩几个穴道，直过了五分钟，小女孩涨得紫红的脸色才恢复正常。

冰朔知道，Fal-Angel 每一次发作都会让当事人极其痛苦，所以她刚清醒时身体会特别虚弱。不过只要熬过了这两天，琉璃就会恢复健康，直到……下一次发作来临，承受更大的痛苦，身体变得更加虚弱，难以恢复。

“琉璃，哥哥向你保证，在明年生日前一定会治好你，不会让你有机会偷懒不走路的。”

冰朔的话让琉璃发出咯咯的笑声，不过很快，她又觉得困倦，眼皮一颤一颤的，重如千钧，无法睁开。可她突然想起来自己还有很重要很重要的事情没有说，所以她一直努力地用最大的力气抓着冰朔的手，一字一顿地道：“哥哥，要回来……生日礼物不重要，可是……哥哥一定要……平安回来……好不好？”

冰朔长长的睫毛轻轻颤动，晶莹的光泽在眼底潋滟流转。他伸出小手指轻轻与女孩奋力举起的小手指勾了勾：“好，哥哥答应你。”

琉璃的脸上很快露出无比安心的笑容，意识不再挣扎，沉沉睡了过去。

冰朔深吸了口气，伸手捂住脸，好半晌才站起身走出了房间。刚走到门口，他就看到了不知何时站在拐角的徐曜。

此时的徐曜头上的头发被剃了个精光，额头上还绑着绷带，整个人的精气神看上去都不太好，显然是刚刚消耗过大量的元气。只是看到已经能正常行走的徐曜，冰朔脸上还是露出了如释重负的笑容：“前几天老师给我打过电话了，说你的手术很成功。不过这才是你做完手术的第几天？你怎么就出院了？老师同意吗？”

徐曜点了点头，脸上的神情依旧淡漠，目光却异常执着：“我知道你明天就要前往穹苍学院，我要跟你一起回去。”

冰朔一愣，随即摇头：“去往穹苍学院路途遥远，而且还要通过问心阵，对你养伤有害无益……”

“我已经决定了。”徐曜冷冰冰地打断他的话，“跟你说是告诉你，而不是征询你的意见。”

冰朔：“……”这小子突然变得这么强势好不适应！

那副目中无人、我行我素的态度，简直跟当初他初遇时看到的黑衣黑发的男子一模一样。只是这样的徐曜，自从两人因误会决裂又和好后，却是许久没见到了。

冰朔一时间都不知道该说什么，耳边却突然传来陆昊远的轻笑声。

这家伙也不知道是什么时候站在墙角的，手中拿着瓶矿泉水，脸色依旧苍白，指甲上触目惊心的紫绀未退，当然，脸上慵懒从容的笑意似乎也从未消失过。

冰朔没好气地瞪着他：“别告诉我你也要回穹苍学院凑热闹！”

陆昊远脸上露出无懈可击的微笑：“上怀的气候冬冷夏热，并不适合我这种心脏病人疗养，果然还是空气清新、满目青山绿水的穹苍学院更适合我。”

“……”这种满是槽点却无法反驳的理由，也真是只有陆昊远才编得出来了！既然穹苍学院那么舒坦，你倒是别熬夜飞过来啊！

冰朔按了按太阳穴，沉声道：“江炎，你也给我滚出来，少在那儿藏藏掖掖，装模作样！”

“嘿嘿……”江炎抓着后脑勺从角落中探出头来，“我可是问过白教授了，他说我叔叔的病，除了正常医保部分，其余高额的治疗费用都是要付给你的。你看我现在也不打拳了，除了卖身给你做贴身保镖，还能怎么还啊！”

见冰朔要开口，他连忙摆手道：“你可别说不用还啊，欠债不还不是我的作风啊！而且徐少也说过你身体不好，不能随便跟人动手。现在对你来说，最重要的就是找一个像我这么强大又抗揍的保镖。选我总比选那两个病秧子好，你说是吧？”

徐曜冷冷瞥了他一眼，目光如刀。陆昊远却是喝了一口水，慢条斯理道：“看你对穹苍学院如此熟悉，我也相信你会有些用处，至少不会出现冰朔反而被你的特殊身份连累这等事情吧？”

江炎的表情一僵，又惊又疑地偷看了陆昊远好几眼，却也没能分辨出这位是穹苍学院中的哪号人物。只是转眼接触到冰朔淡淡的目光，他被吓得连咳了两声，才心虚道：“我……我承认我也是穹苍学院的学生，不过对冰朔绝没有恶意，只是出于一些私人原因才一直隐瞒不说。”

冰朔深深地看了他一眼，心中对江炎，也就是 Ares 的身份已经有了初步的猜测。只是既然江炎不肯明说，他也没有追究的意思。无论如何，眼前的这三个朋友执意要跟他回穹苍学院，多多少少都是因为担心他。

“明天早上九点的飞机前往 Y 省，如果你们真的打算一起回穹苍学院，那明天就在后山的那块空地等我吧。记住，早上九点，过时不候！”

说完，他不再去管三人的反应，转身离去。

六

9 月 16 日早上八点，天气依旧是灰蒙蒙的，仿佛随时都会飘下雨丝。冰朔背着背包，刚走上徐家的停机坪，就忍不住无奈地叹了口气。

只见那片空地上停着一辆银灰色的直升机，还有四个或坐或蹲或站在飞机旁无聊等待的人——韩宁蓝、陆昊远、徐曜和江炎。

冰朔看着陆昊远，颇有些懊恼地道：“我猜到你会知道我改了时间，可是为什么你连地点都能知道？”

陆昊远一脸无辜道：“关我什么事？明明是江炎发现韩宁蓝的动向可疑，带我们一路跟踪过来的。”

“咦，是我发现的吗？呃……勉强也算是我发现的吧？”江炎抓着头发一脸困扰，随即像是想到了什么，冲过来抓着冰朔的领子怒道，“你这臭小子也太重色轻友，不够意思了，昨晚告诉我们的时间地点居然是错误的，耍我们呢？而且死活不让我们跟，却带上了人家韩小美女，你是不是看上人家了，嫌我们这群电灯泡碍眼啊？”

冰朔简直哭笑不得，拨开他的手无奈道：“蓝和你们的情况不同，席貂的势力遍布整个Z国，她留在这里，席家或者雷切斯家族的人迟早会找到她。而穹苍学院因为有Angel Holy的存在，席貂就算在穹苍学院中有些势力，也不可能为所欲为，所以我才决定带她一起回学院。”

如果正面交手，徐天和凌云自然不怕席家，可席貂做事实在太过心狠手辣，对韩宁蓝的感情又太过偏执，他若是玩阴的，很难保证不会伤及无辜。

同样的，如果徐曜的脑疾没有被治愈，身上还留着预知未来的能力，冰朔也不敢把他随便留在上怀市。因为他的能力会遭到太多觊觎，反倒不如他在穹苍学院中安全。

江炎虎着脸还要再说什么，停在旁边的银灰色直升机突然发出嗒嗒嗒的启动声。随即，那巨大的螺旋桨居然迅速转动起来，一股强大的气流席卷而来，吹得几人一阵踉跄。

直升机中，韩宁蓝探出比洋娃娃还精致秀丽的脸蛋，一边摆弄着头盔，一边提高声音道：“决定好谁上飞机，谁留在这儿了吗？”

她的眼中有着难得的兴奋，很显然，上个月在维加斯州开直升机的经历让她意犹未尽。

冰朔看了看四周，只见除了自己和江炎已经空无一人，徐曜和陆昊远竟不知什么时候早就进了机舱。陆昊远甚至还占了个四人联排的座位，很悠闲地躺下来开始闭目养神。

“哎哎，等等我！你们这群家伙想抛下我自己走吗？太不够意思了！”江炎气急败坏地怪叫了一声，一个闪身冲上了直升机。

螺旋桨转动的声音越来越响，隆隆的马达声已经盖过了这停机坪周围所有的虫鸣鸟叫和树叶沙沙声。冰朔看着直升机中不停朝自己招手的江炎，看着已经戴上了头盔的韩宁蓝，看着神色执着而冷淡的徐曜，轻轻叹了口气，一个纵身跳上了直升机。

连他自己也没有发现，他那双连日来死气沉沉的冰蓝色眼眸，此时又轻染上了漂亮的琥珀色，就仿佛阳光洒在澄澈的湖面上，温暖而动人心扉。

第十集

问心 × 代价 × 武道之神

一

这是一间装潢奢华的房间，其中的灯光却是诡异的暗红色。在这灯光下睁眼看久了，白狐只觉得一阵阵晕眩，掩藏在面具下的脸上也起了一层薄薄的冷汗。

他的神情竭力保持着镇定，瞟向沙发上男子的视线仿佛漫不经心。可是只有他自己知道，他此时的心情有多么忐忑。

沙发上的男子盯着手中的资料看了良久，终于慢慢抬起头来，露出一张雌雄莫辨的昳丽面容："所以你想说的就只有这些？因为你擅自去挑衅萧冰朔，还蠢到用基地的局域网，最后被他反追踪到老巢，甚至被他毁了重要的项目资料？"

白狐全身猛地一个激灵，来自本能的恐惧让他想垂下脑袋，可是与生俱来的傲慢不允许他低头，所以他强自保持着漫不经心的口气："我承认，这次的行为是我掉以轻心了。可是谁能想到，这个萧冰朔的黑客技术竟然比会长都不逊色。我去挑衅他，也是因为看不惯他如此嚣张的样子，想要给他点教训。这小子胆大包天，抢了你的心上人，席少你难道就不恨他吗？"

坐在沙发上的席貊闻言轻轻叹了口气，站起身缓慢地走到白狐面前，一双勾魂摄魄的桃花眼波光潋滟，动人心魄，简直有着男女通吃的魅力。白狐的呼吸不由得紧了紧，可是不等他吞咽一口口水，席貊突然举起手，狠狠一巴掌甩在他脸上。

白狐猝不及防，这一巴掌竟没躲开，身体一个趔趄跌倒在地，连脸上的面具也掉落下来。

席貊居高临下地看着白狐脸上那惊怒的神情，突然抬起脚，重重踩在他的左手手指上。白狐痛得面部一阵扭曲，口中发出凄厉的惨号。席貊一边踩，脸上一边挂着妖魅的笑容，轻声道："白狐，你跟了你家会长那么久，没学到他的本事，却只学会了他的胆大包天吗？只是，在我眼中，你不过是一条汪汪乱叫的野狗。一条狗而已，做错了事，居然还敢在我面前理直气壮地狂吠，你是活得不耐烦了吗？"

一番话慢条斯理地说完，席貊才缓缓把脚收回去。而此时白狐的左手手指早已一片青紫，轻轻动一下就钻心般疼痛。白狐心中又惧又恨，可看着席貊那含笑的桃花眼，竟只觉得身上一阵阵发寒，再不敢多言。

席貊重新坐回到沙发上，嗤笑一声道："你该庆幸你不是我席家的人，动了你我对Gallant不好交代，否则，你现在早已从这个世界上消失了。"

白狐奋力地从地上爬起来，强忍着疼痛捡起那白色的图腾面具，低声道："席少，这一次我虽然在萧冰朔手上吃了亏，可也并非一败涂地。现在他妹妹体内的Fal-Angel已经开始发作，为了救他妹妹，他肯定会回到穹苍学院。而且，我已经完全掌握了他这几日的行踪，只要我们在问心阵中截住他们，席少还怕蓝小姐不回到你的掌心？至于徐天集团和凌云集团的威胁……穹苍学院与世隔绝，在问心阵中死个把人，根本不会被传到外界。等徐家和水冰烨发现时，萧冰朔的尸骨恐怕都化成灰了！"

席貊目光微眯，眸中似有凛冽的寒光一闪而逝："你是怎么掌握萧冰朔的行踪的？又哪里来的把握，能在问心阵中截住他们？别忘了，萧冰朔对于五行八卦阵可比你们这群垃圾强多了。否则当初在精英武道赛上，李怀斯也不会一败涂地！"

白狐皱了皱眉，压下被羞辱的愤怒，冷冷道："席少若不信就算了，只是错过了这次机会，等蓝小姐进入穹苍学院，受到Angel Holy的保护，就不知席少要等到何年何月才能把她重新抓在手中。"

席貊勾起嘴角，幽幽笑道："我也没说不信你，你又何必如此急躁？那么，他们何时会到达问心阵？"

白狐眼中露出一丝笑意，连忙道："今天下午五点，最迟六点，他们就会抵达问心阵。席少如果想捕捉猎物的话，最好早早派出人手，我会安排人在问心阵附近接应。"

"好！"这一回，席貊没有再犹豫，俯身轻轻抚摩着茶几上一个有些陈旧的摆件，妖冶邪魅的脸上露出无比温柔又无比残忍的笑容，"蓝，不要急，我很快就会来接你了，很快你就再也跑不了了……很快！"

白狐走出房间，残破的面具被他丢进了垃圾桶。他动了动青紫的手指，脸上露出痛苦愤恨的表情。随后想起了马上要发生的事，他的眼中又露出一丝兴奋得意的神情，很快拿出手机拨了出去："李怀斯，猎物和猎狗都已经就位，你那里准备好了吗？"

"当然！"手机中传来李怀斯清亮桀骜的声音，"我等这一天可是等很久了，怎么可能会出错！白狐，你可是答应我了，这次一定要让那萧冰朔好好吃点苦头，替我报仇。"

"放心吧，我办事什么时候让你失望过？"白狐的声音温和轻柔，仿佛在抚慰小弟弟般，“早在听说他欺负你时，我就想好好教训他一顿了，这回一定会让他吃不了兜着走。”

李怀斯闻言不由得兴奋地大笑起来，笑过一阵后，他又忍不住有些担忧：“会长可是说过不让我们动萧冰朔的，若是被会长知道……”

“放心吧！”白狐轻笑道，“不过是给个小小的教训，会长就算知道了也不会放在心上，说不定还会觉得这个人根本就不值得他上心呢！”

李怀斯这才满心愉悦地挂上电话，白狐望着变暗的手机屏幕，脸上却泛起了幽深的冷笑。

放心吧，会长根本就不会知道，他所重视的萧冰朔将会在今晚死在问心阵中。

下手的人是席貊，向席貊通报消息的人是李怀斯，和自己……可是一点关系都没有。

二

冰朔一行人最后在莱阳镇旅馆附近的一个打谷场上降落。

韩宁蓝这一路来操纵直升机的水平已经到了如臂使指的程度，飞机安全落地后，冰朔很快给徐家在这片区域的员工打了个电话，半个小时内就会有人赶来这里把飞机开走。

“嗨，小子，醒醒，我们到了！”江炎趴在前排座椅的椅背上，伸手推睡得正香的陆昊远，“不会吧，睡得这么死？老子这么能睡的人都受不了这飞机的隆隆声，你到底是怎么做到一路从头睡到尾的？”

江炎还在絮絮叨叨念个不停，冰朔却是陡然变了脸色，一个箭步冲到双目紧闭的陆昊远身边，抓起他的手腕就要把脉。

可是，不等他的内息渗入经脉中，耳边就传来陆昊远微微沙哑的声音：“为什么我一睁眼，就看到你这副怕我死掉的模样？”

冰朔一低头，对上一双清艳的凤眸。没有眼镜的遮掩，能清晰看到那微微上挑的眼尾和眼中蕴含的一丝调侃般的笑意。

他没好气地想要甩手，手腕却马上被一只冰凉干燥的手掌抓住，中指上那粗糙的薄茧刚好扣在他的命门上。冰朔是习武之人，这种生命握在别人手心的感觉让他的全身都一阵僵硬，不过又很快放松下来，手上猛一用力，将陆昊远拉了起来。

冰朔一向最讨厌陆昊远的就是这一点。他总是对凡事都漫不经心，毫不在乎，尤其是对自己的那条命。明知道自己有严重心脏病，却从不当回事，该折腾折腾，该潇洒潇洒，好像巴不得自己早点死一样。所以接下来前往问心阵的一路上，陆昊远不知是不是心虚，主动找他说了好几次话，冰朔却一直冷冷淡淡的，不乐意搭理他。只有在进入地下磁悬浮隧道时，才将他紧紧拽在身边，以免在剧烈的碰撞和转折中，陆昊远这家伙脆弱的身体承受不住。

果然，走出磁悬浮隧道时，其他四人包括看似柔弱的韩宁蓝和刚做完手术的徐曜都是一副云淡风轻、毫发无损的模样。唯有陆昊远明明一路被冰朔拽着，却还是虚弱得仿佛随时会昏倒，嘴唇更是泛起微微的紫绀。

江炎看着他这副半死不活的模样，忍不住咋舌道："冰朔，我以前还以为你是弱不禁风的病美男，现在看来，比起陆昊远，你简直就是身强体壮的超级赛亚人了！这点颠簸你就受不了了，你确定一会儿走问心阵不会昏倒？"

陆昊远半个身体的重量放在冰朔身上，手中抓着瓶矿泉水仰头喝了一口，才施施然道："借你吉言，一会儿我在问心阵中昏倒了，记得把我背回穹苍学院。"

江炎顿时哑然，为什么跟这小子讲话总有种一拳头打在棉花上的感觉？而且一不小心就会掉进这家伙的语言陷阱，这种感觉真是太难受了！

冰朔看一眼陆昊远的脸色，见他瞳孔微微涣散，连眼底也泛起了青紫，心中不由得一阵阵火往上冒。可是，感觉到陆昊远紧紧抓着自己的冰凉手掌，他又忍不住轻轻叹了口气。

这家伙，到底是太漫不经心，还是太倔强？冰朔第一次发现拿一个人无可奈何是这么郁闷的一件事。

他反手抓住陆昊远的手腕，不等他说话，精纯涓细的内力就顺着陆昊远的经脉渗入进去，一点点梳理他脆弱的血脉与心肺。片刻之后，陆昊远唇上的紫绀终于慢慢退去，脸色添上了一分红润。倒是冰朔，因为极力控制着内力的输出和走向，脸上多了几分疲倦之色。

只是这点疲倦很快被他遮掩了过去，除了陆昊远，甚至连细心的韩宁蓝都没有发现。因为此时问心阵旁的别墅中已经出现了一个身影，正是穹苍学院中专门负责看守问心阵的工作人员，也是冰朔进入穹苍学院时的考官——穆索。

看到冰朔，穆索的脸上先是一阵诧异，随即露出狂喜，大步冲上前道："萧冰朔，真的是你？你回来了！"

冰朔倒是被穆索的热情吓了一跳，他可不记得自己跟这个考官有过什么深厚的交情，怎么他看到自己会如此激动？

穆索很快也意识到了自己的失态，调整了下情绪，低咳一声道："萧冰朔同学，请问你来到这里，是想要通过问心阵进入穹苍学院吗？"

冰朔微笑点头："麻烦穆老师了，我们五人申请一起进入问心阵。"

穆索一愣，随即目光望向冰朔身后的几人。徐曜和陆昊远在穹苍学院虽然低调，但他还是认识的，可这个红头发的小子和漂亮的女娃儿又是什么人？穆索肯定自己绝没有在往来出入的穹苍学院学生中见过这两个人。

“请原谅我年纪大了记性不太好，请问这两位是穹苍学院的学生吗？”

冰朔没有点头，也没有摇头，只是微笑道：“穆老师，麻烦你开启问心阵吧。”

穆索眼皮跳了跳，忍了忍，还是没忍住，微微提高了音量：“冰朔，你该知道带外人进入穹苍学院的后果。所有非法进入学院的人员都会遭到 Angel Holy 的严惩和驱逐，情况严重的还会被电击抹杀。你真的想好了？要拿这些人的性命去冒险？”

被他这样质问，冰朔没有着恼，反而露出了温和的笑容：“多谢穆老师提醒，这些规则我都知道，也不会拿我朋友的性命开玩笑，请穆老师放心。”

穆索惊疑不定地看了他半晌，又望了望冰朔身后一脸傻笑的红头发小子和面色丝毫不变的漂亮女孩，最终皱了皱眉，沉声道：“那好吧，我一会儿就进去开启问心阵，你们……好自为之吧！”说着，穆索转身往别墅走去，可是刚走了几步，他就回过身望向冰朔那张俊秀清艳宛如漫画人物般的面容，神情微微恍惚。

去年，这小子伪装成懦弱内向的计算机宅男，在自己面前和文森特对决的情景还历历在目。可是眨眼间，他就成了穹苍学院的风云人物，带领后进班的学员在精英武道赛上大放异彩，甚至连 Angel Holy 核心程序操控的 S 级拟真幻境，都被他一手破解。

那时候，自己和谢岩曾那么相信并期盼着，他能和 Gallant 抗衡，将穹苍学院带出可怕的旋涡纷争，然而，期盼……终究只是期盼。

见穆索突然回头直勾勾望着自己却半天不说话，冰朔不由得诧异地挑了挑眉：“穆老师，请问还有什么事吗？”

穆索抿了抿唇，犹豫了许久才用有些疲惫的声音道：“冰朔，这句话由我来说可能不太妥当，但是，现在的东院已经不是从前的那个东院了，你回去后一定要小心。如果可以，能不能请你……阿岩他……唉，算了，你就当我什么都没说吧。”

随即，不等冰朔发问，他快速转身离开。几分钟后，问心阵中亮起了淡淡的金色光芒，原本封闭的铁门缓缓开启，微微的凉意从敞开的铁门中吹散出来，拂过皮肤，让人泛起细小的鸡皮疙瘩。

江炎搓了搓手臂，看向冰朔：“我们现在就进去？”

冰朔从穆索消失的方向收回目光，点头道：“进去吧。趁着天还没有黑，早点回学院休息。”否则，他真怕陆昊远这病秧子会直接倒在路上。

几人的身影陆续消失在通往问心阵的铁门后，最后一个进入的徐曜在经过铁门时，手指微微触碰到了门上斑驳的锈迹，身体却是微微一僵。

他的脑中仿佛闪过了什么很可怕的画面，可这样的画面一闪而逝，快得让他根本抓不住。只有满目的血红与冷寂留存在他的意念深处，让他浑身发凉，惊悸颤抖。

“徐曜，怎么了？”冰朔关切的声音突然传入耳中，瞬间驱散了那寒冷绝望的感觉，随后修长的五指抓住他的手腕。

徐曜像是吓了一跳，飞快收回自己的手，面无表情道：“我没事。”

见冰朔皱眉看着他，他用冷冰冰的声音道：“我承认刚刚做完手术有些不舒服，可是再怎么不舒服，我也不可能比陆昊远虚弱，你还是去照顾他吧。”

陆昊远推了推鼻梁上的眼镜，笑得一派温和坦然：“说得不错。”

江炎：“……”为什么这家伙可以这么不要脸？！好想揍他怎么办？可是万一揍死了呢？

徐曜的反应倒是让冰朔松了口气，他望了一眼前方白雾蒙蒙的石林，声音平和道：“除了蓝，相信大家都对问心阵不陌生，哪怕从同一个门进入，也可能会出现在不同的地方。所以接下去我们有很大概率会分开，请大家一路小心，我们在西门会合。”

说着，他看向韩宁蓝：“你独自在问心阵中，没有问题吗？”

韩宁蓝举了举手中冰朔画给她的五行八卦阵图：“按图索骥，我想我还是能做到的。”

更何况，她总觉得这个五行八卦阵她似乎很熟悉，熟悉到闭着眼睛都能走出去。

冰朔笑了笑，没有再说话，率先踏入了石林的其中一个入口。

他以为这不过是一个微不足道的关卡，一段无波无澜的行程，可是，当他进入到问心阵的一瞬间，却陡然变了脸色。

这里早已不是八门连纵、阵眼固定的问心阵，而是生门断绝、危机重重的惊煞之地！

三

白皙纤瘦的手指划过紫红色的花瓣和暗绿的叶片，很快沾上了一层薄薄的水珠。韩宁蓝将手举到眼前，感受着水珠残留在皮肤上的冰凉感觉，微微皱起了眉头。

一进入问心阵中，她就发觉不对。明明是一样的假山和草木树丛，可是每一个景物都仿佛是虚幻的，哪怕是隔着五步远看去，都能发现它们扭曲着，折射出水雾一般的光影，所以她才忍不住伸出手去确认。

可是，如果眼前的景物是真实存在的，为什么冰朔交给她的阵法图完全不对呢？每一步迈出，非但不觉得豁然开朗，眼前的一切反而越来越迷离，周身的雾气也越来越浓，越来越冷。

韩宁蓝紧皱着眉头，犹豫了良久，还是跨出了下一步，可是身体刚刚前倾，她就陡然变了脸色，整个人像弹簧一样倒飞出去。

然而，还是晚了。

一只宽大修长的手掌已经牢牢抓住了她的手臂，一个用力就将她拖入怀中。灼热湿暖的呼吸吐在耳畔，带来阵阵酥麻："蓝，都已经投入了我的怀抱，你还想逃到哪儿去呢？"

韩宁蓝停止了挣扎，身体微微后仰，在朦胧的雾气中，果然看到了一张艳丽阴柔的脸。这张脸上带着邪魅的笑容，桃花眼波光潋滟，燃烧着炽热的光芒，仿佛随时都会把眼前的猎物吞噬融化。

"席貊，"韩宁蓝缓缓喊出了这人的名字，心一点点往下沉，"你怎么会出现在这里？"

"我为什么不能出现在这里？"席貊伸出另一只手，轻轻把她被雾气打湿的栗色卷发拨弄到一边，柔声道，"我不是早就说过吗？你在哪儿，我就一定会出现在哪儿。韩宁蓝，你是逃不出我掌心的。"

韩宁蓝叹了口气，摇头道："你到底执着我什么？你喜欢我什么，我改还不成吗？"

她是真不想被这样的变态盯上，别说谈恋爱了，只是被他这么赤裸裸地盯着，都觉得毛骨悚然。爱这种东西，两厢情愿、适可而止叫作幸福；一意孤行、强迫禁锢叫作毁灭，而且毁灭的还是两个人。但很显然，席貊他不懂这个道理。

果然，韩宁蓝的话让席貊的脸色陡然变得阴沉，原本抚在她脸庞上的手一把扣住她下颌，把她扯到自己面前，阴柔的声音带着阴恻恻的笑意："蓝，你在胡说八道些什么呢？全世界我最喜欢的就是你，只要是你，无论变成什么样，我都爱入骨髓，绝不可能放手！"说着，他牢牢禁锢住韩宁蓝娇小的身躯，微微俯身，在她冰凉的唇上印下一个吻，仿佛誓约，又仿佛诅咒。

"你是不是还想着你的小白脸，那个萧冰朔会来救你？"席貊凑近她耳边用低哑的声音轻轻道，"别做梦了，蓝，今天我就让你亲眼看着他死在你面前。这样一来，你就会死心了吧？到那时你才会知道，这世间除了我，根本没有人配得上你。"

他这话一出，韩宁蓝的脸色微微一沉，原本握在指尖的纸条被揉成一团，紧紧握在掌心："问心阵受 Angel Holy 控制，学院外的人无法进入，更不可能随意改动阵法。你能出现在这里，甚至变动了问心阵的阵门位置，是不是代表在学院中有人接应你？"

席貊先是微微一愣，随即哈哈大笑，看着韩宁蓝的目光格外温柔："真不愧是蓝，不过短短几句话，就把事情猜了个八九不离十。所以，你打算怎么办呢？想要求我放过萧冰朔吗？还是，像从前一样铁石心肠，不顾任何人包括你父亲的死活，也要逃离我身边呢？”

铁石心肠？不顾父亲的死活？韩宁蓝皱了皱眉，后脑勺处传来一阵阵戳刺般的疼痛。眼前仿佛闪现了一幕幕模糊的画面，可是眨眼间，那些画面又消失得无影无踪。

“怎么，还是不肯求情吗？”席貊的笑容慢慢变得阴冷，“只要你向我撒撒娇，说句你永远都不会离开我的谎言，我说不定就放过萧冰朔了。为什么你连这样敷衍的谎话都不肯对我说一句？”

韩宁蓝神色淡淡地看着他，柔软的声音带着特有的沙哑：“有什么条件，不如等你手上握有了筹码再谈。你说你能抓住并杀了萧冰朔，可事实上，你从来都不是他的对手。在维加斯州如此，在这个大阵中，你更是连他的衣角都抓不住，不是吗？”

“你——”席貊勃然变色，整个人像是完全失去了理智，伸手狠狠扼住韩宁蓝的喉咙，“韩宁蓝，你不要逼我！你明知道，我最恨的就是别人看不起我！我得到你的方法有千千万万种，哪怕我在这里要了你，哪怕我得到的是你的尸体，你也不可能逃出我的掌心！”

席貊的脸上满是狰狞的疯狂，扼住韩宁蓝脖子的手也越收越紧。韩宁蓝只觉得肺部的空气被一点点挤压，眼前出现了宛如烟花般的幻影，又像是死神一遍遍挥下的镰刀。可是，也因为这样的痛楚，她大脑中那层包裹着颞叶的白雾，正在一点点消散，一点点稀薄。

突然，一声轻轻的叹息从白雾间传来，打断了这剑拔弩张的氛围：“唉，我不过是个半死不活的病人，为什么这种英雄救美的场面要让我碰到呢？”

话音刚落，席貊只觉得扼住韩宁蓝喉咙的手臂传来一阵被电击般的酥麻感。他闷哼一声，手一松，韩宁蓝就从他掌心滑脱出去。

韩宁蓝的腰上像是被什么无形的丝线缠绕住，整个人飞速后退，直退离了席貊五米远，才一个趔趄跌倒在地，发出剧烈的咳嗽声。紧接着，原本笼罩着假山和草木的浓雾竟缓缓退散，露出了天边火红的夕阳与席貊狰狞恐怖的面容。

韩宁蓝坐在泥地上，咳嗽了许久才抬头望去。

只见嶙峋的山石旁，正斜斜靠着一个少年修长的身影。他的脸色惨白，呼吸急促，嘴唇更是泛起让人心惊的紫绀，可那双掩映在无框眼镜后的凤眸依旧带着漫不经心的笑容，仿佛天地万物都无法被他放入心中。

“陆昊远……”韩宁蓝捂着脖子艰难地站起身，哑声道，“谢谢你救了我。”

陆昊远扶着山壁，微微喘了几口气才无奈道：“我真希望……救你的是冰朔，这样……

或许我们两个都还有生路……咯咯……不过，老天好像并不给我们这个机会。”

说着，他带着笑意的目光往自己的左后方微微瞟了一眼。不等韩宁蓝反应过来他的话是什么意思，陆昊远的左后方猛然伸出一只手，重重一掌击打在他的背后。

“陆昊远！”韩宁蓝惊叫一声，眼睁睁看着他羸弱的身体在这一击之下像断了线的风筝般飞出去，重重跌落在地，甚至还打了个滚，落在席貊面前。

韩宁蓝瞪大眼睛，全身一阵冰凉。

陆昊远此时已经失去了知觉，他的唇角缓缓溢出鲜血，衬着暗紫的薄唇、惨白的面容，看上去是那样触目惊心。

席貊用皮鞋踢了踢身前的陆昊远，朝韩宁蓝露出略带歉意的表情：“蓝，对不起，我刚刚一时失控，是不是伤到你了？快过来让我看看。”

韩宁蓝望了自己的左侧一眼，那里站着一个戴白色图腾面具的人，正是当日在海边害死了弗兰克的白狐。而同一时间，在这片浓雾散尽的方寸之地，闪现一个个高大的人影，将她孤零零的身影团团围在中间。四面楚歌，进退无路，她似乎再也没有了逃脱的可能。

席貊踏前一步，左脚提起，虚虚地踩在陆昊远的胸口上，脸上温柔的神情陡然变为阴冷：“韩宁蓝，我让你乖乖到我身边来，听到了没有？”

韩宁蓝深吸了一口气，只觉得手脚冰凉，膝盖发麻。可她到底还是提起脚步，向席貊走去。

“啧啧，居然用一个半死不活的病人威胁小姑娘，席貊你到底是不是男人啊？我要是韩宁蓝，会选你这种变态偏执狂，我就是脑子秀逗了！”

熟悉的声音让韩宁蓝惊讶地回过头，第一眼望见的就是一只修长白皙的手，牢牢扣在自己的肩膀上。那只手的主人容颜俊秀绝伦，此时却面沉如水，冰蓝的眼眸冷冷盯着前方，身上再没有了温润文雅的柔和，只剩下彻骨的寒意。

“冰朔！”

是萧冰朔！还有站在萧冰朔身边的徐曜，以及刚刚说话的江炎。

冰朔闻声才收敛了身上凛冽的杀气，歉疚地望向韩宁蓝：“抱歉，我没想到问心阵中竟然被人动了手脚，更没想到会有人埋伏，你没事吧？”

韩宁蓝摇了摇头，却是看向了昏迷不醒的陆昊远：“我没事，可是陆昊远他……”

江炎看清了陆昊远的情形，也是倒吸了一口凉气：“冰朔，这小子本来病得就重，这下子不会死了吧？唉，早知道你应该先找他们两个啊，一个弱女子，一个病秧子。我和徐曜两个大老爷们儿，就算被困在阵中，一时半会儿也死不了……”

冰朔望着不远处的席貊，冷冷道：“席貊，你放了陆昊远，我保证你们所有人安全离开问心阵，你觉得如何？”

“你在说梦话吗？”席貊还没有答话，他身边的白狐已经嗤笑道，“萧冰朔，你现在自身都难保了，还指望跟我们谈交易，你当我们是白痴……”白狐的话还没说完，一道雷突然从半空中狠狠劈下。白狐脸色大变，想也没想就拖过席貊的一个手下挡在身前，自己则就地一滚，远远逃开。

只听一阵噼里啪啦的声响，那被雷击中的人浑身一阵抽搐，软软瘫倒在地上，口中不停吐出白沫，看得白狐眼中再没有了轻蔑，只剩下震惊和骇然。

冰朔连看也没去看他一眼，直直望着席貊：“这个问心阵现在已完全在我的掌控中，你应该很清楚，如果我把‘景门’和‘开门’也断绝，你们一个也别想活着离开。”

“这不可能！”白狐惊叫了一声，声音中带着歇斯底里般的愤怒，“你怎么可能掌控问心阵？这可是只有 Angel Holy 才能控制的阵法。”

可是他扯着嗓子嘶吼了半天，根本没有人理他。白狐的手紧紧按在自己的面具上，只有裸露在外的嘴角和双眼一阵阵扭曲。

席貊望着眼前冷静镇定的几人，突然阴恻恻地笑道：“想要我放过这个死人？可以，只要你把韩宁蓝交给我。”

冰朔冷笑道：“席貊，你以为你现在还有资格跟我谈条件吗？”

“没有又如何？”席貊突然哈哈大笑，声音中充满了疯狂，“有本事你就杀了我！只是你猜，在你杀掉我前，我能不能结果这个男人的性命呢？”说着，席貊蹲下身，手中不知何时出现了一把枪，牢牢抵着陆昊远的太阳穴，目光阴冷而决绝。

冰朔的脸色一点点往下沉。他的目光扫过陆昊远惨白的脸与泛紫的薄唇，垂在身侧的双手死死握紧，又无能为力地松开。

“让我将韩宁蓝交给你，绝无可能。”冰朔冷冷道，“既然谈判破裂，你可以现在就开枪杀了陆昊远。我还是那句话，如果昊远死了，你们所有人就都留在这问心阵中给他陪葬。只是席少爷，你自己不怕死，难道你的手下也心甘情愿陪你死在这荒郊野岭吗？”

此话一出，那些原本神色冷漠的保镖脸上果然露出了迟疑之色，甚至有人惶急地往前走了一步，低声道：“少爷，请您冷静一些。想要夺回蓝小姐，我们有的是机会，少爷何必拿自己尊贵的身体冒险？就算您不为自己着想，也该为精神病院中的小姐考虑一下，如果少爷您死了，小姐要如何活下去？”

席貊死死盯着冰朔和他身旁的韩宁蓝，原本艳丽的桃花眼此时却充满了疯狂与怨毒。

他可是席貊，席家的当家！如今却被眼前这个少年赤裸裸地威胁，甚至连蓝都被抢走，这让他怎么甘心，怎么能咽下这口气？

“席少，不如我们给萧学弟一个机会如何？”突然，一旁的白狐轻轻笑道，“也不一定要拿蓝小姐来交换。只是学弟不会以为，不付出任何代价就可以从席少手中把人救走吧？”

说着，他拿出一个暗紫色的盒子，在席貊面前晃了晃。

席貊先是一怔，随即脸上很快露出了诡异的笑容。他接过盒子轻轻敲了敲上面的花纹，用无比阴柔的声音道：“萧冰朔，既然你想要跟我争夺蓝，至少要让我看看，你能为蓝做到什么程度吧？”

冰朔的双眸微微眯起，已经猜出了那盒子里的东西是什么：“你想要怎么样？”

席貊将那暗紫色的盒子转了个方向，朝着冰朔把盒盖缓缓打开，里面很快出现了两枚并排摆放的注射针。左边的注射针筒中充斥的是淡粉色的液体，而右边的注射针筒中却是银灰色的液体。

“这里的两枚注射针，分别是 Re-Angel 15 号试剂和 Fal-Angel 3 号试剂。”席貊的脸上浮起一层桃花色的红晕，连声音都微微尖锐起来，“只要你把这两枚试剂注射进自己体内，我就把你的朋友毫发无伤地还给你，如何？”

“你疯了！”一旁的江炎听到这里终于忍不住吼道，“这两种试剂是能一起注射的吗？你想要他的命不如直说！”

席貊反手将盒子交到白狐手中，幽幽冷笑道：“哦，是吗？白狐，既然萧冰朔不肯接受这个提议，那这两枚试剂也没什么用了，你知道该如何处理吧？”

“当然。”白狐的嘴角勾勒出一个阴鸷的弧度，毫不犹豫地从盒子中拿出注射针，就要往昏迷的陆昊远脖子上扎进去。

“等等！”眼看着尖锐的针头就要刺破皮肤，冰朔的声音果然响了起来，“我同意你们的交易方式。”

“冰朔，你疯了？”江炎一把拽住他的衣领，难以置信地吼道，“你知道那是什么东西吗？就算只注射一种试剂，你这辈子都可能毁了，更别说是两种！”

冰朔轻轻握住江炎的手腕，将他扯开了一些，才道：“我知道，不过无所谓，反正迟早是要尝试其中一种的。更何况，我也想看看，这世间到底有没有药物能置我于死地。”

说完，他没有再去管江炎见鬼一样的表情，转身朝白狐走了几步：“拿来吧。”

反倒是白狐怔在了原地，看着他的目光充满了难以置信。这家伙疯了？真的要为了什么无聊的友情爱情，连命都不要了？他真的清楚这两种试剂意味着什么吗？

从席貊的保镖手中接过盒子，冰朔面色平静地从里面拿出那枚淡粉色的试剂——Re-Angel 15 号。徐曜上前一步，一把抓住他的手腕，目光灼灼而痛楚：“你答应这个交易，不是因为走投无路，而是因为当初对 Gallant 的那个承诺对吗？”

徐曜一辈子都不会忘记陆昊远把那一沓纸甩到自己面前时的情景，也不会忘记那纸上的聊天记录——冰朔为了保护他，答应 Gallant 自愿注射 Re-Angel 试剂。

韩宁蓝突然伸手拿起那枚银灰色的试剂，低声道：“既然这场交易和我有关，我也不可能置身事外，不如这枚……”

“够了！”冰朔低喝一声，挣脱了徐曜的束缚，把注射针从韩宁蓝手中拿了回来，“昊远现在危在旦夕，我如果死了，在穹苍学院中有人能救他吗？在上怀等着我的琉璃又该怎么办？你们真的觉得我会圣母到拿自己的生命开玩笑？”

话音刚落，他毫不犹豫地把针头扎进了自己的血管。

银灰色的诡异液体缓缓消失在淡青色的血管间，每一秒都像是一个世纪那么漫长，那么揪心。

“这是第一枚。”冰朔丢开空掉的注射针，没有去管手臂上被刺破的伤口，冷冷道，“可是，我怎么知道，等我注射了第二枚，你们会不会把陆昊远平安放回来？”

席貊目光阴沉地看着眼前十七八岁的少年，眼中第一次再没有了嘲讽和轻视，只剩下深深的忌惮与凝重。

他只沉默了一秒，就开口道：“白狐，把人交给他。”

“可是……”白狐的质疑在席貊冰冷的目光中消失，他咬了咬牙，还是收回了原本抵在陆昊远太阳穴上的手枪，示意保镖把人送过去。

掌心轻轻按在陆昊远冰凉的胸膛上，感受到那胸腔中微弱却真实跳动的心脏，冰朔双膝一软，差点儿一头栽倒在地。

他不知道这是 Re-Angel 试剂的后遗症，还是他过度紧张后的错觉，只觉得身体一阵阵虚弱冰凉。

“萧冰朔，别忘了你刚刚的承诺！”白狐在一旁虎视眈眈地盯着他，眼中满是嫉恨，“还有第二枚试剂没有注射呢，难道你想食言不成？”

冰朔深吸了一口气，将陆昊远交到徐曜手中，伸手拿起了第二枚试剂。

如果同时注射 Re-Angel 和 Fal-Angel，绝对活不过三天，这是“堕天计划”中的科研人员都知道的秘密。

白狐激动地看着冰朔把针头按在自己的血管上，身体都忍不住颤抖起来。再过一会儿，只需要再过几秒钟，这个嚣张跋扈、被会长看中的少年就会成为一个“死人”，而且，还是痛不欲生地走向死亡。

然而，就在这时，远处的石阵中突然传来凌乱而急促的脚步声。紧接着，整个问心阵狂风大作，眨眼之间就吹散了所有的浓雾。几个身穿学院工作服的人急匆匆跑来，而在前领路的红头发少年赫然是刚刚还站在这里的江炎。

“他……他是什么时候离开的？”白狐发出了一声难以置信的惊呼。

席貊的保镖们也是面面相觑。明明几分钟前那红头发少年还在假山旁和萧冰朔争执，他到底是什么时候从这石阵中消失的？为什么完全没有人发现？

江炎一个纵身蹿到冰朔身边，一把将他手中的注射针抢下来，气喘吁吁道：“我……我没有迟到吧？”等目光扫到一旁已经空掉的一枚注射针，顿时大骂了一声，“靠！你不是说你会拖延时间的吗？那这是什么？”

冰朔脸色苍白，看着满头大汗的江炎却微微笑起来：“不，千钧一发，刚刚好。”

说着，接过江炎手中那没有注射的针剂，收入了口袋中。Fal-Angel试剂，他终于拿到了这珍贵的样本。

“刚刚好你妹！老子就不该信你的鬼话！”江炎怒骂一声，还要再说些什么，就见那几个穹苍学院的工作人员匆匆赶过来，将石阵中的所有人团团围住。为首的是个四十岁上下的中年男子，一双虎目精光四射，冷冷扫过众人：“你们是什么人？如果是误闯进问心阵，我现在就可以送各位安全离开。但若是刻意擅闯这私人地界，那就别怪我们不客气了！”

白狐咬牙切齿地盯着江炎。差一点，差一点他就可以弄死萧冰朔了，没想到，竟然会毁在这完全微不足道的小子手中。如今惊动了穹苍学院的人，计划很显然是无法执行下去了，否则真的惹怒了会长，他们所有人都会被Angel Holy电成渣渣。

白狐深吸了一口气，上前一步道：“抱歉，是我们误闯了问心阵，这就离开。但是，我以前也是穹苍学院的学员，据我所知，非学院学生是无法进入学院的，请问这样的规定现在还有吗？”

中年男子愣了愣，随即顺着白狐的视线望向冰朔等人，面色陡然一沉：“非学院学生当然不能进入，穆索在搞什么鬼，连一个入口都看不住吗？”

冰朔上前一步，神色平和道：“据我所知，穹苍学院的规定并非是‘只有学员才能进入’，而是‘除了学员，其他任何进入学院的人，学院都不保障其生命安全’。我们五人进入穹苍学院是自己的选择，就算被 Angel Holy 击杀，也由我们自己承担，这样可以吗？”

“胡说八道！”中年人闻言勃然变色，“你这是做学生的该说的话吗？到底你是老师还是我是老师？学院以前就是太纵容你们这群学生了，才养成了你们如此无法无天的性格！现在你要么给我滚出问心阵，要么跟我回去接受调查。你这样的学生要是再不管，以后出去不是危害社会吗？”

冰朔的脸色微微一沉，眼中掠过一丝惊疑。这个中年人竟然说穹苍学院的学生“无法无天”，可穹苍学院最大的特色不就是学生完全自治吗？这人真的是学院的老师？短短几个月时间，学院中到底发生了什么？

中年人见冰朔沉默不言，还以为他不服气，顿时更加火冒三丈，对着身后几人道：“马上把这群人驱逐出问心阵。就算里面真的有东院学生，也让穆索先登记了再放进来。真是的，这学院到底是怎么管教学生的，一个两个……”

“你们既然是穹苍学院的老师，应该知道学院校规的基准吧？”突然，低沉的男声打断了这中年人的话语。只见一个红头发的少年从冰朔身后缓缓走出，一双星目含着沉沉威压，望着穿制服的众人。

“所有规则以 Angel Holy 为核心制定，品德才能高于一切。在 Angel Holy 之下，只受学委会总长制约、可以无视校规、凌驾于东西两院所有学生和老师的，是高高在上的五年级精英。

“请问，我有资格把人带进穹苍学院吗？”

话音刚落，江炎伸手在自己已经汗湿的脸上重重抹了几下。很快，原本平凡模糊的容颜褪去，化为一张棱角分明的面容。夕阳一点点洒在火红的头发上、衣服上，仿佛在他的全身镀上了一层金红的光晕，刺得人睁不开眼睛。

那中年男子和同行的老师纷纷瞪大了眼睛，如见鬼一般死死瞪着他这张在学院海报墙上见过无数次的脸。就连站在一旁等着看好戏的白狐和席貂也露出了震惊的表情。

终于，有人忍不住发出了一声颤抖的惊呼：“Mars……你……你是 Mars！”

穹苍学院当之无愧的武道之神，七月流火之后，让所有学员黯然失色的东院双璧之一的战神——Mars！

很少有人知道，他的中文名字叫作——江炎。

第十一集

惩罚 × 谢擎 × 欢迎回来

一

从直升机上下来，再次看到那熟悉的碧海蓝天、椰林银沙，冰朔有种恍如隔世的错觉。

不过这一次，前来迎接他们的却不是当年那个青涩激动的助教高明，而是一个三十岁上下、长相普通、气质却温文儒雅的男人。

这个男人朝着冰朔等人微微点头，脸上带着亲切的笑容，自我介绍道："我叫马智友，是穹苍学院接待处的负责人，大家可以叫我马老师。"

冰朔微微一笑，没有说话。

江炎笑嘻嘻地问道："马老师很面生啊，刚到穹苍学院任职吗？"

马智友点头："我确实是几个月前刚刚来穹苍学院的，专门负责校规审查和学生奖惩。Mars 你不认识我很正常，但我对你和萧冰朔的大名早就如雷贯耳。"

江炎哈哈一笑，他在这个学院出名惯了，谁对他如雷贯耳他都不会觉得稀奇："今日我们累了一天，就先各自回宿舍……"他的话还没有说完，却被马智友打断了，"真不好意思，我今天来接各位，除了代表东院表示欢迎外，也是奉命来带萧冰朔同学和这位没有学籍的女孩去见谢院长的。毕竟萧同学离校时没有办理手续，且数月未归，有些资料需要补充登记一下。"

徐曜皱了皱眉，眼中闪过一抹晦涩的光芒。

江炎诧异道："我怎么不记得有什么登记是需要入校当天就办理的。"

马智友脸上的笑容丝毫没有变化，却是看着冰朔道："我也只是听谢院长的指令行事，萧同学就不要让我为难了。"

谢院长？是指谢岩吗？冰朔神色有些诧异，他不是因为擅自启动 S 级拟真绝境，被 Angel Holy 严厉惩罚了吗？

他定了定神，阻止了想要说话的徐曜："现在就走吗？"他说着，往马智友的方向走了一步，手腕却马上被徐曜抓住。

徐曜眼中露出担心又焦急的神情，仿佛想要表达什么，可是，当他的目光望向四周，还是把话咽了回去。

二

冰朔没有想到，马智友带他和韩宁蓝去的竟然不是院长办公室，而是 W 楼。

马智友回过身，望着冰朔，意味深长地笑道："相信萧同学对这里应该不陌生吧？有句话叫'在哪里跌倒就从哪里爬起来'，萧同学是从这里离开的，那么如今重新入学，当然也应该从这里开始。"

W 楼，偏僻而破旧，隐藏在穹苍学院毫不起眼的角落。但鲜少有人知道，它是储存 Angel Holy 第二核心主机的重要场所。当初，冰朔就是在这里和后进班的学生一起陷入了 S 级拟真绝境。他九死一生地救出了所有后进班的同学，自己却身受重伤，昏迷着被送出学院。这件事可以说是东院的机密，普通的老师和同学根本不会知道，而这个马智友非但知道，还带他来这里，到底是想做什么呢？

迈入 W 楼，一种浓重的阴沉压抑感扑面而来，身体的每一个感官仿佛都还记着那绝望、焦灼，冰与火双重煎熬的痛苦记忆。冰朔回头看了身后的韩宁蓝一眼，对上女孩那双沉静如碧海蓝天般的眼眸，不知道为何，原本烦躁的心竟渐渐安定下来。

马智友很快带着两人来到了二楼的一间房。房门推开，眼前的景象却让冰朔吓了一跳。

里面竟然是一间类似卧室的地方，上下铺，铺着统一的床单被褥，陈设简陋，连空调也没有。而此时里面已经住了好几个人，有男生也有女生。见房门打开，里面的人统统露出亲切灿烂的笑容，朝着马智友行礼："马老师好，这是又为我们带来新的伙伴了吗？"

马智友的目光在几人身上逡巡了一圈，脸上才绽放出温和的笑容："是啊！他们是刚刚回到学院的，有许多规矩不懂，你们是这里的老人了，记得多多照顾提携他们一下。"

站在人群第一位的是个漂亮的女生，闻言立刻乖巧地道："马老师放心，我们一定会照顾新同学的。"

马智友这才满意地点了点头，朝着屋内一指道："你们先进去住着吧。"

冰朔挑了挑眉："不是说带我们去见院长吗？"

"当然，"马智友意味深长地笑了笑，"总会带你们去见院长的，但不是现在。"

"什么意思？"

"萧同学，你擅自离校不归，回来后却还带着并非本校学籍的女生，这样的做法是严重违反校规的，这点你承认吗？"马智友脸上的笑容依旧温和儒雅，可是说出的话完全不容辩驳，"既然违反了校规，自然要先接受惩罚。不过，萧同学完全不用担心……"

马智友扶了扶鼻梁上的眼镜，镜片反射出一瞬刺目的光芒："这个屋里，包括隔壁几个屋中所住的同学，都是曾经犯过错的。但你看，他们如今都意识到了自己的错误，变得善良而美好。相信萧同学也一定会像他们一样，得到很好的改造。"

"改造？"冰朔眸色微微暗沉，"那么韩宁蓝呢？就算我违反了校规，需要改造，韩宁蓝为何也要被关在这里？"

马智友勾了勾唇，声音中带着仿佛嘲讽又仿佛安抚般的笑意："我们并非是要改造韩小姐，而是因为韩小姐身份神秘又特殊，我们只得先把她安顿在这里。否则万一她对学院不利，麻烦就大了，你说呢？"

冰朔眼睫微垂，唇线紧抿，没有再说话。

这个马智友话说得客气又周到，但是态度却异常坚决，高高在上，不容人反驳。看来再多说什么，也是完全没有意义的了。

马智友见冰朔乖顺听话，这才满意地离开。

冰朔回过身，目光落在这房间中的其他六人身上，却是突然怔了怔。

因为这房间中竟然有他的熟人，而且还是两个。不过，都是记忆不怎么愉快的熟人。

一个是曾在入学当天质疑他、将他赶去后进班的少年文森特。另一个却是当初对李家勇等人动手，最终导致冰朔带领后进班在精英武道赛上大放异彩的剑道部副部长尚建武。

然而，让冰朔惊诧的是，无论是文森特还是尚建武，按理说都该是对他恨之入骨的。可是此刻两人看到自己，脸上依旧带着温和谦逊的笑容。尤其是文森特，他此时的头发已经染成了黑色，低眉顺眼，嘴角含笑，哪还有半分当初桀骜不驯贵公子的模样？

只是，这些人脸上的笑容虽然温和而乖巧，一双眼却总给人一种空洞的感觉。

冰朔走到文森特身边，低声道："文森特，你还记得我吗？"

文森特抬头看向他，听到冰朔缓缓补充"我是萧冰朔"这句话，他的瞳孔猛地收缩。可是马上，仿佛条件反射般，他的嘴角挂起了亲切的笑容："冰朔，原来是你啊！真是好久不见了，当初我们之间那点糟心事，都是因为我年少无知，你别放在心上。我现在已经彻底悔改了，希望你能原谅我当年的鲁莽无礼。"

冰朔的眉头皱得更紧了。从文森特口中听到这句话，简直让他有种自己认错人了的错觉。他的目光落在尚建武身上，尚建武马上转开目光，拿起手边的书，一副读得很入迷的模样。冰朔无奈，只得在自己的床铺上坐下来，总觉得这次回来，穹苍学院的一切都变得有些古怪。

韩宁蓝在他身边坐下，突然低声道："他们都在害怕。"

冰朔点了点头。他向来对人的情绪敏感，所以一样感觉到了，这些人明明脸上带着笑，可是心情却是惶恐不安和畏惧。只是，他们在畏惧什么呢？

他向四周望了望，这个房间不过几十平方米的面积，一览无遗。设施和环境都极差，而且竟然让男女同住，他们难道就不怕会出什么乱子吗？

"蓝，晚上你就睡我的上铺，不用担心，有什么动静我都会知道。"

韩宁蓝点了点头，目光扫过房间里的众人，神色若有所思，随后却又有些痛苦地皱了皱眉。

"怎么了？"冰朔马上发现了她的异常，扣住她的手腕细细把脉一番，确定没什么事才松了口气，"放心吧，明天我们就能从这里出去了。"

陆昊远、徐曜和江炎都在外面，他当然不担心自己能不能出去的问题。更何况，只是这样的守备，哪怕加上 Angel Holy 的力量，都不见得能困住他。

三

冰朔并不急着探究这个 W 楼中的秘密，因为该揭开的时候总会揭开，可是他没想到，这一刻来得竟然会如此快。

夜半时分，整个 W 楼中突然响起了刺耳的警铃声。紧接着，房间的门被人迅速推开，刺目的白炽灯亮起来，照得所有人一阵眼晕。突然，其中一个少年惊恐地大叫起来："我没有做违反规定的事情，为什么要惩罚我？我很听话，遵守纪律，我真的什么坏事也没有做啊！"

抓着那少年的是两个穿着黑色西装的男子，身材健硕，面无表情，声音却低沉温和："有人举报你私自联系学院外的家长，想要从穹苍学院退学，这代表你有了消极抵抗、不想遵守校规、不想积极上进的情绪，所以必须接受紧急治疗。"

"不！不！放过我，我不要再接受惩罚了！让我走，让我从穹苍学院退学吧，求求你，求求你了，呜呜呜……"

少年的哭喊声惊恐而凄厉，在幽静的 W 楼中一遍遍回荡。

房间里，剩余的五个少年男女个个脸色惨白，身体微微颤抖，却还努力地让自己维持着乖巧灿烂的笑容。

冰朔皱了皱眉，和韩宁蓝对视了一眼，眸色暗沉。

接下去的半宿，这个房间中一片静寂，甚至连翻身的声音都没有。但冰朔从他们的呼吸、心跳就能判断，那五个人一个也没有睡着，统统失眠了。

唯一熟睡过去的竟然是韩宁蓝，这个女孩的心一直都很静也很宽。冰朔勾起嘴角，窗外的天亮起了灰蒙蒙的幽光。他闭上眼，意识很快陷入到了一个满是跳跃文字的虚拟空间。

脑中传来游码平板的电子音："主人，您是猪吗？刚嘱咐游码意识接驳，您居然马上就睡着了。唔，游码觉得猪也没有这么能睡的。"

冰朔嘴角抽了抽："游码，你听说过自我催眠吗？文化知识不够就安分点，OK？"

"呃……"

"和主机接驳得如何了？"冰朔毫不留情地打断它。

游码闻言立刻有些蔫蔫的，提不起劲，声音中甚至带了几分委屈："主人，Angel Holy真是太坏了，它居然说游码带了病毒，不许游码和主机系统接驳。还说游码那么简陋，融入主程序代码，会给它们丢脸。主人，游码可以忍受它们对游码的诋毁，可是无论如何也不能忍受它们诋毁主人……"

"停！"冰朔打断了自家AI的耍宝，嘴角勾起，淡淡笑道，"你去告诉Angel Holy，它如果拒绝你接驳主程序，我就把你的程序统统变成病毒，重新投入进去。相信从此以后，Angel Holy的生活一定会多姿多彩，应接不暇。"

游码："主人，为什么我总觉得你在埋汰我？"智能AI一边抱怨，一边还是尽职尽责地马上接驳了Angel Holy主程序。

很快，游码那边就给了反馈，语气比刚刚更加委屈和郁闷："主人，你赢了，Angel Holy说，只要你不把游码重新投放回去，它可以在一定程度上同意你的要求。游码觉得自己就是小白菜，地里黄，明明我曾经也是Angel Holy的一部分……"

冰朔完全无视了自家AI的抽风，皱眉道："一定程度上？"

"唔，就是二级以下非加密信息共享，但也仅限于查询信息。Angel Holy说，这是私下的交易，不能让它的主人知道，否则它都不知道会被主人怎么折腾。所以，游码接驳主程序也只能是悄悄地，超网的攻击和防御权限，游码也都获取不了。"

冰朔沉思了片刻，意识一动，虚空中出现了模拟键盘。修长匀称的五指在虚拟键盘上快速敲击，两个小时后一组数据传递给了游码。

“你把这份东西交给 Angel Holy，就说我不需要超网的攻击和防御权限，但我需要这上面写的另一样东西。如果它愿意在适当的时候给我提供，上面这组寄生病毒自爆程序，就当是送给它的谢礼。”

游码检验了一圈代码，然后飞快且毫无心理负担地先用在了自己身上，口中还抱怨道：“主人你真是太偏心了，明明游码才是你的 AI 乖宝宝，这种好东西怎么能给别人，却不给游码呢？”

冰朔嗤笑道：“我不给，你用得不是也很欢快吗？”

游码发出一声平板却傲娇的哼，迅速钻入了 Angel Holy 主网中。

冰朔勾起嘴角，能看得出来，自家这只 AI，因为回到穹苍学院而非常开心。

又是短短几秒之后，游码回来了，平板的电子音中都能听出它的兴奋：“主人，主人！Angel Holy 同意你的请求了，它还允许我以后跟你交流都通过主网。而且 Angel Holy 说，游码以后可以在主网开放权限的区域随便游走。游码以前都没有离开过二级核心区域，一直好想去主网的其他地方呢！主人，我们能回来这里真是太好了！”

允许游码和自己通过主网交流，那就代表以后再也不用借用睡眠或电子设备和游码联系了。而且有了 Angel Holy 的保护，他也不用担心自己的隐私被人窃取。

果然是很好的结果。冰朔感受到游码的快活，脸上也露出了浅浅的笑容。

只是，前一刻虚拟空间中他的脸上还有笑容，下一刻，现实中的他已经一跃而起。

几乎是同一时间，房间的门被推开，走廊里昏黄的灯光映照着窗外蒙蒙亮的天空。床上睡着五个人，可每一个都静寂无声，整个房间就仿佛是被世界孤立了一般。

马智友带着与昨天一般无二的亲切笑容出现在门口，在他的身后还跟着两个壮硕的保镖。他的视线在昏黄的房间中扫了一圈，最后落在冰朔身上：“萧冰朔，请你和韩小姐跟我走一趟吧。”

冰朔从床上站起身，身上的白衬衫因为睡了一晚而显得皱巴巴的，可是衬着他俊秀无双的容颜，非但不觉得邋遢，反而有种慵懒的性感。他一手掸着褶皱，另一手轻轻上扬。刚刚醒来的韩宁蓝搭住他的手，从上铺一跃而下，栗色的长发在空气中划出一道绚丽的弧度。

马智友皱了皱眉，明明是在如此压抑的氛围中，这两个人却仿佛自成一个世界，根本不将这牢笼般的困境放在眼中。难怪院长说这个萧冰朔很难对付，看来的确是块硬骨头。哼，不过再硬的骨头，到了他们 W 改造中心，也一定会被啃得一丝粉末都不剩。

四

这里是 W 楼的顶楼，原本是用于堆放杂物的仓库，现在被隔成了一个个幽闭的小房间。每一个小房间中都没有窗，只有一扇两米高的门，四面的墙都刷成了白色。房间中只有一张床、一张桌子和一把椅子，桌子上摆放着一个老式的液晶电脑，里面有个穿白大褂、做医生打扮的人，正在电脑上记录着什么。

看到冰朔进来，他推了推鼻梁上的眼镜，笑容异常亲和："萧同学，你好，我姓江，你可以叫我江医生。为了配合检查，能请你先躺到床上去吗？"

冰朔眯了眯眼，没有反对，乖乖躺上了那张看上去异常简陋的钢丝床。

可是，他刚刚在床上躺下，就意识到了不对劲，不过已经来不及了。脚腕和脖子的位置很快弹射出两个钢圈，将他整个人牢牢固定住。冰朔脸色难看，伸手抓住脖子上的钢圈拉了拉，钢圈纹丝不动。

坐在桌前的江医生动作优雅地站起身，关上房间门，才轻笑道："萧同学知道吗？现在社会的科技已经越来越发达，而在穹苍学院，更是以各种智能 AI 和高科技代替了人工管理。可我觉得，那样冷血的管理方式根本是在扼杀人类的天赋和情感，所以，我治疗病人的时候，都喜欢用最原始的方式。"

说着，江医生指了指电脑，又指了指床，然后微笑着走过来，从床下拿出一个金属制的头盔，戴在了冰朔的脑袋上："看，这样是不是比进入 Angel Holy 的虚拟舱更有感觉？"

冰朔挑了挑眉，语气中有几分诧异，却没有多少惊慌失措："这是要对我做电击惩罚？"

"不，我不喜欢叫它电击惩罚。这种治疗方法十几年前就有人用过，人们把它叫作低频脉冲疗法，不过我更喜欢称这种治疗为——灵魂的救赎。"江医生有些冰凉滑腻的手指轻轻滑过冰朔的面颊，镜片后的眼中光芒闪烁，带着几分惊艳与痴迷道，"我还是第一次遇到像你这么完美的试验品，相信经过我的改造，你一定能成为最完美的玉石。"

"每一个送来这里的学生都会接受这样的治疗？"冰朔问。

江医生点头笑道："当然，不过不是每一个学生都有资格让我亲自来给他们治疗。你可是第一个，希望这会让萧同学觉得荣幸。"

冰朔不置可否，修长的手指轻轻抚摩过那头套的表面，一股冰凉的金属感从指间传递过来。嗯，真是很古老的东西了。

江医生的目光落在他的手指上——修长匀称，莹白如玉，他眼中不由得迸射出灼灼的光芒："萧同学，如果你准备好了，我们现在就开始吧。"

他伸手强硬地将冰朔的双手按在床上，冰冷的钢圈从床上弹射而出，束缚住了冰朔的双手。紧接着，遥控器的按钮被按下。

金属头套上发出嗞啦啦的电流通过声，虽然不是很激烈，但床上冰朔的身体还是一阵轻微地抽搐。江医生在一旁看着，激动得一双眼都有些赤红，牙齿啃咬着食指的指尖，目光一瞬不瞬地盯着床上的人。

只见少年因为电流的刺激而身体抖动，可是丝毫不显得狼狈丑陋，反而带着一种让人血脉偾张的清艳。白衬衫的领口微敞，露出雪白精致的锁骨，沾着薄薄一层晶莹的汗珠，浮起艳丽的绯红，就仿佛世间最无瑕的玉石雕刻而成的艺术品，让人想要呵护，更想要肆意破坏。

第一轮电击终于停下来，江医生脸上的兴奋也收起来，他的双目变得深沉而幽暗，紧紧盯着因电击而略显迷离的冰朔，缓缓开口道："萧冰朔，你现在知道自己错在哪儿了吗？"

冰朔深吸了一口气，让自己有些紊乱的呼吸平复下来才道："刚刚通过我身体的电流至少有二十毫安，这似乎已经超过了低频脉冲治疗的合法范围，Angel Holy 竟然没有阻止你们的行为？"

冰朔的话一说完，在只有他看得到的虚空中，弹射出游码的话："Angel Holy 说，如今的分院院长拥有二级以下所有权限，包括攻击和防御。这种治疗对学生基本没有身体危害，它也没有阻止的权力。"

江医生听到冰朔的话，却是轻轻叹了口气道："看来你完全没有意识到自己的错误，那么我只好加大治疗的力度了。"他说着遗憾的话，眼中的光芒却灼灼闪亮，压抑不住的兴奋与渴望几乎要从他的瞳孔中奔涌出来。

眼看着遥控器被举起，江医生的手指就要按下，冰朔哂然一笑："真抱歉，我已经了解了你们所谓的治疗方法，也失去了继续下去的耐心。"话音刚落，床上适时发出咔嗒咔嗒的声响。

江医生震惊地瞪大眼，眼睁睁看着原本铐住冰朔的钢圈全部消失，衣衫凌乱的少年从床上坐起来，姿态优雅而闲适，哪有半分刚刚被电击惩罚后的恐惧惊慌。

"你……你为什么能……"江医生下意识地后退一步，神色惊疑不定。只是他话还没说完，身体突然一轻，被丢在了钢丝床上。

钢丝床轻轻摇晃着，发出嘎吱的声响，带来更加老旧的感官。

“你……你想干什么？”江医生惊恐地看着自己手脚上的钢圈。冰朔拿起那金属制的头盔套在江医生脑袋上，脸上的笑容温雅而柔和：“我听说，每一次治疗都要经过四十分钟到一个小时？”他拿起遥控器看了看，皱眉道，“没有找到持续间断性电击治疗一个小时的开关啊！”

“萧冰朔，你别开玩笑了，我可是学校的老师，是东院院长亲自请来的高级顾问。你敢这么对我，谢院长不会放过你的！”

冰朔撇了撇嘴笑道：“算了，我就勤快一点，手动操作好了。”

“啊啊啊！”床上的江医生在遥控按下的瞬间发出痛苦的哀号，整个人像是筛糠般抽搐，就连嘴角都溢出口沫。

等电击结束，江医生嘴角不停淌着涎水，眼中的贪婪与欲望已经统统化为了恐惧。可是他四周看了看，却没有看到任何人影，只有洞开的房门。

可这间房明明是封闭的，没有他的密码指令无法打开，萧冰朔到底是如何做到的?

“救命！救命啊！病人跑了！”江医生深吸了一口气，开始扯着嗓子大喊，“萧冰朔跑了，马上启动 W 楼三级防御，一定要把他给我抓回来！”

五

冰朔伸手碰了碰 W 楼外的电磁流隔离墙，啧了一声：“Angel Holy 真是越来越没有品位了，连这种货色的指挥都亦步亦趋地执行。”

韩宁蓝此时已经跟在他身边，微微按压着刚刚遭受过电击的头部。

游码立时在冰朔脑海中反驳:“才不是呢！ Angel Holy 说，这都要怪它的无良主人，把一部分指挥权给了新任东院院长，才搞得它如此被动。”

冰朔嘴角抽了抽：“游码，我记得几个小时前你还在抱怨 Angel Holy 嫌弃你，现在你就开始帮人家说话了？”

不过，Gallant 把指挥权给了新任院长？冰朔皱起了眉头：“我记得 Gallant 和谢岩是很不对盘的吧？怎么会把指挥权给……”

“萧冰朔，久仰大名。”冰朔的自言自语还没有说完，身后突然传来一个男子浑厚低沉的声音。冰朔迅速回头，看到的是一个身高大约一米八的中年男子。男子的长相和谢岩有七八成相似，但身上穿着让人觉得很亲切的休闲衣衫，和谢岩那一丝不苟的打扮全然不同，而且看年龄应该比谢岩小了不少。

男子走到冰朔面前，伸出手笑道：“我是新任东院院长谢擎，也是谢君勉的小叔。

一直听君勉提起你，今日一见，当真是名不虚传啊！”

冰朔挑了挑眉，笑着伸出手与对方轻轻一握：“谢院长，初次见面，大家似乎不太友好啊。”说着，目光往谢擎身后的马智友和江医生身上扫了一眼。

马智友依旧面带微笑，江医生则是怒目圆睁，狠狠瞪着冰朔。

谢擎笑道：“萧同学离开久了，所以很多事可能还不清楚。我接手东院后，重新拟定了校规，马老师和江医生是专门负责校规审查和奖惩的，一时没有意识到萧同学你的特殊，行事可能有些偏颇了，还请萧同学不要见怪。”

“重新拟定校规？”

“正是。”谢擎眼中的光芒一闪而逝，脸上的笑容越发温文儒雅，“在上一届精英武道赛上，萧同学带领后进班强势崛起，当时就有后进班的学生在比赛结束后说，人和人是平等的，为什么要分精英和废物，为什么不能每一个同学都友好和睦相处，而要用残酷的竞争，把人分为三六九等？我觉得这一番话说得非常正确，穹苍学院的治学理念，从一开始就错了。

“所以，在我接手东院后，就对学院进行了全面的改革。我让所有师生对后进班和精英班一视同仁，教导学员尊师重道，精诚合作。所有的比赛都秉承着友谊第一、比赛第二的原则，就连期末考核，也以全班为单位。只有班级里每一个学生的成绩都好，大家才有可能晋级高年级。”

冰朔的目光闪了闪，只见谢擎轻轻吐出一口气，灼灼的目光落在冰朔身上：“我的目标是让东院中每一个学生都享受相同的待遇，取缔特权，甚至终有一日，将五年级学生拉下神坛。这也许是一个漫长而艰辛的过程，但我相信萧同学一定比任何人都能理解我的教学理念吧？”

谢擎描述的愿景很美好，但冰朔的情绪非常冷静。他往黑漆漆的楼梯上方看了一眼，才缓缓道：“对学生进行电击，将他们幽禁在这偏僻的教学楼中与世隔绝，也是谢院长的教学理念？”

谢擎微微一笑，丝毫不因为冰朔的质问而恼怒：“我的教学理念是好的，但总有些人没有办法适应这样的教学理念。屡教不改之下，我也只好采取非常手段。但你也看到了，这些学生并没有受到实质性的伤害，反而从原本乖戾自私的模样变成如今礼貌友善的五好青年，这样难道不好吗？”

冰朔不置可否地笑笑：“我明白了，谢院长需要的是听话的学生。”

谢擎的瞳孔微微一缩，声音沉沉道：“萧同学要这样理解，我也无法反驳。但作为学生，听从老师的教导，本就是天经地义的，难道不是吗？”

冰朔挑眉：“这么说来，我会被关入这里，也是因为谢院长认为我不够听话吗？”

谢擎叹了口气，脸上露出几分惋惜：“不知道萧同学有没有听说过，电击能通到人的潜意识深处。原本江医生对萧同学的检查，只是为了确定你体内没有危害学校的暴力因子。但很可惜，萧同学没能通过审核，所以只能委屈萧同学和你身边这位小女朋友在这里多住一段时间了。”

冰朔冷笑：“若是我不愿意呢？”

“萧同学难道觉得自己能通过 Angel Holy 设置的电磁流隔离墙吗？还是……你认为徐曜、陆昊远和 Mars 他们会想尽办法来救你出去？”谢擎眼中带着一抹戏谑的笑意，“可能要让萧同学失望了，我已经让人拖住了这三人，一个礼拜内，没人会知道你回来了，就算知道了，除了 Mars，他们也没有胆量为了你和整个东院对抗……”

“冰朔！”谢擎的话还没有说完，W 楼的大门外突然传来一个惊喜的喊叫声，“冰朔！真的是冰朔？你真的回来了？”

原本被电磁流隔离墙笼罩的大门发出噼啪声响，瞬间消失得无影无踪。紧接着，冰朔还没有反应过来，就见门外一个个人影像是潮水般疯狂朝着自己涌过来。

W 大楼中响起了 Angel Holy 永远平板无波的声音：“检测到五年级学生，三级攻击防御权限失效，电磁流隔离墙撤离。再重复一次，三级攻击防御权限失效，电磁流隔离墙撤离。”

可是整个大厅中，已经没有人去关心 Angel Holy 的警告了。

谢擎的脸色铁青，看着被人群淹没的少年，看着围着少年的每个人，包括自己侄子那发自内心的喜悦笑容，嘴唇开合了好几次，最后抿紧成一条直线。

冰朔觉得自己快被人群压得喘不过气来了。耳边混乱地充斥着众人叫他名字的声音，有几个人甚至还带着哭腔。

“冰朔，你这个浑蛋，我还以为你再也不会回来了！”

“你不是说马上回来的吗？我们每天在这里望眼欲穿地等着，都快成望夫石了！臭小子，你就不能再早一点回来吗？”

“冰朔，你终于回来了，呜呜……我好担心，你离开那天受了那么重的伤，全身都是血，我们真的好担心！”

“回……回来就……就好！”

冰朔感觉胸口有什么胀胀的、热热的，仿佛要满溢出来。他抬起头，望向周围这一张张熟悉的面容——李家勇、叶倩文、史毅、曲翔……后进班四十个学生，除去徐曜和陆昊远，一个不落地统统在这里。他们的脸上满是久别重逢的狂喜，还有藏都藏不住的担忧和思念。

自己曾经拼了命地想要摆脱这个学院里的纷纷扰扰，却忘了这里还有许许多多的朋友在真心诚意地等着自己回来，在担忧着自己的生死喜乐。他深吸了一口气，轻轻勾起嘴角道："对不起各位，我回来晚了！"

离冰朔最近的李家勇突然眼圈一红，不知为何竟觉得喉头哽咽。他猛地伸手，一把抱住冰朔，颤声道："冰朔，欢迎回来！"

其他人纷纷拥抱上去，又是哭又是笑，然后齐声喊着："冰朔，欢迎回来！"

谢君勉站在圈外看着这一幕，竟也觉得眼眶微微泛红。他一转头，看到了自己站在一旁的小叔叔，连忙上前一步，语气颇有些激动道："小叔叔，你看到了吗？那就是我跟你说过的萧冰朔，后进班的救世主。我相信有了他，小叔叔在东院的改革，一定能更好地执行。"

谢擎眼中光芒明灭，半晌没有说话，直到谢君勉眼神变得有些疑惑，他才温和一笑道："是啊，我也相信，他一定会对我的改革作出贡献的。"

第十二集

重逢 × 嫉妒 × 诺博会长

一

夏末秋初，草木开始从繁盛转向衰败，空气中也带上了让人窒息的燥意。江炎走在落叶缤纷的树木间，却丝毫不觉得烦躁，反而有几分莫名的期待。

远处，传来了悠扬的小提琴声。虽然江炎完全不懂音乐，可还是隐约听出了这琴声中的孤独与思念，他加快了脚下的步伐。很快，眼前的一切豁然开朗，一个华美的庭院和一栋欧式别墅出现在眼前。

庭院很大，草木茂盛，喷水池喷洒着晶莹的水花。水池前那纤瘦窈窕的身影，仿佛与世隔绝，孤寂地拉着小提琴，不知疲倦，也没有人欣赏。

这让江炎莫名地感到心酸。他的脚步轻若无声，踩在草地上，慢慢靠近，就连水池边的飞鸟也没注意到他的到来。可是，原本在拉着小提琴的女孩却突然停下了演奏，仿佛心有所感般猛地回过头。

秀丽清雅的脸上挂着欣喜的笑容，一双杏眼清澈闪亮，可是在看清了江炎的样子时，又迅速地暗淡了下去。就如阳光下最璀璨的水晶，突然笼罩上灰尘，再也看不到绝世的光彩。不过很快，女孩脸上又挂上了笑容，只是不再有那样飞蛾扑火般的热烈，而是纯然的欣喜："江大哥，你什么时候回来的？我怎么一点消息都没有收到？"

江炎莫名觉得自己心中一块地方空落落的，仿佛被人剜走了什么，让他喘不过气来。但他很快就调节了情绪笑道："昨天刚刚回来的，因为你上次给我打的电话让我一直很挂心，所以就过来看看你。婉仪，你没什么事吧？"

慕婉仪将小提琴放在一边，脸上露出感激的笑容："江大哥，上次在维加斯州真的很谢谢你，如果不是你，我不知道自己会落到什么样的下场。"说到这个的时候慕婉仪脸上的笑容消失，只剩下凄然与寂寥。

江炎垂在身侧的手紧了紧，轻声道："你父亲现在还在逼你吗？我记得他在学院中也有些势力……需不需要我找人贴身保护你？"

慕婉仪摇了摇头，很快将脸上的悲伤掩去，挂上了浅浅的笑容：“江大哥，你别担心，Gallant 已经对 Angel Holy 下达了指令，只要不是我自己愿意的，谁也没办法在穹苍学院中伤害我，更无法把我从这里带走。就算我爸爸的手伸得再长，也不可能在学院中为所欲为的。”

“Gallant？”江炎惊讶道，“他……为了你特别向 Angel Holy 下达指令？”这完全不符合 Gallant 那家伙的性格啊。

慕婉仪眼中闪过一抹酸楚而甜蜜的光芒，双唇轻抿着，没有说话。可是江炎能从她眼中看出一丝隐秘的喜悦，是因为什么呢？因为 Gallant 吗？

慕婉仪却是想起了她回到穹苍学院后，Gallant 对她说的话：“不用感谢我，我留下你只是因为你还有一点价值罢了。我听说你是冰朔的女朋友，或许，他会为了你再回来这里呢。”

那时候，Gallant 的笑容意味深长，仿佛笼罩在云烟之后，谁都看不透，却听得慕婉仪整颗心都怦怦跳动起来。明知道那只是 Gallant 的调侃，明知道什么女朋友都不过是她自己利用舆论营造出来的，她却因为 Gallant 的这一句话而欣喜失眠了好几个晚上。

不是因为终于摆脱了爸爸的魔掌，不是因为有了 Gallant 的庇护，只是因为 Gallant 说，他会为了自己回来。

江炎突然笑道：“我离开学院一年多，总觉得婉仪你变了许多。”

慕婉仪有些不好意思地拢了拢鬓发，抿嘴笑道：“江大哥，你也不想想你都失踪多久了，别人都说女大十八变，我变了不是很正常吗？倒是江大哥，你离开了那么久，一点音讯都没有，我一开始还很担心呢！你叔叔的病治疗得如何了？”

江炎抓了抓头发，露出憨厚又羞赧的表情：“是啊，女大十八变，我问的这不是傻话吗？叔叔的病已经好多了，我很幸运，在维加斯州遇到一个精通医术的好兄弟，叔叔的病终于有了起色。虽然还不能治愈，但至少不用再受苦了。”

慕婉仪立刻开心地笑起来，古典隽永的淑女气质中掺上了几分俏皮，让她整个人都生动明媚起来：“太好了，江大哥，这样你也能安心过自己的日子了。对了，你的好兄弟是什么人，竟然如此厉害？”

江炎看着女孩灿烂的笑颜，一时有些愣怔，半天都说不出一个字。直到慕婉仪伸出小手在他面前晃了晃，他才轻咳一声，掩饰住尴尬道：“他叫……”

江炎的话还没说完，远处突然传来急促而凌乱的喊声，有男也有女，声音中满是喜悦与激动：“慕学姐，慕学姐，你在里面吗？快出来啊！冰朔回来了！”

慕婉仪猛地站起身，脸上的笑容仿佛凝固住了，又仿佛想要绽放。她呆呆站在原地，口中喃喃着：“你们说什么，谁回来了？是……冰朔吗？”

两行清泪从她的眼眸滑落，嘴角却轻轻翘起来，含着无限的欣然、甜蜜与期盼，那双眼又灼灼闪亮起来。说完她才想起，这个别墅周围的灌木丛是依照八卦阵法栽种的，普通人根本进不来。想到这里，慕婉仪再也顾不得其他，提起裙摆飞快地朝外跑去。

江炎呆呆站在原地，看着女孩宛如蝴蝶般欢快飞离的背影，心中那空落落的感觉再度出现，竟隐隐感到一股窒息般的疼痛。

冰朔，萧冰朔，原来婉仪刚刚等的人、她回过头期盼看到的人是冰朔啊！

江炎闭了闭眼，再睁开时，脸上再度挂上了招牌式的阳光笑容，快步跟上了慕婉仪。

二

再次走进后进班的教室时，冰朔有种自己进错了地方的错觉。不，不是错觉，而是这里确实大变样了。

想起当初刚进入这个教室时，有人烧烤，有人睡觉，有人打闹，教室里烟雾腾腾、纸屑乱飞，比菜市场还热闹。再对比如今窗明几净、每个人桌上都放着电脑或书的模样，冰朔就忍不住露出了笑容。

后进班的学生早已经回到教室，在自己的位置上坐得端端正正。他们连冰朔都抛下了，不等他一起走，就是希望让他看到这一幕。几十双眼睛都灼灼落在冰朔身上，他迈着悠然的步伐，缓缓走过那熟悉的、不知道走过多少次的走道，最后在自己的位置上坐下来。

身旁的少年微微侧头，清艳的凤眸在眼镜遮掩下，显得柔软而温和：“冰朔，欢迎回来。”

冰朔挑起眉笑道：“后进班的人都是你叫去的吧？可我怎么听谢擎说，你和徐曜都被他拖住了？”他说着回头看了自己左侧的同伴一眼。徐曜一身黑衣黑发，神情冷肃，只是那个锃亮的光头，总让冰朔有种想笑的冲动。

徐曜当然看出了少年眼中的调笑，冷冷瞪了他一眼，起身从后门直接离开了。冰朔摸了摸鼻子，讪讪道：“徐曜这家伙回到学院后脾气见长啊！”

李家勇此时装样装够了，见冰朔根本不理他们，顿时回头怒道：“冰朔，你这个死没良心的，几个月音讯全无就算了，回来也不知道多看看我们！就算不说想我们了，至少也该夸夸我们的进步吧？”

冰朔身形一仰，靠在椅子上，慵懒地笑看着愤愤围过来的众人："我又不是你们爹妈，你们进步就进步了，还需要我来夸？你们几岁了？"

"靠！"曲翔怒道，"果然是这臭小子没错，这让人牙痒痒的死性格真是一点都没变，白瞎那张颠倒众生的俊脸了！"

史毅呵呵笑着，激动道："太……太好了！冰朔回……回来，我们后……后进班人就齐……齐了，否则总觉得少……少点什么！"

"我说冰朔，刚刚在 W 楼就想问你了，跟在你身边的小姑娘是谁啊？你不会是在外面水性杨花了吧？别忘了慕学姐可一直在学院里等着你呢！"叶倩文一边说笑一边用涂着墨绿色指甲油的手往冰朔的肩膀上搭去，却还没碰到就被陆昊远抓住甩开。

冰朔脸上露出几分诧异，却见陆昊远朝前方看去，冰朔顺着他的目光扭过头，就见门口处一身黑蓝色学生会会服的谢君勉和莫涵灵快步走了进来。

后进班的众人看到谢君勉也没有意外，反而纷纷露出友善的笑容。谢君勉也没有如在外面那般端着架子一丝不苟，而是难得露出了放松的表情，几步走到徐曜的位置坐下来："这也正是我想问的。冰朔，这位韩宁蓝小姐到底是什么人？为什么她进入穹苍学院不会遭到 Angel Holy 电击呢？"

冰朔蹙了蹙眉。事实上，这个问题的答案连他也不清楚。因为这是游码告诉他的。游码说韩宁蓝身上不仅有七宿的血液，还有更重要的、与 Angel Holy 紧密相连的东西。但是这部分信息是被加密的，它也不知道那是什么。所以冰朔才能肯定，韩宁蓝就算没有经过考核进入穹苍学院也不会受到袭击。而且也只有在穹苍学院中，她才能受到最好的保护。

谢君勉看出了冰朔脸上的为难，低声道："是因为无法说明的原因吗？"

冰朔点了点头，歉疚道："韩宁蓝的身份特殊，又被人追杀，我希望能让她在穹苍学院中躲避一段时间。"

谢君勉脸上露出了几分犹疑，莫涵灵则立刻皱眉道："萧……学弟，你知道现在学院的校规吗？无论是入学还是升级，都需要依靠团体和个人的真实实力，从前那一套拼关系的手段已经行不通了。而学生会正是主要执行部门之一。"她顿了顿，"韩小姐不是以正规的渠道考入穹苍学院的，如果会长真的为她开了方便之门，以后还要怎么去管理其他人？还希望学弟也能为会长想想！"

"涵灵，不要胡说八道！"谢君勉脸色一沉，满面严肃道，"你没听明白吗？冰朔并非是想让韩小姐入学，而是因为她受到追杀，所以才让她进来学院避一避。"

莫涵灵却撇了撇嘴，不忿道：“她一个娇滴滴的小姑娘，有什么人会追杀她啊？说不定是人家小情侣舍不得分开，所以故意编个谎话带进来的呢！”

冰朔皱了皱眉，没有去搭理莫涵灵的讽刺，而是望向谢君勉：“这段时间东院的变化很大。”

“你也发现了？”说到这个，谢君勉脸上就露出了几分期盼的笑容，冲淡了他身上那原本一丝不苟的肃穆感，“现在的东院院长谢擎是我的小叔叔。他前几年一直在国外进修，学习最先进的教学理念。二叔，我是说谢岩被 Angel Holy 强制驱逐后，小叔叔就作为谢家的代表入驻学院担任院长一职了。”

作为谢家的代表？冰朔敏感地抓住了这个词。也就是说，穹苍学院的院长，或者说东院的院长，只能由谢家的人来担任？那么，谢家和“堕天计划”有关系吗？

谢君勉没有发现冰朔的异样，继续道：“一开始我也很担心小叔叔能不能做好。但是……你也看到了，他的理念和我们是一样的，并不尊崇残酷的弱肉强食法则，而是注重团结合作、品德为先。就算是对后进班，他也一视同仁。”

谢君勉的话得到了李家勇和史毅等人的一致认同。

史毅笑道：“谢……谢院长真……真的对我们很好，还问……问我们愿意不愿意搬迁到……到精英校区，是……是我们自己拒绝了。但所有的课程，我……我们现在都有……有资格参加……精英班的人如……如果看不起我们，也会遭到惩……惩罚！”

谢君勉的脸上挂起了与有荣焉的笑容，和从前提起谢岩时的无奈颓然不同，看来他是真的很喜欢这位小叔叔。

可是，谢岩的精英式教学理念固然有错，谢擎的做法就真的完全正确吗？冰朔想起了那栋昏暗的 W 教学楼，还有文森特与尚建武那完美无缺却深藏着恐惧的笑容。那真的是所谓的改造吗？只是用恐惧让人驯服罢了。

不过冰朔没有说话，只是回头看了陆昊远一眼。陆昊远挑起嘴角，掩在镜片后的凤眸似笑非笑。

冰朔伸手敲了敲桌面，看着谢君勉道：“这样的校规更改是 Gallant 允许的吗？”

谢君勉的神情顿了顿，眼中也露出了几分迷惑，随后还是笑道：“事实上，我从来就没有搞懂过这个学委会总长的真正意图。说他对学院心存恶意吧，他却一直在努力促进学院的改革，精英武道会的预选赛机制就是最好的证明。可若说他心地纯正，当初把你和后进班推入 S 级拟真绝境的举动，又让人完全看不透他的真正意图。这一次，Gallant 会不遗余力地支持小叔叔推行东院变革，让我也觉得很意外。”

冰朔勾起嘴角，神情幽深莫测。

谢君勉看着他和陆昊远两人，突然微微一愣。这两人无论是神情动作，还是那看似清澈、实则幽深的眼眸，都是如此相像。

他喟然一笑，没想到自己还会生出如此莫名其妙的念头：“关于韩小姐的事情……”

谢君勉的话还没说完，冰朔突然抬起头，朝窗外望去。

只见远处，一个黑色的身影由远及近，速度快得惊人。

“冰朔，”一身黑衣的徐曜站在窗户外，神色凝重地望着冰朔，手上抱着的是昏迷不醒的少女，“韩宁蓝晕倒了。”

冰朔原本先将韩宁蓝安置在了他和徐曜初见的榕树下，那里偏僻人少，不引人注目。徐曜因为被冰朔调侃，所以跑去榕树下清净，没想到竟看到了昏迷在那里的韩宁蓝。

冰朔噌地站起身，不到一秒就出现在教室外。

徐曜怀中的少女脸色惨白，长长的栗色卷发垂落下来，随着微风轻轻拂动。这是一幅静谧而美好的画面，可是看在冰朔眼中，却让他莫名涌起一股惊惧。他伸手抓住韩宁蓝的手腕把脉，又查看了她的眼瞳，脸色凝重道：“我先带她去校医院做头部扫描。”

冰朔怀疑是电击引发了韩宁蓝的旧伤，导致昏迷。他真是太大意了，只是想着微弱的电击不会对人体造成伤害，却忘了韩宁蓝曾经受伤失忆。

他说着，从徐曜手中接过昏迷的少女，稳稳地抱在两手之间。头部受伤的病人不能受到颠簸和移动，很显然徐曜不知道，不过幸好情况并没有恶化。只是接下来情况紧急，冰朔也只能自己带韩宁蓝去校医院了。

看着冰朔和徐曜瞬间远离的背影，后进班中的众人静默一阵后，立时响起一片哗然。

“这就是传说中的凌波微步吗？想当年这小子刚来我们后进班时，还是个低调谦虚的好少年啊，现在真是越来越嚣张了！”

“话说那个叫韩宁蓝的小姑娘长得真漂亮，一点都不比慕学姐逊色，冰朔这小子真是艳福不浅啊！”

“滚蛋！”李家勇可是慕婉仪的忠实粉丝，闻言顿时怒道，“你们忘了慕学姐和冰朔同生共死的情谊了吗？冰朔怎么会是那种始乱终弃的人？”

心思最细腻的仇婕却不赞同地低声道：“话不能这么说，慕学姐喜欢冰朔谁都看得出来，可是冰朔对慕学姐从来没有表达过爱意。我觉得，冰朔和这位韩小姐站在一起也很配啊。”

“配什么配，这种人怎么跟我们东院的女神比！”李家勇嗤之以鼻，“冰朔要是选她不选慕学姐，那真是瞎眼……慕……慕学姐，你怎么会在这里？”

教室外，不知何时出现白裙少女窈窕的身影。她的脸色因为快速奔跑而潮红汗湿，双唇却白得吓人，一双杏眸茫然无措地望着冰朔消失的方向，盈盈的泪水仿佛随时会从眼眶滑落下来。

后进班的众人一时有些慌乱，纷纷走出教室，七嘴八舌地说着冰朔和那女孩根本没有关系。慕婉仪咬了咬发白的下唇，低声道：“冰朔抱……抱着她去哪儿了？”

李家勇等人面面相觑，脸上都是为难又担忧的神情。正在这时，窗户边飘来了陆昊远轻飘飘的声音：“校医院，你现在赶去或许还来得及看到冰朔紧张的样子。”

慕婉仪的身形微微一颤，随后眼中露出执着的光芒，转身朝着校医院的方向跑去。

李家勇等人都蒙了，正要追上去，却见一个身影拦在众人面前，神情严肃地看向陆昊远：“你早知道冰朔和婉仪的关系？”

李家勇正担心着慕婉仪呢，莫名其妙被人拦住，待要发火，可是等看清了来人的样子，却是忍不住发出一声惊天动地的大叫：“Mars？！”

没错，站在眼前的正是江炎，穹苍学院中人称武道之神的Mars，也是李家勇曾经的偶像。

可是江炎却仿佛根本没听到李家勇的话，只是冷冷地、带着质问地看着陆昊远。

陆昊远挑了挑眉，微微发紫的唇瓣勾起悠然而嘲讽的笑：“关系？什么样的关系？如果你说的是慕婉仪曾当众向冰朔表白的关系，那我确实没兴趣提起。不过，我怎么不知道，Mars什么时候变得如此八卦了？”

江炎的眉头狠狠一皱，心中只觉得一阵阵闷痛。当众表白吗？那样温婉柔弱又腼腆的婉仪当众表白，那是要鼓起怎样的勇气？可是，在美国，冰朔却为了韩宁蓝与席貊争夺，连徐诺都觉得两人关系不一般……如果慕婉仪知道了这一切……

想到这里，江炎甚至来不及回应陆昊远的质问，更无法掩饰自己的表情，匆匆追着慕婉仪而去。

三

PET拍片很快完成，冰朔看了看报告，发现韩宁蓝脑中的不明物质薄膜确实淡了不少，似乎是因为电击被震散了。但是，韩宁蓝还在昏睡中，就如第一次，明明检查结果没有任何异样，她却一直昏迷不醒。

“查尔斯教授，这就是刚刚送来的那个病人……”房间门被推开，一个金发碧眼、穿着白大褂的青年走进病房，与冰朔四目相对。

"冰朔？蓝？"青年发出一声尖叫，"怎么会是你们呢？不对，你们为什么会在这里？"

冰朔也是一脸意外："查尔斯，这也是我想问的，你怎么会在这里？"

来人正是查尔斯，韩宁蓝在维加斯州梅里安诊所的主治医生。冰朔离开美国前，查尔斯就被紧急调走了，他还以为再也没机会见到了呢！

查尔斯哈哈大笑，握拳捶了捶冰朔的肩膀："当时因为分院缺人我被紧急调走，还以为再也见不到你和蓝了呢，没想到竟然会在这里重逢……对，久别重逢！"

最后一句"久别重逢"，查尔斯是用蹩脚的英文说的，说得怪腔怪调，却异常兴奋。

冰朔被逗笑了："我也没想到。"

查尔斯关上病房门，摸了摸鼻子才道："说实话我也没想到自己会来这里任职，在那之前我都不知道Z国还有这样一所学校。回到梅里安后，我和诊所的副院长闹了点矛盾，正在寻找出路呢，就收到了擎的邀请函。擎跟我本来就是旧识，再加上这里待遇优厚，让我没办法不心动，所以我就过来了。你呢？冰朔？你也是穹苍学院的导师或医生，那我们岂不是成为同事了？哈哈！"

冰朔摇头道："不，我是穹苍学院的学生。"

"学生？"查尔斯扶着眼镜难以置信道，"学医吗？不，不，可你若是我的学生，我根本没有东西可以教你啊！"

查尔斯不仅仅是校医院的医生，也是医学专业的导师。

冰朔失笑，缓缓摇头道："放心吧，没人去抢你的饭碗，我的专业是计算机。"

查尔斯张了张嘴，表情说不出的搞笑，半晌才吐出几个字："我就说上帝是不公平的！"

冰朔收回调笑的心情，望向昏迷的韩宁蓝："既然这里的医生是你那就太好了。你看了蓝的报告吗？"

查尔斯当然还没来得及看报告，连忙拿过PET片子，看了半晌，迟疑道："如果我没记错，蓝脑中的那层雾状膜似乎消散了不少。"

冰朔点头："你也这么觉得？"

查尔斯抬起头，神情微妙而凝重："我当初的诊断是，这层雾状膜包裹了她的大脑颞叶，导致她的记忆被封锁。如今这层雾状膜消失，那是不是代表，蓝的记忆，就要回来了？"

冰朔怔怔看着昏迷的韩宁蓝半晌，突然勾起嘴角笑道：“是啊，回来的会是什么样的记忆呢？”

四

冰朔这一次回到穹苍学院，整整被折腾了两天一夜，简直身心疲惫。所以安顿完韩宁蓝后，他和徐曜打了声招呼就回到宿舍睡了个昏天暗地。

迷迷糊糊中意识再度进入了游码的虚拟空间，只是这一次的虚拟空间，却把他吓了一跳。

游码平板的电子音中带着难以掩饰的自豪和兴奋：“主人，怎么样？游码的新家漂亮吧？游码可是花了好大心力才整修成这样的！”

冰朔扶额看着周围这一圈几乎亮瞎人眼的粉红色。他都怀疑自己是进了琉璃的房间，不！这简直比琉璃的房间更梦幻更少女。还有前面那一排水晶珠帘，晃得他眼睛都疼。

冰朔轻咳了一声，委婉道：“游码，我以为按人类性别来论的话，你是个男孩子。”毕竟游码使用的是电子男音。

前方的水晶珠帘晃了晃，游码明显愣了愣：“男孩子？和主人一样的男孩子吗？游码是男孩子？”

见他丝毫没有意识到自己话中的暗示，冰朔只得岔开话题道：“你把我拉入虚拟空间，是查到了什么消息吗？”

“是的，主人。”游码晃了晃水晶珠帘，冰朔只觉得一阵眼晕，“因为是绝密资料，不能在和 Angel Holy 有交互的空间告知主人，免得 Angel Holy 以后都不跟我玩了。Angel Holy 太严肃呆板了，游码觉得它一点都没有游码活泼可爱……”

“停，游码，说重点。”

水晶珠帘暗淡了几分，游码不情不愿道：“关于 Angel 还原试剂，在 Angel Holy 的资料库中确实有记载，但以我的二级权限根本查阅不了。然后游码按照主人的指示，尝试强行调取 Angel 还原剂的成分和制作流程，结果被提示‘无查阅权限’。Angel Holy 之前也特地告诉过我，这属于绝密资料，已经被封锁，就算它作为核心 AI，都看不到里面的信息。”

“堕天计划”果然和 Angel Holy 有关。

冰朔有些恍然，难怪 Gallant 他们不断研发和试验，也只能得到 Re-Angel 试剂。看来哪怕 Gallant 作为 Angel Holy 的主人，也无法调取所有的资料。

那么封锁了这些信息的人又是谁呢？

冰朔问道："没有任何渠道能看到 Angel 还原剂的相关资料？"

"还有一个方法。"水晶珠帘轻轻一晃，一座巍峨的高楼出现在冰朔眼前。冰朔一眼就认出这是穹苍学院最高等级的图书馆——博宇。

"Angel Holy 说，穹苍学院的所有绝密资料，除了储存在它核心区域被加密锁死的外，还有一部分被封存在博宇图书馆的最顶层。不过那个地方只有三会会长，且有特殊权限的人才能通行。其他人哪怕进入了，也会被直接驱逐甚至抹杀。"

"特殊权限是如何判断的？"

游码顿了顿，才道："这个我也不清楚，Angel Holy 不肯告诉我。不过它说，主人你和那个长头发的小姑娘都是拥有特殊权限的人，它的原主人也是。"

冰朔在游码的虚拟空间里找了处沙发坐下来，背靠上沙发时，看到靠枕上那梦幻的蕾丝边，嘴角抽了抽，强迫自己无视这一切，才继续道："也就是说，我想要得到更多关于'堕天计划'的信息，只能先当上三会会长？"

问题是，要当上三会会长，必须先晋级五年级。而且，如今三会会长唯一空缺的位置，就只有诺博会。

一想到诺博会，冰朔眼前立刻浮现了李怀斯那桀骜又阴冷的桃花眼，眉头忍不住皱了皱。还有后进班，那一张张热切期盼的笑脸、带着哽咽的欢迎声音……自己刚刚回来，就要离他们而去。

冰朔轻轻叹了口气，耳边传来游码的声音："主人你那么厉害，通过五年级考试、当上诺博会会长、泡到校花、登上人生巅峰，还不是分分钟的事。"

冰朔额头青筋跳了跳，心中那一点惆怅和离情别绪，都要被这个 AI 给吹没了。

五

第二天日上三竿，冰朔是被食物的香味给饿醒的。他抓着四处乱翘的头发从被窝中坐起来，往下一看，果然看到陆昊远正把热腾腾的馄饨油条放在桌子上。他的肩膀上依旧站着一只黑色的猫，察觉到上方的动静，黑猫抬起头，一双墨绿色的瞳眸带着鄙夷和傲慢扫过冰朔，发出喵呜一声。

冰朔勾起嘴角，眉梢眼角都染上了几分暖意。眼前这一幕带着熟悉的温馨，让他压抑沉重了半个月的心都柔软起来。

陆昊远头也不抬，声音中有着浅浅的沙哑："既然醒了，还戳在那里干吗？"

冰朔笑了笑，撑着手边的护栏从床铺一跃而下，细软的头发在晨光中轻轻摇晃，像是镀上了一层朦胧的光晕。

李家勇和曲翔走进他们宿舍，看到眼前一幕的时候，全都僵硬了——小小的宿舍中弥漫着食物的芳香，可问题是，这宿舍中三个人，只有冰朔一个人在惬意地吃吃喝喝。向来优雅尊贵的陆昊远居然在帮他整理床铺，徐曜则赤裸着上身，脸色铁青，正在手脚笨拙地把几件洗好的衣服往衣架上挂。

李家勇揉了揉眼睛，又揉了揉眼睛，开口的时候都觉得声音飘忽得仿佛不是自己的："冰朔，你给他们下什么药了？"

居然让徐曜给他晾衣服、陆昊远给他整理床铺？这也太惊悚了吧？

冰朔施施然喝下最后一口馄饨汤，才道："因为我心情不好啊，所以作为死党，他们当然要迁就我。"

李家勇和曲翔各自抽了抽嘴角，看着少年脸上灿烂的笑容和那能迷倒万千少女的俊脸——你浑身上下哪个细胞写着心情不好了？

冰朔把吃完后的塑料碗碟用袋子收了收，就要丢在一旁已经清理过的垃圾桶里。刚刚整理完床铺的陆昊远回过身来，似笑非笑地看着他。

冰朔的动作一僵，低咳了一声，乖乖拿着垃圾走到宿舍外丢掉。

好吧，事实是，这宿舍有好几个礼拜没有住人了，陆昊远这洁癖完全不能接受。可是偏偏冰朔和徐曜都懒得打扫，所以昨天晚上他们用德州扑克定了胜负。最后，冰朔侥幸赢了，陆昊远第二，徐曜输了个彻底，所以才有了早上这一幕。

"说吧，这么早来找我有什么事？"丢完垃圾，冰朔在自己的位置上坐下来，抽了张纸巾一边擦桌子一边问道。

李家勇最是藏不住话，马上道："冰朔，你昨天怎么不说一声就从医院里跑掉了？女神大人可是在那儿等了你好几个小时。"

冰朔愣了愣，皱眉道："慕婉仪？"

"废话！不是慕学姐还有谁？"李家勇凑过来，想要挤开冰朔，蹭半个位置坐，被冰朔毫不留情地一脚踹开，"我说你小子可不能有了新欢不要旧爱啊！慕学姐当初跟着你在S级拟真绝境出生入死，那是过命的交情。而且你走了后，人家一直死心塌地地等你回来，西院的学生会会长跟她表白，她都没有接受。"

冰朔的脑海中不由得自主浮现女孩凄然带泪的脸，还有她那句"会一直喜欢下去"，不由得长长叹了口气。慕婉仪是一个好女孩，却不是他等待的那个人，而且，如今的他也没有资格与时间去纠缠那些儿女情长。既然无法给予回应，那么长痛不如短痛，还是想办法让她早点放弃吧。

冰朔微微收敛了唇角温和的笑容，声音剔透却带着几分清冷：“这么说，我跟你们也在S级拟真绝境出生入死过，所以你要以身相许，报我的救命之恩吗？”

李家勇一蹦三尺高，像避瘟疫一样从冰朔身边弹开，口中叫嚣道：“你小子别胡说八道啊！老子可是大写的直男，这话要是被我心仪的妹子听到了，以后老子还能娶到老婆吗？”

一旁的曲翔哈哈大笑，上前一步搭住冰朔的肩膀：“许啊，怎么不许！能跟冰朔凑成一对，那绝对是我赚了，家勇不许我来许！”

冰朔一巴掌拍开他的手，眼中也染上了几分笑意，随后又慢慢敛去，神情严肃道：“我在S级拟真绝境中救慕婉仪，是因为她是我的朋友，就跟你们一样。除此之外，我们没有任何关系。有些话说多了，流言就会变成桎梏，到时候我和慕婉仪都会被困在两难之境，你们明白吗？”

曲翔若有所思，缓缓点了点头。李家勇却还是不肯放弃，焦急道：“唉，可是慕学姐那么好的女孩子，你为什么不要啊？她现在还等在我们教室呢，要不你先去见她一面……”李家勇的话还没有说完，就已经被曲翔一把捂住嘴巴，拖着迅速离开了。

冰朔保持着面对椅背跨坐的姿势，看着半闭的房门良久，轻轻吐出一口气。

六

风格华丽的欧式别墅中，李怀斯正在愤怒地摔着东西发泄自己的怒气。

萧冰朔竟然顺利通过问心阵回来了，白狐那个废物到底是怎么办的事情？他不是说，一定能让萧冰朔摔个大跟头，从此再也不敢来穹苍学院上学吗？可是结果呢？萧冰朔非但毫发无伤地回来了，他们诺博会刚刚还接到通知，新的东院院长谢擎要任命萧冰朔为诺博会首席兼会长。

这是一道强制命令，得到了学委会总长Gallant的同意。也就是说，是不需要征求李怀斯这个诺博会副会长意见的，而是直接通知他执行。

在穹苍学院，学生会负责的是组织活动、纪律奖惩和积分评定，诺博会主要负责各个社团和联盟的管理，外加审核学生会的工作。学生会和诺博会都由学委会统一管辖。

李怀斯抓起一个网球，狠狠朝着墙上自己的奖章丢去。网球撞上墙壁，朝门口弹射出去，随后稳稳落入一个手掌中。

“是谁惹我们李少爷如此生气啊？”阳光温和的声音从身后传来。

李怀斯被这熟悉的声音吓了一跳，猛地回过身，等看清了来人的样貌，忍不住惊叫道：“白狐，你……你怎么会在这里？”

进来的是个修长挺拔的青年，有着一头灿烂的金发，五官在逆光下一时看不真切。

他缓缓走到李怀斯对面的沙发上坐下来，悠然笑道：“这里也是我的母校，不是吗？我为什么不能在这里？”

李怀斯眉头皱了皱，眼中闪过一抹复杂的光芒，随后沉下脸嘲讽道：“你不是说会在问心阵中让萧冰朔跌个大跟头吗？原来光会说不会做啊？”

白狐嘴角的笑容僵了僵，看上去阳光爽朗的眉眼间染上了浓浓的阴暗凶狠：“我承认是我小看了那小子，但这是最后一次了，下回，下回我一定让他……”

让人毛骨悚然的嗞啦声陡然响起，打断了白狐的话。李怀斯和白狐面面相觑，都从对方眼中看到了惊恐。

下一刻，庞大的电流从空气中凭空出现，穿透了两人的身体。李怀斯和白狐面目扭曲地张大着嘴，却只能发出破碎颤抖的嘶哑声音。身上所有毛发都根根竖起来，被波及的沙发更是发出噼里啪啦的响声。

短短的电流袭击只有五秒，可是对于李怀斯和白狐来说，却仿佛过了痛苦的一个世纪。

电击过去，他们双双瘫软在沙发上，嘴角有透明的涎水不受控制地流淌下来。不远处的嵌入式电视机闪了闪，屏幕上很快出现一个坐在学委会办公室悠然喝茶的少年。

少年有一双勾魂摄魄的凤眼，笑容优雅而漫不经心，交叠的长腿轻轻摇晃着，就像是天生的王者，藐视着踩在脚下的众人。

“会……会长！”李怀斯用沙哑颤抖的声音呼唤了一声，明明刚刚被电击的时候还是满心的恐惧，可是此时看到屏幕中的少年，他却只觉得全身心都被俘虏了。一双桃花眼灼灼发亮，满满都是少年的影子。此时此刻，哪怕让他匍匐在少年脚下跪舔少年的脚趾，他也绝不会有半分犹豫。

Gallant 勾起嘴角，将手上的茶杯搁到一边，含着笑意望向白狐：“我现在倒有些佩服你的胆量了。做了那些事后，居然还敢回到穹苍学院来。”

白狐迅速擦掉嘴角的口水和额头上的汗滴，眼底闪过一抹难堪和愤怒，却又很好地掩去，颤声道：“会长，请给我一点自辩的时间！”

Gallant 弹指点了点虚空，一道虚拟光影显示着硕大的电子时钟，正在从三分钟慢慢倒计时："三分钟，你可以开始说了。如果三分钟后还不能说服我，那你的下场一定会无比凄惨。"

白狐吞咽了一口口水，看着流逝的时间，只觉得就像自己的催命符，额头上的汗珠再度冒了出来："会长，我知道这几年的穹苍学院和'堕天计划'都让你感觉很无聊，就连 Mars 也不再能引起你的兴趣，直到，萧冰朔出现。

"我知道你想要的是什么，是把萧冰朔压迫到极限，是要把他心底的阴暗面都激发出来，看看他在最后会不会彻底毁灭。所以，一年半以前，您才会冷眼旁观萧冰朔的妹妹被绑架，甚至被注射 Fal-Angel 试剂不是吗？因为那样，萧冰朔才会如你所愿，到穹苍学院中自投罗网。"

白狐说到这里，忍不住抬头看了屏幕中的少年一眼，从那双幽深的凤眸中却看不到一星半点的情绪泄露，他不由得更加惶恐："这一次，我……我在问心阵中对萧冰朔出手，也是抱着同样的目的。我……我想要帮会长试探出萧冰朔的底线在哪儿，他的软肋和逆鳞又是什么。只有这样，才能让他彻底卷入'堕天计划'中，也才能让会长你玩得更尽兴。"

Gallant 忍不住勾起嘴角，脸上的笑容显示他的心情似乎挺愉悦的，声音也柔和了许多："哦？那你试探出萧冰朔的软肋和底线了吗？"

白狐见 Gallant 的神情变温和，顿时长舒了一口气。可是，最近几年一直和 Gallant 相处的李怀斯却是脸色微变，随后怜悯地瞥了白狐一眼。白狐大概是离开会长身边太久，竟然忘了，当会长露出这种表情的时候，就代表他死定了！

白狐平稳了一下呼吸，仰起头，眼中充满了自信和残忍："萧冰朔的妹妹就是他的底线。但水琉璃在凌云集团的保护下，我们暂时不能碰。我承认萧冰朔本人很强大，无论是武力还是智力，但在穹苍学院，他却还有两个很明显的弱点——他在垃圾班的室友，陆昊远和徐曜。"

"两个……弱点？"

白狐没有注意到会长声音中不明显的停顿，兴奋地点头道："会长，你没有看到当日问心阵中的情景。萧冰朔他……为了救昏迷的室友陆昊远，竟然自愿注射 Re-Angel 和 Fal-Angel 试剂。会长你不是一直想看到萧冰朔注射了试剂后的样子吗？我现在已经为您做到了！而且如果不是 Mars 这小子破坏，连 Fal-Angel 试剂都已经注射到了他体内！"

沉默，长久的沉默在空旷的别墅大厅中蔓延。

李怀斯从 Gallant 出现开始就一瞬不瞬地盯着他，此时震惊地发现，向来波澜不惊的会长眼中竟闪过一瞬间的恍惚和茫然。

“会长？”李怀斯低低叫了一声。会长他怎么了？他家会长怎么会露出这样的表情？

Gallant 微微蹙起眉头，低声道：“他已经注射了 Re-Angel 试剂？为什么我不知道？”

白狐此时也发现了 Gallant 的反常，小心翼翼道：“会长，我……我知道自己违反了您的命令，可我真的是为了您好。”

Gallant 眸中的异色褪去，目光落在白狐身上，轻轻叹了口气道：“你想留在穹苍学院，那就留下来吧。”

白狐闻听此言，顿时大喜过望，他果然赌对了！

Gallant 重新端起茶杯，漫不经心地道：“不过，你想留在穹苍学院，有件事最好别怪我没有通知你。那个昏迷的雷切斯家族小公主已经醒过一次了，她的记忆正在逐渐恢复，很快就会记起游艇上发生的一切。白狐，小心哦，等她下次醒来，就是你的真实身份被萧冰朔知道的时候。以他如今在穹苍学院的地位、和谢君勉的关系，你恐怕以后都不会有安宁日子了。”

白狐猛然一惊，瞪大的双眸中露出震惊惶恐的光芒，不过很快就被狠绝取代。

很快就要恢复记忆了，就是说还没有恢复，不是吗？那么，只要在那之前让她永远都开不了口，永远都醒不过来，不就可以了吗？

第十三集

算计 × 情敌 × 欢聚离别

一

时间刚刚过晚上十点，校医院中的医生除了值班的，基本上都已经下班了。整个医院静悄悄的，虽然有些病房还亮着灯，但总给人一种萧索寂寥的感觉。查尔斯快步走在医院走廊上，脸上带着几分焦急。路上碰到值班的小护士，他无奈地摊手道："这已经不是我第一次把东西落在病房和办公室了。"

小护士露出善意的笑容，查尔斯医生的丢三落四是和他的好脾气一样出名的。夜晚值班的人常常能看到他下班后匆匆跑回医院，不是落了钱包，就是落了限量版钢笔。

查尔斯快步来到蓝的病房前。他记得，下午的时候做完病历记录，随手就把笔丢在了床头，一转身就给落下了。

刚推开门，查尔斯就感觉到一股凛冽的寒意从他的鼻尖一晃而过。

"谁？"查尔斯浑身打了个激灵，病房的感应灯应声而开。可是一眼望进去，除了昏睡在床上的韩宁蓝，房间里根本看不到第二个人。

查尔斯皱了皱眉，走进病房，顺手带上了房门。重新检查了一圈，包括上方的天花板还有锁得严严实实的门，确认这房间里绝不可能藏下什么人，他才笑着摇了摇头。

缓步走到韩宁蓝的病床前，床头果然斜斜摆放着一支银灰色的钢笔。查尔斯拿起钢笔，轻轻在指尖转了个圈，随后目光落在依旧昏睡的韩宁蓝身上。

"真是可惜。"男人的声音带着淡淡的笑意，在寂静的房间中响起，"雷切斯家的小公主，我原本是想让你再多活一段时间的，至少利用你从席貊身上榨取到更多的利益才行。只可惜，你太不乖了。在游艇上为什么要突然醒过来？为什么要看到我的脸呢？明明已经被我催眠了，你就乖乖失忆不是很好吗？为什么要慢慢恢复呢？"

查尔斯伸出手，修长的指尖轻轻抚摩韩宁蓝冰凉的面颊，左侧的心率仪发出嘀嘀的响声。

"小公主，不要怪我狠，要怪只能怪你的小情郎萧冰朔咬得我太紧。我为'堕天计划'

付出了那么多，是绝对不容许有一丝一毫失败的可能的。”查尔斯的指间不知何时多了一枚注射器，针筒中淡蓝色的液体在灯光下折射出诡异的光芒，“别担心，这一针下去，你不会感觉到任何疼痛，只会在睡梦中慢慢死去。哪怕萧冰朔的医术再高，也不会查出你真正的死因，就像他愚蠢得看不出我对你的催眠一样……”

“你说得不错，我确实很愚蠢，居然一直没发现梅里安诊所里看上去憨厚无脑的查尔斯医生，就是 Gallant 手下大名鼎鼎的白狐。”

温润清透的声音突然从背后传来，带着幽冷的杀意。查尔斯大惊回头，看到站在身后的少年，瞳孔一阵剧烈收缩。

粗重的呼吸声从鼻间传出，带着深深的恐惧与忌惮，良久才勉强平复下来：“我以为我掩藏得很好，你根本不可能把我和白狐联系在一起。”

冰朔从墙壁与窗帘的阴影间走出来，蔚蓝如海的眼眸在灯光下深不见底：“你确实隐藏得很好，在维加斯州的时候，我对你没有一丝一毫的怀疑。可是白狐，你太自信也太自卑了。自信让你大摇大摆地出现在失忆的蓝面前，认为只要是你催眠过的人，绝不可能清醒；而自卑让你惶恐无法掌控的事情，也无法接受失败，所以在问心阵拦不住我们，你就不顾一切，像没头苍蝇一样闯了进来。”

查尔斯面色阴冷，此时看上去哪还有平时那副阳光开朗的模样：“我早就知道出现在穹苍学院会惹你怀疑，可也仅仅是怀疑而已，萧冰朔不是那种没有证据就莽撞动手的人。”

“谁说我没有证据？”冰朔低低地笑了起来。

查尔斯正想问什么证据，突然身形一僵，缓慢地回过头去，赫然对上了一双清冷淡漠、宛如看着死物一般的眼睛。

只见原本昏睡在床上的韩宁蓝不知何时已经坐起身，白皙的手腕从被子中露出来，上面没有任何扎着吊针的痕迹。

这不是在医院中失去记忆、可怜而柔弱的少女韩宁蓝，而是……而是集万千宠爱于一身，连席貂的百般讨好都能弃若敝屣的雷切斯家小公主——娜塔莎。

“你……你早就醒了？”

韩宁蓝神情淡漠地开口，声音带着微微的沙哑：“在冰朔送我到这医院的路上，我就已经醒了，也找回了所有的记忆。看到在游艇上袭击我的人一脸熟稔关心地为我诊病，我也很意外呢。”

查尔斯脸上一片惨白，垂在身侧的手神经质地弹动着，这是他慌乱的时候用来平静和思考的本能动作。下一刻，查尔斯动了，目标简洁明了，正是病愈初醒的韩宁蓝。他已经想得很清楚了，以萧冰朔的武力，他绝对没有硬扛的可能，唯一的办法就是挟持韩宁蓝，让他放自己离开。只要他连夜逃出穹苍学院，就算是萧冰朔又能奈他何？

可是，查尔斯没想到，他快，萧冰朔比他更快。

软软的剑从腰间抽出，内力灌注，剑身发出噌一声响，随后绷直。凛冽的寒意从容色如雪的少年身上散发开来，瞬间笼罩了房间的每一寸角落，也将查尔斯的身形牢牢锁定。查尔斯的步伐僵硬在原地，眼中满是惊恐。这一刻，他感受到自己无论走向何方，那冰霜般的剑尖都会将自己的喉咙刺穿。

“蓝，你先出去，”冰朔缓缓道，“把门带上。”

韩宁蓝没有一丝犹豫和怀疑，迅速离开房间。当房门被关上，查尔斯脸上的惊恐变为了绝望：“冰朔，我……我知道你从不杀人，你是个善良的好人。你说过你相信法律，难道你要在我这里破例？你要为了私愤，把自己变成一个杀人凶手吗？”

冰朔冷笑一声，手中的长剑突然像是得到了指令，呼啸而出。查尔斯甚至来不及看清剑身的轨迹，就感到肩膀处一阵撕裂般的疼痛。随后他的身体仿佛被冻僵了，甚至无法站立，砰一声跌倒在地上。

寒血剑直直扎在查尔斯身上，发出强烈的嗡鸣。剑身不停颤动，仿佛是因为碰到了鲜血而兴奋和渴望。

冰朔缓缓上前，修长的手指握住剑柄轻轻一抽，寒血剑重新回到他手中，变为了软软的一团。剑尖上不见半点血迹，看上去又是那样软绵无害。

查尔斯发出痛苦的呻吟，浑身不停瑟瑟发抖着。给他带来最大痛苦的不是利刃在肩膀上造成的穿刺伤，而是那几乎要将全身血液和经脉都冻僵的寒冷。这到底是什么武器？萧冰朔到底对他做了什么？为什么……为什么他以前从没意识到，眼前这个看似无害的少年竟会是如此可怕的存在？

冰朔轻轻拨弄着寒血剑弯曲的剑身，漫不经心地道：“你知道寒血剑最可怕的地方是哪里吗？只要将真气灌注入剑身，再以此剑伤人，寒冰真气就会永远留在人体内。血液冻结，经脉凝固，手脚麻木僵冷，这样的痛苦折磨会伴随你一辈子，哪怕每天待在火炉旁也无法解脱。”

天和大陆四大神器之一的寒血剑，是真正夺人性命的利器。当它的持有者揭开封印它的剑鞘，它会像最阴冷的毒蛇，让被攻击的人堕入寒冰地狱。

“以前，我用寒血剑攻击的时候，一旦剑尖触及人体，我就会把真气撤回来。对方会感觉到寒冷疼痛，但是这样的寒冷不会伴随人一生。我希望做人留一线，所以，下手从来不会决绝无情。但你们似乎不懂这样的道理。”

查尔斯的身体不停地颤抖着，他已经无法分辨这是因为身体的寒冷，还是心中的恐惧：“冰朔……我……我知道错了，放过我……放过我……我……咯咯咯……我只是听命行事……咯咯咯……”

冰朔居高临下地看着他，冷冷道：“想活的话，就乖乖回答我的话。Fal-Angel 试剂有什么办法能解？”

“Angel……只有 Angel 还原剂，否则 Fal-Angel 无……咯咯……无解……”

“没有缓解的办法？”

“有……但……但我不……不知道。这是……最核心的机密，只有……只有 Gallant 和……和席貂知道！”

“七宿除了 Gallant、Mars 和徐曜，还有什么人？”

“我……我只知道席貂是……是七宿之一的氐宿，但……但我知道……尾宿和亢宿都……都在穹苍学院中。”

冰朔深吸了一口气，终于问出了最后一个问题：“我再问一遍，当年绑架琉璃的主谋到底是谁？给她注射 Fal-Angel 的又是谁？何家和这场绑架案到底有没有关系？”

查尔斯的身体一僵，哆嗦着身体半晌没有说话，慌乱的眼神四处乱瞟。

冰朔内力灌注寒血剑，噌一声，剑身再度绷直，寒气在房间中弥漫。

“我说，我说！”查尔斯吓得整个人都痉挛了，惨白的唇上仿佛结着冰霜，“是 Gallant，真的是 Gallant，他……他想要把你卷入‘堕天计划’中，所以我才奉命绑架了你妹妹。至于 Fal-Angel 试剂是……是我注射的，但给我试剂的人是……”

查尔斯的话还没说完，突然一道噼里啪啦的响声在周围响起。

冰朔神色一凛，身形飘然后退。在他刚刚站立的地方，一道雷电伴随着刺目的光芒劈下，狠狠落在查尔斯身上。

查尔斯猛地瞪大眼，浑身一阵哆嗦，头上的金发根根奓起，最后嘴角流着口水，昏迷在地上。冰朔正要上前，病房的门被陡然推开，一个黑影闪入，背起已经昏迷的查尔斯飞快离开。

病房再度恢复了原样，没有雷电，没有冰霜，宛如刚刚的事情一件也没有发生。

冰朔目光清寒，隐隐有疯狂的寒煞之气涌动。他认识刚刚带走查尔斯的人，是 Gallant 的另一个心腹——黑狼。

二

黑狼背着昏迷的查尔斯迅速穿过沉浸在黑夜中的穹苍学院，来到学委会总长办公室。

房门推开，里面却一片黑暗，看不到半个人影。黑狼疑惑地皱了皱眉，将昏迷的查尔斯丢在地上，打开了房间里的灯。

没有人，会长不在这里？那刚刚朝他下达命令的是谁？黑狼正思索着，身后突然传来男子威严的声音：“什么人？”

黑狼回头，眉头微微皱起。出现在这里的是东院现任院长——谢擎。他怎么会在学委会出现？

谢擎却先声夺人，挑眉道：“我道是谁，原来是学委会的执事黑狼。这么晚了，你竟然还在这里工作？”

黑狼挑眉：“这句话似乎应该是我问谢院长。学委会的办公室，似乎不是你能随便来的地方吧？”

谢擎没有回答黑狼的话，而是将目光落在查尔斯身上，随即脸上露出惊怒之色：“查尔斯？他怎么会变成这样？是谁伤了他？”

几分钟后，黑狼脸色铁青，眼看着谢擎指挥着他手下的老师将已经昏迷的查尔斯带走。

待人全部离开，黑狼才拿出手机拨电话给Gallant：“会长，你刚刚有给我下命令吗？”

“唔？没有呢。”电话中传来少年温和悠然的声音，“发生什么事了？”

黑狼把刚刚发生的事情简单讲了一遍。他原本已经要去休息了，Angel Holy 却突然往他的学委会执事手环中发了一条紧急消息，让他去校医院病房中救被萧冰朔攻击的查尔斯，并将查尔斯带回学委会。可是，当他把人带回学委会后，却没有看到会长，反而碰到了东院院长谢擎。

手机中，Gallant 发出了低低的、愉悦的笑声：“没想到，同样是谢家的人，这个谢擎倒是长进不少嘛，居然连 Angel Holy 的空子都能钻。”

黑狼皱眉道：“会长，他们这么做到底是为什么？真的只是为了救走一个白狐？”

Gallant 轻轻吐出一口气，语气颇有些烦恼道：“当然不是。他们给我挖了一个挺有意思的陷阱，就是不知道这个陷阱，最后会造成怎样的结果了。”

听到手机中传来的嘀嘀的忙音，黑狼皱了皱眉，关好会长室的大门，转身快速离开。

三

九月的夜晚，在上怀可能还带着酷暑的燥热，在穹苍学院中却已经染上了秋日的寒凉。冰朔脚步缓慢，一步步走在通往山顶的路上，脸上的神情茫然而空落。他不知道自己要去哪儿，只是不想回到那温暖的灯光和屋檐下。

“冰……冰朔！”耳边突然传来少女惊喜的叫声。

冰朔的反应慢了半拍，好久才回过头。月光冰凉而皎洁，洒在不远处少女单薄的身上，映照出秀美清丽的容颜。慕婉仪苍白的小脸上绽放出灿烂的笑容，闷痛几天的心在这一刻愉悦得仿佛要飞起来。她没想到竟然会在这里再次重遇冰朔，这仿佛是他们两个天注定的缘分，让她兴奋，也让她窃喜。

冰朔看着少女一身薄薄的连衣裙，纤瘦的身体在寒风中瑟瑟发抖。他的手动了动，想要解下外衣，让少女披上，可是，手刚刚挪到扣子就停了下来。既然对她无意，又何必给她虚假的希望，难道他不是比任何人都清楚，得到希望以后再迎来的绝望，是多么让人悲痛憎恨吗？

“冰朔，好久不见了。”慕婉仪歪着脑袋，双目亮晶晶地看着他，“你说，我们有多久没见了？我总觉得像是隔了好几个世纪。”

冰朔浅浅一笑道：“是啊，好久不见。我还有事，先不聊了。”

慕婉仪一愣，眼看冰朔就要继续往上走，她连忙小跑几步，声音急切而轻柔道：“冰朔，你有什么事需要我帮忙吗？只要我能做到的都可以。我看你的脸色很不好，你没事吧，是不是生病了？”

冰朔脚步一顿，转过身直视着少女清亮的眼眸：“慕婉仪，我只想一个人静一静。”

慕婉仪脚步一顿，清甜的笑容僵在脸上。

她的唇微微哆嗦着，半天才开合着吐出几个字：“对不起，我……我只是担心你……”

冰朔闭了闭眼，声音清润通透，说出来的话却冷淡而绝情：“慕婉仪，是我当初的话没有表达清楚吗？你的心意我明白，但不能接受，因为你不是我等待的那个人。你这样执着下去没有任何意义，也不会改变结果。我能说的只有这些。”

慕婉仪脚下一个踉跄，滚烫的泪水再也忍不住，从她的眼眶滑落。

冰朔逼迫自己硬起心肠，没有再去看身后的女孩一眼，脚下陡然发力，转瞬消失在台阶的尽头。

慕婉仪泪眼蒙眬中看着修长的身影无情地离去，双膝一软，蹲在地上发出犹如幼兽哀鸣般的啜泣。

一件温暖宽大的衣服披在她的身上，带着无限心疼：“婉仪，别哭了，冰朔欣赏不了你的好，总有人会欣赏，总有人愿意疼你、守护你一辈子。”

“可是……可是我只喜欢他啊！”慕婉仪抬起满是泪痕的小脸，声音说不出的悲伤绝望，“我不要求他回应，只是想要有个等待他、守在他身边的机会，为什么……为什么连这样的施舍都不给我？是因为那个女孩子吗？因为冰朔找到了喜欢的人，所以……所以要跟我划清界限？呜呜……我知道我很不要脸，是我缠着他，是我单方面喜欢他，可是，我真的好难受……江大哥，我第一次这么深爱一个人，为什么他不能一样喜欢我呢？”

江炎痛苦地闭了闭眼，将隐忍的深情掩在最深处，柔声道：“也许冰朔只是心情不好，所以讲话决绝了一点。你知道那小子，一向很没心没肺，我当初在维加斯州也被他打击得不行。婉仪，听江大哥的，回去好好睡一觉，等醒来，或许一切都好了，或许冰朔就回应你了。”

“会吗？冰朔真的会……回应我、喜欢我吗？”慕婉仪抓着江炎的手，满脸希冀地看着他，像是抓着最后的救命稻草。

江炎露出一个柔软而阳光的笑容：“当然，江大哥什么时候骗过你？”

四

云弄峰台阶的尽头，是一个占地近千平方米的观景平台。只是这里无论春夏秋冬，常年笼罩在云雾之中，寒湿之气透入骨髓，春冬季节更是时常覆盖着冰雪，所以很少有学生会一直爬到这个地方。

冰朔站在上面，远远望着下方的灯火。冷风在他耳边呼呼地吹过，云雾若隐若现，映衬得下方的灯火也明明灭灭。突然，他抽出腰间的寒血剑，内力灌注，银光瑟瑟的剑身瞬间绷直。修长单薄的身影在空寂无人的黑暗与寒冷中，犹如幽灵一般舞动起来。明明是行云流水般让人赏心悦目的剑舞，可是每一下剑招击出，却都带着森寒的杀意，又充斥着无法排遣的愤怒与悲伤。呼呼的风声被剑气划破，变为了呜呜的嗡鸣，宛如心中痛苦的哀鸣。

啪，啪，啪，有节奏的鼓掌声从台阶方向传来。

冰朔停下舞剑的动作，转头看去，只见江炎不知何时站在那里，目光痴痴地落在他手中的寒血剑上：“这是什么剑，怎么能散发出寒冰气息，你小子不会是从博物院偷来的吧？”

冰朔撤回内力，寒血剑变回卷曲的原形。他连勉强的笑容都扯不出来，只能冷淡道：“你怎么会在这里？”

江炎摸着被雾气打湿的头发，嘿嘿笑了一声，纵身一跃，直接跳过四五级阶梯，落在冰朔面前：“我说冰朔，我跟穹苍学院中的大部分人都交过手，就连Gallant那个装神弄鬼的家伙，我也多少知道点他的武功底细。唯独你，总让我觉得摸不透。择日不如撞日，我们今天来比一场？”

“不干。”冰朔毫不犹豫地摇头，收剑直接走人。徐曜可是早就跟他介绍过这位武道狂人的事迹——平时看上去和蔼可亲，阳光开朗，一旦打起架，整个人跟疯子一样，越打越兴奋。对手越强，他就越控制不住自己，出手完全没个分寸。如今自己的身体隐患重重，不能过度动用内力，徐曜那个惜字如金的家伙都千叮咛万嘱咐，让他绝对不能和江炎动手，他是傻了才会往枪口上撞。

谁知，冰朔刚走出没两步，一个拳头就如闪电般朝着他面部狠狠袭来，拳势破开空气，发出呼呼的声音。隐隐地，似乎能看到空气中有火焰在燃烧。

冰朔脚下一点，身形如幻影般后退，剑眉微微蹙起。

江炎收回拳势，眼中光芒灼灼：“别那么吝啬嘛，我们也算是经历过患难的兄弟了，陪我练一场又如何？”

“你在生气？”冰朔突然打断他的话，“为什么？”

江炎脸上的笑容滞了滞，神情很是懊恼，抓着自己的头发无奈道：“冰朔，你遏制住了我叔叔的病情，说是我的救命恩人都不为过。可是，婉仪是我看着长大的，从小不点成长为穹苍学院最出色的女神。冰朔，我真的想不明白，婉仪到底有哪点配不上你，你要如此不留余地地拒绝她？”

慕婉仪？冰朔有瞬间的茫然，他从没把江炎和慕婉仪联系在一起过。可是，此时再细细观察江炎的神情，就能发现他眼底深深的痛苦与无奈。

江炎喜欢慕婉仪？

冰朔呼出一口气，动了动冷得发麻的手指：“你不要胡说八道，我和慕婉仪只是相识的朋友，认识的时间还不到一年，何来配不配得上之说？”

夜晚，山顶的寒风呼呼吹过，江炎的神情一点点冷下来，垂在身侧的手紧紧攥成拳头，像是在压抑磅礴的怒气：“婉仪是最乖巧的女孩，从来不争不抢、逆来顺受，哪怕她爸爸那么对她，她也从没有反抗过，更没有对任何人诉过苦。可是为了你，她在维加斯州的时候破天荒地向我求助，原因是她爸爸要她嫁给席貊，而她的心里只有你。这一次回到穹苍学院，她是背弃了所有——父亲、家族、地位——毫无一丝希望地留在这里，只为等你回来。冰朔，这样的女孩，你就算不珍惜，也没必要像丢垃圾一样决绝地丢掉她吧？”

冰朔怔了怔，慕婉仪的爸爸要她嫁给席貊？慕家和席貊有关系？那慕家是不是也参与到了“堕天计划”中？对了，何佑君曾经说过，参与“堕天计划”的有席家、慕家、美国的艾斯莱尔家族和何家。原来那个慕家就是慕婉仪所在的慕家？

看到冰朔眼中的深思，江炎的心一点点往下沉。他是一个肌肉远比脑袋发达的蠢货，心机和智商远远比不上冰朔、Gallant 这样的聪明人。可是，和聪明人打交道多了，他比任何人都能看出，他们何时是在动情，何时又是在算计。

江炎没有想到，自己说了那么多，引起的不是冰朔的愧疚感动，而是想要利用婉仪，算计婉仪。偏偏婉仪那个傻丫头还对这样一个男人死心塌地。

磅礴的怒火从胸口喷涌而出，江炎的拳头捏得咯吱作响。突然，强大的真气涌到指间，黑暗中，仿佛能看到拳头上蹿起的火苗。

“冰朔，别婆婆妈妈的！”江炎低吼，声音被冷风切成一段段，“我们痛痛快快打一场，如果你输了，就跟我去向慕婉仪道歉。你没有资格伤害这样一个女孩子！”

冰朔猝不及防间，带着火焰般气劲的拳头已经扑面而来。他侧身避开，却还是被拳头砸中了肩膀，骨骼的咔咔声带着撕裂般的痛感在肩膀处蔓延。

寒血剑再度被抽出，剑柄被交到左手，朝着江炎刺去。

千钧一发之际，江炎猛地用双手夹住寒血剑，寒流与烈焰对碰，空气中仿佛能听到嗞嗞的响声。

冰朔只觉得胸中气血一阵阵翻涌，脸色瞬间变得煞白。

如果是在他全盛时期，寒血剑或许已经穿透了江炎的防护，直刺江炎的心脏。可是现在的冰朔，三成内力都被他强行锁了起来，绝不能动用——一旦这层锁破开，汹涌的反噬将会让他终身都无法再动武，甚至瘫痪。

冰朔砰一声跌倒在地上，寒血剑失去内力的支撑，掉在他腿边。昏暗的夜色下，冰朔的嘴唇和脸色煞白到吓人。

“冰朔！”江炎吓了一跳，连忙冲过来想要扶起他，“你疯了吗？刚刚为什么突然撤掉内力？你知道如果我的拳劲再大一点，你可能浑身骨骼都会碎裂吗？”

冰朔挡开他的手，捂着胸口一阵阵咳嗽，直到将胸腔中郁积的气劲散出去，才感觉好一些。他确实在关键时刻撤去了内力，那是因为，一旦他全力抵挡，封锁的内力被冲破，结局就不只是骨骼碎裂那么简单了。

江炎眼中满是痛苦和愤怒，突然狠狠一拳砸在地上，哑声道：“冰朔，你输了，跟我去向婉仪道……”

最后一个歉字还没说出口，江炎的脸色突然一变，脖子僵硬地慢慢往左边扭过去，低下头看向紧贴着他脖子的丝线。丝线是特质钢材的，只是用皮肤感知都知道它有多锋锐，甚至比起刀刃都不遑多让。

冰朔低低咳嗽了一声，冷冷道：“这是‘绝丝’，非但锋利无匹，甚至能在钻石上划出痕迹，而且上面还抹了麻药，一小滴就能麻倒一只大象的那种。”

“靠！”江炎双手举在半空，咬牙切齿地道，“你这是作弊！老子说的是公平比武，你这分明就是偷袭，不要脸！无耻！”

“我答应跟你比武了吗？”冰朔眯起眼，冷冷看着他，“同理，我做过什么事，或者说过什么模棱两可的话，让你觉得我应该对慕婉仪负责？这穹苍学院中学生千千万，里面多的是崇拜你江炎、喜欢你江炎的，难道你每个都要回应？不回应就是负心薄幸？”

江炎一下子被问住了，可是想起慕婉仪哭得伤心欲绝的小脸，还是梗着脖子道：“不可能，如果你没有给过她一点暧昧暗示，婉仪怎么会陷得那么深？她向来最腼腆矜持了，连最喜欢音乐却不得不学金融都不敢抱怨。而且你倒是说说婉仪到底哪里不好，哪里配不上你……”

冰朔运起体内仅剩的内力，朝着江炎的几大穴道狠狠一戳。江炎的声音一下子顿住，嘴巴张了张，却半天发不出声音，脸上的表情又惊又疑，又生气又兴奋，别提多精彩了。

“对了，既然比武我赢了，”冰朔站起身，居高临下地看着他，缓缓道，“那么轮到你答应我做事了。”

江炎狠狠瞪眼：喂，不带这么耍赖的！谁说比武你赢了？你那是耍赖！耍赖！

冰朔却仿佛根本没看见江炎的挤眉弄眼，勾起嘴角幽幽冷笑道：“是个男人就去向喜欢的女人表白争取，别到我面前演苦情剧。下次再敢说这个话题，我发誓一定把你身上的每一根毛都剃光。论武力我或许不是你的对手，但你最好别怀疑我说过的话。”

说完，也不去看江炎呆滞的表情，一个纵身跳下了足足十几级台阶，快速离去。

在冰朔离去后没多久，江炎的身体陡然恢复了自由。他甩着自己发麻的手脚，不停地龇牙咧嘴。只是良久之后，想起那凄然绝望的小脸，他的神情慢慢变为了深深的苦涩与酸楚。

五

回到宿舍的时候，已经是深夜十二点，可是冰朔刚刚推开门，房间的灯就亮了起来。

他无奈地用手遮挡住刺目的光线，道："既然你们都醒着，弄得黑漆漆的干吗？"害得他连楼道里的灯都不敢开。

徐曜穿着一身齐整的衣服，盘腿坐在床上看着他："韩宁蓝已经告诉我们了，白狐是你认识的人？"

"唔，"冰朔走到自己的椅子旁，有些疲惫地靠坐上去，"是我在维加斯州认识的一个医生。他接近我和韩宁蓝，甚至把蓝送到我身边，就是为了让我正面杠上席貊。不过很可惜，没问出什么有用的讯息，他就被人救走了。"

"谁？"

冰朔顿了顿，缓缓道："Gallant 的心腹之一，黑狼。"随即轻轻一笑，"不过，也没什么可不甘的，白狐就算被救走，这辈子也只会过得生不如死。或许，他很快就会希望自己没被救走，毕竟能让他摆脱那种折磨的人，只有我。"

清越的声音不急不缓，带着安抚人心的力量，仿佛多大的困难都算不了什么。徐曜却蹙起眉头，望着冰朔的目光充满了担忧。

只是，言辞从来不是他擅长的，他此时能做的，也就只有默默陪在少年身边。

冰朔笑着站起身，朝徐曜和上铺的陆昊远比了个继续睡的姿势，转身走进了卫生间。

刚刚进门，一股血腥之气就涌上喉间，冰朔连忙把水龙头打开，让哗哗的水声掩盖住自己狼狈的痕迹。抬起头看着镜中苍白的脸，嘴角的血迹宛如赤裸裸的嘲讽。

突然，身后传来开关门的声音，镜中出现了陆昊远的身影。

冰朔叹了口气，关掉水龙头："我就知道瞒不过你。唔，其实连徐曜也没瞒过吧。"

陆昊远走上前两步，一边接了水洗自己刚刚摸过厕所门的手，一边悠然道："江炎对你动手了？"

冰朔诧异地回头，这家伙是不是神棍啊，居然连这件事都知道？

陆昊远拿过自己的专用纸巾，一边擦手一边慢条斯理地道："前几天你抱着韩宁蓝去校医院的时候，刚好被慕婉仪看到了。慕婉仪哭得梨花带雨，江炎就'冲冠一怒为红颜'了。啧啧……失恋又吃醋的男人真是可怕。"

冰朔嘴角抽搐，突然抬腿朝着陆昊远那干净整洁的睡衣踹去："你小子是故意的吧？知道江炎和慕婉仪的事情不早跟我说？"这样他就会躲慕婉仪躲得更勤快点。

陆昊远没有动，向来有洁癖的他任由冰朔把脚印留在自己的衣服上，脸上的笑容慢慢变得幽深："冰朔你用自己的安危换我的命时，也没有事先问过我吧？你似乎总是忘记我说过的话。"

陆昊远没有说是什么话，冰朔也没问，只是笑道："你忘了我还欠 Gallant 一枚 Re-Angel 试剂的注射吗？就算他现在不来讨债，将来总有一天也会讨回去。既然怎么都逃不过，我还不如早点还清债务。更何况，Re-Angel 不一定对我有效果，至少我到现在为止没有出现任何征兆。放心，我真没那么圣母，用我的命来换你的命。"

湿淋淋的手搭在陆昊远的肩膀上，冰朔借力撑起身体，一个闪身打开门出了卫生间，只留下陆昊远站在原地，看着自己肩膀上的水渍，眉峰微蹙，半天没有动弹。

六

冰朔坐在位置上，手指轻轻敲击着桌面，面上云淡风轻，心里却纠结得不行。他的目光落在后进班正努力学习的众人身上，犹豫着该怎么开口说他要去参加五年级入学考核的事情。

视线转了个圈，毫无焦距地落在窗外，冰朔突然一怔，随即直起身。几个人影正向这边快速走来，而且身上都穿着学生会的正装会服，其中两人分别是谢擎和谢君勉。冰朔心中突然有了不好的预感。

果然，谢擎一进来，看到站起身向他行礼的学生，就露出了温和的笑容，朝着众人摆摆手道："大家不要拘谨，我今日来是要向大家宣布一件好事，不是来查勤的。况且，你们后进班现在的学习态度和品行都好得不得了，我就算想鸡蛋里挑骨头，也不一定挑得出啊！"

众人闻言纷纷笑出声来，看着谢擎的目光更加友善。谁都喜欢听恭维的话，尤其这恭维的话还是院长说的。

谢擎见气氛变得越发好，终于清了清嗓子，目光望向坐在角落的冰朔，笑容满面道："大家都知道，诺博会的首席原本是君勉，但联盟首席两年一任，君勉到上个月就彻底卸任了，而且不再参与竞选。经东院师生商议，并申报学委会批准，新一任的诺博会首席不再采用竞选的模式，而是直接任命。我今日来就是向大家宣布，后进班的萧冰朔同学被任命为诺博会新一届会长兼首席。首席所能享有的一切福利你也能享有，你的名字还会被列入博宇图书馆的《名人谱》……"

谢擎的话还没说完，后进班众人已经兴奋地欢呼起来。听到冰朔得到学院的荣耀和肯定，简直比他们自己取得了成绩还要高兴。

谢君勉也含笑看着神色平静地坐在角落中的少年，目光中充满了欣赏。萧冰朔，这个认识没多久的少年给他留下了太过深刻的印象——惊才绝艳，宠辱不惊，却又有一颗真诚善良的赤子之心。这样的人才应该站在穹苍学院的顶端，这样的人才是能与他一起实现理想的伙伴。

冰朔从位置上缓缓站起身来，视线扫过身旁的陆昊远。脸色苍白的少年正靠在斑驳的教室墙壁上，单手托腮，似笑非笑，仿佛在看他的笑话。

冰朔赏他一个白眼，随即淡定地开口道："抱歉，我拒绝。"

啥？！教室里沸腾的气氛一下子沉寂下来。所有人都诧异地望着冰朔，觉得刚刚自己是听错了。

谢君勉连忙道："冰朔，这次和上次不一样。我们只是希望你担任诺博会的首席，并不会强制你离开后进班，甚至，如果你愿意，你可以成为后进班的班长。"

后进班班长史毅立刻涨红了脸，奋力道："对……对……我不当班……班长没……没关系，冰朔……当……"

冰朔摇了摇头，脸上的表情有些无奈。他的目光扫过这个教室中的每个人，这里有至少一半的人曾经跟他一起奋斗、一起努力，在精英武道赛上创造了奇迹；这里所有人都曾经和他经历九死一生的 S 级拟真绝境。如果说，对这些人没有一点不舍和抱歉，那绝对是骗人的。

可是，他有必须去达成的目的，有垂死挣扎等着救命的妹妹。为了这些，哪怕不择手段，舍弃所有，他也绝不会迟疑。

"很抱歉，各位，这几天，我一直犹豫着该怎么告诉你们这个决定，现在或许正是时机。"冰朔轻轻地道，"我打算离开后进班。"

"离开？什么意思？冰朔你又要辍学？不会是你的伤复发了吧？"李家勇脸色都变了，看着冰朔那瘦削的身形，手伸在半空中，恨不得立刻把他按着坐下来。

冰朔的心中生起丝丝酸楚与愧疚，连声音都变得轻哑："我决定参加五年级的入学考试，如果考核通过，我会离开后进班。"

全场一下子安静下来，许多人瞪大眼，艰难地消化着这个讯息。谢君勉惊诧道："冰朔，你开玩笑的吧？当初叔……谢岩让你去参加五年级考核的时候，你不是拒绝了吗？"

冰朔没有回答谢君勉的话，而是神色平静地道："我已经咨询过 Angel Holy，五月份破格下发的入学考试邀请函依旧有效。所以最迟这个月底，我就会参加考核。君勉，抱歉，我有不得不进入五年级的理由。"

"到底是什么理由呢？"谢君勉声音微微拔高，脸上满是迷茫与不解，"就算你留在后进班，也能得到你想要的一切。有什么资源和设备是你在后进班申请不到的，你告诉我，我都可以帮你啊！你应该知道，后进班需要你……”

站在谢君勉身后的莫涵灵冷笑道：“还有什么可说的，五年级可是穹苍学院的神之领域，所有站在那个巅峰的人都能受到敬仰，得到至高无上的地位和权势。说什么有不得不去的理由，还不是人往高处走，水往低处流。人家心高着呢，小小一个诺博会首席他哪里看得上？”

冰朔没有反驳莫涵灵的话，这种时刻，他没兴趣跟人打嘴仗。更何况，莫涵灵说得也不错，他的目标是诺博会的会长，还真看不上诺博会首席的位置。

谢擎神情诧异，看着冰朔的目光似乎略带遗憾，又含着意味深长的嘲讽：“君勉，真可惜，看来你的好意并没有人领情。这位后进班的传奇人物似乎并不像传说中那么高尚啊！”

学生会跟来的几个执事，其中也有诺博会的会员，此时一个个都脸带怒色。有人阴阳怪气地道：“说什么要去参加五年级的考核，他难道以为五年级的晋级考核是小孩子玩过家家吗？老子最看不惯这种人了，有点能耐就狂妄自大。等考核失败了，可别灰溜溜哭着回来，求我们会长让你进诺博会。”

“嘁，若是他真这么有能耐，当初还会反质疑失败进入后进班？这家伙被文森特赶出别墅区，还跌个狗吃屎的狼狈样，我可是到现在还记着呢，哈哈……”

砰——

一声巨响骤然炸开，李家勇旁边空着的椅子被狠狠踹到走道，他铁青着脸一跃跳过那把椅子，走到说笑的学生会执事面前一把揪住其领子，恶狠狠地道：“你小子说谁狗吃屎呢？信不信老子现在就让你变成狗屎？”

曲翔也猛地站起身：“老子也快听不下去了，冰朔是我们后进班的人，他要去哪儿关你们什么事！”

后进班的人一个个阴沉着脸，冷冷扫过台上众人，包括东院院长谢擎。他们眼中再没有刚刚的友善，只剩下防备和疏离。冰朔就是他们后进班所有人的逆鳞，谁敢碰触，就是与他们整个班级为敌。

叶倩文抬起修长的美腿，架在桌子上，一边欣赏着自己绿色的指甲，一边娇笑道：“就是这群人当初在武道总决赛上被西院王霆揍得哭爹喊娘，要不是冰朔救场，现在他们还被西院的人嘲笑呢！当初一口一个东院救世主，现在却成‘狂妄自大’了？我呸！你们有本事也让 Angel Holy 给你们破格下发入学邀请函呀！没本事还敢在这里汪汪叫，当我们后进班是畜生养殖场啊？”

坐在叶倩文身边的仇婕不赞同地看了她一眼，随后慢条斯理地开口："倩文，你是女孩子，说话怎么能这么难听呢？我们作为人，怎么能随便跟只会乱吠的东西计较呢？"

"你！你们敢骂我们是……"

蒋峰胖乎乎的身体晃了晃站起身，打断盛怒的学生会执事："诸位，我要申明一点，冰朔当初是拒绝了谢岩的邀请，但他只说不是时候，从没有说过不会去五年级。而且，我们后进班从头到尾的态度都没有变过，只要是冰朔想要的、他觉得对的，我们都无条件支持。至于我们后进班会不会因为缺少了冰朔就垮掉，这点就不劳学生会的大人们操心了。"

李家勇手上猛一用劲，将那个讲话难听的人狠狠甩在地上，目光阴冷地扫过学生会众人："听清楚了没有，不管冰朔去不去后进班，都不关你们的事，听明白了就给我快滚！"

谢擎皱着眉头，看着一个个站起来为萧冰朔说话的后进班学生，眼中隐隐有暴躁的火光在跳跃闪烁。他失策了，他以为这样做能让后进班的人看清萧冰朔的真面目，没想到……萧冰朔，他在后进班的影响力竟然如此之大？

谢君勉脸色有些苍白，但眼下的形势已经不容他再劝解什么。他心里像被扎了根刺，不疼，却让他非常难受。

谢擎无奈道："既然如此，那任命萧冰朔为诺博会首席的命令就此撤销。萧冰朔同学，希望你好自为之，不要辜负了这些为你着想的同伴。"

学生会的人很快离去，教室再度陷入了沉寂中。

陆昊远低咳了一声，慢悠悠道："现在很想揍冰朔一顿的人，请举手。"

"……"冰朔刚刚涌上心头的那点感动，统统被这句话逼了回去。他身形一晃，就要从窗口逃出去，可是眼前黑影一闪，徐曜竟不知何时出现在他本打算夺路而逃的位置。

强大的气势夹杂着推力扑面而来，冰朔一个站立不稳，重新跌坐回椅子上，这回想再逃可就来不及了。

"老子想揍你很久了，萧冰朔！"曲翔握着拳头第一个冲过来，"让你跑去参加考试都不告诉我们一声，当不当我们是朋友了！"

叶倩文从抽屉里抽出一个极具分量的抱枕，朝着桌子上拍了拍，嘿嘿冷笑道："这也算是我们赠给冰朔的临别礼物，一定要让他毕生难忘啊！"

一群人呼啦一下涌了上来，怒骂声、嬉笑声、打闹声，在这空旷的教室中交织成一团。

明明他们也有不舍，也有不解，却愿意祝福，祝福这个曾经为他们带来希望和新生的少年勇往直前，再不要为了他们驻足停留。

几分钟后，冰朔坐在位置上，一脸郁闷地摸着自己开裂的嘴角。陆昊远看着他那青一块紫一块的脸，毫不掩饰自己眼中的幸灾乐祸。冰朔狠狠瞪了他一眼，又冷眼扫向一旁神情淡漠的徐曜，心中暗骂一句：损友，绝交！

“冰朔，”耳边突然传来李家勇微微沙哑的声音，“我们不管你想去五年级做什么，但是无论何时，只要你想回来，我们后进班的大门都会为你敞开。”

“干吗说得那么矫情！”曲翔白了李家勇一眼，恶狠狠地翻译，“这小子是在告诉你，五年级混不下去了，就乖乖滚回我们班，别留在外面给我们丢脸，听到没有？”

冰朔眨了眨眼，密长的睫毛轻轻颤抖，好不容易才化去涌上眼眶的湿意。他勾起嘴角，笑容浅浅的，酒窝深深的，第一次像一个十八岁的少年那样，放下所有沉重的负担：“听到了，你们好啰唆！”

“我果然还是看这小子不顺眼！我们再揍一顿！”

第十四集

告别 × 竞选 × 云山历险

一

半个月后，一个消息飓风一样席卷了整个穹苍学院。

后进班的萧冰朔通过了五年级入学考核，成为继 Gallant 和 Mars 后第三个破格跳级进入五年级神之领域的学生。

无论是西院还是东院的学生，听到这个消息都一阵唏嘘。有人觉得震惊，有人却觉得理所当然——

“不说 Gallant 和 Mars，以萧冰朔在精英武道赛上表现出来的实力，秒杀谢君勉、陈志恒之流绝对是易如反掌的吧？”陈志恒是西院四年 A 班升到五年级的学生。

“话不能这么说，谢会长也是很有实力的，否则也不可能成为三会会长之一，更担任诺博会首席的职务好几年。”

“嘁，谁不知道谢君勉是谢家人，整个东院都是谢家把控的。谢君勉要是真厉害，怎么没让 Angel Holy 下发破格入学考核邀请？要我说，我们东院真正厉害的就三个人，其他人——如黑狼——不过是 Gallant 的跟班。谢君勉也就能和西院那群普通天才比比，唔……当然，我们的女神慕婉仪是不一样的。”

说话的人逐渐远去，丝毫没有意识到，在他们身后，他们谈论的焦点正静静地听着。

莫涵灵站在谢君勉身边，双手紧紧捏成拳头，瞪着那些学生的背影咬牙切齿地道：“会长，那些人说得也太过分了。低年级学生妄议高年级精英本就违反校规，更何况他们议论的还是会长你，应该把他们送入 W 教学楼接受惩罚才是……”

“别说了。”谢君勉神情淡淡，眼镜的反光遮掩了他的情绪，出口的声音更是一如既往的平静，“我一直想消除这个学校因阶级带来的一切不平等，又怎么能去知错犯错？更何况，冰朔比我优秀，本来就是事实，我也从没否认过。”

“可是，萧冰朔这个人根本人品有问题！”莫涵灵寒着一张俏脸，恨恨道，“我听江医生说，他回学院的第一天就大闹了 W 教学楼，不配合询问检查不说，还把江医生捆在床上进行电击。他这样的人，能力越强，就会给学校造成越大的危害！”

谢君勉眼神波动了一下，没有说话。另一边的廖清寒刚才一直维持着冷冷淡淡的表情，听到莫涵灵的话却阴阳怪气地笑道：“莫涵灵，我看你也别在学生会做事了，W 教学楼那种地方更适合你发挥嘛。要是你去的话，只要叽叽喳喳说个不停就能把人烦得弃恶从善了，连电击都省了。”

“你！廖清寒你说什么鬼话？”

廖清寒站直了身体冷笑道：“我就不明白了，你们真以为那个什么江医生的惩戒方法有用？把人电成白痴不敢反抗，就说明他们改好了？你是有多天真才会相信这种理论！而且，冰朔他刚回学院，到底做错了什么，需要接受电击惩罚？他反抗怎么就成危害学校了？”

莫涵灵的俏脸一阵青一阵白，太阳穴的青筋跳个不停，正想要破口大骂，谢君勉抬了抬手道：“别吵了，江医生的电击惩戒确实有些问题，治标不治本，我会跟院长好好商讨一下。”

廖清寒立刻咧嘴大笑，朝莫涵灵扮了个鬼脸。

莫涵灵气得跺了跺脚，见两人走远了才匆匆跟上。

二

初秋的午后，徐徐的微风带着舒爽的凉意拂过草坪，掀起绿色的波浪。

“咦，我是不是认识你？”身后传来的惊讶女声让韩宁蓝回过头，映入眼帘的是一张秀雅清丽的少女容颜。

韩宁蓝第一眼就认出了来人——慕婉仪，传言和席貊有婚约的慕家千金，也是当初在深蓝号上救了自己的人。

“是你！”慕婉仪眼眸微微发亮，带着几分惊喜，“你是那个雷切斯家，被送给席……席……”想起躲在房间中听到的韩宁蓝的身世，慕婉仪歉疚地停下了声音。她确实很惨，可是眼前这个女孩比她好不了多少——父亲被人害得昏迷不醒，自己又被亲叔叔卖给了席貊。

“那天我听到枪声，还听说有人落水了，一直好担心你会被席貊抓回去。”慕婉仪脸上的笑容真诚而明媚，“幸好你没事。对了，你怎么会出现在这里？”

韩宁蓝张了张口，神色突然有些纠结和复杂，似乎遇到了很烦恼的事情：“那天真是谢谢你了。”说着，她把腕上的手表摘下来，递给慕婉仪，“物归原主。”

慕婉仪把手表接过来，怔怔看了一会儿，才道："说谢谢的应该是我才对，如果不是你，我根本就没勇气反抗父亲，更没有勇气直接从维加斯州逃回穹苍学院。不是如此，我大概已经被迫和席貊订婚了，呵呵，一个我不爱又不爱我的丈夫，多可笑！"

眼前的女孩笑着，容颜秀美，脸色却是那样虚弱苍白："虽然现在比那时候也好不了多少，我喜欢的人终归……"

"蓝，蓝！你男朋友来找你了，快过来！"护士激动的声音打断了慕婉仪的话。

韩宁蓝面色一僵，想要开口阻止，可是已经来不及了。只见前面不远的拐角处，少年修长挺拔的身影缓缓走来，俊秀绝伦的目光带着如月一般的温润，如日一般的耀眼，吸引了周遭所有人的目光。

慕婉仪的视线同样被少年吸引了过去，随后浑身僵硬，晶莹的泪水慢慢涌上眼眶。

萧冰朔，也只有萧冰朔才是天生的聚光体，无论走到哪里，都是让人瞩目的存在。

护士兴冲冲地跑到韩宁蓝身边，也不管她的冷脸，羡慕地道："蓝，我真的好羡慕你啊，居然有这么优秀的男朋友。能不能让他跟我握个手啊？我发誓一个礼拜都不洗手！"

韩宁蓝脸上的清冷淡漠都维持不下去了，她看向一旁的慕婉仪，从女孩身上传递过来的震惊、心痛、绝望的情绪，几乎如潮水般将她淹没。

冰朔显然也发现了慕婉仪的存在，脚步停留在十几米开外，没有再前进。慕婉仪再也忍不住，眼泪唰的一下涌了出来："原来，冰朔带进学院的女孩就是你啊……"

韩宁蓝叹了口气道："我一直在被雷切斯家族和席貊的人追杀，所以冰朔带我来这里避难。"事情并不是你想的那样，但真相又很难解释。

慕婉仪把唇瓣咬得发白，模糊的视线落在远处的少年身上，轻轻道："你跟他认识很久了吗？"

韩宁蓝摇了摇头："我从深蓝号上逃出来遇难，是冰朔救了我，我们认识不过两个月。"

"两个月？"慕婉仪的声音陡然拔高，嘴唇轻轻颤抖着，低声道，"那明明是我先认识冰朔的啊！"

为什么？明明陪伴在冰朔身边的人是自己，和他经历生死的也是自己，不是吗？为什么不能是慕婉仪，而是韩宁蓝呢？那个女孩是雷切斯家的小公主，是席貊求而不得的白月光，是远比自己强大自信的女孩，为什么所有的好事都是属于她的呢？为什么最终一无所有的只有自己呢？

慕婉仪无法抑制心中的绝望、嫉妒和不甘，双手环胸，紧紧抱住自己，可是寒冷还是一点点侵蚀着她的身体。眼前的画面一点点闪现，温和的少年、孤独的少年、冷漠绝情的少年，每一个画面都像是刻印在她的灵魂深处，让她无法忘记，无法放手。

早知道是这样的结果，自己当初不救她就好了。那样她就不会出现在冰朔身边，冰朔也不会决绝地推开自己！

韩宁蓝伸出手想要安抚她，慕婉仪却猛地打了个激灵，惊恐地瞪大眼。

她刚刚在想什么？她刚刚竟然因为嫉妒而产生如此丑陋的想法？这样恶毒的人，还是她慕婉仪吗？她不是早就发过誓，要不断努力，成为配得上冰朔的人吗？

慕婉仪深吸了一口气，泪水依旧流淌在脸上，嫉妒的火焰却在她心底缓缓被浇熄。她的神情依旧痛苦而哀伤，可是却痛苦得坦荡荡，没有一丝阴霾。

“很抱歉，雷切斯小姐。”

“叫我韩宁蓝吧。”

慕婉仪点了点头，擦掉脸上的泪水，目光扫过远处因逆光看不清神情的冰朔，嘴角漾开了浅浅的笑容：“很抱歉，韩小姐，我没有办法放弃冰朔，所以也没有办法祝福你们快乐。除非有一天冰朔结婚，成为别人的丈夫，否则，我会一直一直喜欢他，期待他的回应，对不起！”

说完，慕婉仪朝着韩宁蓝深深一鞠躬，转身跌跌撞撞地跑开。

直到慕婉仪跑远了，冰朔才一脸无奈地走上前来。韩宁蓝瞪他一眼：“我唯一的救命恩人就这么被我弄哭了，都怪你。”

难得看到韩宁蓝情绪化的表现，冰朔忍不住笑起来，伸手揉了揉她柔软的栗色头发：“小丫头，什么叫唯一的救命恩人，我不是吗？”

韩宁蓝沉默了片刻，随后勾起嘴角，露出浅浅的笑容：“好吧，你说得对。”

这还是冰朔第一次看到她露出真正的笑容，把那张清冷的小脸衬得宛如天真的孩童一般。冰朔心中跳了跳，又是那种熟悉的感觉，仿佛与她血脉相连。一直以来，他都没办法对这个女孩放手不管，就是因为这种宛如面对亲人般身不由己想要去保护她的感觉。

可是，他已经让游码查过韩宁蓝的身份背景，就差没查到她祖宗十八代。按理说，两人之间应该是没有半点血缘关系的。

想不通，冰朔也没有再纠结，而是肃容道：“接下去你有什么打算？”

“我需要离开穹苍学院一段时间。”韩宁蓝敛起笑容，声音很平静，“雷切斯家族在暗中有一股势力，是只有嫡系血脉的人才能掌控的。无论如何，我不能放着我的父亲不管。”

冰朔没有意外她的选择，只是迟疑道：“席貊那里……”

韩宁蓝目光淡淡，说出来的话却带着无与伦比的自信："席貊那点伎俩，我这几年早就习惯了。我有的是办法躲过他的监控和追击，甚至，就算被他抓住，我也有自信逃脱。这点你不必担心，我还不至于困死在一个偏执狂手中。"

这才是真正的雷切斯家的公主，冷静而果决，无论顺境逆境，都能活得潇洒自在。冰朔脸上露出了笑容，如果是这样的韩宁蓝，那看来不需要他担心。

"出去后你自己小心，有事需要帮忙就去上怀找徐诺，有任何问题都可以打电话找我……"冰朔的话还没说完，韩宁蓝突然上前一步，娇小的身形依偎入他怀中，伸手轻轻抱了抱他，带着微微金属质感的清冷女声在他耳边道："冰朔，谢谢你！"

谢谢你宛如踏着五彩祥云而来的英雄救了我，谢谢你给我宁静而平和的一个月，谢谢你不问我身份来历，却从不放弃我。这份情，我会永远记住。

冰朔身形一僵，神情有些错愕。无论哪个女孩子露出这样的女儿情态都正常，可是韩宁蓝如此表现，他总觉得匪夷所思。

不过，不等他反应，韩宁蓝已经退开一步，眉眼弯起浅浅的弧度："等解决了外面的事情我就回来，这里很有意思，而且……"

最后一句话韩宁蓝没有说完，远处传来了护士喊她吃药的声音。她掠过冰朔身边离去，没有回头，对着身后的人轻轻摆了摆手。

冰朔转身望着她潇洒离去的背影，忍不住笑着摇了摇头。只是笑容未达眼底，已经收敛。韩宁蓝的离开让他连最后一丝顾虑也没有了，是时候去碰触穹苍学院最核心的秘密了。

三

"诺博会首席竞选的事，就按照我们商讨的安排。另外，东西两院五位教授联名推荐李怀斯晋升五年级，这件事你怎么看？"谢擎说了半天，一抬头却发现自己的侄子在发呆，"君勉，君勉？你听到我的话了吗？"

谢君勉回过神来，正想要说什么，门外却传来江医生陡然拔高的声音："萧冰朔，你想干什么？你……你别乱来啊！这里可是院长办公室，有 Angel Holy 三级防御保护的！"

谢君勉和谢擎对视一眼，连忙走出办公室。就见俊秀的少年悠然坐在一旁的沙发上，一边喝茶，一边看着不远处笑道："我这人脾气不太好，你不来招惹我，我自然不会乱来，可是你偏偏要来招惹……"

谢君勉转头看去，瞳孔不由得缩了缩——只见江医生浑身僵硬地被钉在对面的墙壁上。没错，就是被钉在墙壁上。他的袖子和裤腿上都插着几枚钢针，身体被牢牢固定住，脖子上更是缠着一条宛若透明的丝线，仿佛只要他轻轻一动，脖子就会被割断一般。

看到两人出来，冰朔才放下茶杯，站起身道："谢院长，君勉。"

谢擎眯了眯眼，笑得万分慈祥："没想到冰朔同学竟然会光临我的办公室，只是不知道我的手下怎么得罪了冰朔同学，让你的火气那么大。"

冰朔微微一笑，缓步走过去，将江医生脖子上的绝丝取下来，手指轻轻一绕，绝丝就消失在众人眼前。江医生额头憋了半天的冷汗终于滴落下来，正想要破口大骂，冰朔一个似笑非笑的眼神扫过去，他顿时一个哆嗦，脸色惨白地闭上了嘴。

他真是被这个外表像天使、内心像魔鬼的少年给整怕了。刚刚只是想偷偷弄一根他的头发拿去做 DNA 研究，没想到居然被发现了，还被再次狠狠教训了一顿。

看着江医生仓皇逃离的背影，谢擎的眸色再度深了深，面上却笑道："如果我没记错的话，冰朔同学现在应该在自己的豪华别墅中休假吧？怎么会大驾光临我们小小的院长办公室呢？"

通过五年级入学考核后，冰朔会有为期半个月的休假。在这半个月中，他可以在穹苍学院游山玩水，也可以随时进出苍山地界，这是每一个进入五年级的学生都有的福利。

谢君勉关切地看着冰朔："是不是入学手续有什么问题？还是别墅住得不舒服？"

冰朔摇了摇头，事实上他现在依旧住在后进班的 303 宿舍，也不打算换。至于那个豪华别墅，嗯，现在倒是一团乱，完全是后进班的众人在里面开 party 给闹得。

"入学手续刚刚办妥。"冰朔的目光落在谢擎身上，缓缓道，"我今天来找谢院长，是想要申请参加东院诺博会会长的竞选。"

"什么？你要竞选诺博会会长？"谢君勉的声音陡然拔高，脸上难掩错愕，"冰朔，你到底想做什么？"

谢擎的脸色也变得有些难看，沉声道："你现在连五年级的正式学生都还不算，就想要成为诺博会的会长？你把三会当成什么了，你随便招招手就能进的俱乐部？"

冰朔神情没有什么变化，说话依旧平稳舒缓："诺博会会长的位置空缺，而我有能力、也有资格坐上这个位置，这就是事实，与我的态度和我想做什么没有任何关系。"

"你！"饶是以谢擎的涵养，也被气得胸口不住起伏。这个少年实在嚣张得太过分了！惊才绝艳又如何，如此不服管教、一意孤行，就算真的放到身边栽培，最终也只会是又一个 Gallant，对谢家的地位造成巨大的威胁。不！他绝不容许东院再出第二个

Gallant，这个萧冰朔，他一定要毁掉。

谢君勉没有谢擎那么激动，可是眼中也满是不解，甚至带着深深的质疑：“冰朔，你这一次回到穹苍学院是有目的的，对吗？你到底想要做什么？”你想做的事情，是不是会对穹苍学院不利？

冰朔没有回答谢君勉的话，不是他不想说，而是有些事根本就无法对人解释。他不是没看到谢君勉眼中的怀疑，却无能为力：“诺博会会长的竞选资料，我已经通过Angel Holy提交，希望一个礼拜内能得到谢院长的回复，否则，我只能上报学委会，让Gallant来决定我没有没有竞选资格了。”说完，也不等谢擎回话，他微微一颔首，礼貌地说了声再见，就转身离去。

房间中一时陷入了窒息般的静寂，好一会儿，谢擎才轻叹一声道：“理论上来说，诺博会甚至可以辖制学生会。这几年，谢家在东院能有一线生机，就是因为学生会的会长是你，而李怀斯还没有竞选资格。我一直希望，有一天你能坐上诺博会会长的位置，这样才能真正与Gallant抗衡，只是没想到……”

谢君勉勉强笑道：“小叔，也许情况没有那么糟，冰朔他一直是个正直善良的人，当初如果不是他，我和静静可能已经死在飞机上了。如果没有他，后进班也不会有今天。冰朔坐上诺博会会长的位置，也许是好事呢。”

谢擎抬起头，脸上的神情幽深而嘲讽：“你真的那么认为吗，君勉？萧冰朔或许天赋卓绝，可就是因为他太聪明了，所以才更可怕。越是聪明的人，心才越容易变啊！”

谢君勉垂在身侧的手陡然握紧，眼中的光芒明明灭灭，半晌都没有说话。

谢擎垂下眼帘，暗中冷笑一声：萧冰朔，你不是想参加诺博会会长的竞选吗？可以，我成全你。但你能不能完好无损地通过竞选，就只能看天意了。

四

冰朔躺在榕树下闭着眼，任由阳光透过叶片斑驳的缝隙洒在自己脸上。轻若不闻的脚步声缓缓靠近，最后停留在他身边。一双漆黑的眸子静静看着他，带着深深的担忧与不甘。

冰朔睁开眼，朝来人笑着打了个招呼：“嗨，徐曜，重回学校后，好像还是第一次和你在这里碰面。”

徐曜神情冰冷，缓缓道：“你要去五年级，要参加诺博会会长竞选，为什么不告诉我？”

少年从被阳光晒得暖融融的岩石上坐起来，顺手指了指旁边的位置，示意徐曜坐下来："我需要进入博宇图书馆的顶层，那里有'堕天计划'最原始的资料，也只有在那里我才能找到救琉璃的办法。而要进入博宇顶层，必须先成为三会会长之一。"

他扭头看向身边的朋友，脸上浮起无奈之色："这些事说出来只会徒增你们的困扰，更何况，这是我曾经犯下的错，是我要承担的责任，和你们没有关系。我只希望你们能好好过正常的校园生活……"

冰朔的话还没有说完，徐曜就猛地站起身，漆黑的眸子里满是痛苦，连出口的声音都变得嘶哑艰涩："那么我的死活又和你有什么关系？为什么要熬夜替我准备手术方案？为什么被我捅了一刀也不放弃救我？还是，在你眼里，你帮我们是天经地义，我们帮你就是拖累你？"

"我……"冰朔满脸无措地站起身，"我不是这个意思，我只是……"习惯了一个人承担所有的事，习惯了不去找人求助。

徐曜惨然一笑，随即慢慢收敛了心绪，低声道："我会申请加入诺博会。"

"等一下，徐曜！"冰朔急急伸手，想要拉住转身的人，可是，留给他的只有一个决然离去的背影。

冰朔扶额，这家伙，脾气怎么还是那么倔？刚刚做完手术的人加入什么诺博会？难道他不知道谢擎绝对不会轻易放过他吗？这一次的竞选考核，绝对是历届诺博会会长考核中最难的。

视线突然一转，落在不远处慢悠悠往这边走来的俊秀少年。金丝无框眼镜在阳光下反射出淡淡的光泽，让人看不出他的情绪。

冰朔的脸立马就黑了："陆昊远，你可别告诉我，你也要来诺博会插一脚。"

陆昊远摇摇晃晃地爬上榕树扎根的巨大岩石，找了个最干净的地方坐下来，拍拍手惬意道："怎么会呢，我可是心脏病人，从来不做危害自己身体健康的事情。"

冰朔嘴角抽了抽，这种瞎话，亏你有脸说出来。

不过，陆昊远的回答多少还是让他松了口气。冰朔同样在岩石上坐下来，皱眉道："徐曜和后进班那里请你帮忙多照看着点。谢擎，或者说他背后的人，很不简单。如果之后真的听到什么不好的传闻，让他们冷静点，不要正面和谢擎对抗。"他可不想后进班的任何一个人被电击惩罚。

陆昊远侧过头，微眯起眼看他："你这是在交代遗言？"顿了顿，眉梢微挑，"只是就算是遗言，为什么要跟我交代？"

冰朔一口气堵在喉咙口，很想揍他一顿，却听陆昊远慢悠悠道："很显然，我会死得比你更早，要交代也是我交代吧。”

“喀喀……”冰朔被自己的口水呛了一下，好半晌才叹了口气道，“我早晚有一天被你们这两个舍友折腾死。”

陆昊远勾起嘴角，笑得格外温和：“需要我给你列一下，认识这一年，你萧冰朔折腾出来的事情吗？”

冰朔神情一僵，再度轻咳了几声，不说话了。

徐徐的微风拂过榕树枝叶，发出沙沙的声响，两人的头发和衣服被吹得轻轻飘荡。

陆昊远突然道：“哦，对了，我收到消息，何家正式加入了‘堕天计划’。这一次不是外围打杂的，而是被席貊真正接纳入核心项目研发小组。”

冰朔微微一怔，随后点头道：“何大哥已经打电话告诉过我了，他说会尽快找到Fal-Angel的缓解办法。”

陆昊远似笑非笑：“你倒是挺信任何家那个私生子的。”

冰朔双手枕在脑后，靠着榕树躺下来，低声道：“人心叵测，世事难料，可我一向都自信到自负，我赌认定的人和事物，永不背弃，永不变迁。”

陆昊远原本仔细掸自己身上灰尘的动作停顿了一下，密长的睫毛轻轻垂下，遮掩了眼底的光芒。

五

诺博会的会服是李怀斯一手设计的——白色英伦风格的小西装，执事是银色的镶边，会长是金色的。他对于自己的这一设计非常满意，每每带着手下出去的时候，一对桃花眼总是风流婉转，不笑都仿佛含着温情。

李怀斯一直等待着自己升上五年级、成为诺博会名正言顺的会长的那一天。等成为会长后，他要做的第一件事，就是勒令谢君勉把学生会的会服全给换了。这都什么年代了，居然还有人让朝气蓬勃的学生穿肃穆的中山装。李怀斯每次看到那不苟言笑的谢君勉，都恨不得冲过去扯开他那扣得死紧的纽扣，然后把他两边的脸皮往上扒拉。

可是今天，在他的死对头萧冰朔回到学院的第二十三天——没错，连一个月都没到——他那美梦就被现实残忍地撕碎了。

“会长，你是在跟我开玩笑吧？”李怀斯哭丧着脸，对着全息影像中笑得悠然的少年低吼，“你不是说过，诺博会是我的吗？我已经递交了五年级晋级申请，为什么突然冒出来一个萧冰朔？他知道诺博会是做什么的吗？知道诺博会会员有谁吗？他凭什么啊？”

影像中，Gallant 手心放着一颗夏威夷果，一只黑色的猫不停伸出爪子，扒拉一下坚果，又飞快把爪子收回去。听到李怀斯的声音，黑猫抬头瞟了他一眼。通过屏幕，李怀斯都能感受到那只猫眼中深深的鄙夷。

Gallant 见李怀斯几乎要哭出来了，才笑道："你看过萧冰朔这一次的竞选考核试题吗？也许看了，你就不会对着我干号了。"

李怀斯一愣，连忙按动手边的电脑键盘，连接上 Angel Holy。很快，另一边的虚拟投影屏幕上显示出李怀斯想要查找的信息。

等看到那上面显示的由东院院长办公室下发、教务处批复，最后由学委会总长审核通过的诺博会会长竞选条件时，李怀斯扑哧一声笑了出来："不是吧，这是谢擎想出来的？他是有多讨厌萧冰朔啊，居然要这么整萧冰朔。"

随后李怀斯忍不住在沙发上打着滚哈哈大笑。刚刚自己真是太傻了，居然担心萧冰朔那小子真的撞狗屎运成为诺博会会长。按照这个竞选条件，萧冰朔成功的可能性完完全全就是零嘛。

虚拟投影那头，黑猫终于伸爪把 Gallant 掌心的夏威夷果给拨了过来，却无论如何都扒不开果壳。Gallant 抬头看向笑得毫无形象的少年，低声道："你觉得冰朔毫无希望？"

"那是当然，"李怀斯从被他滚得一团乱的沙发上蹦起来，眯着一双漂亮的桃花眼幸灾乐祸道，"谢擎给萧冰朔的考验并非针对他一个人，而是让他带着诺博会的全体会员进入云山，并且平安无事地穿越云弄峰顶，最后抵达西院银沙湖畔。会长，这条路你当初反质疑的时候是走过的，你也说过，穿越云山绝对没有捷径可走，而且云山最高的云弄峰顶常年冰雪覆盖，氧气稀薄，云雾缭绕，连路都认不清楚，哪是那么容易走的？若是萧冰朔自己一个人，我信他能走出去，可是要带着诺博会所有人，呵呵，真让他做到了，那他岂不是比会长你更厉害？绝对不可能！

"退一万步讲，就算他真的连这都能做到，可是，还有最后一个条件呢！经历过这场考验后，他要得到诺博会八成以上会员的投票认可，才能成为真正的会长。诺博会里大半的会员可都是我一手带出来的……所以我才说萧冰朔他输定了，哈哈哈……"

Gallant 看着他的目光有些怪异，又有些怜悯："你是不是忘了，那个被冰雪覆盖、氧气稀薄，连路都认不清的地方，你自己也是要走的。"

李怀斯的笑一下子僵在脸上，随后他呼吸微微急促起来："会长，我能申请不去吗？"老天，他忘了，那可是云山啊，山脚和山腰全是茂密的植被和毒虫毒蛇，山顶则是哈气成冰，他才不要到那种鬼地方去！

Gallant露出询问的笑容："要不然你辞了诺博会副会长的职位？"不是诺博会一员，自然就不用参加了。

"不要啊！"房间里传来李怀斯愤怒的鬼哭狼嚎，"啊啊啊，萧冰朔那个浑蛋果然是我的克星，每次碰到他准没有好事！呜，我不要去云山啊！"

虚拟投影中，黑猫嫌弃地看了他一眼，张开嘴巴咬住夏威夷果。咯嘣一声，那坚硬的外壳竟然被它轻松咬裂开来。

Gallant抚了抚黑猫的脑袋，轻声道："真的一定会失败吗？"

六

10月8日，天朗气清，阳光灿烂。飞机的螺旋桨发出隆隆的声音，在云山山脚一处比较平坦的草地上降落。穿着统一登山服、背着登山包的学生们从飞机上一一跳下。飞机上，谢擎将一串智能手环交给冰朔和李怀斯，脸上的笑容温和而友善："这些手环有定位和求救功能，虽然无法联网，但上面有正确的路线标识，能让你们抵达山顶的补给站，再穿过补给站，下山到达西院银沙湖畔。但手环只有在你们真正有生命危险的时候才会发出求救信号，云山中遇到的其他困难都要你们自己去克服。"

李怀斯黑着脸把手环统统接了过去，冰朔也没有去跟他抢，有些神思不属地看了看宿舍的方向。

他耍了些手段，总算是将徐曜的入会申请给驳回了，但愿自己从云山归来的时候，这家伙不要太生气。

谢擎严肃的声音突然传来："萧冰朔同学，这一次诺博会的会员来到云山冒险，都是为了帮你完成竞选考核。所以我要你答应我，无论如何，都要以他们的生命安全为第一考量，绝不能为了一己私利，牺牲他们中的任何一人，你能答应我吗？"

冰朔郑重点头道："我答应你。"

"我知道穿过云山很不易，想要那么多人一起穿过更不易。但只要你们精诚团结，互帮互助，一定能达成目标。萧冰朔同学，我希望你理解，这也是我设置这项考核的初衷……"

李怀斯原本正一脸不耐烦地听谢擎讲话，突然，余光扫过一处，顿时发出一声尖叫："会长！"

冰朔面色僵了僵，猛然转头，果然看到了那个熟悉又陌生的身影。颀长偏瘦的身形，褐色的短发，还有那一身与周围人格格不入的单薄春装。

Gallant，这家伙真的来了？如此简单地出现在自己面前？冰朔瞪大眼看着飞机外，却赫然对上一双微微眯起的漂亮凤眸，双唇开合，无声吐字：“Shawn，好久不见。”

冰朔暗咒一声，眉头深深皱起。

依据穹苍学院的校规，会长的诞生需要得到学委会总长的监督。但 Gallant 上任会长以来一向我行我素、行踪诡谲，所以这条校规一直形同虚设。细碎的阳光透过茂密的树叶洒在身上，冰朔的目光扫过四周，入目都是密密麻麻的参天大树，那个熟悉又陌生的身影已经消失了。Gallant 就站在某个方位看着所有人，可是因为 Angel Holy 制造的五感错觉隐蔽了他的身形气息，以至于慢慢地，大家都忘了他的存在。

可是，别人会忘，不代表冰朔会，因为从始至终他都能感觉到两道无法忽视的视线落在自己身上，带着观察猎物的兴味与耐性，这让冰朔的心情无论如何都美好不起来。

“哎呀，好痛！”女孩突如其来的惊叫声打断了冰朔的思绪。他回过头，看到李怀斯从一个女孩腿上抓住一条虫子，狠狠摔在地上踩死。那虫子体长足有三十几厘米，通身赤红，长着十五对足，乍一看见有点像潮湿地带常见的节肢动物蚰蜒（俗称地蜈蚣）。可是，寻常的蚰蜒都是黄褐色的，也没有如此大的个头，眼前这条让人只是看着就毛骨悚然。

那被咬到的女孩子看着已经死掉的蚰蜒，吓得脸色都白了，身体瑟瑟发抖，忍不住哭泣道：“我要回学院，我不要留在这个鬼地方，我退出诺博会还不行吗？”

人的情绪是有共鸣效应的，这个女孩的哭泣让其他人压抑了半天的情绪统统爆发了出来，而他们发泄的对象自然是这场灾难的罪魁祸首。一双双带着恶意的目光落在少年身上，满肚子的委屈与怨愤无处抒发，这种时候，少年再完美的脸也无法抵消自己利益和安全被触碰时的厌恶。

窃窃私语声在少男少女间流转——

“明明李怀斯今年就要升五年级了，马上会成为名正言顺的会长，他却要来横插一脚。这种人外表谦和低调、与世无争，实际上功利心不知道有多重。”

“呵呵，他不就是仗着在精英武道赛上出了点风头，就以为能摘桃子。可是诺博会的日常事务他熟吗？懂得怎么审核联盟和协会的项目优劣吗？若是真让他当上了会长，我们诺博会还不知道能不能运转下去呢！”

冰朔低头检查了一下那条蚰蜒，眉头微微皱起，走到女孩面前道：“能不能让我看看你的伤口？”

“不——”拒绝的话带着沙哑的怒意已经吐到了嘴边，一抬起头，对上一张漫画般的俊脸，女孩卡壳了，傻乎乎地卷起自己的裤脚，露出那被虫子咬过后显得红肿的伤口。

冰朔伸手碰触了一下那伤口，女孩突然面部扭曲，发出一声痛苦的尖叫。

“你干什么？”一个身材高大的男生满脸怒色，狠狠推开冰朔，“君雅会变成这样还不是你害的，你给我滚远点，我们不需要你的假好心！”

“这不是普通的蚰蜒，”冰朔看着女孩子，沉声道，“如果不及时处理，可能会引起虫咬性皮炎伴感染。我这里有些药，你可以服下试试。”虫咬性皮炎很可能会引起发烧，甚至皮肤过敏，如果在校园里，当然没什么。但在这深山中，很可能是致命的。

女孩张了张嘴，想说什么，却被她的男伴一把拉到身后：“君雅，别听他在那儿鬼扯。这种蚰蜒我在家见多了，根本就没多少毒性，他现在这么说，不过是想博取你的好感罢了！你吃了他的药，不管有事没事都得感激他，这样他的目的就得逞了。这种人做每一件事都是算计好的，你傻乎乎地相信他，小心他转头就把你卖了。”

女孩被拉入了人群中。诺博会的会员，包括李怀斯在内总共有十九人，此时全部聚集在一起，头碰着头窃窃私语，不时用冷飕飕的排斥目光打量冰朔。

李怀斯被簇拥在人群中，喝着旁边会员递过来的热水，吃着压缩饼干，目光落在不远处孤零零坐着的少年身上，眼底满是幸灾乐祸。

萧冰朔以为他们诺博会的人是后进班那群垃圾，随便给点小恩小惠就能收买吗？呵呵，明明是集体行动，却被人排挤在外，这滋味一定很难受吧？更痛苦的日子还在后头呢！

七

只是，让李怀斯郁闷的是，接下来的半天一直没有见到萧冰朔的踪影。这浑蛋居然自己先跑了，连句话都没留下。李怀斯当时气得差点儿把指路手环给摔了——他萧冰朔有本事就自己跑啊，他一个人到达终点有什么用，自己和其他成员没出去，他还不是一样考核失败！

太阳炽烈，密林中的蛇虫鼠蚁越来越多。这种鬼地方真的一刻都待不下去，李怀斯忍着气，带队继续前行。

太阳西下，夜幕低垂。从农历来算，这一天是初八，月亮宛如一个半圆挂在空中，星辰熠熠生辉。这是在大城市中几乎已经看不到的景色，可是李怀斯此时生了满肚子的怨气，哪里有心情去欣赏这大自然的美景。

尤其是在他看到必经的山腰平地上，那个已经悠然自得地生起了火、喝着汤的少年时，积累的情绪彻底爆发："萧冰朔，你什么意思？考核内容不是你带着我们穿越云山吗？你居然自己先跑了？就你这样还想通过考核坐上会长的位置？你别做梦了！"

冰朔晃了晃手里的汤碗。这种碗包括架在火上烤的锅都是可折叠的，材料是一种特殊的、水火不侵的纸，装在背包里，出行十分方便。这种"纸锅"和"纸碗"的造价不低，所以在市面上还没有普及，但因为徐家的新兴产业中就有一部分是涉及这方面研究的，所以冰朔临走前，徐诺塞了好多这种"纸质"产品在他的箱子里，没想到这回刚好就用上了。

汤碗一晃动，里面浓郁的香气就弥漫开来，让饿了半天肚子的李怀斯不自觉咽了咽口水，肚子发出咕噜噜的声音。

冰朔抬头施施然道："嗯，我也觉得，考核的最后一步是投票的话，你们是不可能让我通过的。"

"你知道就好……"

"所以，反正没希望了，我还跟着你们做什么？等你们排挤我、数落我？抱歉，我可没自虐的爱好。"冰朔喝了一口汤，又拿起一块刚刚烤好、表皮透出金黄色泽的肉，咬了一口后，才温和又谦逊地笑道："所以接下来的路程，就麻烦李副会长你了。我看你将你的会员带得挺好的，咱们正好各走各路，互不干扰。哦，还有，祝你们接下来的旅途愉快。"

去你的旅途愉快！李怀斯此时恨不得扑上去把眼前笑得格外温润的俊脸撕得稀巴烂。

他现在确定萧冰朔就是他命中的克星。别说诺博会，就是在整个穹苍学院，以后也是有萧冰朔没他，有他没萧冰朔！他一定要把这个浑蛋给赶出去，一定！

在云山中的第一个晚上，诺博会的所有会员都抑郁了。他们喝着冷水（灌来的山泉），吃着难以下咽的干粮，却看着把他们害到如此地步的罪魁祸首喝汤吃肉，满嘴流油。还有那夜晚睡觉的帐篷，为什么他的帐篷里能铺上柔软的被褥枕头，甚至还有一盏橘色的小灯？明明都是背着一样大小的登山包，这浑蛋到底是怎么装下这么多东西的啊！

在愤愤不平的辗转反侧中，大家裹着毯子睡了过去。

突然，痛苦的呻吟声在其中一个帐篷中响起，惊醒了同一帐篷中的女孩。

"君雅，君雅，你怎么了？糟糕，你发烧了！"

帐篷中，手电筒亮起，昏黄的光线映照出裹着毯子瑟瑟发抖的女孩，一张秀气的小脸已经烧得通红。最让人心惊的是她的手臂和脖子上都起了小小的肿块，就像是被蚊子咬过一样。

傅君雅同伴的喊声惊醒了诺博会其他人，大家纷纷点亮手电筒和夜行灯围拢过来。

看到傅君雅的模样，好几个人都慌了手脚，但也有几人很淡定——毕竟，能成为诺博会的会员，说明他们都是学院的精英，丛林冒险这种事虽然很少做，却不代表他们一点常识都没有。

李怀斯小心地卷起傅君雅的裤腿。当看到白皙的小腿上红肿流脓的伤口时，大家齐齐倒吸了一口凉气。

“是……是那个蚰蜒。”有人突然想起了什么，“萧冰朔说过，那个虫子不太一样，可能会引起什么伴生感染。君雅是不是感染了？”

白天把冰朔推开的男生脸色骤然发白，他紧握着双拳，强自镇定道：“你……你们真相信那家伙说的鬼话？就算是感染又怎么样？我们……我们又不是没带药！”

“对对，我们也有带各种药，快点让君雅服下去！”

得到这个男生的提醒，很快就有人去把医药包拿了过来，里面各种消炎药、退烧药、抗生素应有尽有。李怀斯找了几种药让傅君雅服下去，听到女孩的呻吟声慢慢停止，陷入了沉睡，众人才松了口气。

正当大家准备回帐篷去休息的时候，原本安静下来的傅君雅突然浑身剧烈抽搐，张大的嘴巴里发出呵呵的吸气声，眼睛瞪得大大的，过了一会儿后，甚至开始口吐白沫。

原本正要给傅君雅盖上薄毯的女孩吓了一跳，发出一声短促尖锐的惊叫：“君雅，君雅，你别吓我，你怎么了？”

帐篷前再度乱成一团，诺博会的十几个人惊慌失措，眼中满是恐惧。李怀斯已经开始紧张地看向四周，想要喊Gallant，让会长快点救命。他算是个精通许多学科的天才，可不包括医学。事实上，在穹苍学院，学医的人还真不多。

“让开！”低沉清透的声音在一片混乱中响起，仿佛天生有着稳定人心的力量，“你们这样围着她，是想让她死得更快吗？”

十几个人齐齐回头，清冷的月光下，少年神色平和，静静站在那里。晚风拂起他墨黑的发丝，划过温润的眉眼，空气中灼热焦躁的温度仿佛一下子降了下来。

冰朔快步走到傅君雅身边，没有一丝犹豫，连着毯子抱起她，往不远处一块巨大的岩石走去。

“你……你抱走君雅想干什么？”早上阻挠冰朔的男生还想说话，却被同伴一把拉住，捂住了嘴。开玩笑，萧冰朔的医术可是公认的高，后进班的那群家伙都嘚瑟地吹过好几遍了，如今这种情况下，能救君雅的只有他。要是有人话说得太难听，惹得这家伙不高兴，难道要他们看着君雅去死吗？

冰朔把傅君雅平放在岩石上，指尖银针闪现，飞快刺入她几个大穴，另一手则抬高她的下巴，让她能够更顺畅地呼吸。

随着最后一枚银针被轻轻捻动着扎入人中，傅君雅慢慢停止了抽搐。

围观的人紧绷着一颗心，小心翼翼地走近一步，再走近一步。经常听后进班那群家伙吹嘘，他们还从没真正就近观摩过冰朔的医术。那不就是几枚银针吗，真的扎下去就治好了？不会是针上涂了什么先进的药物吧？

傅君雅的“室友”正担忧地探头张望，耳边突然传来少年的声音：“去拿毯子和温水过来。”

女孩愣了半天才反应过来他是在跟自己说话。她一脸恍惚地跑回帐篷，抱了毛毯和水壶过来：“冷……冷水可以吗？”

虽然他们带了生火的工具，可是因为憋了一肚子的气，谁都没心思烧水，再加上如今天气不算寒冷，所以大家就只灌了点山泉水饮用。至于山泉中的寄生虫，现在的人几乎都在小时候打过各种疫苗，普通的寄生虫已经无法对人类造成威胁。

冰朔看着那递过来的水壶沉默了两秒，把毛毯接过来，给傅君雅裹上，又回到自己的帐篷里，倒了一碗热水。冰朔就着热水让傅君雅把抗过敏的药吞下去，小姑娘的呼吸很快平稳了下来，连脸上的潮红也慢慢褪去了。

这就是说，她已经脱离危险了。冰朔松了口气，拿起自己的纸碗站起身：“她有很严重的过敏症状，不要再给她服用抗生药了。蚰蜒的毒素还没有排净，但她已经没有大碍，明天醒来后如果没有发烧，就让她再服用一点清毒的药，基本上就没事了，听明白了吗？”

抱着水壶的小姑娘呆呆看着黑夜中那张俊脸，恍惚了好几秒，才紧张地点点头：“明……明白了。”

冰朔站起身打了个哈欠，恢复懒洋洋的表情，转身朝着自己的帐篷走去。

“你……你等一下！”是早上阻拦冰朔给傅君雅看伤口的男生。

冰朔回过头，就见那男生一脸的不服气，梗着脖子道：“你既然早就知道那蚰蜒的毒很厉害，为什么不早说？你是学医的，竟然能眼睁睁地看着患者错过最佳的治疗时机。如果君雅真的出了什么事，你的良心能安吗？”

男生的目光死死瞪着冰朔，就等着他说“如果不是你阻拦，我早就把人治好了”，那自己一定要狠狠地骂他故意把话说得模棱两可，分明是想让自己背黑锅。

然而冰朔只是疲倦地又打了个哈欠，微微皱眉，疑惑地道："是我让虫子去咬她的吗？不是；是我让她吃的抗生药吗？不是；我把她救活了吗？救活了。所以，我为什么要良心不安？"

他摊了摊手，脸上露出几许温和的笑容："不过，接下来的日子，你们最好多多保重。我可不知道我仅剩的那一点良心会不会什么时候就没了。"

做好了怒骂准备的男生，看着少年施施然走远的背影，感觉一口老血哽在喉咙里，喷都喷不出来。

第十五集

风雪 × 救援 × 所谓信任

一

第二天，队伍继续往山顶前行。随着海拔的升高，气温越来越低，氧气也越来越稀薄。树木开始变得稀疏，留存下来的植被也多是松柏灌木等耐得住风雪的类型。而地面上到处都有积雪，给行走增加了很大难度。

昨天还只是感觉有些累的学生们，到今天已经明显有了脱力的迹象。好几个娇生惯养的女生已经开始偷偷抹眼泪，想要放弃，却苦于回头无路。其实，总体来讲，这群诺博会的会员不愧是精英中的精英，在这艰苦的环境中已经表现得算是很好了。

至于李怀斯，撇开他的骄纵任性不说，也算是个合格的领导人。在这样艰难的环境下，人最怕的就是前路的渺茫和未知的恐惧，可是，因为李怀斯有丰富的理论知识，又不停告诉他们离补给站还有多少公里，鼓励他们只要再坚持几个小时就能在温暖的电暖气边烤火。这一切并不遥远的前景，让大家的斗志一直没有被磨灭。

尤其是，当他们回头，视线扫过身后那个优哉游哉、像是闲庭信步逛花园的少年时，胸中就死死憋着一股气。就算再苦再累，他们也一定要咬牙坚持到底，等结束了这趟噩梦一样的云山行，他们一定要当着那家伙的面，狠狠地把反对票甩在他面前，否则，真的无法解他们的心头之恨。

队伍的最后，冰朔轻轻越过一个凸起的巨大树根，抬头望向被乌云慢慢遮蔽的太阳，眼中露出一丝凝重之色。

“萧冰朔同学，请问你在看什么？”悦耳的女声传入耳中，拉回了冰朔的思绪。

在他身边，不知什么时候多了个长相秀气的女孩子，正是昨天被蚰蜒咬伤，又被自己救了的傅君雅。

傅君雅见冰朔没有回答，而是诧异地看着她，脸上露出一丝羞赧的神色，微微垂下头道：“我听小米说了，昨天晚上是你救了我。那个……谢谢你！”

冰朔笑笑，一边走一边道：“举手之劳而已。”

傅君雅连忙悄悄跟上，因为冰朔简单回了一句后就不再说话，她变得有些局促，心头又颇为懊恼。

她的性格明明是十分开朗乐观的，学院里许多男生女生都愿意跟她玩在一起，可是为什么面对这个少年时，她却总是又紧张又结巴，像个傻瓜一样？

傅君雅深吸了一口气，给自己鼓了鼓劲，才继续道："我……我叫傅君雅，和小米一样是三年级B班的学生。对了，小米全名叫林米乐，就是昨晚跟我住一个帐篷的女孩，她的专业是计算机，主攻信息安全方向。其实……其实看了你带领后进班参加精英武道的比赛后，她很崇拜你的，把你当作偶像。这一次听说你竞选诺博会会长，她激动了一个晚上，还说，如果你真的当上会长，那就可以每天对着你的脸发花痴了……"

傅君雅一下子捂住自己的嘴，脸上又是尴尬又是懊恼。自己果然是脑子坏掉了，这种话能对着冰朔说吗？他不会把自己和小米当作女流氓吧？

冰朔却被她的反应逗乐了，笑着摇了摇头。

看到冰朔脸上没有不快，傅君雅这才松了口气，终于找到了可以聊天的话题。

"还有昨天推开你的那个男生，他叫张瀚文，从一年级开始就一直和我同校，算是我的发小。他那天对你那么凶，只是因为担心我，不是故意的，希望你……你不要跟他一般见识。

"张瀚文很崇拜新来的谢院长，因为谢院长惩罚了一个当年欺负过他的纨绔少爷，还让那纨绔少爷当众跟他道歉。不过我总觉得谢院长那套公平公正、没有竞争的教育方式挺没意思的。现在班里同学学习的劲头都没以前足了，搞得我都开始怀念当初那铁面判官一样的谢岩院长了。"

"呼……"因为海拔过高，小姑娘一边八卦一边喘着粗气，却完全没有消减热情，"还有跟在副会长身边的那两个学长，他们都是四年级A班的，因为长相一刚一柔，又一个皮肤白一个皮肤黑，所以我们给他们取外号叫'白山'和'黑水'，嘿嘿，很贴切吧？"

冰朔往李怀斯身边的两个少年身上瞥了一眼。现在所有人穿的都是学院统一发放的冲锋衣，不过从两人裸露的皮肤看，还真是一个黑一个白。冰朔脸上的笑意不由得又加深了几分。

山顶的雪光映照下来，落在少年的眉梢眼角，蔚蓝的眼眸比天空更澄澈，还会泛起浅浅的琥珀色光芒，仿佛山川雪景都被揽在其中。

傅君雅看得一阵恍惚，脑中莫名冒出一个念头：有个这么帅的会长挂在诺博会宣传栏上确实不错啊！

正想得入神，手腕突然被人拽住重重一拉，张瀚文气急败坏的声音响起："君雅，别跟这种品德败坏的人待在一起，小心他算计你。"

傅君雅有些不悦地甩开他："你别胡说八道，昨晚如果不是冰朔同学，我还不知道会怎么样呢，我只是想感谢他的救命之恩。"

"什么救命之恩，他不过是怕你死了，谢院长追究他的责任。"张瀚文冷冷看了冰朔一眼，"你以为他现在对你和颜悦色，就是好人了？他不过是想骗你给他投票罢了！"

傅君雅翻了个白眼，难道她一个人的投票就能把冰朔送上会长的位置？

张瀚文却已经一把拉走她："我们别为这种人吵架了。怀斯在叫我们集合，你快跟我过来吧！"

二

李怀斯召集诺博会众人，是因为他们很快就要到达云山的雪线了。

雪线之上，代表降雪量大于雪的消融量，会形成大片积雪，甚而是冰川。雪线之上，温度会下降得更加厉害，而植物也几乎绝迹。

学院为众人准备的登山设备还是很齐全的，保暖和防护措施也都做得很到位，而且云山毕竟不是珠穆朗玛峰，海拔没那么高，冰川也没那么恐怖，如Gallant那样的人去攀爬，甚至一天就可以来回。所以李怀斯脸上一直挂着自信的笑容。

"云山的山顶终年云雾缭绕，可能还会有风雪，到时候我们的视野会完全受阻。所以，接下来的路程，我会用结组绳索把大家串联起来，你们只要紧跟我的步伐，不要乱跑、不要拖后腿就可以了。"

别人在风雪云雾中会迷路，不过李怀斯作为领队之一可是有指路手环的，所以他一点都不担心自己会找错路。只要小心别从高处摔下去就可以了。

张瀚文此时也走上前一步，站在李怀斯身边，提高了声音道："大家在云山中经历了两天一夜，可能也发现了，云山并没有我们想象中那么可怕。就像谢院长说的，只要我们团结互助，不抛弃不放弃，每个人都能平安地到达目的地，根本不需要某些人的帮忙，你们说是不是？"

众人齐齐应是，讥诮的目光还往冰朔的方向看了一眼。

但也有人面露忧色，尤其是那个被傅君雅叫作"白山"的男生。他抬头看了看天空，又望向一旁自信满满的李怀斯，似乎想说什么。

冰朔突然走上前去，沉声道："李怀斯，你们中有人会看天气吗？"

"白山"眼睛一亮，灼灼看向冰朔。李怀斯却立刻瞪眼道："关你什么事！难道萧大少连区区云山都爬不过去，需要我们来帮忙？"

冰川之中行走，数人结绳成组肯定要比一个人安全。李怀斯以为冰朔是害怕一个人走会滑下山谷，顿时露出几分幸灾乐祸的神色。

冰朔叹了口气，仿佛没感受到李怀斯的嘲笑：“不要怪我没提醒你们，如果要进冰川，最好等明天早上，天气很可能马上就会变坏。”

听到冰朔的话，“白山”立刻上前一步道：“这也是我想说的。我觉得云层好像有点不对劲，空气中的味道也有些古怪。虽然没办法推测出准确的天气，可是，我有种不祥的预感。我看，不如我们就在这里休息一下，明天早上再出发？”

李怀斯可以对冰朔的话嗤之以鼻，可是“白山”的预感让他踌躇起来。“白山”是诺博会会员中唯一主修物理学、辅修气象学的，平常他预测天气也都很准确。

“你们是傻了吗？”张瀚文气急败坏地吼道，“这家伙分明是想拖慢我们的步伐，趁机做好人，他的鬼话你们居然也信？”

“白山，就算今天下午天气真的会变坏又如何？云山上的那点雪又不可能雪崩，就算风雪大一点，我们有副会长指路，难道还怕迷失？更何况，现在不出发，就要等到明天早上，这里温度那么低，你们谁还乐意在这里再睡一晚？穿过这片冰川，可就到达补给站了，那里有暖烘烘的房间和被窝等着我们，你们难道不想快点享受吗？”

张瀚文噼里啪啦说了一大堆，让原本听了“白山”的话开始犹豫的人又意动了。没错，谁都不想在这寒冷又呼吸不畅的鬼地方再待一夜了。现在穿越冰川就算艰难，可是长痛不如短痛啊，只要能早点抵达补给站，再苦再累他们都认了。更何况，也不一定会有暴风雪啊！

所有人的视线都看向李怀斯，他们在等着这个少年的决定。诺博会已经群龙无首很多年了，而李怀斯早已被他们当作领袖和未来的会长，在这艰难的环境下，他们条件反射地把决策权交给了他。

李怀斯皱着眉头，视线落在冰朔和“白山”身上，咬了咬牙，终于下定决心道：“我们现在就出发，争取在天气变坏前穿过冰川，到达补给站。”

“太好了！”张瀚文挥了挥手，满脸都是得胜后的兴奋，“会长英明！”

“跟着会长走，不会错的！”其他人纷纷笑着附和。

那声会长像是故意说给冰朔听的。而那些不愿意现在离开的成员，因为拗不过少数服从多数的规定，只能苦着脸跟上。

看着被结组绳串联着出发、慢慢攀登的少男少女，冰朔眉头紧皱。一阵冷风将地上的雪吹起来，霎时间，远处的人影变得模糊而遥远。

冰朔啧了一声，颇有些郁闷地自语：“你手下这么爱作死，你知道吗？”

关键是还要连累他去救。果然每一任东院院长都跟他八字不合，出什么考题不好，居然想出这种花招来整他。早知道还不如让游码黑了他的电脑，把他的黑历史统统扒出来，就不信他敢不给自己一个诺博会会长的位置！

虚空中传来男子的轻笑声，低沉温润，却又带着毫不掩饰的幸灾乐祸。

冰朔嘴角一抽，暗骂了声“变态”，抬脚跟上已经远去的队伍。

三

然而，就算是冰朔也没有预料到，这场云山上的暴风雪竟然会来得如此猛烈。

风暴起后大约十分钟，视线的可见度就急速降到了十几米。猛烈的寒风夹杂着冰粒，像是刀子一样割着人的皮肤。原本云层后还能透出一点阳光，此时太阳早已被遮掩得严严实实，明明是下午两三点，却感觉黑夜即将来临。

冰朔裹着厚厚的冲锋衣，戴着头盔和防风镜，一步步行进在漫天风雪中。眼前的一切都是灰蒙蒙的，什么都看不真切。他第一次感受到，在大自然面前，无论人力有多强大，都会如蝼蚁一般不堪一击。就连那一直在暗处窥视着他的视线现在也消失了，不知道是Gallant感应到了危险，没有跟上来，还是这家伙同样被困在了风暴中。

冰朔艰难地抬起手看了看指路手环，一看之下，心头却忍不住一跳。只见手环上的小罗盘，此时指针正不停晃动，像是受到了什么干扰。十几秒后，手环发出一声嘀嘀的警示音，随后彻底关机了。

冰朔简直想要爆粗口了。这一刻他终于知道，什么叫作屋漏偏逢连夜雨。

可是比起自己，他此时更担心的是诺博会那群人。在暴风雪中，如果没有正确的路线指引，很容易迷失方向。而且看这天气情况，就算暴风雪过去，大雾也不会马上消散，到时候这群人如果像没头苍蝇一样乱走，后果简直不堪设想。

又过了三个小时，风雪终于停了，可是正如冰朔所料，周围一片迷雾，可见度不足五十米。而且，这时候天也完全黑了下来。

冰朔拿出强光手电，从避风雪的巨大岩石后走出来，慢慢往前行进。他脚上穿的是专业的高山靴，没有冰爪，但摩擦力很强。走了一段路途后，寒冷的空气中隐约传来痛苦的呻吟声。

冰朔加快了脚步，十五分钟后，在一处陡坡下发现了几乎被雪埋没的人。强光手电照射下去，能看到那人穿着统一的红色登山服，很显然是诺博会的会员，此时掉落在陡坡下，扶着自己的脚不停抽气，显然是腿摔伤了。

感受到上方的雪掉落，那人惊喜地抬起头，在看到来人是冰朔的时候，欣喜立刻变成了失望，还有浓浓的戒备："怎么是你？"

摔在这里的人正是一直没给冰朔好脸色的张瀚文。他一看到冰朔，想到的不是"自己有救了"，而是这人会不会落井下石。

冰朔在上面微微提高了声音问道："其他人呢？"

"关你什么事！"张瀚文咬着牙，一脸倔强，"你不是很能耐吗？有本事自己去找啊！"

冰朔哦了一声，转身就走。

这下张瀚文傻眼了，腿上的疼痛、身体的寒冷和饥饿一阵阵传来。他能感觉到自己的腿肯定是骨折了，背包也早不知道掉到了哪里，如果躺在这里无人救援，只需要一夜，他就会被冻成死尸。

一想到自己一睡不醒的场景，张瀚文顿时恐惧得牙齿都咯咯打战起来，腿上的痛好像也更剧烈了。耳听着冰朔的脚步越来越远，对死亡的恐惧感终于压过了愤怒和面子，让他扯着嗓子大叫起来。

"萧冰朔，你回来！你是要见死不救吗？我告诉你，等我死了变成厉鬼，就天天去缠着你！"

黑暗的雪地里一片寂静，偶尔一阵风刮过，还能听到远处传来的不知名野兽的叫声。

张瀚文浑身打了个哆嗦，这下是真的怕了，声音里都带着哭腔："萧冰朔，你……你别走啊，你把我抛在这里，我真的会死的！我……等我出了云山，给你投赞成票还不行吗？"

什么面子，什么斗气，什么诺博会会长，跟自己的小命比起来算什么！

可是，依旧没有声音，没有回应，没有脚步声。那个人很可能早已远去，根本听不到他的喊声了。恐怖的黑暗和浓雾中只剩下他一个人。

张瀚文喉咙里发出呜咽声，双手环抱着自己不停地颤抖。他不想死啊，他只有十九岁，联盟里研究的那个项目也才做到一半，他付出了那么多心血，现在死了，他怎么甘心？还有爸爸妈妈，如果听到他的死讯得多伤心啊？

"啧，哭得满脸鼻涕眼泪，你可别指望我背你啊。"耳边突然传来少年微微沙哑的声音，张瀚文猛地抬头，第一次认同那些女生说的话——那个在武道总决赛上把西院王霆揍趴下的少年，有一副能让人迷醉的声音。没错，对现在的张瀚文来说，这声音就是天籁。

"你……你不是走了吗？"张瀚文抽着鼻子，抹着眼泪，说不出的狼狈，可是眼中露出欣喜若狂的神色，"等等，你怎么下来的？"

此时的冰朔不是站在陡坡上，而是直接站在他旁边，手上还拖着什么东西，在黑夜和迷雾中看不清楚。而那陡坡，张瀚文是从上面摔下来的，所以很清楚，至少有五米高，这家伙到底是怎么无声无息下来的啊？

冰朔扫了他一眼，没有回答，而是蹲下身查看他的脚。确实有点骨裂，但还好，骨头没有错位，也没有其他外伤。

这片冰川上有许多徒步冒险的人留下来的东西，冰朔找到了两块破木板，用雪刷干净了，绑在张瀚文的腿上固定住，又倒出热水，让他吃了药和压缩饼干。

张瀚文吞咽着热乎乎的水，看着手电筒光下少年清俊平静的脸，不知道为什么，眼泪竟止不住地往外冒。他绝不承认自己是被感动或者愧疚了，只是……只是在这样的绝境下，突然抓到了一根救命稻草，那稻草还是他曾经厌恶的，种种复杂的因素让他的情绪有些失控。没错，就是失控。

冰朔可懒得理这抽风的家伙，等他吃饱喝足后，开始询问他诺博会其他人的事情。

原来，在进入冰川后，诺博会一群人在暴风雪中果然也失去了方向。李怀斯原本还一直安慰大家，手环关闭是异常事件，Gallant和学院知道后一定会出动搜救队来找他们。

穹苍学院中有各种当代最先进的设备，直升机早已能在风雪中准确前行，并用微波雷达指路和定位。最新的直升机螺旋桨甚至能在小范围内吹散风雪，造成一个无风带。可是一个小时、两个小时过去了，风暴越来越大，他们的呼吸和行进也越来越困难，天空中却没有听到任何直升机的轰隆声。

诺博会的会员们越来越恐惧，越来越绝望，尤其是当其中一个学生突然全身抽搐着倒下时，这些年轻的、还没有经历过风雨的少男少女终于感受到了死神挥下的镰刀。

有人开始歇斯底里地哭喊尖叫，有人不停地埋怨李怀斯和张瀚文——如果不是他们非要今天上来，他们是能避过这场暴风雪的。尤其是李怀斯，当环境越来越恶劣，当眼前的困境让他束手无策时，曾经大家对他有多信赖，此时就有多失望和愤恨。甚至有些人把对冰朔的怨恨也转嫁到了李怀斯的身上。他们当初听到考核条件时，很多人提议联名上诉，更改考核内容，李怀斯却怕考核内容的变更会让萧冰朔真的当上诺博会会长，所以怂恿所有人都同意这一项提议。萧冰朔固然可恶，可是这种时候，人更容易迁怒和痛恨身边的人，仿佛这样就能发泄更多的情绪。

风雪停止的时候，诺博会一行人已经狼狈不堪，还多了一个昏迷不醒的重伤患。偏偏有几人的背包在风雪中丢失了，其中两个里装的正是最重要的药物和取火设备。一片黑暗中，叫天天不应，叫地地不灵，只听到远远传来的兽吼声和压抑的哭泣声。

李怀斯受不了这样的气氛，决定独自出去找路标。

在发现风雪超出预期的时候，李怀斯在几块大岩石上绑上了颜色鲜艳的绳结以作标记。只要能找到这些路标，回到原先的路径上，他就能按照记忆走到补给站。补给站中有穹苍学院驻守的老师，只要通知了老师，一切灾难都会过去。

张瀚文是少数支持李怀斯的人之一，原因是他也知道是自己的固执把副会长给害惨了。所以听到李怀斯的决定，他自告奋勇跟出来一起找路标，谁知却在浓雾和黑暗中跟丢了，还摔下陡坡伤了腿。

听完张瀚文的叙述，冰朔也有些无言以对。总觉得李怀斯那小子确实蛮惨的，搞得他都不好意思幸灾乐祸了。

见冰朔整理好了背包，一副准备要走的样子，张瀚文小心翼翼地道："我们一定要现在就出发吗？这里迷雾好大，万一掉下悬崖怎么办？不如我们明天再去找他们吧？"

冰朔摇了摇头："不如你留在这里等着，我去看看情况。"

"不不不，"张瀚文一听吓得都结巴了，头摇得像拨浪鼓，"萧大哥，萧大侠，萧大爷，求你了，把我带上吧，就算拎着我的领子把我拖过去都可以，千万别把我一个人留在这里啊！"

冰朔嘴角抽了抽，恨不得一脚踹翻那扑过来抱住他大腿的人。不过，这种天气下，冰朔也不会真把张瀚文一个断腿的人丢在这里。他背上背包，弯下身抓起张瀚文的腰带，轻轻松松地一提一甩，把人挂在自己的肩膀上，脚下一点，整个人踏着陡峭的斜坡腾身跃起，短短数秒就落在了平地上。

张瀚文："……"这是传说中的轻功吧？这小子是不是人啊？不是人，没错，肯定不是人！

四

按照张瀚文的记忆和刚刚拆了手机做成的指北针，冰朔终于在一个多小时后找到了人。不过不是诺博会的一大群，而是昏迷在雪地里的李怀斯。

少年身上大半已经被雪覆盖住，整张脸煞白煞白的，身体几乎没有半点温度。他整个人蜷缩在雪地里，像一只即将死去的幼兽。

张瀚文看着冰朔动作迅速地施救，看着李怀斯脸上终于有了点血色，不由得声音有些沙哑地说："其实我觉得怀斯已经算是很优秀的了。但就因为太优秀、太一帆风顺了，所以你出现的时候，他才会那么激动和不甘。我们也一样，就因为这些年怀斯做得太好了，我们理所当然地依赖他、相信他，当他达不到我们要求的时候，我们就理所当然地愤怒和失望。

"谢院长说得对，没有人应该被捧上神坛，因为处在那个位置太累了。怀斯再厉害，也不过是个十七岁的少年，比我们年纪还小，我们应该多替他分担责任才是，而不是什么都依赖他。”

冰朔看了他一眼，手上动作不停，口中却问道：“谢擎想要取缔五年级？”

张瀚文猛然回神，意识到自己说的谢院长正是这个少年的死对头，不由得偷偷看了他一眼：“与其说谢院长想要取缔的是五年级，倒不如说，他想要让三会的特权，尤其是学委会总长的特权，在学院里消失。”

果然是针对Gallant的啊！冰朔微微蹙眉，谢家还真的是跟Gallant杠上了，可是为什么呢？为了夺权,为了Angel Holy？谢家认为穹苍学院和Angel Holy都应该是他们的，所以不能容忍Gallant的存在？那么谢家和“堕天计划”有关吗？和七宿又有什么关系？

黑夜中抢救不易，而且强光手电的电量也有限。冰朔做了急救后，就背上李怀斯，又拖上坐在担架上的张瀚文，继续前行。事实上这时候冰朔已经觉得疲倦了，在风雪中，他也耗掉了不少体力。但诺博会那群家伙现在还很危险，他们没有药，没有取暖的设备，在这样寒冷的黑夜里，一不小心就可能永远闭上眼。

张瀚文坐在简易担架上，看着前方身形瘦削的少年，背着昏迷的李怀斯，又拖着受伤的自己，在雪地里艰难地前行。除了前方手电的强光，周围还是一片黑暗，远远地，有野兽的叫声传来，可是张瀚文再也没有任何恐惧感。

如果是这样一个人成为他们的会长，似乎也不错啊。他的心中突然冒出这样一个念头。

五

李怀斯醒来的时候，只觉得四肢麻麻痒痒地疼，手脚更是一点力气都没有。他的脑子一向转得很快，很快就记起了自己昏迷前发生的事情。

那时候风雪已经过去了，但四周仍旧漆黑一片。他凭着感觉和记忆摸索着前行，突然感觉浑身汗毛倒竖，仿佛自己被什么危险的东西盯上了。很快，黑暗中传来了簌簌的脚步声，却不是属于人的，还有一对黄色圆眼在浓雾中若隐若现。

李怀斯当时只觉得自己的呼吸都要停止了，全身僵硬得无法动弹。就在那东西要扑过来的时候，他忽然觉得脖子一疼，随后华丽丽地晕了过去。

这一刻，全身因为回暖而产生的麻痒非但没有让李怀斯觉得痛苦，反而充满了庆幸。那时候他以为自己死定了，没想到竟然还能活下来。是谁救了他？是诺博会的会员还是隐在暗处的会长？

当李怀斯侧过头，目光落在背着自己的人脸上时，原本劫后余生的笑容霎时僵住：“萧冰朔，怎么会是你？”

冰朔脚步没停，在李怀斯睁开眼的时候，他就察觉到了：“真不好意思，就是我。”

李怀斯还是不敢相信这个事实，他左右看了看，马上看到了坐在后面简易担架上的张瀚文：“瀚文，你怎么也在这里？到底发生什么事了？是不是萧冰朔这浑蛋算计我们？”

李怀斯的话还没说完，冰朔手一甩，就将背上的人丢到了地上，惬意地动了动自己的肩膀：“说话这么中气十足，看来可以自己走了。”

李怀斯在雪地里摔了个头晕眼花，还啃了一大口雪，抬起头的时候，整个人都是蒙的。

张瀚文苦着脸道：“别怀疑了，就是我们的死对头萧冰朔救了我又救了你。否则，咱们俩现在已经是雪地里的冰雕了。”

李怀斯脸上一阵青一阵白。他不想接受这样的现实，最厌恶的人居然变成了救命恩人。他才不要上演什么一笑泯恩仇的戏码！

“萧冰朔，你别指望我会感激你！如果不是你，我们根本就不会落到这种地步！”

“哦，”冰朔神色平静地道，“然后呢？”

李怀斯更加咬牙切齿：“但你的这份情，我会还的。”他绝对绝对不要欠这个浑蛋的人情。

“那真是太好了。”冰朔瞬间展颜，哪怕在一片昏暗中都有种灿若星辰的绚丽，“救命之恩，我也没兴趣叫你们以身相许。你就像张瀚文一样，等出了云山，给我投支持票吧。”

李怀斯只觉得一口血涌到了喉咙：“你……你居然讨要投票，你还要不要脸？”

冰朔语调波澜不惊，甚至带着笑意：“不是你说要还我人情的吗？我只是提出一个我接受的方式而已。好了，别磨磨叽叽了，赶快去找人吧，我还等着其他自投罗网的支持票呢！”

李怀斯、张瀚文：“……”敢情你这么好心地以德报怨，就是为了我们手上的支持票？说好的高风亮节、与世无争呢？

事实上，李怀斯和张瀚文也担心诺博会的会员们。可是，李怀斯努力尝试了好几次，连站都站不起来，手脚一直麻麻痒痒的，让他想要呻吟出声。这是受冻后急速回暖必然会有的反应，冰朔已经做得很好了，否则，他的双腿可能已经废了。

发现自己实在站不起来，李怀斯脸色难看得吓人，还是张瀚文看不下去了，轻咳了一声道：“冰朔，你看救人救到底，要不然，你再背怀斯一程。”

李怀斯的脸色更加阴沉，有心想骂一句鬼才要他背，可是敲敲自己无力又麻痒的双腿，他还是憋屈又愤恨地闭上了嘴。

冰朔也没有和李怀斯计较。在他看来，李怀斯就是个没长大的孩子，天资聪颖却骄纵任性，不过至少还没有坏得彻底。

缓缓在李怀斯面前蹲下身，等了好一会儿，才有一双偏细瘦的手缠上他的脖子，身体不情不愿地贴了上来。

奇怪的三人组合继续前行，李怀斯伏在冰朔背上，视线缓缓往下落在雪地上。昏暗的灯光下，能看到深深陷入雪中的雪地靴和担架在雪地上重重拖行的痕迹。

李怀斯的心跳了一下，侧过头偷看少年的侧脸。他的额头上有细密的汗珠渗出来，脸色也微微苍白，可是，他走得却是那样稳，那样坚决。

细软的发丝拂过李怀斯的侧脸，带着软软的、微麻的感觉，李怀斯抿紧了唇，神色郁闷又复杂地看向了黑暗中，木木地发起了呆。

六

当冰朔终于找到诺博会众人的时候，天色已经渐渐亮起来，时间也走向了凌晨五点。

一个不到两米深的山洞中，十几个少男少女哆嗦着挤在一起。山洞的中央燃着一堆火，烧的是最耐烧的新型燃料，此时却也已经到了快要燃尽的时候。几个男生不停地在洞中跑来跑去，摇醒那些要睡着的伙伴。在这样的寒冷中，如果没有了火，又睡过去，那就永远都醒不过来了。可是，无论他们怎么呼喊推搡，那些人的眼皮都越来越沉重，呼吸也越来越困难。

当冰朔伴随着晨曦的微光出现在洞口的时候，几乎每个人都揉了揉眼睛，怀疑自己是不是产生了幻觉。而正在照顾林米乐的傅君雅更是一下子哭了出来："冰朔，冰朔，你救救小米，呜呜……她快要死了！"

傅君雅的哭声把大家的思绪一下子都拉回来，他们怔怔地站在原地，看着眼前永远神情悠然的少年，一下子红了眼眶。

被困在这风雪中，最绝望的时候，他们想到的不是出去找路的李怀斯，不是隐在暗处的 Gallant，而是这个他们讨厌了一路、咒骂了一路的少年。

李怀斯的错误决策，让大家陷入了绝境。Gallant 的存在早已被许多人遗忘，甚至有人猜测，总会长是不是早就下山回去了。

唯有萧冰朔是不同的。一路走来，不过短短两天，可是少年的从容强大早已深深地印刻在了他们的脑海中。在最危急的时候、最绝望的关头，他们总是忍不住想起少年救治傅君雅时那冷静悦耳的声音和那行云流水的动作。

"白山"和"黑水"却是第一时间看到了冰朔背上的李怀斯，还有担架上的张瀚文。

在听张瀚文讲述了他们被冰朔拯救的经过后，所有人都沉默了。心虚、尴尬、懊悔的情绪弥漫在狭小的山洞中，让他们的视线统统不敢和冰朔对上。

“白山”是现在除了傅君雅外，唯一能和冰朔正常对话的：“在副会长离开后，我们又走了一些路，意外找到了一个包裹，里面正好放着取暖设备。所以我们就躲进了这个山洞。如果不是有这些取暖设备，我们恐怕根本撑不到你来。”

冰朔微微挑眉，视线扫向四周。这些人捡到包裹的时间，以及包裹里面装的东西，都未免太巧合了。

把药物分发下去给需要的人，冰朔又给几个情况比较严重的病人做了急救。在确定所有人都脱离了生命危险后，他才道：“在这里久待不是办法，下一波风雪可能很快就会来临……”

冰朔一回头，对上十几双灼灼看着他的眼睛，像是在等待教官命令的军训生，说了一半的话顿时卡在喉咙里。

其中一个很壮实的男生道：“冰朔，接下来的路你说怎么走就怎么走，你说停就停，我们绝不会再有任何怨言。”

另一个秀丽的女生也道：“是啊，冰朔，现在我们相信了，你说的才是正确的。我们错了一次两次，绝不会再错第三次。”

冰朔嘴角抽了抽，视线扫向李怀斯。

可是意外地，他没有看到愤怒和不甘。少年长长的睫毛垂下去，平日里神采飞扬的桃花眼中一片暗淡，整个人死气沉沉的，像是看不到半点光芒。

“白山”和“黑水”担忧地坐在他身边，有心想说些什么，却还是闭上了嘴。他们是知道诺博会其他会员心思的，因为极度的信任和依赖，才衍生出了如今的迁怒和失望。几乎每一个人都在心里责怪李怀斯把他们带入了那样的绝境。

冰朔眯了眯眼，望向等着他决定的诺博会众人：“很抱歉，我可没说过会带领你们走出云山。”

这话一说，众人顿时傻眼了，有人忍不住反驳道：“你来这里的目的不就是带领我们翻越云山吗？”

冰朔点头：“没错，但你们不是都拒绝了吗？李副会长可是明确说过，你们在苍山中的所作所为和我没关系。至于刚刚救你们，那不过是仅剩的一点同学友爱让我没办法见死不救而已。”

“等一下，那是李怀斯说的。跟我们没有关系，冰朔，我们是愿意相信你的！”

“没错，李怀斯他根本就做不到自己承诺的事情，我们凭什么还要听他摆布？”

“冰朔，你想要的投票，等我们安全出了云山都可以投给你。与其让李怀斯当我们的会长，不如让你当！”

山洞中一时间群情激愤，不时有人声讨着李怀斯，对冰朔做着保证。李怀斯垂着头，一句话也没有说，只有垂在身侧的双手死死攥成了拳头。

冰朔似乎被这一幕逗笑了，眼角眉梢微微扬起，在晨光中显得格外清俊洒脱：“你们提出这么诱人的承诺，让我怎么忍心拒绝呢？”

就在众人如释重负的时候，冰朔却笑容一冷，声音沉沉：“只可惜，你们真的恶心到我了。所以，我还是拒绝。”

众人的脸色一下子变得极其难看：“你这话是什么意思？”

“李怀斯做出决策的时候，你们同意了吗？”冰朔冷冷问道。

“我们是同意了，可是，那是因为我们相信他。”

冰朔还没有回答，傅君雅却突然站起身，声音清脆道：“你们说错了，如果真的相信副会长，就应该相信到底。决策的时候说相信，结果不尽如人意就转而埋怨，这根本就不叫信任，只是推卸责任罢了！”

忍了许久的“黑水”也站起身，咬牙道：“还有，你们这群人，只会嘴上说‘诺博会的会员要团结互助’，可是，真的出事的时候呢？谁愿意跟怀斯一起去找背包和路标？你们甚至因为我和‘白山’一个懂点医术、一个会看天气，就拉着我们不让我们跟怀斯走！如果怀斯真的死在外面，你们能安心吗？”

山洞中一下子安静得落针可闻。

张瀚文轻咳一声道：“我和冰朔找到怀斯的时候，他呼吸都停止了，整个人冻得跟冰棍一样。如果不是冰朔医术高超，说不定你们就真的见不到怀斯了。”

听着张瀚文的描述，有好几个女生忍不住红了眼眶，低低抽泣着。男生也是一脸尴尬，脸上的怒意和理直气壮渐渐被羞愧取代。

“其实，诺博会中许多人都知道吧，怀斯从小体质偏寒，根本不适合受冻……”

“不要再说了！”张瀚文的话被李怀斯厉声打断，他红着眼眶，狠狠瞪着众人，“我李怀斯还没沦落到需要你们同情的地步。还有萧冰朔，我最不需要的就是你的可怜！”

冰朔打了个哈欠，施施然往外走，顺便还挥了挥手道：“那真是太好了，校医院地下室的账我还没跟你算清楚呢，记得欠我的救命之恩按时还啊！”

第十六集

坠崖 × 谢钰 × 新任会长

一

冰朔缓步走出山洞，随着天色越来越亮，朝阳从东方升起，原本浓到仿佛化不开的雾终于开始变淡了。

随着浓雾消散，看到眼前的地势，冰朔也是吓了一大跳。原来山洞外不足十几米远处，竟然是一片断崖。从上头看下去，只有缥缈的云雾，根本望不到底。这要是诺博会那群人再慌乱地往前跑一点，绝对会死得很惨。

视线从崖底收回来，冰朔靠坐在崖边的一块岩石上，低声道："暴风雪中，又要找背包，又要指点山洞位置，还要救心腹手下，你还挺忙的嘛！"

周围一片安静，唯有轻轻吹过的风声和还没有退散的白雾。

冰朔自嘲一笑，暗忖某人是不可能出来的时候，一个身影缓缓显现在雾气中。

"Gallant，"冰朔低低吐出这个称呼，带着长长的尾音，"真意外，你居然肯出现。"

此时的Gallant难得地有些狼狈，棕褐色的短发被打湿了，耷拉在额头，那双原本凌厉而幽深的凤眸仿佛也因此柔软了几分。脸色有些苍白，衣服也被打湿了，身形显得格外瘦削单薄，看上去远比那个传说中的东院王者要孱弱得多。

但他的神态动作依旧那样高贵优雅，神秘而完美，挑不出一丝瑕疵。

"我也很意外，你居然这么容易就得到了那群小家伙的认同。和第一次见面时一样，你的人缘真是好得可怕。"

冰朔也想起了两人的第一次见面。那场惊心动魄的劫机灾难，还有在飞机上认识的谢君勉、静静。一晃已经过去一年了。

冰朔想了想道："谢谢夸奖。"

Gallant笑着走到他身边，同样靠在那块覆盖着冰雪的岩石上，姿态说不出的优雅闲适。

"Gallant，我能问你一个问题吗？"

"你说。"

“从我进穹苍学院的第一天，你就认出了我？”

冰朔说的是问句，语气却是肯定的：“你是怎么认出来的？”

Gallant 沉默了片刻，才声音温和道：“因为丹尼尔同样也是我的发型师啊！那次去新加坡，刚好在他单反里看到几张有趣的照片。”

“原来是这样。”冰朔语气平稳，心里却是暗骂不迭。他想过无数种理由，却怎么也没有想到，居然是在做完伪装的第一天就暴露了。

“昊远和你做过什么约定？为什么他要承诺不让自己的名字出现在公共场合？”

Gallant 道：“就是这样的约定啊！只有他同意低调处事，我才允许他在穹苍学院生存，否则就只能把他赶走了。”

“他为什么要跟你做这样的约定？”

Gallant 沉默了一会儿，才露出非常公式化的笑容：“这个答案，就连冰朔也不能说哦。”

冰朔嘴角抽了抽，继续问：“丁岚算计后进班的事情，是你安排的？”

“不是呢！”Gallant 摇头，“小姑娘确实是不错的人才，不过找上她的可不是我。”

不是 Gallant 安排的那场 S 级拟真绝境？不是 Gallant 让丁岚算计后进班和自己的？那么会是谁呢？在穹苍学院中，还有谁有那样的能力，控制 Angel Holy？

冰朔正想得入神，耳边传来 Gallant 好心提醒的声音：“有人往这边过来。”

有人过来，就代表两人的对话要结束了。冰朔连忙收摄心神，沉声道：“有什么办法能缓解 Fal-Angel 的发作？”

“所有 Angel 衍生试剂，最好的还原剂都只有一种，我想你知道是什么。所以 Fal-Angel 的缓解方法，当然也和这个有关。至于具体的方法，你不是已经知道了吗？”

Gallant 的这番话说得意味深长，冰朔皱起眉头。脚步声越来越近了，雾气中还隐隐传来了傅君雅软软的声音：“冰朔，冰朔，你在这里吗？”

冰朔仿佛没有听到女孩的喊声，站直了身体，双目直直盯着面前的少年：“最后一个问题，Gallant，当年那场绑架案你到底有没有参与？给琉璃注射 Fal-Angel 试剂的人，是不是你主使的？”

Gallant 依旧靠在岩石上，密长的睫毛沾着晶莹的水汽，微微低垂着。他的声音低低哑哑的，带着让人心醉的磁性：“你想从我口中听到什么样的答案呢？只要是你的请求，我都可以满足哦！”

冰朔的瞳孔猛地收缩，呼吸微微急促。他张了张嘴，想要说什么，却一个字都吐不出口。他抬脚一步步向斜倚着岩石的人靠近，冰蓝的眼眸中再没有平日的温暖和煦，只剩下森寒的杀意。

就在冰朔要开口时，不远处传来傅君雅惊喜的叫声："冰朔，终于找到你了！啊，会长，你……你也在这里！太好了，这下大家肯定没事了！"

说着，傅君雅迫不及待地朝山洞喊了一嗓子："喂，你们快过来，Gallant 会长也在这里！怀斯，真的是会长哦，你快来！"

喊完了，再回过头，小姑娘才后知后觉地发现，两人之间的氛围好像有些不对劲。

她缩了缩脖子，往前走了几步，怯生生地道："冰朔，怎么了，你和会长吵架了吗？"

"你别再过来了。"冰朔深吸一口气，收敛了情绪，"这边是断崖。"

说话间，山洞中的不少人都已经循声找了过来。就连李怀斯，虽然手脚还酸软无力，也让"黑水"把他背了过来。看到 Gallant，李怀斯眼圈一红，挣扎着从黑水背上跳下来，踉跄着走到了 Gallant 面前："会长，对不起，我做得不够好。你说过不能让萧冰朔坐上诺博会会长的位置，可是……可是现在大半的人都已经准备投支持票了。我辜负了您的期望……"

冰朔似笑非笑的目光落在 Gallant 身上，声音幽幽："哦，原来如此。"

连诺博会的会员们也都齐齐看向 Gallant，虽然不敢表现得很明显，可是交头接耳的惊疑声音在这寂静的雪天早晨还是很清晰的。

Gallant 生平第一次体会到了被冤枉的感觉。他目光温和地望向李怀斯："我嘱咐过你这件事？"

李怀斯愣了愣，随即万分自信地道："虽然会长没有明说，但我知道您的心思。这一次真的很对不起，但会长您放心，就算让这小子当上了诺博会会长又如何，我保证他在这个位置上坐不久，顶多一年……不，最多半年，我一定把他赶下台去！"

众人齐齐扭头，头一次发现他们的副会长原来是这样的熊孩子。这样的话你当着冰朔的面说真的好吗？这是坑 Gallant 还是坑自己呢？没看向来泰山崩于前而面不改色的总会长额头的青筋都在跳动吗？

"扑哧！"终于有人没忍住笑出声来，紧接着，其他人也绷不住开始压抑地笑。

Gallant 的威严当然是在的，这是东院真正的王者，他们不敢在他面前放肆，也不敢质问他暴风雪中为什么没有及时出现。可是不知道为什么，有冰朔在的时候，这个永远高高在上的王者仿佛走下了神坛，变得如普通人一样会无奈，会尴尬，会哑口无言。

Gallant 摸了摸鼻子，哪怕无奈的样子也显得优雅洒脱。

冰朔脸上也微微露出笑意，正要说什么，却突然脸色大变："小心！大家马上从悬崖边退开！”

众人还没来得及反应，站得离悬崖最近的人已经被抓住了后颈，往后重重一甩。下一刻，大家听到了一阵既像猫又像狗的叫声，在一片静寂中显得格外诡异。

迷雾中，慢慢显现出一双黄色的瞳孔，还有雪白得仿佛要融入冰雪中的身躯。一只巨大的白毛野兽踩着轻盈而警惕的步伐，朝着他们一步步靠近。

“这是……猞猁？”冰朔的心一下子提到了嗓子眼。

猞猁是喜寒的猫科动物，会在苍山上活动也算正常，可是，雪线之上的峰顶动植物绝迹，怎么还会出现这样大型的猫科动物？更何况，穹苍学院学生历练行进的路线向来受 Angel Holy 隔离保护，怎么可能有大型野兽出没？

诺博会的会员们已经被吓傻了，一个个双腿发软，身体僵直地躲在岩石后，脑中拼命催促自己逃跑，却连一步都动弹不得。

李怀斯突然颤抖着声音喊道：“是昨晚攻击我的野兽！会长，冰朔，这只猞猁的速度非常快，力气比我家养的藏獒还大。”

“游码，游码，能听到我的声音吗？”冰朔在意识中呼喊，然而，没有得到半点回应。冰朔只得将目光望向 Gallant，这家伙在这样的关头居然还能笑得出来，甚至笑得格外兴趣盎然：“你不用看我，在东院中，能控制 Angel Holy 的人可不止我一个。”

像是感受到了美味食物的气息，猞猁张开血盆大口，发出又像狗又像猫的叫声，尖锐的犬牙在一片血红中发出森寒的光芒。

冰朔看看身后已经手软脚软的诺博会会员，在这一天一夜的风雪中，大家都耗尽了体力和勇气。哪怕是他自己，此时也是强弩之末。最后，他只得再次看向某人，声音有些不甘愿：“合作把它丢下去？”

Gallant 勾起嘴角，笑得如沐春风：“好啊……”

冰朔总觉得这家伙的省略号后面还隐藏着什么，可是，情势已经不容许他犹豫。

猞猁吼叫一声，朝着一个女生的方向扑过去。野兽的直觉是最敏锐的，它们懂得分辨哪个猎物最弱。

女生发出惊恐的尖叫，拼命想往后退，可是野兽巨大的身影还是迅速笼罩了她。千钧一发之际，冰朔身形一晃出现在她身后，抓住她的领子重重一甩。

腰间的寒血剑出鞘，剑身绷直，散发出凛冽的寒气，直刺猞猁柔软的腹部。

可这只猞猁非常聪明，眼看剑刃就要洞穿它的腹部，它突然抬起两只前爪，直接迎向剑刃。扑哧一声，锋利的寒血剑刺穿了猞猁的左前爪，剧烈的疼痛与刺骨的冰寒让猞猁发出痛苦的号叫，往后退去。冰朔却也被狰猁的巨大冲力撞了一下，全身像要散架一般，几乎喘不上来气。

狰猁因为痛苦而发出愤怒的咆哮，失去理智地朝冰朔扑过去。冰朔甚至来不及运气缓和身上的疼痛，就迅速蹿起来，朝着断崖边一个悬空的冰台冲去。

砰——砰——狰猁的爪子闪着寒光，一下下挠向冰朔，每一下都能在冰地上抓出一个深深的爪印，冰碴四散飞溅。

诺博会众人纷纷屏住呼吸，目光一瞬不瞬地望着在野兽爪子下奔逃的少年。女孩子紧紧互握着手，口中不停呢喃着祈求的话语。

又是一爪子拍下，擦过冰朔的肩膀，牢固的冲锋衣发出刺啦的声响，被划开一道口子。

“啊！”众人忍不住发出惊恐的叫声。这爪子如果再偏一寸，冰朔的肩膀就废了。

而此时，冰朔和狰猁终于来到了那处冰台上。

“Gallant！”冰朔大叫。

随着这一声，大家发现，Gallant 的身影不知何时出现在了冰台边。他手中拿着一个小型的便携式电锯，在冰台上划出一道长长的弧线。划完后，Gallant 手中多了一个小罐子，他从弧线的一头跑到另一头，将小罐子中的特效融冰剂倒入电锯划出来的弧形凹槽中。

这一系列动作，他做得不慌不忙，如行云流水，做完后，还笑着对鏖战中的冰朔比了个 OK 的手势，看上去格外欠扁。

几乎是同时，冰层发出咔咔的声响。那承载着一人一兽的冰台再也支撑不住，开始摇摇欲坠。

“嗷——”狰猁像是意识到了什么，发出一声惊恐的吼叫，拼命往地面的方向跳。

可冰朔的动作比它更快。体内仅剩的内力疯狂运转，他整个人凌空飞跃，手中的剑狠狠划过狰猁伸过来的爪子，一脚踏在狰猁的大脑袋上，将这大家伙死命往下踩，自己则借着反作用力跳向不远处的地面。

轰隆——巨大的冰台彻底崩塌，碎冰纷纷扬扬地往下掉落。那只巨大的狰猁发出不甘又绝望的凄厉号叫，随着冰台往下掉落，空气中只剩下被寒血剑划出来的红色血液四散飞溅。

冰朔一踏足地面就抓住了 Gallant 伸过来的手。左脚脚踝火辣辣地疼，是刚刚被狰猁临死反扑的爪子抓伤的。不过幸好，幸好他和 Gallant 的计划还是成功了。没有交流的时间，没有安排布置的机会，他们纯粹是靠的默契和运气。

诺博会的会员们呆愣愣地回不过神。刚刚那凌空腾飞的少年，那如梦似幻的英姿，还有那巨大冰台和野兽的坠落，实在是太像一场梦了。

好一会儿，他们终于回过神来，劫后余生的笑慢慢在他们脸上展现。

可是，还没等他们真正欢呼出声，悬崖旁的冰层再次传来咔嚓的声响。

一块巨大的冰面因为刚刚的融冰剂和震动而塌陷下去。而好死不死，那块冰面正是冰朔站立的位置。

冰朔原本是不担心的。他的位置塌陷了，可是 Gallant 还站在一旁啊，只要他拉住自己，稍微给自己一点缓冲的时间，他就能马上借力跳上来。

谁料 Gallant 叹了口气，低声道："唔，我刚刚忘了说，我的力气好像用尽了。"

冰朔瞪大眼，难以置信地看着面色苍白，还带着微笑的少年——这家伙在此时此地说这种话是什么意思？

很快，他就知道了。

身体开始急速下坠，没有受到一丝阻力。当然，跟着他坠落的还有一个被他抓着手的浑蛋。那人没有一点挣扎和恐慌，脸上甚至还带着慵懒的笑容，就仿佛他们不是坠崖而是在玩蹦极。

"冰朔！"

"会长！"

凄厉的尖叫声在寂静的冰川上响起，带着无限的恐慌与悲痛。

二

"啾，啾啾……"

冰朔在一阵嘈杂的鸟叫声中睁开眼，随后便觉得背上火辣辣地痛。记忆很快在脑中浮现，他龇了龇牙，慢慢从地上爬起来。

浓郁的血腥味扑鼻而来，侧头望去，果然看到了已经摔死在崖底的猞猁。也正是这只倒霉的猞猁给他和 Gallant 做了垫背。

掉下悬崖的时候，冰朔反手将寒血剑深深扎入崖壁之内，缓解了他们下坠的速度，最后两人又直接掉在摔死的猞猁身上，这才逃过一劫。

只是，在用寒血剑切割山壁制造摩擦的时候，他的后背被碎石划伤，所以此时才显得那么狼狈。

冰朔动了动手脚，确定没有骨折或者内脏损伤，才松了口气。

这里是一个很小的山谷，与冰川上植物绝迹不同，这里因为地势低，温度回升，竟然还长着不少郁郁葱葱的草木。

一只棕红色的鸟停在一块岩石上，歪头看着他，似乎对人没有丝毫的恐惧。这鸟看上去只有巴掌大小，两边翅膀的覆羽尖上带了点白色，看样子应该是一只鸫鹟。

对上冰朔的眼睛，鸫鹟啾啾叫了两声，突然尖尖的喙往草地上一啄，就见一只虫子出现在它嘴巴里。昆虫黑色的细腿弹动了几下，很快就不挣扎了。

小鸫鹟蹦蹦跳跳到冰朔面前，吐出那只黑色的虫子，发出啾啾的叫声。

冰朔定睛一看，面前的应该是一只蝽象，俗称臭板虫。只是，这只鸫鹟把臭板虫放到自己面前是什么意思，不会是送给自己吃的吧？

冰朔的嘴角抽了抽，他脑子坏了也不会去吃虫子。伸手摸了摸小鸫鹟的翅膀，他转头去看昏睡在猞猁身上的 Gallant。猞猁从高处摔下来，硕大的身躯早已面目全非，鲜血从皮毛中渗出来，沾染了 Gallant 一身。

醒来后看到自己这副样子，他肯定会气得发疯吧？冰朔幸灾乐祸地想。

猞猁上的人依旧昏睡着，气息几近于无，长长的额发耷拉下来，遮盖住那狭长清艳的凤眸。此时的 Gallant 完全不像是那个立于整个穹苍学院顶端的王者，而是个羸弱得仿佛随时会被风吹散的少年。

冰朔突然转头看向鸫鹟："你说，我要不要放着他不管？他死了也不关我的事，对不对？这样一来，无论幕后主谋是不是他，我都不用再烦恼了。"

"啾……"小鸫鹟继续歪头，圆溜溜的眼睛眨巴眨巴，随后它无趣地飞到旁边的一株灌木丛中找自己的食物。

"唉，这当然是不可能的。"冰朔缓步走上前，动作小心地将躺在血泊中的少年搬下来，声音带着低低的沙哑与无奈，"我是不是上辈子欠你的啊？"

时间一分一秒过去，很快从黄昏变为日暮。草地上，Gallant 紧闭的双目缓缓睁开，胸口顺畅的呼吸让他不适应了好一会儿。闭目轻轻呼吸了好几遍，才确信心脏真的没有原来那样仿佛要炸裂般的痛苦了。

他坐起身，很快看到自己身下垫着的已经千疮百孔的冲锋衣。身上还有一件灰色的羽绒服，随着他的坐起而滑落在地。

"啾啾……"

清脆的鸟叫声唤回了 Gallant 的思绪，他望向声音的来源，只见一只红褐色的鸫鹟停在冰朔的肩头，正歪着脑袋朝他啾啾叫。冰朔靠坐在一棵大树旁，双目紧闭，脸上有着不健康的潮红。

Gallant 站起身走到冰朔面前，蹲下身摸了摸他的额头，滚烫一片，果然是发烧了。

“啾啾……”鹪鹩朝Gallant叫了几声，随后歪头猛地从树根处啄起一只虫子，递到Gallant面前。Gallant看了一眼那虫子，想也没想就抓起来丢进口中，还非常礼貌地对鹪鹩说了声谢谢。

鹪鹩立刻兴奋地扑腾着翅膀，啾啾叫个不停。Gallant却没有再去管它，目光落在昏迷的冰朔身上，轻轻叹了口气：“我第一次完全猜不透一个人的心思。萧冰朔，你救我的时候，到底在想些什么？”

他的眉头紧紧皱起来，似乎在压抑着什么。良久之后，Gallant才深吸了一口气，起身将冰朔那件破破烂烂的冲锋衣垫在他身下，又将那件羽绒服盖在他身上。自己则依旧穿着那身单薄的衣衫，缓缓朝不远处的山涧走去——那里有雪水融化汇聚而成的一口小水池。

Gallant慢条斯理地脱下身上那件被血浸透的运动外套，将身上沾染的血迹统统擦洗掉。在这样寒冷的空气中，他只穿着一件白色的衬衫，动作悠然地将运动外套上的血迹洗干净，又浸了水，才回到冰朔身边。

冰凉湿润的“毛巾”敷到额头上，昏迷中的少年发出舒服的叹息，却依旧没有醒来。

Gallant又喂他喝了点水，因为从没有做过这样的事，所以笨手笨脚的，树叶里盛着的水有一大半都洒到了少年的衣服上。

“啧……衣服都被打湿了呢，真麻烦。不过，这也算是降温了吧。”说出这句话的时候，他完全没有去对比一下冰朔对他的精心护理和医治的意思，非常心安理得。

枝头鸟窝里昏昏欲睡的鹪鹩啾了一声，彻底陷入了好眠。夜色慢慢降临，Gallant和冰朔并排而躺，完全不在乎单薄衬衫下贴着的是湿冷的草地，悠闲地仰望夜空。

四周静得可怕，这时，一个低沉温润、还带着笑意的男声在黑夜中响起。

“外公说，如果喜欢一样东西，就要把它牢牢抓在手中，控制它的每一步行动。我一直是个孝顺的孙子，也一直严格地按此执行着。可是慢慢地，我发现，被控制的东西好无趣，无趣到让我厌烦。

“我以为我会很喜欢超出控制的东西。越是神秘，越是难以捉摸，越是无法征服，我就越想要亲手驯服，然后摧毁——我一直都是这么以为的。

“可是现在，事情好像超出了我的预料。唉，到底该怎么办才好呢？”

少年说着烦恼的话，声音却带着轻柔的笑意，仿佛既愉悦又兴奋。

“我还记得小时候，外公曾给我找过一个伴儿，是他合伙人的孩子。那个小姑娘总是喜欢跟在我身后——咦，等等……那是个小姑娘还是小男孩，我有些记不清了。算了，反正都一样。那时的我好像挺喜欢那孩子的，把她当作唯一的伙伴。可是很多年后的一天，她通过我的关系，窃走了一张机密芯片。然而，她的家族还是没有逃脱垮掉的命运，我的小伙伴也被送去了非洲，大概一辈子都会过得很凄惨。

“后来我才知道，小伙伴根本不是那家人真正的孩子。她是被人专门培养、放到我身边的间谍，年仅六岁的间谍。她经过长年累月的蛰伏，取得我的信任，最后窃取了艾斯莱尔家族的机密。而外公，他早就知道了这件事，只是没有告诉我。直到他的合伙人上当受骗被灭了，他才让我接受家族的惩罚。

“你瞧，我就是在这样的环境中长大的——数不清的背叛和被摧毁的信任。在这个圈子里，所谓朋友，只要给他足够的诱惑，一定会背叛。所以，比起朋友，我更相信掌控在自己手中的猎物。如果真的无法掌控，那我宁愿……亲手毁灭。”

夜，万籁俱寂。到最后，连少年低沉而带笑意的声音也缓缓消失在浓墨一般的黑暗中。许久之后，才有一阵风吹过，带来沙沙的树叶摩挲声和鹧鸪低低的叫声。

三

谢君勉有些心神不宁地坐在院长办公室中，不时抬头望向窗外的停机坪。

谢擎出发去寻找失踪的诺博会会员和冰朔，已经过去好几个小时了，始终没有回应。自己无论是拨打他的手机，还是试图通过 Angel Holy 调取他的定位，都失败了。云山冰川之上那场突如其来的暴风雪，让他和谢擎都猝不及防。

谢君勉看到自己向来温和从容的小叔叔满是懊悔，一直说如果这些人真的出了事，他就是罪魁祸首，后来更是不顾暴风雪的威胁，亲自坐上直升机，前往冰川寻找那群人。

小叔叔、冰朔，他们都没事吧？

正想着，谢君勉的手机突然响了起来。他迫不及待地接起来，可是听筒中传来的并不是谢擎的声音，而是小女孩软软糯糯的童音：“叔叔，我是静静！”

谢君勉原本焦躁的心在这样稚嫩柔软的声音中慢慢平复了几分，语声温和道：“静静，你怎么会打电话过来？”

“因为静静想叔叔了啊！”小女孩理所当然地道，“叔叔，你有没有想静静？每天想多少次呀？”

一段时间不见，小女孩的语言能力又提升了不少，讲话特别甜，简直像抹了蜜一样。

谢君勉被逗笑了：“想，叔叔当然想静静。马上就到国庆节了，叔叔回去看你好不好？”

“不好！”小姑娘立刻提高声音反对，“叔叔，你不要回来，我去看你好不好？我听说冰朔哥哥已经回学校了哦，嘿嘿嘿，我去看叔叔，顺便也探望一下冰朔哥哥。”

谢君勉一愣，随即没好气地道："你这个小没良心的，其实是来看冰朔哥哥，顺便瞧我吧？"

也只有在这个他从小看着长大的侄女面前，谢君勉才会显露不一样的情绪。

电话中传来小女孩咯咯的笑声，有些不好意思，又充满了欢快。紧接着，电话被另一个人接过去，传来一个温柔的女子声音："君勉，是我，我想国庆节的时候把静静送到你那儿住几天，不知道你方不方便。"

"姐，是有什么事吗？"谢君勉听出了女子声音中的疲惫，立刻直起身问道。

"你放心，不是什么严重的事情。"女子的话语中带了几分甜蜜的笑意，"阿岩的身体这个月终于有了起色，他提出和我一起去我们当初定情的港湾度假。心理咨询师也说这会对他的病情有好处。可是偏偏这段时间我爸妈都有事，抽不出空照顾静静……"

谢岩开启S级拟真绝境的举动对整个穹苍学院都造成了恶劣的影响，差一点导致Angel Holy崩溃。虽然后来证实他是被人精神控制了，可是也要承担连带责任。而且，从精神控制中脱离出来后，谢岩的心理彻底崩溃，再也无法像正常人一样思考，口中每天念着："不能让Gallant掌控学院。大哥说过，东院是谢家的，东院必须是谢家的……"

谢岩口中的大哥就是谢君勉的父亲谢钰，早在七年前就去世了。谢擎和谢岩几乎是谢钰看着长大的，所以两人虽然关系不佳，但都对谢钰非常崇拜。据谢擎说，谢钰是一个能媲美Gallant的天才，谢家如果一直有他带领，一定能走上巅峰。只是谢钰的身体太差了，不到四十岁就因病去世了。

谢君勉却对自己的父亲没什么印象。小时候对他最深的记忆，就是一个脸色苍白的男人在一大堆保镖的簇拥下回来，丢给母亲一张卡，检查一下他的学习进度，然后就匆匆离去了。反倒是小叔叔谢擎，在出国前一直陪着他、照顾他。对他来说，谢擎既像是父亲，又像是哥哥，而谢钰，反倒只是个符号罢了。

谢君勉从走偏的思绪中回过神，立刻应道："可以的，姐，你把静静送过来吧。就算我自己没时间，我也会找人照顾好她的。而且，穹苍学院有Angel Holy保护，也不需要担心她的安全问题。"

电话那头的女子又道："对了，还有件事需要你帮忙。君勉，你叔叔说，因为他曾经担任穹苍学院的院长，身份比较特殊，不能随便出国，需要用Angel Holy主系统打印一张证明函才行。他的账户登录密码是××××××××，证明函的调取方法是……"

谢君勉把她的话一一记下，才挂断电话。他又在沙发上坐了片刻，往窗外停机坪上看了好几眼，见依旧没有飞机降落的迹象，于是起身去了W教学楼。

他不像Gallant一样对Angel Holy有主控权，想要调取主系统资料，只能去核心机房。此时是中午时分，W教学楼中静悄悄的，大厅和楼道中都一片昏暗。明明外面阳光明媚，却仿佛被什么阻隔了，照不进这个区域。还没到主机室，谢君勉远远就看到一个人影从主机室里钻出来，匆匆往楼上跑去。如果没有看错的话，这个人应该是谢擎身边的马智友。

谢君勉眉头紧皱。马智友只是个初入穹苍学院的教师，连实习期都没过，按理说是绝对没有权限接触Angel Holy主机的。

谢君勉用指纹和虹膜打开主机室的门。主机室中一片寂静，当房门关上，这里就成了一个与世隔绝的空间，外面的纷纷扰扰都与这里无关。

谢君勉调出虚拟操作台，很快，寂静的房间中传来清脆悦耳却机械化的电子女声：“身份验证中，请稍后……嘀！谢君勉，五级精英，东院学生会会长，身份验证完成……查询权限获取成功，监察权限获取成功，三级防御权限获取成功……”

一系列的权限被激活，电子音问道：“请问，您需要什么服务？”

谢君勉原本想直接调取谢岩的证明函，可是鬼使神差地，他开口道：“五分钟前，是不是有人进入过这里？他应该是没有权限启动主系统的，Angel Holy，你为什么会放他进来？”

“查询中……嘀，马智友，男，初级教师，已获得院长附属权限，可启动主系统，并拥有查询和监察权限。”

“什么？”谢君勉一脸震惊，“院长附属权限？这不是学委会总长才有权力赋予的权限吗？难道是Gallant给了马智友院长附属权限？”

“嘀，该问题属于机密，无法回答。”

谢君勉深吸了一口气，咬牙道：“那我要调取他刚刚查阅的东西，这总可以吧？”

“请求审核中……嘀，虽侵犯隐私，但谢君勉拥有特殊权限，允许查阅，请稍等！”

谢君勉下意识地屏住呼吸，双目一瞬不瞬地落在虚拟屏幕上。

时间一点点过去，其实Angel Holy调取资料也只用了一分钟，可是谢君勉觉得仿佛过了几个小时那么漫长。终于，一个个被打开的界面出现在谢君勉面前，里面是几段视频和几张文字对话的截屏。

如果时间回到一个小时前，谢君勉真的希望自己晚来一步，没有看到从这里出去的马智友，也没有好奇地命令Angel Holy调取资料。可惜，世间没有如果。

谢君勉呆呆地看着虚拟投影中播放的视频。视频里，一个穿着一身白衣的人躺在手术台上，被人注射了一管银紫色的药剂。那人一脸惊恐，在药剂注射进去后，全身蜷成虾米状，瑟瑟发抖地等待着。

进度条被拖动到大约一个小时后，那人突然从手术台上蹦起来，整个人宛如疯癫，不停撞击着房间的墙壁。可这个房间明显是特制的，只有十平方米大小，墙体上包裹着消音棉，那人无论怎么撞击都毫无用处。紧接着，那人突然张大嘴，应该是在发出尖叫，只是这个视频没有声音，所以谢君勉只能看到他脸上扭曲的痛苦，还有……体表上慢慢出现的裂纹。

是的，这个人的表皮，无论是头部、脸还是手脚，统统皲裂开来。血水不停地从伤口中渗出来，他的力气也越来越大，指甲不知道什么时候伸长了一倍，疯狂地抓挠着墙壁，那坚韧的消音棉竟被他一块块扯了下来。而随着他更大力地撞击，房间也开始剧烈摇晃。鲜血，白色房间中到处都是鲜血，然后，谢君勉就看到白光一闪，有什么东西打进那个人的脑袋。他双目暴突，满是血丝，大张着嘴，似乎在发出叫声，最终不甘地倒在地上，死不瞑目。

谢君勉身体紧紧靠在背后的墙壁上，微微颤抖着，额头上也冒出细密的汗珠。接下来的几个视频中的主角，每个都是一样的凄惨下场。只是他们身上被注射的试剂不同，药效的发作时间和发作后的反应也不同。唯一相同的是，他们最后都被一枪爆头了。

谢君勉深吸了一口气，稳住自己颤抖的双手将视频统统关闭，放大了那段聊天记录。对话的两人用的是德语，谢君勉精通英语和法语，德语也略通一二，所以勉强能看明白两人的对话内容。

M009437：最新的实验结果看到了吗？我们需要更准确的数据。老板让我问问你们现在进展怎么样了。

QXie：我会马上把实验数据输入AngelHoly进行分析。现在院长有事离开了，但我们已经取得了AngelHoly的二级权限，还请来了全球顶尖的黑客，相信一定能马上解锁第二重密钥的。

M009437：老板不想再听到很快、也许这样的字眼，他要百分百确定的结果。我们的实验体已经越来越少，投入的金钱却越来越多，如果再没有进展，老板就要考虑撤换攻坚Angel Holy的人了。

QXie：请不要这么说。在东院，没有比院长能更顺利接触到Angel Holy、又对老板忠心耿耿的人了。

M009437：没有比谢擎更顺利的人？呵呵，你难道不知道，何家传来消息，那个姓萧的小子已经解析了一部分 Re-Angel 参数，而且很快就会拿到“堕天计划”的详细资料吗？何家的野心可不小，又和艾斯莱尔家的势力藕断丝连，如果真的被何家拿到数据，对我们会极其不利。如果姓萧的小子拿到了数据，谢擎却拿不到，后果你们该清楚。老板从不养无用之人。

谢君勉呆呆地看着屏幕，良久良久，身体都僵硬得无法动弹。

谢擎，老板，实验体，堕天计划，这一切到底是什么？在学院强大到超脱时代的智能超脑 Angel Holy 背后，到底隐藏着怎样惊人的秘密？

“唉，你都看到了啊？”身后突然传来马智友轻微的叹息声。

谢君勉猛地抬头，慌乱之下，甚至碰到了 Angel Holy 的电源。虚拟屏幕马上熄灭，进入待机节能的运行状态。

马智友温和地看着他：“其实你叔叔就是了解你的性格，才一直不想把你卷入这些事情中来。”

谢君勉张了张嘴，好半晌才哑声道：“‘堕天计划’到底是什么？小叔叔他为什么要参与这种非人道的实验？那些……那些实验体都是哪儿来的？难道你们不知道私下做人体实验是违法的吗？”

谢君勉越说声音越大，甚至带着神经质般的尖锐。

马智友却没有回答他的话，而是掏出一支烟点上，深深吸了一口，才答非所问地道：“其实我从前并不是跟着谢擎的，我真正的主人叫作谢钰。没错，就是你的父亲，那个谢家最才华横溢的天才。你知道吗，‘堕天计划’真正的创始人和主导者根本不是什么 Gallant，也不是席家那嚣张的家主席貊，而是你的父亲谢钰。十几年前，无论是席家、慕家、艾斯莱尔家族，都要唯你父亲马首是瞻，何家连参与‘堕天计划’的资格都没有，穹苍学院更是谢家的一言堂。你觉得 Gallant 能成为东西两院学委会的总长很厉害？呵呵，你父亲当年可是东西两院独一无二的校长——不是东院院长，而是整个学院的总校长。

“只可惜，天妒英才，你的父亲还没有到四十岁就因积劳成疾去世了。‘堕天计划’的成果被席家、慕家和艾斯莱尔家族瓜分，谢家被排挤出核心圈。如果不是谢钰的余威犹在，谢家甚至连一个东院院长的位置都保不住。

“可是，保住了又如何呢？东院院长竟然没有 Angel Holy 的主控权。整个学院，无论老师还是学生，都要听一个少年的指挥。Gallant 甚至嚣张到把五年级成员捧上神坛，让一个个十几岁的毛头小子踩在谢家头上。现在，我们谢家想要参与到‘堕天计划’中，竟然还要对着席貊摇尾乞怜。就连席貊的一个手下，都能对我们颐指气使。

“君勉，如果你父亲还在，他们敢这么做吗？他们敢不将谢家放在眼里吗？不！他们不敢！”

谢君勉垂在身侧的双手紧紧攥成拳头，声音嘶哑得近乎破碎：“所谓‘堕天计划’就是刚刚我在视频里看到的场景？”

马智友毫不犹豫地点头，随即嗤笑一声：“你觉得我们残忍？我们是残忍，可时代要进步，牺牲和流血是必不可少的。更何况，那些实验体不是死囚就是签署了自愿协议并领取大笔补偿金的志愿者。君勉，如果你了解‘堕天计划’的来历和目的，就不会只看到它的血腥，而会明白，为什么谢家那么多年都孜孜不倦地研究它，连被席家如此羞辱都从不放弃。”

谢君勉抬起头，发红的双目看向马智友：“就算有再光鲜亮丽的目的，那也是犯法的事情。你跟我说这么多做什么，是想要我认同你们，还是害怕我去揭发？”

“揭发？”马智友像是听到了一个笑话，“你父亲说得对，你就是太天真单纯了，所以他才没有选择让你继承他的事业。可是，现在谢家已经到了生死存亡的时刻，谢擎和谢岩根本没能力继承你父亲的遗志，只会被席家和艾斯莱尔家族的人耍得团团转。君勉，我跟你说这么多，就是希望你能夺回属于你父亲的一切……”

“闭嘴！”谢君勉声音陡然拔高，“你想让我像你们一样去做违法的事情？想让我也沾上满手的血腥？我告诉你，不可能！”

他二十年循规蹈矩的人生、他的原则、他的信念，都让他不可能接受这样的事情。

马智友微微眯起眼，吞吐了一口烟雾道：“你觉得我们做的事情很肮脏？呵呵，可是难道你没发现，你既崇拜又亲近的朋友，那个萧冰朔，也是怀着和我们同样的目的进入穹苍学院的吗？君勉，我再说一次，你实在太天真了，天真得让人觉得可笑。”

谢君勉猛然倒吸一口凉气，一阵晕眩感在脑海中爆炸开来，让他的身体轻微摇晃着。

“我言尽于此。”马智友掐灭了香烟，把烟蒂往口袋里一揣，转身出去，平和的声音从半掩的门后缓缓传来，“如果你想了解真正的‘堕天计划’，想知道你父亲到底是一个怎样的人，就自己启动 Angel Holy 查询吧。”

Angel Holy 主机室中再度寂静下来。奇怪的是，马智友刚刚明明在这里吸了烟，可此时房间中却没有半点烟味，只剩下无边的寒冷和惊惶包裹着他。

谢君勉的目光缓缓望向 Angel Holy 主机的方向，脑海中翻腾着无数的画面。在这一刻，他前二十年熟悉的世界彻底崩塌了。

四

隆隆的飞机声从半空中传来，随着飞机的下降，气流涌动，无数的雪粒打着旋飘散开去。

留在山洞中的诺博会众人挤在洞口处，紧紧盯着飞机的降落、停稳和舱门打开。谢擎和五六个专业救护人员从直升机上一拥而下，看到李怀斯他们，谢擎眼前一亮，立刻大声喊道："找到他们了，快，通知其他直升机，把正确的坐标位置传送给他们。保暖衣、药品，还有担架统统拿上，跟我过来……"

谢擎小跑着到了洞口处，一眼望去，看到十几个少男少女脸色青白，浑身瑟缩，一副几乎要昏厥过去的模样，不由得眼圈一红："抱歉，是学院救援来迟了。天气预报没有预警这场暴风雪，谁想到……就连 Angel Holy 在这片区域的信号都被干扰了。还好，你们一个都没有少。现在最苦最难的时候已经过去了，救援直升机马上就会赶到……"

谢擎的话让几个女生发出低低的抽泣，她们抱在一起，任凭眼泪流淌，来发泄自己这几天受到的惊吓和委屈。

李怀斯嘴唇惨白发青，两颊泛着病态的潮红，开口的声音沙哑得同他原来的声音仿佛不属于一个人："谢擎，你眼睛瞎了吗，谁说我们这里一个人也不少？"

谢擎一愣，还来不及去数人数，就听傅君雅带着哭腔喊道："你们为什么来得那么晚？明明暴风雪早就过去，雾气也消散了，为什么你们到现在才来？如果你们能早一天过来，冰朔和会长就不会掉下去！现在才来……也不知道他们在崖底怎么样了！"

谢擎露出万分吃惊的表情，瞪大眼道："这么说起来，是没有看到冰朔同学，难道他发生什么意外了？你说的会长又是谁？难道……难道是 Gallant？"

张瀚文一瘸一拐地走过来，满脸焦急道："谢院长，昨天我们在这山洞附近遇到一只野兽，为了阻挡野兽的攻击，冰朔和 Gallant 会长都掉下了前面的断崖。不过，我们扔东西测试过，这个断崖没有我们想象的那么高，说不定他们还活着呢！谢院长，你先想办法把人救上来吧！"

谢擎张了张嘴，往一旁的断崖走了几步，低头望去，看到的却是缭绕的云雾和望不见底的深渊。等再抬头时，他的眼中已经有了几丝怜悯和哀伤，不过很快被他掩去。

他拍拍手对诺博会的学生道："正在赶来这里的直升机中有专业的雪山救护人员，我会让他们尽快下到崖底寻找冰朔和 Gallant……但是，你们现在的状态很不好，所以别再耽搁了，先上直升机回去吧。尤其是李怀斯，你的脸色很不好……"

"直升机上有专业的雪山设备吧？里面有攀山绳对不对？"李怀斯突然打断谢擎的话。他也不去看谢擎那难看的脸色，快步来到直升机上，果然在角落的一个箱子里看到好几捆攀山绳。李怀斯现在的体力已经接近油尽灯枯，攀山绳又很重，他奋力拉扯了好几下都没办法把它们搬出来。

谢擎额角的青筋直跳，勉力压制住自己的火气，对诺博会其他人道：“你们几个女孩子先到直升机上去吧。尤其这位小姑娘肩膀上还有伤，在这种地方待久了，对你不好。”

“我不去！”那个被谢擎点到的小姑娘大力摇头，一双杏眼红红的，说话的时候带着点鼻音，“如果不是冰朔救我，我早就被那只猞猁咬死了。现在冰朔生死不明，我……我怎么能自己跑去安全的地方享受？”

小姑娘的话让那些原本打算去直升机上取暖的人都停下了脚步。他们的身体瑟瑟发抖，渴望着温暖，可是他们直觉地不喜欢眼前这个姗姗来迟的院长。

他的话说得很漂亮，态度好像也很诚恳，可是为什么不能早点来呢？为什么要安排这种匪夷所思的考核内容？如果说，他们一开始迁怒的是冰朔和李怀斯，经过一天一夜的思索后却发现，其实真正应该负责任的人是谢擎。

是他提出让冰朔带领诺博会会员穿越云山，是他选定的登山日，也是他负责众人的安保和救援工作。可是，在大家最需要这个东院院长的时候，他却失联了？没有预测到暴风雪、Angel Holy 受到干扰，世界上真有那么巧的事吗？还是这个新任的东院院长，真的把他们诺博会的人都当成白痴了？

“白山”和“黑水”毫不犹豫地跳上直升机，直接拨开机上阻拦的工作人员，帮着李怀斯拖了两条攀山绳下来。机上的两个壮汉犹豫地看了谢擎一眼，最终还是退到了一旁。

绳子很快从悬崖上挂下去，可是，下去的人选却产生了争议。

“你们吵死了，就算等回去了你们要把我从副会长的位置上撸下来，我现在还是副会长，你们必须听我的。我说我下去就是我下去！”

“别闹了！”“黑水”沉着脸道，“你现在是什么身体状况？连站都站不稳，有可能攀岩吗？让我和‘白山’下去！”

“是啊，怀斯，你下去岂不是多一个人坠崖……”

李怀斯原本苍白的脸被气得通红，本就俊秀的容颜变得更艳丽了几分，那双桃花眼更是亮得吓人：“你们两个还不是手无缚鸡之力的垃圾，爬山经验还没我多呢。别再说废话了，我说要下去就一定要下去。我不可能明知道会长有危险却什么都不做。你们要是再拦我，信不信我直接跳下去？”

谢擎轻咳了一声，颇有几分威严地道：“你们都别争了，这里有专业的救护人员在，哪里轮得到你们几个小家伙下去？陈安，蒋大庆，你们准备！”

“是，院长。”

“等等，我不同意！”李怀斯冷冷道，“人我们自己会救，不需要你们多管闲事！”

这次谢擎的脸色是真的难看到了极点，他咬牙切齿地道：“李怀斯，你这是什么意思？我是老师，你是学生，学生听从老师的命令是天经地义的，更何况我也是为了你们好。”

李怀斯却嗤笑一声，眼中满是嘲讽：“随便你怎么说，反正我决定的事不会改变。还有，如果你非要问我为什么不同意，我也可以告诉你——因为我不信任你，谢擎！”

山洞中的诺博会会员一个个都走了出来，其中一个走到李怀斯身边道：“副会长，你放心，我们肯定不让这些不靠谱的人去救。但你也别逞强了，你现在这个状态，风一吹就倒，怎么下去救人啊？我和江淮都有攀岩经验，虽然是室内攀岩，但也绝对比你可靠！”

“浑蛋，你说谁风一吹就倒呢？”李怀斯气得跳脚，恶狠狠地骂道，“你们再敢阻挠我下去，我就把你们一个个都逐出诺博会！”

李怀斯的最后一个字话音刚落，那垂在悬崖边上的绳子突然剧烈地晃动起来。紧接着，连悬崖旁的冰层也发出咔咔的声音，不停有碎冰掉落下去。

众人齐齐回头望去，眼中迸射出震惊又希冀的光芒。

下一刻，他们听到了悬崖下方传来熟悉的、仿佛天籁般的声音：“你们争论完了吗？争论完了就拉我们上去，不然我等下支撑不住了，就把你们会长重新丢到崖底去！”

“冰朔，是冰朔！哈哈哈……那小子居然自己爬上来了！”

李怀斯猛地扑到崖边，要不是“白山”、“黑水”拉得快，这家伙差点儿收势不住冲下去。他扯着公鸭一样的嗓子大喊：“会长，会长，你在下面吗？你没事吧？”

很快，底下传来Gallant慢悠悠的惬意声音：“现在没事，不过一会儿就说不定了哦。你没听冰朔说要把我扔回去吗？”

李怀斯大骂一声，眉梢眼角却带着满满的笑意，朝身后的众人一招手道：“还愣着干什么，快来帮忙拉绳啊！”

十几个少男少女急匆匆地跑过来，一边跑一边嬉笑怒骂着。这一刻，他们好像完全忘记了自己的险境，也忘记了身上的病痛，剩下的只有纯然的喜悦。

“哇哈哈哈，我就知道祸害遗千年，那两个人怎么会那么容易死呢？”

“你说谁是祸害呢？”李怀斯使出吃奶的劲儿拉绳的时候，还不忘给口无遮拦的张瀚文一记栗暴，“说冰朔是祸害就算了，会长怎么会是祸害？你小子不想活了？”

眼前人影一闪，就见一人拽着绳索腾空而起，在李怀斯和张瀚文肩膀上一踩，借了个力，越过人群，稳稳地落在地上。

冰朔把背在背上的 Gallant 随手一丢，转身朝李怀斯龇牙笑道：“真是谢谢你把我这个祸害也一起拉上来了。”

“哇，冰朔！你真的没事啊？”傅君雅大叫了一声，冲过去一把抱住了冰朔。冰朔面色僵了僵，他刚刚想躲的，可是这两天两夜实在是把他的体力耗了个彻底，此时此刻，他竟然连腾挪闪避都做不到。

心底掠过一丝不好的预感，果然，一秒过后，其他人也都尖叫着朝他扑过来。冰朔连喊都来不及喊，就觉得身体被重重撞倒在雪地上，然后一个接一个的人重重压上来，还伴随着嘻嘻哈哈的笑声。

后进班的人如果看到这一幕，绝对会恨得牙痒痒，因为他们无数次想在庆功的时候把冰朔压在身下狠狠“蹂躏”，可是每次都被他逃掉。这都快成后进班众人的执念了。

“萧冰朔，你想当我们诺博会的会长，就要接受我们的欢迎仪式！”

“咦，我们有欢迎仪式吗？”

“刚刚决定的啊！大家快来，尽情蹂躏我们的新会长吧！”

“哈哈哈，欢迎我们的新会长，大家不要手下留情，把我们的热情毫无保留地展现给新会长看啊！”

“没错没错，现在新会长精疲力竭，错过这个村就没这个店了！”

冰朔暗骂一声，想掀翻这些人，可是手脚酸软得连一丝力气都使不上。他脸色难看，一转头却看到某个被他甩地上的人施施然起身，接过李怀斯殷勤递来的厚实外套和热水，一边优哉游哉地喝水，一边低头看着他被淹没的方向，笑得格外温润柔和。

这个浑蛋！

不远处的直升机旁，谢擎看着这和谐圆满的一幕，却觉得无比刺眼。心中滋生的嫉妒与恨意让他的面容一阵阵扭曲，显得格外丑陋狰狞，再也没有往日那副温文儒雅的模样。

有些人，天生能得到别人努力一辈子也望尘莫及的荣耀；有些人，注定高高在上，踩着别人做踏脚石，一步步往上攀登，越走越高。可是，为什么？为什么上天要如此不公？他谢擎到底缺少什么？为什么每个人都说，他连谢钰的万分之一都及不上？

以前是谢钰，后来是席貊和 Gallant，现在竟然连萧冰朔都要踩在他头上羞辱他吗？难道，他要一辈子活在别人的阴影里吗？

不，绝不！

谢擎攥紧了双拳，眼中迸发出森寒怨毒的光芒。

第十七集

温馨 × 静静 × 风雨欲来

一

阳光从微微敞开的窗帘缝隙中钻进来，落在浅蓝色的空调被上。薄被下的身体动了动，不一会儿，一头毛茸茸的黑色短发钻出来，紧接着是一张带着迷离表情的俊脸。

冰朔打了个哈欠，从床上爬起来，往四周看了看。寝室中静悄悄的，两个舍友都出去了。不过，下方的简易木桌上摆放着两个保温盒，洗干净的衣服也放在他床头。冰朔换好衣服，从床上一跃而下，打开保温盒看了看，发现是自己爱吃的馄饨和油条，顿时心情大好。

洗漱完出来，慢条斯理地让早餐入腹，暖暖的食物填塞着自己的胃，让他在云山中积累的疲惫瞬间消散一空。再次看了看空荡荡的寝室，冰朔拿出手机拨出一个熟悉的号码："昊远，我一会儿列一个食材清单，你采买完后，带到别墅里去。"

手机听筒中传来陆昊远戏谑的笑声："你准备亲自下厨？"

冰朔嗯了一声，慢悠悠道："请你和徐曜。你没兴趣，可以不吃。"

"当然有兴趣。"陆昊远这次回答得异常迅速，声音中的笑意更浓了，"难得萧少爷肯洗手作羹汤，我期待还来不及呢。"

"去你的！"冰朔笑骂了一声，挂断电话，又给徐曜发过去一条短信。

徐曜几乎是秒回：准时到！

作为冰朔升入五年级的奖励，穹苍学院提供的这栋别墅当然是十分豪华雅致的，即便常常有后进班的人进来把里面折腾成一团狗窝，等到第二天清洁人员光顾后，马上又会焕然一新。

冰朔正要按上别墅大门上的指纹识别机，身后突然传来小女孩欣喜的叫声："冰朔哥哥！"紧接着，一个小小的肉团子砰一下撞进他怀里，银铃般的笑声在他耳边响个不停。

"静静？"冰朔也有些诧异，脸上露出几分笑意，"你怎么会在这里？"

小姑娘正是他在飞机上救下的小女孩。半年多不见，小姑娘又长高了不少，小脸圆嘟嘟又红扑扑的，像个可爱的大苹果。一双大眼睛眨巴眨巴，乌溜溜又水润清澈，看上去格外讨人喜欢。

静静双手环着冰朔的脖子，嘟着小嘴道：“冰朔哥哥骗人，你说我打叔叔的电话就能找到你，可是静静打了好几次找你，叔叔都说你不在。”

小姑娘一说，冰朔也想起了这件事。当初他和静静分开后，很快就卷入了S级拟真绝境，身受重伤被送出穹苍学院，后来又去了美国，自然是早就把跟小女孩的约定抛到了九霄云外。

冰朔微笑道：“是哥哥食言了，对不起。为了表达歉意，哥哥请你吃大餐好不好？”

静静眨巴眨巴大眼睛，立刻露出甜美的笑容：“好，谢谢哥哥！”

小女孩软软的声音又甜又萌，让冰朔脸上的神情又柔和了几分。这个小姑娘从第一次见面的时候，就懂事乖巧得让人心疼，难得现在又多了些活泼开朗。看来谢岩虽然被穹苍学院革职了，现在生活得倒也不错。

冰朔把手指按在指纹识别机上，仪器飞快地采集了他的指纹，提取了他的DNA，并分析活性，确保他是真正的屋主后，才发出嘀的一声响，清脆的电子音机械地道：“主人，欢迎回来。”

冰朔正要招呼静静进来，却听静静兴奋地喊了一声：“叔叔！”

不远处，谢君勉穿着格子衬衫和浅蓝色牛仔裤，朝他们缓缓走来。

冰朔有些诧异地打量眼前的男子，他很少在学院里看到谢君勉穿校服或学生会会服以外的衣服。他的头发永远打理得一丝不苟，衣服纽扣扣到标准的第二颗，让人一看到他就像是一下子回到了七八十年代。

谢君勉对上冰朔惊讶的目光，有些尴尬地扯了扯自己的袖子，赧然道：“很不适合？”

冰朔却忍不住笑了起来：“不，我觉得挺合适的。如果李怀斯看到你这副打扮，一定会高呼：‘你终于不是生活在上个世纪了！’”

谢君勉轻咳了一声，脸上带着一丝尴尬的红晕，缓步走上前将静静从冰朔怀中接过来：“这个小丫头，刚到穹苍学院就吵着闹着要找你，也不知道谁才是她亲叔叔。”

静静咯咯笑着，把小脑袋靠在谢君勉的肩头，理所当然地道：“叔叔是叔叔，哥哥是哥哥啊，本来就不一样嘛。”

谢君勉的脸色僵了僵，冰朔却忍不住笑出声来。谢君勉也就比他大了两岁，却沦落成了长辈，唔，真是够不幸的。

“要不要进来坐坐？”冰朔敛去笑意，开口邀请道，“正好我要准备午餐，如果不介意的话，就一起吧？”

谢君勉怔了怔：“你自己做？”随后不等冰朔回答，抬脚就往屋里走，“那就打扰了。”

话说，你们为什么一个两个的都对我下厨表现出如此大的惊讶和兴趣？冰朔撇撇嘴，将门禁设置成“好友可自行出入”的状态，这才进门。

谢君勉和静静刚坐下没多久，陆昊远和徐曜就提着大包小包的食材到了。饶是以冰朔的淡定，看到这堆积成山的食材，也忍不住嘴角抽搐：“陆昊远，我给你的食材清单里有这些吗？”

陆昊远双手摊开，坐在沙发上，笑得格外温和：“没有吗？哦，那大概是我记错了。你知道，这是你第一次正式下厨，很可能也是最后一次，食材当然要准备齐全，宁可多买，也不能短缺对不对？”

冰朔看向徐曜，按了按额头：“我好像没叫你准备食材吧？”

徐曜面色不变，冷冷道：“你没问过我的喜好。”言外之意是，他买的食材都是他自己喜欢吃的东西。

好，很好，这一个两个的，真是完全不知道脸皮和客气为何物。冰朔都被气笑了，随手将那些大包小包全部拎上，转身进了厨房。

客厅中很快安静下来，三个人各自坐在一个沙发上，悠然自得地做着自己的事，互不干扰。静静瞪着乌溜溜的大眼睛，窝在谢君勉怀中，左看看，右看看，总觉得好奇怪啊。刚刚冰朔哥哥在的时候，明明屋里的感觉是热热闹闹、快快乐乐的，可是冰朔哥哥一离开，就好像……好像暖暖的房间突然开了冷气一样，一点都不舒服。

谢君勉喝下一杯茶，突然开口道：“冰朔和你们后进班的关系一直这么好吗？”

陆昊远抬起头笑道：“谢会长有话不妨直说。”

谢君勉握杯的手紧了紧，半晌才缓缓吐出一口气：“你们有没有想过，以冰朔的实力，能破格升上五年级，能轻易得到诺博会会长的位置，为什么会选择进入后进班？你们没有怀疑过他的目的吗？”

谢君勉的话让陆昊远嘴角的弧度更深了，他似笑非笑地看向徐曜。徐曜则是脸色难看，显然是想起了什么不好的记忆，冰冷刺骨的目光射向谢君勉：“关你屁事！”

谢君勉被徐曜辱骂，也没有生气，只是低垂眉眼，声音压得很低很低，如果不是屋子里都是耳目聪明的人，几乎不可能听到他的话。

“我以前也觉得他是完美的、善良的，是世间独一无二的……可是也许，事实……并非如此。”

徐曜皱了皱眉，总觉得无论是谢君勉的呢喃还是他身上散发的气息都让自己很不爽。徐曜迅速站起身，丢下一句“我先去楼上休息一会儿”，就迅速消失在客厅中。

陆昊远则施施然走向厨房，站在门外问道：“需要我帮忙吗？”

在得到冰朔一句“你想炸了厨房，让大家都没饭吃，那就进来”后，他立刻心安理得地沿着另一条楼梯拾级而上。

偌大的客厅中只剩下静静和谢君勉两个人。

静静歪着小脑袋，小手揪着谢君勉的衬衫，怯怯地叫道：“叔叔，叔叔……你……你别难过。叔叔哪里痛痛吗？静静帮你吹吹好不好？”

谢君勉低头看向怀中的小女孩，见她清澈的大眼睛中满是担忧，他鼻子酸了酸，随后脸上浮起温柔的笑容：“叔叔没事。”

虽然一切都变了，可是静静，至少你从未曾改变，也从未让我失望。幸好，还有你，静静。

二

东院院长办公室。

谢擎手上拿着一沓诺博会会长联名推荐表，脸色铁青，狠狠把那一沓纸都甩在地上。

云山之行结束后，他以萧冰朔没有达成考核目标为由，拒绝了他的申请。可是转眼之间，诺博会的会员竟然写了联名推荐表递上来，推荐的依旧是萧冰朔。这群浑蛋就是存心来硌硬他的。

可是，根据学院规定，诺博会的会员还真有推荐会长的资格。只要被推荐的人符合要求，且得到全票通过，就能成为新任会长。

谢擎重重一拳击打在桌子上，发出砰一声巨响，面部表情因为愤怒而狰狞扭曲。

“谢院长，怎么发这么大的火？”悠然带笑的声音从门口传来。

谢擎一转身，就看到了马智友和江医生。他没有掩饰自己的怒火，咬牙切齿道：“我当真没想到这个萧冰朔竟然有如此大的本事，收服后进班就算了，现在连诺博会也像被灌了迷魂汤一样，竟然联名推荐这家伙为会长，简直不可理喻！当初他们不是很厌恶这个人吗？”

马智友拿起一张推荐表看了看，微微眯起的眼中闪过一道犀利的寒光：“院长，想要让姓萧的小子身败名裂、被全学院的人厌弃，也不是没有办法。”

谢擎立刻道：“有什么办法你快说，别跟我卖关子！”

马智友勾起嘴角笑了笑："前几日，学院外有个意想不到的人联络我，说是可以帮我们将萧冰朔驱逐出穹苍学院。条件是，我们手上关于'堕天计划'的所有资料，都要发给他一份，而且，马上就要！"

谢擎眼皮子跳了跳，有些胆战心惊地道："你说的不会是分析提取自 Angel Holy 的参数吧？不，绝对不行！如果让席貊知道我把这些数据泄露出去，我就死定了，连我们谢家都会完蛋！"

马智友眼中掠过一丝鄙夷，声音却依旧带着温和的安抚："院长，你有没有想过，想要参与'堕天计划'，除了席家，我们还可以选择其他的合作对象。"

"你是说？"

马智友缓缓地投下一个重磅炸弹："比如，艾斯莱尔家族。"

谢擎几乎要跳起来："和艾斯莱尔家族合作？可是……可是我刚刚得罪了 Gallant，艾斯莱尔家族怎么可能选择和我们谢家合作？"

马智友嗤笑一声："院长你错了，无论是席家还是 Gallant，想要重现 Angel 试剂，都需要我们谢家的帮忙，这一点请你务必确信。更何况，艾斯莱尔家族又不是只有 Gallant 一个掌权者，只要我们能提供足够的利益，你还怕他们不动心？"

谢擎的脸色不断变幻，显示着他内心剧烈的挣扎，好一会儿他才哑声道："你刚刚说的那个能让萧冰朔身败名裂的人，是谁？"

马智友脸上一喜，立刻用自己的智能手环启动了虚拟投影屏幕："院长还是自己和他面谈吧，相信这个人一定能让院长满意的。"

江医生在一旁兴奋地喃喃："萧冰朔……不要把他驱逐出学院，把他交给我吧。我一定能彻底雕琢他，将他变成我手下最完美的艺术品。"

谢擎和马智友都没有理会神经质的江医生，目光一瞬不瞬地落在那虚拟屏幕上。

许久之后，一个身影出现在上方。谢擎在看到他的瞬间，先是一怔，随后猛然瞪大了眼睛："是你？！"

三

时间指向十二点半，忙碌了半天的冰朔终于从厨房出来，将美味佳肴摆了一大桌。

静静跪坐在椅子上，伸长手臂夹了一块香酥鸭塞进口中咀嚼，含混不清地喊："好好吃！"

谢君勉扶着她的身体，防止她扑倒，语气严肃却带着温柔道："静静，嘴里含着东西不要说话。”

静静乖乖把口里的鸭肉吞了下去，立刻满脸崇拜地看向冰朔：“冰朔哥哥，你真的太厉害了，做的菜比我妈妈做的还好吃！”

冰朔手上端着一碗汤，一边喝一边毫不客气地接受了小姑娘的赞扬。

他的厨艺似乎是与生俱来的，虽然很少下厨，但只要他想做，对照着食谱，就能做出标准的美味。

静静又捧着谢君勉给她盛的汤喝了一口，红扑扑的小脸上满是幸福的笑。

每一样菜都好好吃，带着冰朔哥哥一样温暖的味道。小姑娘觉得，自己应该继续夸夸无所不能的冰朔哥哥，一颗小脑袋将知道的好词好句想了个遍，小姑娘才用脆生生的声音道：“冰朔哥哥是最好的，将来谁能娶到冰朔哥哥真是生生有幸！”

“噗！”陆昊远一口汤刚喝进嘴里就喷了出来，捂着心口不停地咳嗽。

徐曜原本夹了块红烧肉正要往自己碟子里放，手一抖，筷子上的肉掉了下去，落在碧油油的青菜碟子里。

谢君勉扭过头，强忍住笑，肩膀却忍不住微微颤抖。

冰朔深吸了一口气，又深吸了一口气，心中默念一百遍不要跟小孩子计较，才展开温和的笑容，道：“静静，女孩子才能被娶，冰朔哥哥是男的，不能这样形容，知道吗？还有，是三生有幸，不是生生有幸。”

“哦。”小姑娘懵懂地点点头，随后开开心心地继续吃谢君勉夹给她的美食。

陆昊远自己去厨房换了套干净的碗碟出来，含笑望向一旁的少年，对上那张神色不善、带着威胁的脸，立刻非常自觉地闭嘴低头，继续吃饭。

客厅中弥漫着食物的清香，没有人说话，但氛围很舒适温馨。

直到冰朔的手机铃声响起。

他拿起来看了一眼，眉头微皱，起身朝二楼走去。在接起电话前，冰朔给游码迅速下令：“屏蔽 Angel Holy 监控，替我注意周围是否有人接近。”

游码立刻在虚空中显示出一行只有冰朔能看到的文字：

　　没问题，主人。

客厅中，陆昊远和徐曜依旧自顾自埋头苦吃，静静伸长脖子看了一会儿，见冰朔一直没有下来，怕好菜都被两个哥哥抢光了，连忙回过身加入了抢菜大军中。

唯有谢君勉，目光深深地凝望着冰朔离去的方向，许久都没有收回来。

陆昊远将一只啃完的猪蹄丢在旁边，视线扫过谢君勉，嘴角勾起一抹戏谑的弧度。

半个小时后，冰朔从二楼下来，神情如常，只是面色有些苍白。

“冰朔，你没事吧？”谢君勉关切地问道。

冰朔摇了摇头，半晌才用微哑的声音道：“我没事，有些事情需要马上处理一下，你们自便。”

说完，也不等三人反应，径直离开了别墅。

徐曜想也没想，扔下筷子就跟了出去。谢君勉紧紧皱着眉头，好半晌才低头看向怀中的小女孩：“静静吃饱了吗？冰朔哥哥有点事，我们先回去好不好？”

静静看着桌上好吃的菜，有些依依不舍，但还是乖巧地点了点头，伸手揽住了谢君勉的脖子。

谢君勉抱起静静，朝陆昊远微微点头后才离开。

原本热闹的客厅中，一下子只剩下陆昊远一个人，连满桌热气腾腾的饭菜仿佛都冰冷了下来。陆昊远却毫无所觉，脸上依旧带着温和而愉悦的笑容，动作慢条斯理地继续吃着面前的美味佳肴。

“喵呜……”不知何时，一只黑猫出现在别墅中，动作利落地跃上椅子，又一个弹跳落在饭桌上。袅袅的食物香气让黑猫侧目，圆溜溜的猫眼碧油油的，仿佛会闪光。不过也只是看了一眼，黑猫就转过头，乖乖凑到陆昊远身边，轻轻舔了舔他，又发出“呜呜”的声音。

陆昊远侧头看着它笑了笑，才温声道：“不可以吃哦，这不是属于你的食物。”

“喵呜……”黑猫委屈地叫了一声，但还是乖乖地跳回椅子上，安静地蹲在陆昊远身边。

四

徐曜追上冰朔，担忧地问道：“到底发生了什么事？刚刚的电话是谁打来的？”

冰朔深吸了一口气：“是徐诺，琉璃的病……”他的话还没有说完，手机再度响了起来。徐曜眼尖地看到屏幕上显示的是“何佑君来电”。

“冰朔，我已经听说了，琉璃的病恶化了是吗？”手机听筒中很快传来何佑君焦急的声音，“情况到底怎么样？需不需要我让何家的医疗团队过去？”

冰朔皱眉往四周看了看，见来来往往都是人，立刻拉上徐曜往榕树下那个偏僻的角落而去。

两人匆匆离开，没有人看到一个偏僻角落里，抱着静静的谢君勉看着他们的复杂目光。

“叔叔？”

谢君勉抿了抿唇，柔声道：“静静，叔叔有事要离开一下，你先在这里等一会儿，叔叔让莫姐姐来接你，好不好？”

静静总觉得今天所有人都怪怪的，仿佛藏着一肚子的话不肯说出来。但小女孩乖巧惯了，闻言还是点了点头，然后挣扎着从谢君勉怀中跳下去。

这里离学生会总部已经非常近了，属于 Angel Holy 三级防御范围，不需要担心静静的安危。谢君勉给莫涵灵发了个消息，让她出来接静静，就悄悄往冰朔和徐曜离开的方向走去。

静静等了好一会儿，莫涵灵却一直没有出现。她无聊地踢着地上的小石子，两个小小的辫子在脑袋上一晃一晃的。

“静静，怎么一个人在这里呢？”耳边突然传来一个温和的男子声音。

静静抬起头，看到一个陌生的中年男子，不由得歪了歪小脑袋问道：“伯伯你认识我啊？”

马智友温和地笑道：“我是学校的老师，也是你爸爸和舅舅的朋友，你可以叫我马伯伯。”

“马伯伯好，”静静甜甜地叫了一声，随后疑惑道，“可是静静只有叔叔，没有舅舅啊！”

谢君勉和静静的辈分算起来比较混乱，静静的父亲是谢君勉的叔叔，静静的母亲又是谢君勉的表姐。不过因为谢君勉从小被养在外公家，那个地区不大区分叔叔和舅舅的称呼，所以，静静从会说话开始，就一直称呼谢君勉为叔叔，而不是舅舅或哥哥。

谢君勉年少的时候也曾想让静静把称呼改成“哥哥”，这样听起来更年轻，却被表姐笑着驳回了。这也是谢君勉听到静静一口一个“冰朔哥哥”特别郁闷的原因。

马智友也听过这段趣事，所以很快反应过来：“我说的就是你叔叔谢君勉。对了，你叔叔呢，怎么留你一个人在这里？”

静静鼓了鼓腮帮子道：“叔叔跟着冰朔哥哥过去了，让静静在这里等莫姐姐。可是莫姐姐一直没有来，静静好无聊。”

马智友神色微妙地顿了顿，声音越发温柔：“这样吧，马伯伯先带你去你谢擎叔叔的院长室休息一下，那里有冰淇淋和蛋糕，静静想吃吗？”

“想！”静静立刻道，忍不住舔了舔有些干的嘴唇，刚刚吃太多菜了，有点咸，好想吃冰冰甜甜的雪糕，“可是叔叔说过让我在这里等莫姐姐……”

“放心吧，伯伯会打电话跟你叔叔说，让他办完事就来找你，好不好？”

静静想了片刻，终于抵不过冰淇淋的诱惑，乖乖牵上了马智友的手。

马智友眼中闪过一抹疯狂的笑意。

谢君勉，你还在犹豫不决吗？那就让我给你加一把火吧！你可是谢钰的儿子，怎么能庸庸碌碌，像烂好人那样过一生呢？你注定要把谢家推向辉煌和顶峰！

五

枝繁叶茂的高山榕下，冰朔靠着树干，静静听着手机中何佑君的声音。

“冰朔，事实上，有件事我一直没来得及跟你说。因为这段时间你提供给我的Re-Angel试剂解析参数，我们何家在‘堕天计划’中的地位又提升了一些，也接触到了更多的核心机密。前几天，我终于拿到了Fal-Angel的缓解剂配方。

“只是，这个配方到底是真是假、有没有副作用，都没确认过，所以我才一直没有告诉你。可是，今天邱叔接到上怀那边的消息，说琉璃病情恶化，我知道你一定很担心，所以决定把这件事告诉你。”

冰朔轻声道：“配方试验过了吗？”

“没有，”何佑君叹了口气道，“因为这个配方最主要也最不可或缺的一味药，是携带Angel还原剂之人的活性血液，也就是我让你进入穹苍学院寻找的七宿中的一人。”

冰朔皱起眉头：“一定要找出那个人？其他六宿的血无法替代？”

何佑君道：“能替代，但会有很大副作用。项目组里曾做过不少类似实验，有些人比较幸运，只是失去了一部分记忆，Fal-Angel的发作时间被延迟了两年；有些人就很不幸，智力直接退化到了婴儿阶段，成了痴呆儿。”

冰朔深吸了一口气，视线静静地望着对面湖岸边半人高的杂草。这一刻，中午的阳光带着点燥热，落在人身上，他却只觉得彻骨寒冷。

项目组里做过不少类似的实验……在那些人眼里，一条人命、一个人的一生，只不过是一场微不足道的实验罢了。他们高高在上地摧毁着别人的人生，却还自以为正做着高尚而伟大的创举。

“冰朔，冰朔！”何佑君见冰朔一直没有回应，着急地叫了几声。

冰朔缓缓将胸腔中的浊气吐出，哑声道：“何大哥，你说，我到底该怎么办？要怎样才能救琉璃？”

何佑君也陷入了沉默。想要找到真正的 Angel 还原剂携带者，就必须将人带出穹苍学院，直接进行活血检验。徐曜、江炎和韩宁蓝都曾应冰朔的要求接受过检验，他们都不是自己要找的人，Gallant 和席貊当然也不是。

也就是说，冰朔现在已知的七宿中的五人，都已经被证实了并非真正的还原剂携带者。现在琉璃危在旦夕，一时之间，他要去哪里找剩下的两个人？

“少爷，有一个人或许和七宿有些关系。”手机那端突然传来邱叔的声音，“你还记不记得，当年老爷本想让大少爷和王家的女儿王兰芝联姻？可那王兰芝家境一般，老爷怎么可能会看得上呢？当时我就一直觉得很奇怪。”

何佑君没有挂上电话，直接疑惑道：“邱管家，你现在说这些无关紧要的往事做什么？”

邱叔道：“少爷，你可能不知道，那王兰芝最后没看上大少爷，反而成了另一个豪门家族的少奶奶。那个豪门，正是 X 市赫赫有名的慕家。”

何佑君的声音一下子拔高：“慕家？同样参与了‘堕天计划’的慕家？你的意思是，王兰芝是七宿之一？”

邱叔轻咳了一声：“少爷，那个王兰芝早在好几年前就过世了，但她留下了一个女儿，现在就在穹苍学院就读。这个女孩在穹苍学院非常有名，是五年级唯一的女生，名叫慕婉仪。”

何佑君却质疑道：“这不可能，如果慕婉仪是 Angel 还原剂携带者，以慕家老头那唯利是图的性格，怎么可能不马上将她送入‘堕天计划’？”

“这个我就不清楚了。但有一件事很奇怪——慕先生一向对慕小姐疼爱有加，直到四年前的夏天，慕小姐突然生了一场重病，慕家把 X 市所有的名医都请了过去。几天后，慕小姐的病好了，慕先生却像是变了个人一样，对慕小姐变得极其冷淡，把她送进穹苍学院，不闻不问，甚至直接定下了她和席貊的婚事。”

何佑君拿着手机，有些踟蹰地道：“慕容天的转变太突然，也太奇怪了。冰朔，你觉得慕婉仪有可能是七宿之一吗？”

冰朔缓缓吐出一口气：“何大哥，你想说的是，慕容天在四年前察觉慕婉仪很可能是七宿之一，甚至很可能是真正的 Angel 还原剂携带者，为了保护她，才冷待她、把她送入穹苍学院？”

何佑君呼吸急促地道：“冰朔，如果真是这样，那琉璃就有救了。你尽快想办法把慕婉仪带出来，我们进行活血检验。只是抽取她少量的血，就能完成 Fal-Angel 缓解剂，甚至连真正的 Angel 试剂也能被研发出来。”

冰朔静静呼吸着，没有说话，何佑君急道：“冰朔，冰朔，怎么了？是不是有什么困难？你没办法把慕婉仪带出来？”

“不管有没有困难，我都一定会救琉璃。”冰朔微微一笑，声音缓慢而低沉，“何大哥，你等我的消息吧。”说完，他也不等何佑君回应，直接挂断了电话。

收起手机后，冰朔呆呆沉默了良久，才望向坐在他身旁的徐曜。

这个沉默寡言的朋友一直静静陪着他，没有多余的话，没有安慰的动作，却从来不曾离开。

冰朔勾起嘴角笑了起来：“徐曜，这一次，我真的需要你帮忙了。”

六

江炎从 S 级训练室出来，满身都是汗，薄薄的 T 恤像是从水里捞出来的。

S 级训练室中倒是有完善的洗浴装置，只可惜他向来粗心大意，忘记带换洗的衣物，如今只能顶着凉飕飕的冷风快速往别墅赶。

刚跑出没几步，江炎就看到前方魂不守舍的谢君勉，脚步不由得慢了下来。这位向来不苟言笑、以至于被人笑话像老古董的学生会会长，今天却穿着套休闲服，头发不知为何显得有几分凌乱，整张脸更是白得吓人。

“喂，君勉，你没事吧？”眼看着谢君勉一脚就要踩上旁边的花丛，江炎连忙上前一步，一把将他拽了回来。

谢君勉一下子回过神，脸上露出几丝赧然之色，连忙整了整自己的衣服，又扶了扶眼镜，低声道：“谢谢，我没事。”

“没事你脸色发白，一副失魂落魄的样子，不会是失恋了吧？”江炎说着笑话，谢君勉却像是想到了什么，目光怔怔地落在江炎身上，突然道：“Mars，你喜欢慕婉仪吧？”

“什……什么？”江炎惊得差点儿原地弹跳起来，整个人的慌张显而易见。他自认为将感情掩藏得很深，怎么这次回穹苍学院，一个两个的都像他肚子里的蛔虫似的？这么说，不会连婉仪也看出来了吧？

谢君勉扶了扶眼镜，有些不好意思地道：“抱歉，我不是窥探你的隐私。只是当初慕婉仪参加五年级升级考核，我无意中看到你在 W 教学楼的角落里蹲守了三天三夜。”

五年级的学生确实福利丰厚，可同样的，他们也要承担极大的风险，升级考核就是其中之一。

五年级的升级考核是在A级拟真危境进行的，对于大部分晋级五年级的学生来说，那场拟真危境都如噩梦般，缠绕他们一辈子。毕竟不是每个人都像Gallant和萧冰朔那样，连在S级拟真绝境中都能游刃有余。

慕婉仪参加晋级考核的时候，江炎确实担心得觉都睡不着。慕婉仪被困在A级危境中三天三夜，他就偷偷在W教学楼里守了三天三夜。只是，直到慕婉仪平安晋级，他也没让女孩知道自己的守护。

江炎微微张大了嘴，半晌都说不出话来，神色又是尴尬又是难堪，低声道："这……这个只是意外，那啥，是兄弟就千万别跟任何人提起啊，尤其是婉仪。而且，婉仪现在已经有喜欢的人了……"

"我知道，是萧冰朔对吗？"谢君勉突然打断他的话。

江炎苦笑道："是啊，整个穹苍学院的人都知道，婉仪喜欢的人是冰朔。"

"那冰朔呢？"谢君勉突然抬起头，神色中罕见地染上了几分凌厉和烦躁，"他是不是喜欢慕婉仪？他对慕婉仪，对崇拜他的后进班，还有你们这群朋友，到底有几分真心？"

江炎怔怔地道："你吃错药啦？干吗突然这么激动？你不是也当他是朋友吗？我记得上个月回来的时候，你还亲自跑去W教学楼迎接了吧？"

谢君勉闻言像是被戳破的气球，脸上的激动慢慢变为迷惘和苦涩："现在，连我都搞不清楚萧冰朔到底是怎样一个人，他的目的又是什么。江炎，我劝你一句，最近这段时间紧跟在慕婉仪身边，不要让她和萧冰朔接触。"

"什么意思？"江炎一头雾水。

谢君勉抿了抿唇，轻声道："我知道你把冰朔当成朋友，但或许，他已经不是你认识的那个人了。更或许，我们从来没有真正认识过他。如果你不想慕婉仪受到伤害，就让她离冰朔远远的。否则，你会后悔的。"

七

静静是被掠过身体的寒风冻醒的。

她揉着眼睛坐起身，却见自己身处一间阴森森的房间里，房门紧闭着，没有窗，只有一个通风口，正呼呼地吹着冷风。

"叔叔，马伯伯！有人吗？"

静静小心翼翼地叫了好几声，却一直没有人回应，她只得从床上小心地爬下来。

房间里没有灯，唯一的光源就是从门缝中透过来的白光。静静踮着脚，奋力掰动门锁，一张小脸涨得通红。终于，门锁发出咔嗒一声，被打开了。

可是，走出房间后，入目的并非温暖亮堂的空间，而是一条长长的走廊。走廊上没有人，只点着几盏白惨惨的灯。

静静又轻轻喊了两声叔叔，声音中已经带上了哭腔，可是依旧没有人回应。走廊的左侧一眼就能看到尽头，是一扇巨大的铁门，另一头却长长地延伸到很远的地方，带着向下的弧度，从那个方向隐隐有光透射出来。

静静擦了擦眼角的泪水，有些难过地动了动自己的脚丫子。她的鞋是自己穿的，可是没有穿平整，走路的时候总是仿佛要掉下来。走廊里安静得吓人，静静原本想要大声哭喊尖叫的，可是不知道为什么，所有的喊声都被卡在喉咙里。

她迈着小短腿，往有光的方向走去。

“谢擎，你……你不能这么做！难道你不知道私下做人体实验是违法的吗？如果被Angel Holy监测到，你不会有好下场的！”

隐蔽的地下实验室中，一个中年男子被皮带绑缚在手术台上，发出愤怒的嘶吼。江医生穿着一身白大褂，正兴奋地围着那中年男子转圈。

谢擎就坐在不远处的单人沙发上，一边喝茶一边嗤笑道：“姜成，你还好意思跟我提违法？五年前在大学任教期间，你利用职务之便奸污女学生，致其怀孕流产，最后跳楼自杀；三年前你申请进入穹苍学院，和你同期的李教授实力、品行都比你强，你怕自己被挤下去，就诬陷李教授藏毒，让他身败名裂。”谢擎森冷的目光扫过手术台上的中年人，满是憎恶，“这三年，你在穹苍学院中，一切行为都在Angel Holy的监控下，不敢胡作非为，所以就忘了自己曾经是怎样一个畜生？”

姜成听到谢擎的话浑身一颤，眼中透露出慌张和恐惧：“你……你不要胡说八道，你说这些有……有证据吗？”

站在谢擎身边的马智友轻笑道：“我们从来不需要证据，只要确认你是死有余辜就足够了。像你这样的败类，能够为神圣的‘堕天计划’献身，应该感到荣幸。”

江医生手中拿着手术刀，盯着姜成的目光充满了兴奋，就像野兽见到了觊觎许久的猎物：“宝贝儿，别担心，等药效发作，我就会把你的身体四分五裂。但你知道，实验体难寻，所以你暂时还不会死。只要你的心脏还没有停止跳动，你就会一直活着，甚至还能感受到美妙的痛苦，哈哈哈……”

“不，不！我错了，我承认那些事都是我做的！”姜成对上江医生那神经质的目光和他手上的手术刀，终于崩溃地大喊，“我愿意去自首，愿意接受法律制裁，求你们饶过我！我不要做小白鼠，我不要被解剖！”

“呵呵，这可由不得你选择。到了我手术台上的猎物，怎么可能让你逃走呢？”江医生笑得格外灿烂，退后一步，他的助手拿着一次性注射针上前一步。

“你们不能这么对我，这是犯法的，这是……”姜成惊恐地张大着嘴，却发现自己全身的肌肉都僵硬了，喉咙再也发不出声音。可是偏偏，他的五感并没有消失，当江医生拿着手术刀沿着他肌肉的纹理轻轻割开的时候，剧烈的痛楚让他的耳朵失聪，眼前的景物都扭曲起来，映入视网膜的只有江医生那狰狞的笑脸，以及手术刀上沾着的赤红的血。

砰！门口突如其来的动静让实验室中的人都一惊。

谢擎一回头竟然对上了一张吓得惨白的小脸，顿时脸色大变：“静静，你怎么会在这里？”

静静浑身都在剧烈哆嗦着，她惊惧地看看血淋淋的手术台，又看看谢擎，突然哇的一声，边哭边往外跑：“叔叔救我，冰朔哥哥救我，呜呜呜……救命啊！”

谢擎整个人都僵硬在原地，还是马智友反应过来，朝一旁的两个保镖道：“还不快去把人抓回来！”

静静的小短腿哪里跑得过保镖，很快就像小鸡一样被拎了回来。

谢擎此时也回过神来，头痛地按了按眉心，从保镖手中接过静静，尽量缓和神色道：“静静乖，刚刚的事情你就当没看见，懂吗？”

静静偏过头，一口咬在他的手腕上，尖叫道：“坏人，你是坏人！你杀人了，我要让警察叔叔把你抓到牢里去！”

这一下咬得极重，谢擎痛得哀叫一声，条件反射地一挥手，就将小女孩甩了出去。

砰的一声闷响，静静的脑袋撞在桌角，身体一阵抽搐，昏了过去。

谢擎神色大变，就要冲过去，却被马智友一把拦住：“谢院长，你冷静一点。静静知道得太多了，我们不可能让她就这么出去。”

“你还敢说！”谢擎扬起手狠狠一巴掌甩在马智友脸上，“这里是隐秘的实验室，静静怎么会摸到这里？别告诉我她能自己打开实验室的密码锁！”

马智友摸着火辣辣的脸颊，眼底闪过一抹怨愤又鄙夷的光，抬起头时，脸上却露出无奈的苦笑：“这件事是我的失误。君勉托我照顾静静，我怕她一个人在院长室不安全，所以把她安顿在这里的休息室。明明门是锁死的，静静人小力弱，我以为她不可能打得开……唉，都怪我！现在她都看到了，要是多嘴说出去，我们会很麻烦的。”

谢擎的脸色极其难看，可事已至此，他就算再责怪马智友也于事无补。只是一想到该如何处置这个侄女，他就一阵头疼。

谢擎和谢岩的关系并不好，尤其年少时的谢擎游手好闲，谢岩却刻板严肃，总是端着二哥的架子教训他，让他不胜其烦。如果说，谢擎对谢钰是由羡生妒，那对谢岩就是打从心底里看不起和厌烦。可是偏偏，在谢钰去世后，留下的遗言竟然是让谢岩接任东院院长，而不是他，这让谢擎对这个二哥更看不顺眼。

可是再看不顺眼，静静都是自己的侄女……

马智友一看谢擎的神情就知道他在想些什么，暗里嘲讽一笑，面上却做沉思状道：“院长，你知道君勉和静静一直对那个萧冰朔大有好感，听说今天中午他们还去萧冰朔家中做客。静静更是受过萧冰朔的救命之恩，连最危急的时刻都在喊他的名字。”

谢擎皱起眉头：“你说这些话是什么意思？”

马智友幽幽一笑道：“让静静忘记今天发生的事并不难，只要让江医生给她注射催眠药物即可。但被催眠过的人，多少会精神恍惚、心智失常，若是君勉追究起来就不好办了。可是，如果我们把这件事嫁祸到萧冰朔头上呢？”

谢擎一怔，随即犹疑的目光变得有些狰狞：“你确定这件事能办成？不会让君勉发现端倪？”

马智友自信地一笑：“院长，这件事您就不必操心了，交给我来办吧。我保证会让萧冰朔身败名裂，永无翻身之日！”

第十八集

绑架 × 陷害 × 烈炎之怒

一

华美的庭院中，悠扬的小提琴声在草木花香间回荡。秀美的少女坐在喷泉池旁，闭着眼睛轻轻拉动琴弦，乌发如绸，眉目似画，余音袅袅间组成了一幅隽永的画面。

坐在少女身边的是一个高大的少年，剑眉星目，发色是红棕色，在阳光下显得朝气蓬勃，充满热情。少年此时正静静看着拉琴的女孩，神情专注，仿佛这就是他的全世界。

程伯从屋里端着点心出来，看到这一幕忍不住轻轻叹了口气。

论感情，傻瓜都看得出 Mars 喜欢小姐；论才能和在穹苍学院的地位，Mars 也一点都不比萧冰朔逊色。可是，偏偏小姐对萧冰朔那臭小子情根深种。

程伯再度叹了口气，见慕婉仪一曲奏完，脸上挂起笑容，朝两人走去。

慕婉仪微笑着看向江炎：“江大哥，我刚刚拉的曲子有进步吗？”

江炎抓抓脑袋，尴尬道：“你问我拳法有没有进步，我肯定能告诉你。至于小提琴嘛，我只能说两年前很好听，现在还是很好听。”

慕婉仪扑哧一声笑了出来，不过随即似是想到了什么，脸上的笑容暗淡下去。

如果是那个人，一定能清楚地说出自己演奏中的不足吧。如果是那个人，他若愿意演奏，一定会让自己听到世间最美妙的音乐吧。

江炎神色暗了暗，随即若无其事地笑道：“下礼拜，我打算去上怀市看看我叔叔，婉仪你想跟我一起去吗？”

慕婉仪怔了怔，疑惑地看向江炎，正要问他为什么邀请自己，手机却突然响了起来。

一看到屏幕上显示的号码，慕婉仪整个人霍地站起来，口中发出低低的惊呼声。

这个号码没有存在她的通讯录里，但早已被她倒背如流，绝不会忘记。

慕婉仪深吸了一口气，抚着自己的胸口，感受到里面怦怦乱跳的心脏，好一会儿才按下接听键：“喂，冰朔，你找我？”

原本正一脸烦恼该怎么解释的江炎闻声猛地抬头，眉头不自觉地蹙紧。

慕婉仪的脸微微发红，看了江炎和程伯一眼，拿着手机走开了。微风远远地送来她温柔如水的声音：“有什么需要我帮忙的你尽管说……出去？不不，没关系，我没有为难……冰朔，你别这么说，如果不是你，我早就死在S级拟真绝境中了……我……我说过，我会一直等你，也愿意为你做任何事……好，你等我，我马上过去！”

放下手机，慕婉仪再走回来的时候，整张脸红扑扑的，明媚而神采奕奕，和刚刚的样子完全不同。她抿着嘴笑道：“程伯，我有事要出去一下，可能赶不上午饭了，你不用等我。有事我会给你打电话的。”

程伯一怔，放下手中的点心问道：“小姐，我让保镖跟着你吧？”

“不，不用！”慕婉仪连连摇手，“不是什么危险的事情……”顿了顿，她眼帘微微下垂，放低了声音，“程伯你放心吧，穹苍学院里有Angel Holy监控，不会有问题的。”

程伯闻言倒也没多想，转身就回了别墅中，处理工作去了。江炎却是忍不住皱了皱眉头。他和慕婉仪认识好几年，对于她的一些小习惯非常熟悉，刚刚慕婉仪借着撩头发的动作掩盖目光的闪躲，程伯没看见，他却看见了，这明显是慕婉仪撒谎时才会有的小动作。

“婉仪，我似乎听到冰朔说要找你帮忙，我能知道是什么忙吗？”江炎突然问道。

慕婉仪被吓了一跳，脸有些红，迟疑了一阵，才歉意地道：“对不起，江大哥，这关系到冰朔的隐私，我不能……”她的话没有说完，可是拒绝的意思很明显。

江炎的心情更加灰暗，面上却还要笑着：“没关系，我明白的。不过，不管是为了帮谁，你一定要保护好自己。”

慕婉仪笑着点了点头，本就秀美的面容宛如春花绽放，显得格外动人：“江大哥你放心吧，冰朔是不会害我的。就算有什么事，他也一定会保护好我。那江大哥我先走了，你……你也早点回去吧，我今晚有可能回不来，你先不要跟程伯说哦，我一会儿再打电话和他报备，免得他不同意我出去。”慕婉仪俏皮地做了个噤声的动作，随后跑回屋中，带上自己的小包，就匆匆离开了。

江炎怔怔地呆坐在原地，心中空落落的，脑海中不停回闪着慕婉仪那羞涩又欣喜的面容。

一阵冷风吹过，江炎猛地醒过神来，随即皱起了眉头。

婉仪刚刚那话是什么意思？今晚不回来？难道她要在冰朔的别墅中过夜？不，应该不是！随即，他又想起刚刚听到慕婉仪似乎反问了一句：“出去？”难道冰朔要带慕婉仪离开穹苍学院？那小子到底想做什么？

江炎脑中又响起了谢君勉的话——如果你不想慕婉仪受到伤害，就让她离冰朔远远的。否则，你会后悔的。

江炎的右眼皮突然跳个不停，心情也开始烦躁不安。他有种直觉，这一次慕婉仪可能会出事。

而他的直觉向来是很准的。

“小姐真是的，也不知道什么事这么急，连件外套也不带就跑出去了，万一着凉了怎么办？”程伯絮絮叨叨地走出别墅，却只看到江炎匆匆离开的背影，不由得喃喃自语道，“唉，我真是老了，搞不懂这些小年轻的感情纠葛。”

二

江炎跑出树林时，慕婉仪早已没了踪影。不过他很快想到，如果要离开穹苍学院，肯定要乘坐直升机，所以他想都没想就朝着东院的停机坪飞奔而去。

让江炎诧异的是，以他的速度，跑了一路，竟然没有追上慕婉仪。到达停机坪时他已经满头大汗，远远地，只见一架直升机已经启动，慕婉仪正站在自动伸缩舷梯上探头往直升机里张望。

江炎长松了一口气，擦了擦脸上的汗，快走几步来到舷梯下，正要喊住慕婉仪，突然，舷梯发出咔咔几声响，竟然直接收缩了回去。

站在上面的慕婉仪猝不及防，一个趔趄，身体往前倾倒。这时，机舱中伸出一只手，将她一把拽了进去。

“啊！”江炎只听到慕婉仪发出一声短促的尖叫，随后，飞机以最快的速度升空，狂风呼啸，将江炎的衣衫吹得猎猎作响。

这是穹苍学院最先进的直升机 AS-902，无螺旋桨，也不需要太大的起飞降落空间，从启动到升空只需要几秒的时间，被学生戏称为最安全便捷的交通工具。

江炎眼看着直升机消失在天际，只觉得浑身彻骨冰凉。他狠狠咬了咬自己的舌尖，脚尖猛地一转，朝着学生会跑去。

而此时的学生会中却阴云密布，因为他们向来温声细语的会长第一次发了如此大的火。

莫涵灵在谢君勉面前低着头，脸上满是泪水，双眼早已哭得红肿：“对不起，我真的不知道事情会变成这样。因为项目会已经接近尾声，我以为迟个十分钟不会有问题。我真的没想到赶去的时候，静静会不见。”

谢君勉仰起头深深吸了一口气，才将胸中喷薄的怒火压下去："如果你没有时间，你可以告诉我，那样我绝不会把静静一个人丢在那里。莫涵灵，你无法做到的事情，为什么要答应我？"

"对不起……呜呜，对不起！"莫涵灵捂着脸，哭得泣不成声。

"会长！"一个人推门进来，满脸焦急地道，"会长，终于有消息了。一个二年级B组的男生说，他昨晚在阳台乘凉，看到一个穿白衬衫的男人抱着一个小孩，匆匆往停机坪的方向走去。"

谢君勉霍然转身，紧张地盯着他："他有没有说那个男人是谁？"

"这个……"来人微微踟蹰了片刻，才道，"他说他也不确定，但光看身影，他觉得有点像如今风头正劲的萧冰朔。"

"什么？"莫涵灵比谢君勉更早地发出惊呼，"萧冰朔？是他带走了静静？他到底想做什么？"

女孩的脸上又是愤怒又是震惊，还带着松了一口气的释然。她擦了擦眼泪，看向谢君勉道："原来是萧冰朔。难怪君勉你调取Angel Holy监控，却什么有用的影像都提取不到。这个萧冰朔可是能在S级拟真绝境中找到Angel Holy核心代码漏洞的顶级黑客啊！而且静静向来很信任萧冰朔，根本不可能反抗，Angel Holy的防御机制自然也不会启动。只是他抓走静静，到底想做什么？"

谢君勉呆呆地立在原地，嘴唇微微哆嗦着。莫涵灵原本还想再义愤填膺地骂萧冰朔几句，一抬头看到他的神色，突然怔了怔，心中涌起密密麻麻的疼痛。会长永远是稳重、肃穆、冷静、从容的，就连谢岩犯错的时候，他都没有如此失魂落魄过。

莫涵灵靠近了几步，想要安慰他，谢君勉却开口道："那个做证的人在哪儿？你把他叫过来，我要亲自问……"

谢君勉的话还没有说完，房门突然砰的一声被推开，江炎像一道飓风一样卷进来，一把抓住谢君勉的手："君……君勉，替我准备一架直升机，快！否则就来不及了！"

五年级学生原本是有权利申请一架私人直升机的，可是江炎嫌手续麻烦，从来没有申请过。如今，他因为自己当初的这个决定悔得肠子都青了。

谢君勉看到江炎的样子吓了一跳。他整个人像是从水里捞出来的，红棕色的头发湿淋淋的，身上的衣服更是能绞出水来，只有那张原本略黑的脸颊，此时显得有些苍白。

"发生什么事了，你为什么要用直升机？"

"没时间跟你解释了！"江炎急道，"等说清楚，婉仪就出事了！"说着，他手上猛一用力，抓着谢君勉就往外跑去，很快就不见了踪影。

谢君勉也是有些身手的，全力奔跑起来，勉强能赶上江炎的步伐。这期间，江炎喘着气跟他简单说了一下刚刚发生的事情。

“你说 AS-902 直升机？”谢君勉怔怔重复了一遍，“冰朔名下确实有一架这个型号的飞机，可冰朔应该不会伤害慕婉仪……吧？”

江炎苦笑着看向他：“你别忘了，还是你警告我提防冰朔对婉仪不利的。我想我已经猜到冰朔带走婉仪是想要做什么了。”

“做什么？”

“救他妹妹。”江炎重重吐出一口气，“我承认冰朔是一个善良理智的人，我也确实受过他许多恩惠。可事情一旦涉及他的宝贝妹妹，那他的理智就会完全失控。你没有看到他妹妹病发时，冰朔那疯狂的样子。他拿刀自残，就连他最好的朋友陆昊远上前劝解，他都是一副要杀人的模样。”

谢君勉沉默了一瞬，半晌才哑声道：“冰朔的妹妹得了什么病？”

江炎脸色难看地摇了摇头：“不是病，是被人注射了一种可怕的试剂，好像叫作 Fal-Angel 什么的，9 月份的时候刚刚病发，现在还躺在床上。据说如果不马上找到还原剂，她的智力会完全退化，变成低能儿。”

谢君勉原本正在进行指纹验证的手一抖，但虚拟屏幕上还是显示：指纹验证通过，虹膜验证通过，DNA 匹配，允许获取直升机钥匙。

谢君勉侧过头平复了一下心跳，喃喃道：“原来冰朔以为慕婉仪和还原剂有关，所以才要将她带出去交给何家？可他难道不知道，真正的还原剂不仅仅是损失一点血液，是要连命都要赔上的吗？”

“君勉，你说什么？”

谢君勉摇了摇头，突然脸色微变道：“你知道是谁害了冰朔的妹妹吗？”

江炎摇了摇头：“不清楚，听说冰朔这次来穹苍学院，就是为了查这件事。我听他亲口说过，他绝对会让将他拖下水的人付出惨痛的代价。”

谢君勉只觉得脑中嗡一声响，身体都因为恐惧和惊慌而晃了一下。

“喂，你没事吧？”江炎连忙扶住他，看到他那惨白的脸色，不由得担心道，“你怎么了？”

谢君勉的手抖个不停，他深呼吸了好几次，才勉强压下心头的恐惧和慌乱：“我跟你一起去，我们马上去问心阵。想要离开穹苍学院，无论如何都必须要经过问心阵。我会打电话让穆索开启问心阵拦住他们，希望还来得及……不，一定要来得及！”

江炎脸上的诧异更深：“谢君勉，你到底怎么了？被劫走的是婉仪，你怎么好像比我还紧张？你不是说冰朔不会伤害婉仪吗？”

谢君勉闭了闭眼，脸上露出苦涩的笑容：“被带走的不仅仅是慕婉仪，还有我的外甥女静静。冰朔他如今已经疯了，为了救他妹妹，为了替他妹妹报仇，他什么事都做得出来。”

说到这里，谢君勉的神情变得坚定：“无论如何，我都不会让他伤害静静！”

三

“少爷，该吃药了。”邱叔端着药走进房间，看到脸色苍白的少爷正按压着太阳穴，勉力撑着精神处理工作，心中就一阵骄傲和心疼。

何佑君笑笑，锁上面前的电脑，接过邱叔递过来的药，一把抛进口中。将药用温水吞服后，他才自嘲般地笑道：“如今我真是比妈妈更像个病秧子，每天要吞那么多药，否则就只能等死。”

“不会的！”邱叔连忙道，“‘堕天计划’如今进展飞快，我们何家也掌握了核心技术，少爷你和夫人的病一定能痊愈的。”他说着，又端来一碗莲子羹，正要劝何佑君用点，眼前却弹出一个四维通讯请求的虚拟投影。

何佑君看到来人姓名，微微皱了皱眉，但还是按了接听。

“何少爷，我们这边一切就绪，你不会在关键时刻掉链子，或是舍不得手上的这枚好棋子吧？”

何佑君扯了扯嘴角，冷笑道：“马智友，你不用三番五次来试探我，我既然决定跟你们合作，就绝不会反悔。”

马智友笑道：“我自然是相信何少爷的。不过，这萧冰朔向来狡猾难缠，何少爷确定他会乖乖跳进你设的陷阱？”

何佑君的目光落在不远处的两张相片上，一张是他和他已经去世的妹妹，相片中五六岁的小女孩穿着一身红色连衣裙依偎在他身边，笑得格外开怀。而另一张却是冰朔和琉璃的合照，琉璃像只小猴子一样圈着冰朔的脖子，整个人挂在他身上不肯下来。少年清俊的脸上很是无奈，却掩不住眼底的纵容和宠溺。

何佑君伸出手，轻轻抚过少年那双仿佛会说话的眼睛，淡淡道：“冰朔天赋卓绝，却不擅心计，我早已取得了他的信任。更何况，此事关系到他最疼爱的妹妹，他根本就没有退路。”

马智友呵呵笑了两声，似是放心，又似是嘲讽，又寒暄了两句，才挂上电话。

邱叔见何佑君怔怔看着冰朔的相片发呆，忍不住轻声劝道：“少爷，你也不用觉得愧疚，是萧冰朔他先置您的安危于不顾的。明知道少爷您身上的 Re-Angel 试剂还没有解除，竟然想要甩手不管。哼，真是忘恩负义之徒！

“少爷您要是不放心，我明天就去上怀看看琉璃小姐的病情，以确保此次计划万无一失。”

何佑君沉默了片刻，才轻轻嗯了一声，没有再多说什么。

四

慕婉仪醒过来的时候，只觉得后脑勺一阵刺痛。耳边还回荡着小孩刺耳的哭叫声，折磨着她的耳膜和神经，让她忍不住皱起了眉头。

一个粗犷的男子声音不耐烦地道：“这小孩怎么那么烦？反正都是要弄死的，不如我现在就把她毒哑得了。”

“你想死尽可以试试看。”另一个男子冷哼道，“这可是马先生安排的一颗绝妙的棋子，你敢坏了院长和马先生的事，就等着被当成下一个实验体吧。”

慕婉仪困难地睁开眼，挣扎着坐起来，才发现自己手脚都被绑了。她一动，看守的人立刻察觉，锐利的目光望过来：“真麻烦，连这个大的也这么早醒。不如我给她们一人来一棍，免得她们吵闹。”

“得了，这鬼地方，她们想逃也逃不出去，随便她们折腾吧。”

慕婉仪的视线扫过周围，才发现这里是室外，旁边都是假山和灌木丛。她看了一会儿，突然认出来，这里居然是……问心阵！而刚刚说话的是两个高壮的男子，面容都很陌生，脸上满是横肉，眼中透着凶光，一看就不是什么良善之人。

一阵风吹来，慕婉仪忍不住打了个寒战。她强压下心头的恐惧，颤声道：“你们是什么人？为什么要绑架我？你们如果是想要钱，要多少我给多少，但你们不能伤害我！”

“哈哈哈，小姑娘口气倒是不小。”一个左脸上有道刀疤的男子笑道，“说得老子都有些心动了，只可惜，我们不是拿钱办事，而是身不由己。啧啧啧，这么娇嫩的妞儿老子有多久没见到了，直接弄死真是可惜了！”

说着，伸手就要往慕婉仪的脸上摸去。

慕婉仪只觉得一阵恶心，身体猛地仰避了开去。她眼中的厌恶激怒了刀疤男，正要劈手给慕婉仪一个巴掌让她老实点，后方却突然有脚步声靠近。

“咳咳咳……”首先传来的是沙哑的咳嗽声，紧接着一个裹着厚厚羽绒服的男子慢慢从假山后走出来。要知道，如今可是十月份，暑气未退的时节，这个男子穿着厚厚的毛衣，裹着羽绒服，竟然还冻得瑟瑟发抖。

这人身后还跟着两个男子，一个气质温文尔雅，脸带微笑；另一个戴着眼镜，穿着白大褂，眼中闪烁着兴奋的光芒。

慕婉仪看到他们的瞬间就震惊地瞪大了眼睛，因为这三个人，她竟然都认识。

为首的裹着羽绒服的男子是只见过一两面的校医，或者说曾经的校医，查尔斯。而跟在查尔斯身后的两人正是东院院长谢擎的两个心腹马智友和江医生。

一看到马智友和江医生，一旁哭得声嘶力竭的小姑娘立刻停止了哭泣，吓得满脸惨白地往慕婉仪身后躲。

“你……你们，是你们？你们假扮冰朔绑架我，到底想做什么？”

马智友温和地笑道：“慕小姐，本来就是冰朔请你过来，让你帮他一个忙的，你也接到了他的电话，怎么会说是我们假扮冰朔呢？”

“那不是他！”慕婉仪仰着略显苍白的小脸，斩钉截铁道，“我早该想到的，打电话来的那个人不是他。他就算想要我帮他，也会跟我解释清楚，就像他拒绝我的时候一样，不会留给我一个模棱两可的答案。你们是通过 Angel Holy 截留了他的声音参数，然后合成出来的音频文件吧？我真是蠢，竟然这么容易就被骗了！”

马智友愣了好一会儿，才鼓掌笑道：“慕小姐的聪慧真是出乎我的意料，难怪能成为五年级唯一的女生呢。”

慕婉仪咬牙道：“你们把我绑来是想做什么？如果想用我威胁冰朔，我劝你们还是省省吧。我不是他的女朋友，他也不喜欢我，绝不会为了我答应你们任何条件的！”

这一次开口的却不是马智友，而是旁边紧紧裹着羽绒服还在瑟瑟发抖的白狐：“慕小姐你真是不了解萧冰朔啊。那个假仁假义的伪君子就算不喜欢你，如果真的看到你因为他而死得无比凄惨，也一定会痛苦终生的……哈哈哈……咳咳咳……”说着说着，白狐的面容突然变得一阵扭曲，原本因为寒冷而毫无血色的唇上也泛起嫣红，“然而，只是这样又怎么能抵消我受的苦？我不仅仅要让萧冰朔痛苦终生，我还要让他身败名裂，像只丧家之犬一样被赶出穹苍学院！”

白狐的声音又尖又厉，话语中的仇恨和怨毒让慕婉仪忍不住打了个寒战。

她不知道这个校医到底怎么和冰朔结的仇，可是，大致也能猜到，对方如今这形销骨立的模样，怕是和冰朔有关。

“你……你们打算杀了我，让冰朔痛苦，甚至嫁祸在冰朔头上？”慕婉仪强压下心头的恐惧，扬声套话，“可是，你们以为这样拙劣的陷害，穹苍学院的人会相信？”

马智友呵呵笑道：“穹苍学院的人会不会相信不重要，只要江炎和谢君勉相信就足够了。你说，如果江炎知道自己爱慕的女神被萧冰朔利用不成，玷污杀害，他会是如何震怒？你说，武道之神 Mars 和学生会会长的怒火，他萧冰朔还能承受吗？”

慕婉仪霍然一惊，尖叫道：“你们做了什么？”

静静听到谢君勉的名字，终于忍不住哭泣道：“叔叔，叔叔，快来救静静，静静好怕啊，呜呜呜……”

白狐连连咳嗽了几声，冷笑道：“你跟她解释什么，席貊人呢，怎么还没到？”

马智友朝一个方向看了看，忍不住皱起眉。他拿起手机拨了个电话，可是没想到，接通没几秒，居然就被对方挂断了。

马智友啧了一声，不解道：“席貊怎么会突然变卦？按理说他对慕婉仪这个实验体应该是很感兴趣的。更何况，得到慕婉仪，等于得到慕家 20% 的股份，席貊没可能不动心啊！难道他发现了我们的计划？”

白狐烦躁地道：“我们再等下去，萧冰朔和 Mars、谢君勉他们就要赶过来了。现在就动手吧，正好这里也有现成的人选。”

说着，他的目光恶意地扫过那两个高壮男子，又落在慕婉仪身上。一想到冰朔看到慕婉仪凄惨模样时的悔恨痛苦，他就激动得身体都忍不住颤抖起来。

马智友皱了皱眉，忍不住又拨了一遍席貊的电话，可这一次不是被挂断，而是信号突然之间被切断了。周围云雾渐浓，耳边也传来草木枝叶摩擦的沙沙声。这是问心阵被启动了，也就是说，谢君勉和 Mars 很快就会赶过来，时间已经刻不容缓。

他看向刀疤男：“带着慕婉仪往东走五十米，再往南走三十米，那里会有一块不受阵法干扰的空地。你知道要做什么，记得做得漂亮点。”

刀疤男应了一声是，双目灼灼地走向慕婉仪，一把将她拎起来。

“你们想做什么？放开我！”慕婉仪奋力挣扎尖叫，“你们知道问心阵也在 Angel Holy 的监控范围吗？你们知道在穹苍学院里杀害一个五年级学生会受到什么样的处罚吗？”

马智友微微一笑：“慕小姐放心吧，已经有人蒙住了 Angel Holy 的眼睛，默许这一切的发生。”

慕婉仪的动作一顿，双唇颤抖着张了张，好半晌才吐出一个名字：“Gallant！”

只有Gallant才能蒙住Angel Holy的眼睛。可是，她以为Gallant对冰朔是不一样的，她以为那个人不会对冰朔下手……

白狐咳嗽了两声，双颊因为兴奋而泛起红晕，随即又被冷得一哆嗦，声音打着战：“马智友，你不打算跟去看看吗？或者，你可以优先品尝一下穹苍学院女神的滋味，尤其这个女人还是七宿之一，相信一定能让你满意的。说真的，如果不是我现在的身体被萧冰朔彻底毁了，我也一定会忍不住的，因为我们的小女神看上去是那么可口……”

慕婉仪一下子听懂了白狐话中的意思。她看了看那刀疤男眼中的贪婪，灭顶的恐惧和绝望汹涌而来，让她连站都站不稳。

马智友却是笑着摇了摇头：“免了，我已经过了好女色的年纪。白狐，你别被仇恨冲昏了头脑，忘了我们最终的目的。”

白狐不屑地嗤了一声，率先朝着东面迈出脚步。

慕婉仪还想要挣扎，却被那刀疤男一把抓住衣领，像是破布娃娃一样直接拖走了。

在这片空间里，只剩下马智友、江医生和静静三个人。静静眼中含着泪，小身子瑟瑟发抖地蜷缩在一个假山下，口中哽咽道：“不要杀我，马伯伯，不要杀静静好不好？呜呜呜……我要妈妈，我要叔叔，叔叔你为什么还不来救静静……呜呜呜……”

江医生啧了一声，皱眉道：“不就是一个四五岁的小女孩吗，能知道什么？按照和院长约定的那样喂下催眠药物不就好了？”

饶是以江医生的变态，要对一个小女孩下手，也觉得心中不适。

马智友却嗤笑一声：“你以为我对付她是为了不让她泄密？江慎海，你长点脑子好不好？”

江医生诧异道：“不是杀人灭口？”

马智友叹了口气，视线望向远方，脸上隐隐有着怀念之色：“慎海，你还记得谢钰谢校长还在时的情景吗？‘堕天计划’是谢校长一手创建起来的项目，那时候谢家无论是在商界还是在穹苍学院，是怎样的风光？可如今呢？区区一个何佑君都敢给我们脸色看，呵呵……如果谢校长还在，这些跳梁小丑敢跟我们这样嚣张？”

江医生怔了怔，脸色也变得暗淡，闷闷地道：“是啊，那时候我随时随地都可以做实验，谢校长还会不时给我指点。哪像现在，跟着谢擎，连点实验设备都弄不到。”

“所以，我们是时候换个掌舵人了。”马智友意味深长地看着他，目光又落在抽泣的小女孩身上，“难道你不觉得，谢校长的儿子才是最好的人选吗？”

江医生似懂非懂，不过他的心思向来放在实验上，所以很快就把那一点点良知抛到了脑后：“好，就听你的，放心，我一定会让这小丫头死得无知无觉。不过你也要答应我，斗垮了萧冰朔后，把他交给我半个月，不，一个月！我一定要拿他好好做做调教实验。当初他电击我的仇，我可还没报呢！”

马智友笑道：“交给你可以，但你可千万不能把他弄坏了。要知道，Gallant 不插手这件事的要求，就是我们要把这个珍贵的实验体交给艾斯莱尔家族。

“时间差不多了，你搞定这个小丫头，我去问心阵的控制室看看。这萧冰朔可是五行八卦方面的高手，若是被他抢走了问心阵的控制权就麻烦了。”

马智友走后，江医生马上打开随身的医药箱，拿出一个注射针和一瓶药水，将药水抽入针筒内，快步走到静静面前：“小娃儿，乖乖地让叔叔打一针，就少受一点苦，你轻松我也轻松。”

静静身体拼命往后缩，眼泪汹涌，一边哭一边哀求：“江叔叔，你不要杀我好不好？静静不要打针，静静会乖的……妈妈，妈妈！呜呜呜，静静要妈妈！”

江医生低低笑了一声，神情中带上了几分兴奋：“我最喜欢看病人在我面前哭泣求饶的样子。本来对小孩子动手还有些心理障碍，现在我却觉得身体都热了起来，哈哈哈……”

江医生说着，一把抓住静静细瘦的胳膊，将她拖过来，按住她不停扑腾的身体，针头就要往她的手臂上扎去。

“啊啊啊……呜呜呜……妈妈！”静静吓得闭上了眼睛。

耳边突然传来砰一声响，手臂上却没有刺痛的感觉。静静忍不住睁开眼，很快对上一张熟悉的俊脸，那张她在更年幼的时候看到，就忍不住喊“哥哥漂漂”的脸。

静静哇的一声哭了出来，整个人扑进来人怀中，一边号啕一边不停打嗝：“冰朔哥哥，呜呜呜，冰朔哥哥，你为什么现在才来？静静好怕，呜呜呜……”

冰朔一边轻轻拍着怀中的小女孩，一边用内力给她顺气，让她不再打嗝，轻声安抚道：“静静乖，没事了，别哭了好不好？”

静静一边抽噎一边抹着眼泪，心中后怕，却还是乖乖点头：“静静乖，静静不哭。”

冰朔心中疼惜得不行，又给她擦了擦小脸，才按着她的肩膀道：“哥哥还要去救人，静静能乖乖待在这里不乱走吗？”

静静一听说他要离开，立刻紧张地抓住了他的袖子，忍不住问道：“哥哥是要去救那个漂亮的小姐姐吗？”

冰朔点了点头。他刚刚赶到问心阵，具体的情况还不清楚，但如今问心阵的布置都在游码的虚拟空间中清晰展现着，他知道要去哪里救慕婉仪。

静静心中其实充满了恐慌和不安，可是听到冰朔的话还是依依不舍地松开了手。

冰朔抱起静静，让她躲在一座假山里面。紧接着，他又改动了周围几座假山和草木的位置，让这个空间在问心阵中被完全隐藏起来。

“静静，记住冰朔哥哥的话，无论如何都不要出来，等哥哥回来接你，明白了吗？”

静静连连点头，两个小辫子一晃一晃的，说不出的可爱。

冰朔拍了拍她的头，又走到昏迷的江医生旁边，看着他的目光一片冰冷。

他低头抓起江医生手上的注射针，也没有去看那里面的液体是什么，直接一针扎在江医生手臂上，将药水推了进去。江医生的身体抽搐了一下，就不再动了。但冰朔依旧不放心，将他拖到了杜门附近，让他就算醒来也只能陷入噩梦般的环境中，这才匆匆往东南方向赶去。

静静睁大眼睛看着冰朔远去的背影，泪水再一次涌了上来。她连忙擦了擦，乖乖在冰朔围出来的空地坐下来。折腾了两天，她觉得说不出的疲惫，靠在假山上，眼皮越来越沉重，不一会儿就睡了过去。

也不知道睡了多久，静静突然听到有人说话，猛地惊醒过来。

“咦，我记得慎海和静静应该是在这个位置啊，可是似乎又不太对……”

是马智友，还有她的二叔谢擎！静静吓得连忙捂住自己的嘴，动作的时候碰到了身边的石头，发出咔嚓的声响，吓得她小脸都白了。不过等了一会儿，静静发现，自己明明就在旁边，可是二叔和马智友似乎根本察觉不到，甚至连她发出的声音也听不见。静静从假山缝隙间张望出去，就看到两人在四周找了好几圈，可是一无所获。最后谢擎站定在某个位置，皱眉道：“算了，也许是小江给静静注射催眠药物后，就去和查尔斯会合了，我们也去看看那边的进展吧。”

马智友点了点头，虽然脸上还有犹疑，但还是跟着谢擎往东边一步步谨慎地走去。在问心阵中，哪怕只走出一步，眼前的景象都可能千差万别。

静静看两人走了，动了动自己睡得有些发麻的脚，忍不住起身想要走出这里。

周围静悄悄的，四处是迷雾，静静待久了只觉得好害怕。她想妈妈，想叔叔了，想要跟在冰朔哥哥身边。只是，刚走出一步，静静就把脚缩了回来。她想起冰朔哥哥的话——无论如何都不要离开这里。静静扁扁嘴，双眼含着泪，还是乖乖回到了原来的位置。

“冰朔哥哥，你快点回来好不好，静静很乖，没有乱走，可是静静一个人好害怕……”

正喃喃念着，突然又有人声从不远处传来。

“君勉，你确定是这个方向？在问心阵中，冰朔可比我们两个厉害多了，万一走错一步，别说救婉仪和静静，我们自己都会被困死在这里。”

“是这个方向。”另一个声音斩钉截铁道，“我刚刚在穆叔叔的监控室中看过问心阵阵眼和阵门的变动。如今生门已经完全封死，其他几门都凶险重重，冰朔带着慕婉仪和静静，想要喘一口气，必然只能留在这两个地方。不过看来这里没有人，那就只能是在另一个坐标位置了。”

是谢君勉，是叔叔的声音！静静一下子从地上站起身，整个人扑到假山缝隙间大叫道：“叔叔，叔叔，我在这里！”

静静喊得声嘶力竭，可是谢君勉根本听不到她的声音，和江炎两人一边说话一边远离，身影在浓雾中越来越淡。静静急了，手撑着假山壁一下子从冰朔圈定的位置爬了出来，迈着小短腿往谢君勉离开的方向边追边喊：“叔叔，我是静静啊，叔叔，你回来啊！”

凉风吹过，迷雾重重，静静只觉得眼前一花，再也看不到谢君勉的身影，也听不到他的声音：“呜呜……叔叔……”为什么叔叔不理静静，是因为静静不乖吗？

静静抹着眼泪，伤心地在原地哭泣了好久才往回走去。叔叔不理她，可是冰朔哥哥说过他一定会回来，自己要在原地等着冰朔哥哥。

然而，静静一转头，就听到一个熟悉的、让她毛骨悚然的声音响起：“静静，你真不乖，马伯伯不是告诉你了吗，不可以乱跑。不听话的小孩可是要接受惩罚的哦！”

五

云山脚下，十月的天空碧蓝如洗，骄阳高悬在头顶，一抬头就能晃花人的眼睛。可是，这样灿烂的阳光却穿不透问心阵那厚厚的浓雾，落不到这一方小小的土地。

慕婉仪趁着刀疤男不注意，割断了绳索，用身上藏着的微型电击器给他狠狠来了一下。可是，这样的反抗根本不能扭转局势。慕婉仪刚逃出两步，就被人抓住头发拖了回去，身上的裙子也被撕了个破破烂烂。

耳边传来男人张狂的笑声，她心中恐惧到了极点，痛苦到了极点，却也让她彻底冷静下来。慕婉仪停止了哭喊和尖叫，仿佛乖顺般往刀疤男的怀中依偎过去，却在离男人半臂远的时候，狠狠抽出一把袖珍匕首，在男人赤裸的胸膛上划出一道狰狞的口子，随后毫不留情地割在自己养了十几年的长发上。

刺啦一声，青丝纷纷扬扬地散落，就好像慕婉仪飘零破碎的希望。

在短暂脱离了刀疤男的掌控后，她毫不犹豫地朝不远处的一座假山狠狠撞去。

“不好，她要寻死！”白狐扯着嗓子尖叫一声，想要冲过去阻止她，可是寒冷一下子席卷了他的双膝，将他的身形固定在原地动弹不得。

眼看着慕婉仪的脑袋就要撞在假山上，血溅当场，突然，一道身影如疾风般呼啸而来，电光石火间，拦在她面前。

砰的一声响，慕婉仪撞入一个怀抱，拦住她的人，后腰却重重撞在假山上。耳边传来一声闷哼，那熟悉的声线，还有温暖的怀抱中传来的清幽草木香气，让慕婉仪怔住了。她慢慢抬起头，对上少年清澈蔚蓝的眼眸，眼泪唰的一下便涌了出来：“冰朔……冰朔!你来救我了？你果然还是来救我了，呜呜……我不是在做梦吧？”

冰朔揉着自己被撞得生疼的腰，无奈道：“不如你像我一样在石头上撞一下，就知道自己是不是在做梦了。”

他本是开玩笑，谁知慕婉仪竟真的傻乎乎地伸出手重重敲在假山上。冰朔阻止不及，眼睁睁看着她把自己的小粉拳都给敲肿了，末了还含着泪傻乎乎地笑道：“好疼，原来真的不是梦啊！”

冰朔按了按太阳穴，将哭笑不得的表情收敛回去，视线掠过不远处的白狐，淡淡道：“待在这里不要乱走，等我解决了……”话还没说完，冰朔突然觉得背上一重。慕婉仪竟然双眼一闭，歪倒在他背上。

冰朔被吓了一跳，连忙抓住她的手腕把脉，确认她只是太过疲惫昏睡过去，才松了口气。

但同时他也忍不住皱眉疑惑，上一次在S级拟真绝境也是，慕婉仪一见到他就昏了过去，明明那时候后进班的人要比她疲惫得多。这姑娘似乎只要受到刺激后放松下来就会昏厥，是身上有什么隐疾吗？

这样的念头只是在脑海一晃，就被他抛到了脑后。冰朔将慕婉仪小心地安置在地上，才看向白狐，淡淡道：“查尔斯，为什么你总是吸取不了教训？永远生活在冰冷中的滋味你很满意是吗？”

白狐对上冰朔的目光，下意识地往后退了一步：“你……你为什么会出现在这里？不对，你……你不是应该已经……”

“已经什么？”冰朔微微一笑，神色说不出的嘲讽，“已经掉入你们的陷阱？已经被控制住了？”

眼看着他一步步朝自己走来，埋藏在心底深处的恐惧一下子涌了上来，让白狐一边趔趄着后退，一边高声尖叫：“别过来，你别过来！你……你们快去抓住慕婉仪做人质，否则我们都死定……”

他的定字刚刚出口，冰朔就动了。

他的身形腾空而起，左脚踩在假山上，身体如陀螺般一转，右腿狠狠扫过刀疤男的头颅。

只听砰的一声巨响，刀疤男连惨呼都来不及发出，就重重撞在灌木丛中，昏死过去。

另一个男子觉得自己刚刚好像听到了刀疤男头骨裂开的声音，他的眼中闪过恐惧，随后又变为疯狂。一把纯黑色的迷你勃朗宁手枪出现在他手中，他毫不犹豫地朝冰朔扣动了扳机。

砰砰砰——子弹打在假山上，一时间碎石四溅，粉尘弥漫，连周围原本淡淡的迷雾也浓厚了几分。男人哆嗦着收回枪，不停往四周张望，突然，一阵风从他身后袭来。男人猛地转身，刚刚扣下扳机，就感觉脖子上传来一阵细细的冰凉之意，仿佛是有一道铁丝缠上了他的脖颈，随时能将他的头颅绞下来。

不，他不想死！男人惊恐地瞪大眼，在一片绝望与恐惧中失去了知觉。

浓雾散尽，冰朔收回割破了男人喉咙的“绝”丝，几步踏出，落在想要趁乱逃走的白狐面前。

“萧冰朔，我……我知道你，你根本就不会杀人，也不会做违法的事情……”白狐用发颤的声音大喊，“你……你放过我，我保证以后再也不会跟你作对！”

冰朔轻轻一笑，手在腰间一摸索，寒血剑落入手中，在内力的加持下瞬间绷直。

白狐一看到这寒血剑，就吓得脸色煞白，惊声尖叫道：“不要！”

冰朔的注意力都放在白狐身上，所以没有发现，在他身后，问心阵自行运转，竟然卷腾起一片浓雾，将那刀疤男和他的同伙一起吞没。浓雾散尽，这一片区域只剩下昏迷的慕婉仪、冰朔和白狐三人。

冰朔手中的寒血剑幻化出八道剑光，直刺白狐手腕、手肘、膝盖、脚踝四处经脉。

“啊啊啊——”白狐发出凄厉的尖叫声，满脸鼻涕眼泪地扑倒在地上。

“冰朔，你在干什么？”一道怒吼声由远及近，紧接着，仿佛燃烧着火焰的拳头朝冰朔的胸口狠狠砸来。

冰朔不得不急速后退，几乎用上了所有内力才堪堪避过那石破天惊的一拳。

有着一头红棕色短发的少年冷冷地盯着冰朔，往日含笑的眼眸中此时一片阴沉。

“Mars！”趴在地上动弹不得的白狐已经痛得满脸泪水，狼狈不堪，可是看到少年还是忍不住声嘶力竭地大喊，“Mars 救我！我撞破了冰朔对慕婉仪的禽兽行为，他竟然要杀我灭口！”

江炎的目光看过来，顿时惊诧道：“查尔斯医生，你怎么会在这里？”随即，他想到了什么，视线猛地朝旁边望去，等看到衣衫不整、昏迷在地的慕婉仪时，顿觉脑中嗡嗡作响，想都没想就冲了过去。

“婉仪，婉仪！”江炎哑着嗓子叫了好几声，慕婉仪却双目紧闭，没有半点反应。

他的目光落在慕婉仪的脖子上，白皙娇嫩的肌肤上有好几道青紫的抓痕，紧握的小手上也有擦伤和瘀青，还有那被胡乱切断的头发、苍白小脸上的泪痕……这一切让江炎的理智被愤怒彻底淹没，再也无法正常思考。

“萧冰朔，你怎么能这么对她？”江炎霍地站起身，赤红的双目死死瞪着冰朔，带着逼人的煞气，一步步朝他走近，“就算你真的想救你妹妹，就算慕家参与了‘堕天计划’，就算在这穹苍学院有人算计你，可是，婉仪她有哪点对不起你？你要这么糟蹋她、利用她？”

冰朔静静地看着他，沉声道：“不是我做的，我也是刚刚赶到这里。对慕婉仪下手的是白狐和……”他的声音一顿，看着空空如也的地面，皱起了眉头。刚刚那两个昏死过去的男子不见了？是怎么不见的？

“刚刚赶到这里？”江炎哈哈大笑，“在你心里，我就是个没有脑子的白痴，能让你和Gallant这群聪明人随便耍弄？如果你是刚刚赶到这里，那把婉仪带到这里的是谁？如果不是你的电话、你的恳求，婉仪她会什么都不想，连保镖都不带就出来吗？”

冰朔皱眉：“我给慕婉仪打过电话？什么时候？”

江炎还没有回答，白狐已经一边剧烈地咳嗽一边道：“Mars，快抓住他，他在拖延时间！除了慕婉仪，被抓的还有谢君勉的外甥女静静，他……他有同伙，想要对静静下手来报复谢家。如果再不找到静静，就来不及了。”

冰朔闻言心头猛地跳了一下，不知为什么，竟涌起一股强烈的不安。他的五感异于常人，对于危险和灾难的预知从来不是杞人忧天。此时听到静静的名字，心脏竟不可控制地怦怦乱跳，伴随着极度的不安和恐惧，让他终于变了脸色。

冰朔往来路走了两步，却被重重挥来的一拳阻住了去路。江炎的眼中带着疯狂燃烧的怒意，可出手的时候还是保留了几分——江炎的主要目的是制住冰朔，而不是杀了他或重伤他。

然而冰朔一点都不觉得感激，他敛眸沉声道：“江炎，你真的相信我会侵犯慕婉仪？

你脑子里都是豆腐吗？这么漏洞百出的局，你到底是有多蠢才会相信？”

江炎痛苦地晃了晃脑袋，胸口不停翻涌的怒火让他无法正常思考。

白狐突然尖声道：“知人知面不知心，我跟他曾经也是至交好友，怎么会想到他是如此人面兽心！Mars，你千万别信他，否则只会给他机会再害慕婉仪一次！”

最后那句话让江炎神色陡然一凛，杀意再度弥漫。

冰朔怒极反笑：“你真的相信这个男人说的话？你知不知道，查尔斯就是白狐，也就是治疗你叔叔的洛瑞教授，你忘了他当初是怎么治疗你叔叔的吗？”

江炎一拳击出，迫得冰朔狼狈地退了一步，才冷冷道：“萧冰朔，我已经不知道你说的话哪一句能信，哪一句不能信了。我叔叔的病真的好转了吗？你是不是早在维加斯州的时候，就知道了我的身份？你带我回国，到底是为了更方便替我叔叔看病，还是想要验证我是不是你找的七宿之一？”

冰朔心中一阵阵发寒。此时的江炎眼中对他已经没有了一丝一毫的信赖，只剩下彻底的怀疑和仇恨。曾经让他感激的一切，在此刻统统被否定，甚至成为他攻讦自己的理由。

冰朔深吸了一口气，脸上露出自嘲的笑：“既然你都已经有结论了，那就没什么可说了。”

“马上带我去找静静！你不要丧心病狂到连一个小孩子都不放过！”

冰朔冷冷道：“我说我现在带你去找她，你信吗？”

江炎体内真气运转全身，最后凝聚到自己的拳头上，双脚前后踏地，双手一前一后举到胸前，眼中的愤怒统统化为了修罗般的冷静和残酷。

这是维加斯州地下拳坛的王者 Ares。他以亚洲人的单薄身板，在嘲讽中创造了九十九场不败奇迹。

江炎用自己的实际行动回答冰朔：他不信。

冰朔感觉自己身上的汗毛都竖了起来，那是在危机面前出于本能的恐惧和紧张。可是在这份紧张中，一阵阵更加让他心烦意乱的不安涌上心头，脑海中仿佛有一个声音在不停地告诉他：“快去，快去！快去找静静，否则你会后悔一生！”

寒血剑赫然绷直，寒冰之气瞬间在空气中弥漫。而江炎那暴风雨般的拳头也随着他闪电般的靠近击打过来。

冰朔脚下踏着幻影般的步伐，身形像是舞蹈，又像是变成了无数的影子，在拳影中穿梭。看似身法洒脱曼妙，可是他的额头已经渗出了细密的汗珠。

寒血剑在每一个间不容发的瞬息间刺向江炎的破绽处，可是江炎的反应奇快，每一次都能在冰朔刚刚出剑的瞬间，就已经闪身避开。

白狐一开始还能看清个一两招，到后来只觉得眼花缭乱，迷雾重重，而身上的寒冷和疼痛又让他的精神越来越沉重和涣散，最后终于忍不住昏了过去。

时间一分一秒地过去，冰朔身上的汗越来越多，脚下的步伐也开始变得迟滞。

到这一刻，两人比拼的已经不是招式，而是内力和体能了。可是，冰朔的内力不能完全动用，否则会让全身经脉彻底崩裂。而不祥的预感却越来越浓烈，像是吐芯的毒蛇缠绕在他心头，让他无法专心。

终于，冰朔把心一横，在江炎下一拳击出的时候，寒血剑收回腰间，而他的整个身体却朝着江炎的拳头迎了上去。

拳肉相击，饶是冰朔已经把所有剩余的内力都集中在了胸口，此时也觉一阵窒息般的闷痛。他整个人如炮弹般弹射出去，重重撞在假山上。

“噗——”他猛地喷出一口血，却来不及运转真气调息，而是沉声喝道，“游码，乾位、坎位互换，巽位顺时针移转三十度，将生门给我强行撕出来！”

冰朔的话音刚落，周围的假山和灌木丛就飞快地移动起来。随着阵法改变，整个问心阵的迷雾忽浓忽淡，仿佛有一股无形的力量在催动着它们。

江炎在击中冰朔的瞬间整个人都呆了呆。他没想到冰朔竟然会不要命地用心脏的位置迎上来。那一下，哪怕冰朔用了真气抵挡，也一定伤得不轻。

不知道为什么，他的心中涌起一股愧疚，眼前仿佛浮现出第一次见面时，坐在轮椅上望着喷泉的羸弱少年。那时候他以为自己的主顾是个弱不禁风的病秧子，发誓一定要保护好他，谁知转眼不过两个月，却已经物是人非。

然而，愧疚只是一瞬，当听到冰朔的低喝，江炎暗道不好，整个人如离弦的箭一般冲过去，可还是晚了一步。原本浅浅的迷雾瞬间变得浓郁，遮住了眼前的一切景物。

江炎停下脚步。他如果马上追上去，或许能抓到冰朔，可是，离开了这里就会找不到回来的路，他怎么可能抛下昏迷的慕婉仪离开？

第十九集

离殇 × 凶手 × 黄泉审判

一

主人，您的脉搏很弱，呼吸不畅，而且左胸第四和第五根肋骨有骨裂的迹象，建议您马上坐下休息，等待救护车到来。

眼前浮现出一行文字，冰朔忍不住晃了晃脑袋，勉强集中精神，才将这一行字看清楚。“游码，”冰朔低声道，“替我标明静静的方位。”

可是主人，您真的需要休息，您的体温也越来越低……

“游码，求你了。”

短暂的沉默过后，游码弹出了一张简易描线地图，上面只有圆圈、三角和线条，落在旁人眼中一定宛如鬼画符一般，但冰朔只看了一眼就懂了。他猛地咳嗽一声，捂着钝痛的胸口加快了脚步。

半分钟后，他终于听到了人声。

“为什么？为什么会这样？你不是说只是催眠的药物吗？你不是说静静不会有事吗？”是谢擎的声音。

紧接着，另一个温和的声音叹息道：“也许是小孩子对药物过敏，我也没想到会这样。看她如此痛苦的样子，与其活着，还不如让她安静地死去。院长，如果你下不了手，就让我来吧！”

冰朔心中一沉，再也顾不得身上的痛楚，脚下一踏，身形如箭般射出去。

入目的一幕让冰朔目眦欲裂。只见静静被马智友托在怀中，孱弱的小身体不停抽搐痉挛着，嘴角喷吐着白沫，双目翻白，原本红润的小脸上笼罩着一层死灰之气。而马智友脸上一副悲天悯人的神情，慢慢收紧扣在静静脖子上的手。

畜生！这群畜生！

冰朔手中的寒血剑陡然绷直，朝着马智友的头颅狠狠砍去。

马智友的警觉性很高，几乎是在冰朔拔剑的瞬间就感觉到不对劲，身体往后一仰，在千钧一发之际躲过了这断头的一剑。

可是，冰朔的攻击没有丝毫停顿，剑柄在手中一转，反手狠狠一刺，扎进了马智友的胸口。只差一寸，就是心脏的位置。

“啊！好冷！”马智友尖叫一声，疼痛和冰冷双重袭来，让他整张脸都痛得扭曲起来。

冰朔冷笑一声，还想要再刺，可马智友的反应奇快，他握住剑柄，顾不得撕裂的疼痛，将剑从身体里干脆利落地拔了出来，紧接着将怀中的静静往空中狠狠一丢。

“快跑！他会杀了我们！”一声嘶吼惊醒了呆滞的谢擎。谢擎看了冰朔一眼，明明没有看到少年的神情，可不知道为什么，心中竟生起恐惧。他想也没想地冲过来扶起马智友，连滚带爬地逃入了浓雾中。

冰朔将被抛向空中的静静一把接住，剧烈的运动让胸口断裂的肋骨错位，痛得他整个人都晃了晃，意识也开始迷离。他狠狠咬了咬舌尖，用痛楚唤回自己的理智，看向怀中的静静。

小女孩依旧在抽搐着，嘴唇也呈现出青紫色，呼吸越来越微弱，仿佛随时都会消失。

冰朔从腰带中迅速拿出银针，扎入静静的檀中穴。随着银针的捻动，静静身体的抽搐终于停止，嘴唇的青紫也退去，可是呼吸越变越弱，直至停止。

小女孩的身体冰凉，静静躺在他怀中。她垂着长长的睫毛，仿佛永远地睡了过去。

“静静，不要睡，听到没有？静静！”

冰朔将她平放在地上，手按在她的胸口给她做心肺复苏。刚刚做了两轮，他就感觉眼前一阵晕眩，按在女孩胸口的手哆嗦着，仿佛刚刚从冰水中捞出来。

冰朔将银针捡起来扎在自己身上，调动体内仅剩的内力，继续给静静做心肺复苏。

三分钟后，静静哇地哭出声来，随后吃力地睁开眼。

“静静！”冰朔整个人几乎瘫软在地上，连他自己都没有察觉，小女孩的劫后余生让他红了眼眶，连声音也哽咽了。

静静张了张嘴，喃喃道：“冰朔哥哥……对不起……静静不乖，静静……没有听你的话留在那里……”

“没有，静静已经很乖了。”冰朔轻声道，“不要怕，现在已经没事了。告诉冰朔哥哥，你现在觉得怎么样，还有哪里不舒服吗？”

静静牵起嘴角，露出一个浅浅的笑容：“静静知道……冰朔哥哥会回来的，太好了……就算叔叔听不见静静的声音，冰朔哥哥也听……见了……”小女孩的声音越来越微弱，眼皮重逾千斤，她终于再也支撑不住，昏迷过去。

冰朔以为她只是累得睡过去了，没有在意，眼前却突然弹出一条血红的文字。

主人，游码检测到这个小姑娘的脑电波就要消失了！

“什么？”冰朔赫然一惊，连忙抓起静静的手把脉，可是，此时他才发现，自己的手几乎失去了触觉。

主人，主人，你怎么了？为什么你的生命体征在下降？脉搏已经降到了40下每分钟，主人你的脑电波也在消失，啊啊啊，到底发生了什么事？

生命体征下降，脉搏微弱，身体冰凉，然后仿佛进入永久的沉睡状态。

冰朔猛地睁大眼，身体难以遏制地颤抖了一下。

是Re-Angel试剂。一个多月前，他给自己注射的Re-Angel试剂终于发作了。它竟然在这一刻发作了！

原本他的体质是能压制住Re-Angel的药效的，可是江炎的攻击让他受了重伤，身体的免疫力下降，内息几近于无，所以再也无法抑制住Re-Angel。

可是，为什么偏偏在这个时候？他还要救静静，他不能让静静的脑电波就这样消失！至少，至少他死也要保住静静的一线生机。

冰朔闭了闭眼，再睁开时，脸上的慌乱已经完全消失，只剩下全然的理智和冷静。

银针飞快扎入静静的各大穴道，仅剩的内息化为涓涓细流涌入静静体内。

然后，他从腰间的暗袋中拿出一直随身携带的小玻璃瓶，里面盛放的是他从Fal-Angel中提炼出来的一种试剂。

这种试剂要比Fal-Angel温和许多，与Re-Angel具有相似的效用，能在短时间化解人身上的病症。但同样有副作用，只是究竟是什么副作用还不得而知。

冰朔看着昏睡的小女孩，将手中的玻璃瓶盖打开，凑到静静嘴边，可是将要灌下去的时候，又停住了。

他深吸了一口气，哑声道："游码，静静还活着吗？"

活着，主人您刚刚稳定了她的生命体征，她的心跳是正常的，比主人您现在还快一点呢。可是，她的脑电波是静止的。我想，她大概是变成了植物人。

"游码，你说我应该让她昏睡下去，然后找到办法救醒她，还是赌一把？"

赌一把？游码不懂主人的意思？

冰朔正要回答，突然感觉一阵晕眩和深深的疲倦袭上来，而他的手脚更是已经麻木冰凉，完全没有了知觉。

手中的玻璃瓶掉落在地，液体倒出瓶口，瞬间蒸发在空气中。

冰朔自嘲一笑："看来老天已经替我做了选择。"他伸手摸了摸小女孩的发丝，轻声道，"静静别怕，冰朔哥哥会让你醒过来的。"

恍惚间，他好像看到游码弹出来的虚拟屏幕闪现在他脑海中，只是一切已经离他越来越远。

主人，您还是先保证自己能醒过来吧……哎呀，有人来了……事情好像越来越糟糕了……

二

"我们不容许杀人凶手在学院内逍遥法外！"

"把凶手交给警察，把他赶出穹苍学院！"

嘈杂的声音传入耳中，将冰朔迷离的思绪一点点唤回。他猛地睁开眼，整个人从床上弹坐起来，大口喘着气。窗外刺目的光线让他忍不住遮了遮眼，耳边又传来睡梦中听了无数遍的喊声："杀人偿命，滚出穹苍！"

冰朔从床上坐起来，赤脚踩在地上，刚刚一动作，胸口就传来一阵闷痛。他皱了皱眉，深吸了几口气，缓步走到窗边。

这里是他别墅的二楼，从卧室窗户望下去，能清楚看到别墅门口的情景。

数十个学生围在那里，大声喊着“凶手滚出学校”，为首的是莫涵灵和剑道部的副部长尚建武。在学生的身后，一个巨大的虚拟屏幕上，赫然用大红的字写着：杀人凶手萧冰朔滚出穹苍学院，接受法律制裁！

屏幕闪了闪，变成了另一幅画面：一个只有四五岁的小女孩躺在床上，脸上覆盖着氧气罩，双目紧闭，仿佛永远都不会醒来。

冰朔猛地捂住胸口，连喘了好几口气，才将那剧烈的痛楚压下去。

“你醒了？”门口传来一个陌生的沙哑声音。

冰朔回过头，诧异地看到门口站着一个三十来岁的男子，眼底青黑，头发蓬松油腻，下巴上长满了胡楂，一身的酒气哪怕隔着一屋子的距离都闻得到。

“杨……老师？”搜索了一下脑海中的记忆，冰朔犹豫着叫出了这个称呼。如果他没认错，眼前的男人应该是后进班的班主任杨折威。在进入后进班的第一天，他见过这个醉得一塌糊涂的男人。

杨折威走进房间，毫无形象地往床上一靠，也不顾他那满是酒气和油腻的衣服会不会把冰朔整洁的床铺弄脏：“看到自己被当作杀人凶手，被所有人喊着滚出学院，有什么感受吗？”

冰朔看着他，答非所问道：“是你救了我？”

杨折威在衣服口袋里掏了掏，掏出一瓶酒，可是晃了晃，发现里面一滴也没有。他不爽地撇撇嘴道：“算不上我救你。你出了事，他们找负责的老师，居然找上了我。呵呵，要不是这事我都忘了，我还是个班主任。哦，对了，有件事忘了告诉你，谢擎已经把你从五年级除名了，所以你现在又是后进班的学生了。当然，也许你明天就被驱逐出学校了，哈哈。”

冰朔想起虚拟投影上看到的小女孩，闭起眼轻轻按了按眉心，低声道：“是谢君勉把我带回来的？你知道静静现在怎么样了吗？”

“你说那个小女孩？”杨折威扯起嘴角，眼神却有些冷，“初步诊断是大脑皮层受到严重损伤，导致认知能力完全丧失，也就是俗称的植物人。”

冰朔怔怔呆立在原地，尽管早已有了心理准备，听到这个消息还是觉得全身空落落的，冷得厉害。

杨折威坐起身，双目直直盯着他，沉声道：“你应该不会对一个小孩子下手吧？”

冰朔还没有回答，底下却传来愤怒的喊叫声：“你们开什么玩笑，冰朔他根本就不是那样的人。你们这样污蔑他，有证据吗？”

三

穹苍学院的高级别墅区，绿草铺地，道路两旁桂树成荫，花香甜腻。平日里，这片区域有专门的保镖守卫，哪怕是在整个学院最喧闹的时刻，只要别墅的主人们不想，这里就会如桃源般静谧安宁。

然而此时此刻，别墅区前的道路上挤满了密密麻麻的人群。他们围在冰朔的别墅门前义愤填膺地喊叫着，用拳头将院子的铁门砸得咣咣作响。

李家勇等人听到“萧冰朔妄图侵犯学院五年级生慕婉仪，因被人发现，丧心病狂地重伤好几人，包括一名儿童”的消息时，简直不敢相信自己的耳朵。先不说冰朔那个外表看似疏离、实则内心柔软的老好人会不会杀人，就说他会侵犯慕婉仪，李家勇他们就一个字都不信。

李家勇和同寝室的史毅、曲翔听到消息后匆匆赶来，却和示威的学生起了冲突。尤其是当他看到为首的人中有尚建武时，更是新仇旧恨一起涌了上来。

“尚建武，说话要凭证据，你说那些人是冰朔伤的，就把人证、物证都摆出来，或者直接报警，让警察来调查。你们这样在冰朔的私人领地吵吵嚷嚷，是什么意思？”

让李家勇惊讶的是，半年前脾气火暴的尚建武，听到这些话，神情没有丝毫变化，只是公事公办地道：“谢院长已经下发批文，将萧冰朔从五年级除名，同时收回一切特殊待遇。所以现在这个别墅已经不再属于他。”

“什么，从五年级除名？”李家勇三人齐齐惊呼。随即，曲翔沉着脸道：“按照穹苍学院校规，谢院长并没有驱逐五年级学生的资格，这个批文是Angel Holy同意的吗？”

莫涵灵冷笑一声道：“学委会总长已经签署了同意书，只等Angel Holy审核通过，你说谢院长的批文能不能生效？”

李家勇猛地握紧了拳头：“那么证据呢？你们说冰朔杀人了，至少要给我们看决定性证据吧？”

“你要证据？”莫涵灵的声音陡然拔高，指着身后虚拟屏幕上沉睡的静静，厉声道，“这样的证据还不够吗？如果不是萧冰朔，一个那么小的孩子会成为植物人？如果不是萧冰朔，会长会那么伤心，那么自责？萧冰朔做的这一切，有五个人证，其中三个是老师，另外两个是Mars和我们会长，你认为这样的证据还不够？还是你觉得，会长和Mars会冤枉萧冰朔这个人渣？”

李家勇三人一下子被莫涵灵那凄厉的声音和她话中透露出来的意思吓到了，怔怔地回不过神来。

“跟他们废话什么，我记得他们后进班好几个人是能自由出入萧冰朔别墅的，一定是被保全智能录入了指纹和虹膜。我们押着他们先把门打开，一定要将萧冰朔这个凶手抓出来！”

此人的话很快得到了所有人的认同，一群人吼叫着冲上来，将李家勇三人团团围住。

李家勇还有些功夫底子，不停反抗，虽然脸上、肚子上挨了好几下，但好歹没有被抓住。可曲翔和史毅都是手不能提的“文弱书生”，很快就被按压在大门上。史毅的手指被抓起来，挨个往指纹识别器上试。

“你……你们不能这样，放……放开我！”

“浑蛋，你们这群土匪还好意思说冰朔是杀人凶手，我看你们才是流氓恶霸！”

史毅的眼镜被人打了下来，掉在地上踩了个粉碎。一只手按着他的脑袋，让他的脸贴在大铁门上，都挤压变了形。这样的屈辱让史毅这样的老实人又羞又怒，眼眶都红了。

曲翔却是暴脾气，脸上不知道被哪个女生抓了一道，衣服也被扯破了，狼狈得不行，却还在奋力挣扎，不停地破口大骂。

突然，咔嗒一声轻响，原本紧闭的铁门竟然缓缓打开了。

被压在门上的史毅和曲翔一个趔趄，跌跌撞撞了好几步，被一双手扶住。

“萧冰朔，你终于舍得出来了！”莫涵灵看到从门中走出来的俊秀少年，双目中的怒火顿时如有实质般喷射而出，“我还以为你要躲在里面一辈子呢！”

冰朔轻轻咳嗽了两声，胸口的疼痛让他一双剑眉微蹙着，白衬衫穿在身上，看起来空荡荡的，显得少年的身形是那样单薄瘦削。原本还在义愤填膺地吵嚷着让萧冰朔偿命的人，尤其是女生，都忍不住一阵恍惚。

脸色苍白的少年在阳光下轻蹙着眉头，缓缓走来，简直如二次元世界中的精灵，俊美得让人灵魂都在震颤。

冰朔单手握拳，抵在唇边，目光望向门外的众人：“关于学院和大家指控我杀人一事，我需要一个自辩和申诉的机会。在将我从学院驱逐出去前，我想大家应该能抽出这一点时间吧？”少年的声音轻缓平和，像是用大提琴拉出来的优美乐曲，拨动的不仅仅是琴弦，还有每个人的心弦。好几个女生对上那双清澈明净的蔚蓝眼眸，都顿时不知今夕是何年，乖乖地点起了头。

莫涵灵双手猛地攥紧，指甲深深嵌入肉中，但她毫无所觉。从这个少年进入学院的第一天起她就注意到了这个人，所以她比任何人都知道这个少年独特的个人魅力和他的巧舌如簧。

外表看来比任何人都善良睿智的完人，实际上却是个丧心病狂的伪君子。如果不是他，会长怎么会如此伤心悔恨？所以，无论如何，她今天一定要将这个人驱逐出学院。

莫涵灵深吸一口气，冷冷道："好，你想要申诉的机会是吗？我成全你，现在我以学生会副会长的名义，提议召开穹苍学院东院第二次黄泉审判！"

黄泉审判和黄泉之门并称为穹苍学院最残酷的两项校规。如果说，黄泉之门是让人在一夕之间一无所有，那么黄泉审判就是让原本应该受到惩罚的人直接沉沦地狱。

黄泉审判的最终判定权完全归属于学生，就连在这里无所不能的 Angel Holy 和学委会总长都无法掌控。被审判的罪人可以通过申诉自辩，最后由东院所有学生投票表决。一旦赞成审判的人超过五成，罪人就要接受 Angel Holy 的一级惩戒，被关入五感失调的虚拟空间，受三个月的幽闭和电击。这样的折磨，绝没有任何一个正常人能忍受得了。

听到莫涵灵说出黄泉审判时，大部分人都面面相觑，露出了不忍的神色。

跟着冰朔从别墅中走出来的杨折威脚下一个踉跄，像是被抽干了所有力气，只能软软靠在柱子上，脸色一片煞白。

全场唯一镇定的人，大概只有冰朔。所有人都听到他用平静的声音不疾不徐地道："好，但我有一个条件，这场黄泉审判要由 Gallant 来主持。"

四

穹苍学院东院要举行黄泉审判，这个消息像是一股飓风席卷了整个学校。

因为黄泉审判是关系到每一个学生的，所以 Angel Holy 会把消息直接下发到所有人的个人智能终端或手机。到了下午一点，X 教学楼前最大的环形会场上陆续有学生结伴进来，短短半个小时后就将这个能容纳万人的会场填满了七八成。

整个环形会场分为四个区域，分别是离主席台最近的 A 区、在一楼外围的 B 区、二楼的 C 区和三楼的 D 区。A 区只能容纳几百人，剩下的 BCD 三区都各自能容纳三千人。

主席台上，少年脸色苍白，眉头微蹙，身形却站得笔直。而台下，众人议论纷纷、指指点点。下午两点，电磁隔离屏障在环形会场周围升起，所有在场学生耳边都响起了机械的电子音："2026 年 10 月 29 日 14:00，穹苍学院东院第二次黄泉审判开始。"

台上，冰朔的目光落在不远处，随着电子音消失，谢君勉和江炎的身影出现在他视野内。两人的状态都很不好，谢君勉脸色惨白，面无表情，身上再也没有了当初那种一丝不苟又带着傻气的正直，反而透着一股暴戾的肃杀之气。

两人的视线对上，谢君勉的目光中迸发出深切的仇恨与杀意，还有不顾一切的疯狂，好像完全变了一个人，让冰朔不自觉地打了个寒战。

而江炎的神情也很疲倦，眼底都是红血丝。他的脸上没有什么表情，也没有去看冰朔一眼，只是快步来到 A 区，在其中一个位置坐下来。

当谢君勉和江炎都落座后，莫涵灵才站起身走到台上，面向众人道：“大家好，我是莫涵灵，也是今日这场黄泉审判的发起人。”她深吸了一口气，仿佛在压抑心中喷薄的怒火，声音微微沙哑，“我不想多说什么，请大家直接看我整理的证据吧。相信你们会了解我到底为什么如此痛恨这个人。”

主席台上的个人终端操控台被学生会的一个干事启动，很快，虚拟投影显示在众人眼前。莫涵灵显然是做了准备的，虽然仓促之间整理的证据并不完美，可还是让在座的众人了解了事情的前因后果。

萧冰朔是于去年九月底进入穹苍学院的，并非正常入学时间，他的推荐人是何家如今的当家何永启。而他进入学院并非为了求学，而是替何永启的私生子何佑君卧底，在学院中寻找几个体质特殊的人，将他们秘密送出学院，交给何家进行人体实验和研究。

“大家一定很奇怪，萧冰朔为什么要帮何佑君，为什么要冒险为何家输送实验体？”莫涵灵冷笑一声，森寒的目光直直射向冰朔，“因为他的妹妹得了重病，只有何家进行的研究才能治愈他的妹妹。所以，我们疼爱妹妹的萧同学就心甘情愿地成了何家的爪牙，潜伏在学校中，把我们的同学、朋友当作实验体送出去，甚至，为了达到目的，连自己的女朋友都不放过！

“萧冰朔，我知道你疼爱自己的妹妹，可这也不意味着你就可以把慕婉仪当作任人宰割的小白鼠！你逼迫慕婉仪成为实验体，慕婉仪不肯，你就丧心病狂地想要侵犯她。你以为让原本就爱慕你的慕婉仪成为你的女人，她就会乖乖为你去死？你的禽兽行为被人发现后，你非但不悔改，反而想要杀了谢院长和马老师灭口，甚至连四岁的静静都不放过。萧冰朔，你摸着你的良心问问，你为了你的妹妹做出这些事，晚上能睡得安稳吗？”

莫涵灵的声音掷地有声，因为心中怀着深深的愤慨，所以每一句话都说得极富感染力。而随着她的叙述，一张张照片被展现在虚拟投影上。有戴着氧气罩昏睡的静静，旁边是医生的诊断书，“植物人”三个字明晃晃地刺痛了底下所有年轻人的眼睛；有躺在床上抢救的马智友和包着绷带的谢擎，马智友身上被刺穿的痕迹清晰可见；有还在昏迷的慕婉仪，长长的头发被剪短了，少女脸色惨白地昏迷在床上，即使在睡梦中也露出恐惧慌乱的神情，让人看着说不出地怜惜心痛。

看着这些照片，听着莫涵灵的话，整个环形会场彻底沸腾了。

在 D 区的最角落，杨折威一个人呆呆坐在那里，目光落在孤立无援的少年身上，目光变得悠远而涣散。不远处的位置上，年轻的学生群情激愤，怒火滔天，恨不得现在就冲上去将凶手碎尸万段。他已经看到了这个少年的结局……就宛如他当年一样。

杨折威用手遮住脸，用油腻腻的袖子将眼中涌出的湿气吸去，嘴角却轻轻勾起，露出一个嘲讽的笑容。

莫涵灵将一切展示完，才将咄咄逼人的目光投向一直一言不发的冰朔，冷冷道："萧冰朔，你不是说需要申诉和自辩的机会吗？现在你可以说了！"

冰朔微微抿唇，望向谢君勉："你真的相信我会对静静下手？"

谢君勉面无表情地看着他，半晌之后，嘴角慢慢牵起一个幽冷的弧度："你先回答我一个问题，如果慕婉仪或是静静能救你的妹妹，你会选择牺牲她们吗？"

冰朔毫不犹豫地回答："我不会放过任何一个救琉璃的机会，但也绝对会保障她们的安全。你们说我进入穹苍学院是为了向何家输送实验体，那么请问，这一年多来，我送走了谁？"

"你撒谎！"一声厉喝突然从会场右侧的入口传来，众人的目光齐齐朝那个方向望去，只见院长谢擎和马智友在两个护工的搀扶下趔趄着走入会场。

马智友曾被寒血剑所伤，此时身上裹着厚厚的棉袄，却还冻得嘴唇发白，瑟瑟发抖。

而谢擎在问心阵中狼狈逃窜，不小心误入伤门，磕断了一条胳膊，也伤得不轻。

两人的到来又引起了现场的一阵骚动。谢擎先是向众人打了个招呼，然后才狠狠瞪向冰朔，目光中充满了愤恨："萧冰朔，你不要再把所有人当傻瓜。这一年多你没有下手，是因为还没有找到真正符合条件的实验体，而如今你找到了，自然要迫不及待地把人送出去。那个符合条件的实验体就是慕婉仪，我说得对不对？"

冰朔勾起嘴角，嘲讽般笑道："慕婉仪是不是符合，谢院长不是应该比任何人都清楚吗？"

谢擎脸色微变，随即马上镇定下来，不动声色地道："你也不用说些模棱两可的话，妄图把脏水泼到我的身上。你知道为什么自己会被困在问心阵中吗？你对慕婉仪意图不轨时，我们又为什么能及时赶到吗？"

他顿了顿，目光扫过在场的众人，满脸沉痛地道："因为我们监测校园安全时，无意中截留了一段异常的通讯电波，里面涉及一些危害学生的言论，所以 Angel Holy 将其自动提取，并传输到了我的面前。"说着，谢擎一步步走到智能终端操作台前，将自己的手环在终端表面轻轻碰了碰。很快，上方的虚拟投影变为了声轨波动界面，而环形报告厅中也响起了两个男子的对话声。

“冰朔，我已经听说了，琉璃的病恶化了是吗？”

“何大哥，你说，我到底该怎么办？要怎样才能救琉璃？”

“冰朔，怎么了？是不是有什么困难？你没办法把慕婉仪带出来？”

“不管有没有困难，我都一定会救琉璃。何大哥，你等我的消息吧！”

A 区的座位上，谢君勉缓缓地站起身，走到冰朔面前，随着他起身的还有双目燃烧着熊熊怒火的江炎。

谢君勉闭了闭眼，才嘶声道：“那天我跟到假山后，隐隐听到了你们的谈话内容。我告诉自己，一定是我以偏概全了，你不是这样的人。能奋不顾身把后进班带出 S 级拟真绝境的萧冰朔，怎么会是自私自利、为了救自己亲人就牺牲朋友的人呢？所以，我把这些怀疑咽进了肚子里，没有上报院长，也没有去私下调查。

“可是现在我真的很后悔。如果我当时就揭穿了你的真面目，静静就不会落到如今这步田地。萧冰朔，你要救你的妹妹，可你有没有想过，静静一直叫你冰朔哥哥，她一直以来是多么崇拜你、喜欢你，对这样一个孩子下手，你告诉我，你是怎么做到的！”

话一说完，谢君勉双目赤红，握紧的拳头狠狠击出，砸在冰朔脸上。

冰朔没有格挡也没有避让，结结实实地挨了一拳，身体趔趄着往后退了好几步，胸口肋骨牵动的痛楚让他本就苍白的脸色变得更加惨白。

江炎冷笑一声，猛地跨前一步，蕴含着内力的一掌朝着冰朔那张俊脸狠狠扇去：“问心阵那一拳，是揍你把婉仪的一片痴情当作驴肝肺，随意践踏；现在这一巴掌，是打你猪狗不如，身为一个男人竟然干出如此卑鄙下流的事情，你根本配不上婉仪的喜欢！”

砰的一声响，拳掌相击的力道卷起一阵狂风，让站在旁边的莫涵灵和谢擎都忍不住往后退了几步。狂风卷过，一道黑色的身影晃了几下，最后慢慢站稳在冰朔面前，将他牢牢保护在身后。

江炎的目光落在来人身上，缓缓吐出两个字：“徐曜！”

“徐曜，事到如今你还要帮着萧冰朔？”莫涵灵尖声道，“在你眼里，只有朋友，没有良知吗？你为什么不睁大眼看看，你的好朋友到底做了什么？”

徐曜却连看都没看江炎和莫涵灵一眼，迅速转身望向冰朔。看到他苍白的脸色和脸上的瘀青，听到他紊乱的呼吸和心跳，徐曜眉头狠狠一跳：“你受伤了！”

冰朔看到他也是长舒了一口气，问道：“事情办完了吗？”

“你说过，你自己能搞定，这就是你搞定的结果？”

两人的话几乎同时脱口而出。冰朔淡淡地笑，没有说话，最终还是徐曜败下阵来，低声道："办完了。"

冰朔嘴角的弧度深了几分，这一次笑意终于稍稍到达了眼底。

"徐曜，请你让开，现在还在进行黄泉审判。"马智友突然咳嗽了几声，沉沉开口道，"还是你想要包庇萧冰朔，和他一起接受审判？"

徐曜冷冷看了他一眼，没有说话，也丝毫没有挪动脚步的意思。

江炎深深地看着他，忽然开口道："徐曜，我跟你也算是朋友一场，你我的为人从招式剑法中都能了解。我说的话，你相信吗？"

徐曜毫不犹豫地点头："我信。"

Mars 的人品在整个穹苍学院，没有人会质疑。

江炎轻轻舒了一口气，随后目光变得更加复杂："我原以为萧冰朔对我叔叔有救命之恩，把他当作兄弟，也当作最好的朋友，从没想过要怀疑他。可是，如今的一切都是我亲眼所见……我没有办法说服自己这一切不是他做的。"

徐曜闻言既没有生气，也没有赞同，只是露出一个浅淡若无的笑，似是嘲讽江炎，又似是自嘲："有时候，历史真是惊人地相似，看到你，我就好像看到了当初的自己。"

"什么？"江炎一脸错愕，怔怔地看着眼前向来冷漠的人露出他从未见过的神情。

"江炎，你说你原以为冰朔对你有恩，"徐曜的目光直直看着他，声音冰冷而铿锵，"也就是说，现在你觉得你不欠他了，反而是他利用了你，还伤害了你喜欢的女人。

"可是你凭什么这么自以为是呢？你叔叔的病冰朔想办法缓解了吗？你不再需要支付巨额的医药费是因为冰朔吗？你喜欢慕婉仪，慕婉仪喜欢冰朔，是冰朔横刀夺爱吗？

"江炎，你真的觉得自己完全不欠冰朔吗？"

徐曜最后一句话说出，江炎一下子怔在原地，额头上的汗水涔涔滑落。他的脑海中突然回想起许多画面：喷水池旁坐着轮椅的羸弱少年，微笑着说"真羡慕你"的少年，告诉叔叔他可以回国治疗、让叔叔欣喜若狂的少年。

他仍记得自己当初激动而狂喜的心情，他一把抱住少年，脑中只回荡着一个念头，那个念头是什么呢？对了，是——能够在维加斯州遇到冰朔，真是太好了！

徐曜眼中的嘲讽更深更冷："出发前往穹苍学院时，你说你比我们更适合留在冰朔身边，因为你有能力保护他。原来，这就是你的保护？"

江炎的手不可遏制地颤抖起来，胸中原本熊熊燃烧的愤怒在眨眼之间被一盆冰水浇熄了。脑海中仿佛有一个声音在一遍遍问自己：江炎，你真的不欠冰朔吗？江炎，你如此愤怒，到底是为了伸张正义，还是一直积累在心中的嫉妒让你失去了理智？

“徐曜，你不要偷换概念！”莫涵灵突然厉声道，“就算萧冰朔真的曾经对江炎有恩，也不能抹杀他犯下滔天罪行的事实。在这些铁证面前，除了自欺欺人的你，还有谁会相信他真的是无辜的？”

“谁说没有其他人！”B 区的其中一个位置上，有个声音突兀地冒出来，“老子现在就告诉你，我李家勇从头到尾都没有怀疑过冰朔！”

坐在旁边的叶倩文也跟着站起身：“老娘忍到现在已经是极限了，这些证据除了那个录音，其他都不过是你们的主观臆测，哪个算是铁证了？凭什么就给冰朔定罪？欺负我们家冰朔后台没人啊！”

“我相信冰朔！”

“我也相信冰朔！”

B 区的那一片位置上陆续有学生站起来，走上主席台，站在冰朔和徐曜身边。众人震惊地发现，后进班除去冰朔和徐曜，总共三十九人，竟然有三十八个人走到了台上。

胖胖的蒋峰推了推眼镜，满脸镇定地看向江炎：“Mars，并非我们质疑你的话，可是能不能请问一下，你赶到案发现场的时候，是亲眼看到冰朔在对慕学姐施暴，还是你只是看到了慕学姐不太好的样子？而且我认为，这件事，慕学姐才是最有发言权的，如果想要审判，为什么不等慕学姐醒来呢？”

江炎怔了怔，张了张嘴，半晌都说不出话来。此时回想起来，他赶到的时候，只是看到慕婉仪衣衫不整、冰朔在对查尔斯下手。可是，侵犯慕婉仪的到底是谁，救了婉仪的又是谁，他……真的清楚吗？

“就算 Mars 看到的不足为信，那么，那通电话呢？君勉亲眼看到的他对静静下手呢？这些你们也能驳斥吗？”马智友突然冷冷出声道。

蒋峰的气势滞了滞，无奈摇头道：“不能，我又不是专业侦探。”

“就算不能又怎么样？”曲翔冷着脸大声道，“老子就愿意相信他，你说这家伙懒散、小心眼、无赖都行，可别在我们面前质疑他的人品。是他把我们从一摊烂泥中扶起来，就算在最危险的 S 级拟真绝境也不放弃我们任何一个人，为了救我们，自己九死一生、满身是血地昏迷着被送出穹苍学院！你们跟我说，这样一个人会去杀害一个小孩子，鬼才信！”

向来怯懦的吴晓雅也扬起下巴，朗声道：“你们可以选择相信这些所谓的证据，我们也可以选择相信自己认定的朋友，事情就这么简单。如果黄泉审判真的判定他有罪，我们就算拼着被退学，也一定会为他上诉！”

三十八个人团团围在少年周围，脸上的神情镇定而决绝，没有一丝的退缩，也没有一丝的犹豫。曾几何时，他们是被人抛弃的垃圾，是人人践踏的废物，可是，突然有一天，一个少年从天而降，将他们带出了堕落的深渊。

到今天，他们的羽翼终于丰满，守护与被守护者的位置互换，他们成为了那个守护与庇佑的一方。

萧冰朔，从S级拟真绝境出来的那一刻起，我们就发誓会变得越来越好、越来越强，不再拖你的后腿，不再让你受伤。总有一日，我们会站在你的身旁，成为你的臂膀。

第二十集

反击 × 心狐 × 博宇之顶

一

偌大的环形会场陷入了短暂的静寂。

冰朔怔怔看着将他团团包围的人，闭了闭眼，将眼底的湿热慢慢化去。这些人脆弱绝望的神情仿佛还在眼前，可如今他们竟已成长到如此地步，能反过来保护自己，能支撑住自己的信念。

就在这时，B 区东侧的位置突然有一只手慢慢举起来：“我……我也相信冰朔不是这样的人。”

那是个清秀娇小的女孩，她站起来后，又犹豫地看了看不远处的少年：“副会长，如果你对我的行为不满，我愿意退出诺博会，但……但现在我想支持冰朔。”

女孩看的人正是穿着一身诺博会会服的李怀斯，他闻言不耐烦地喝道：“烦死了，你们爱支持就支持，看我干吗？我是看这浑蛋不顺眼，可怎么说他也是唯一在精英武道赛上赢过我的人，想做坏事就这点智商，还被人抓个正着？啧，这是侮辱他还是侮辱我啊？”

“哈哈，太好了，怀斯，原来你也不相信这事是冰朔做的啊！害我还纠结了好久，要怎么不着痕迹地支持他又不惹你生气。君雅走走，我们也上去，站到我们的新会长身边支持他！”张瀚文一听李怀斯的话立刻兴奋地跳起来，拉上旁边的女孩就往台上跑。

其他诺博会的会员一见这情况，立刻也颠颠地跑了上去。和李怀斯最亲近的“白山”和“黑水”看看台上，又望望李怀斯，李怀斯的脸立刻黑了下来：“看我干吗？我不落井下石踩那小子一脚就好了，难道你们还指望我上台去支持他？我呸！滚，要去就快滚上去！”

“白山”、“黑水”对视了一眼，分别看到了对方眼中的笑意，随后站起身走上了主席台。

十几个诺博会的会员一上台就往冰朔身边挤，还有人喊着：“会长，我们来支持你了！”

“唉，其实在下面看会长热闹看得可开心了，都不想上来了。毕竟一想起云山之行，我就恨不得把会长压在地上摩擦！”

“我也看得好 happy 啊，尤其是被谢君勉揍的时候，会长那要哭不哭的小表情……哎呀，乐死我了！”

“得了得了，你们收敛点，会长已经够凄惨了，我们又不是副会长，跟会长有深仇大恨，咱不能做落井下石的小人，对吧？”

后进班的众人听着这群人幸灾乐祸的话，看着他们娴熟地挤开人群往冰朔身边凑的模样，嘴角就一阵抽搐。这都是什么人啊！一副跟冰朔很熟的样子，不就是在云山里厮混了几天吗？能比得上他们和冰朔同生死共患难的友情吗？

于是，后进班的人不乐意了，沉着脸拼命把那十几个无赖往外挤，还有人口中喊着：“喂喂，先来后到懂不懂啊？让你站那儿就好好站着，抢什么位置？你以为你谁啊？”

肃穆的审判大会，因为这一番变故，一下子变得像菜市场一样热闹。原本对冰朔的恶行深信不疑、恨不得将他撕成碎片的众人，在这样的氛围中，也慢慢平息了心中的怒火。如今想来，那些证据真的充分吗？就连那个录音也是模棱两可，根本无法作为判罪的证据。而且，如果萧冰朔真的是一个十恶不赦的人，这些与他深入接触过的人，为什么都毫无理由地相信他？

只是后进班就算了，可现在就连向来高傲的诺博会会员都一个个对他毫不怀疑。事情的真相真的如莫涵灵所说的那样吗？

啪啪啪，马智友突然大力鼓掌，苍白的唇微微翘起，露出一个笑容：“萧冰朔，你果然不得不让人佩服。明明证据确凿，却还有人愿意无视这一切相信你。这么多人对你没有丝毫怀疑，愿意为了你把黑的说成白的，像你这样的人格魅力，让我不寒而栗。”

“可是，你能不能回答我一个问题？”马智友突然笑容一敛，沉声道，“我身上的伤，是你造成的吗？静静脑死亡前是不是只有你在她身边？这两个问题，你只需要回答是或不是。”

冰朔静静看着他，双唇轻启，吐出一个字：“是。”

马智友又望向谢君勉：“君勉，你曾经当他是最好的朋友，如今又有这么多人无条件地支持他，就连江炎也被他说服了，那么你呢？现在是不是连你也相信他了？”

冰朔也忍不住抬头望向谢君勉，他的视线也正好望过来。

对上谢君勉的目光，冰朔只觉得心脏狂跳了两下，仿佛身体被两道闪烁着寒芒的冰刃狠狠刺穿。谢君勉的目光实在是太过冰冷，也太过仇恨，强自压抑住的疯狂和杀意仿佛随时会爆发：“我……赶到问心阵后，无意中踏错了一步，和江炎失散，没能赶到慕婉仪出事的地方。所以，我不知道冰朔到底有没有对慕婉仪做什么。

“可是，当我好不容易从迷阵中走出来，找到静静的时候，却看到冰朔把他手中的一个药瓶往静静口中灌。当时我不知道那液体是什么，等我赶到的时候，静静和冰朔都昏迷了过去。我把两人带回来，医生诊断静静成了永远的植物人。而那个药瓶，我找人化验了残留在瓶壁上的物质……"

说到这里，谢君勉冰冷的双目陡然变得通红，沙哑的声音中充满了滔天的恨意："萧冰朔，你比任何人都清楚那液体是什么吧？你恨谢家，恨参与了'堕天计划'的谢家害惨了你妹妹，可是那是谢家人造的孽，跟静静有什么关系？你为了泄恨，就要让她和你妹妹一样变得不死不活？你是不是忘了，当初她的命还是你救下来的！一个天天追在你身后喊你冰朔哥哥的小女孩，你怎么下得了手？"

谢擎和马智友听到这话脸色都变了，想要出声阻止谢君勉泄露"堕天计划"，却又怕轻举妄动反而露出端倪。

冰朔微垂着眼眸，静静听着谢君勉的发泄，最后轻轻叹了口气。

他算到了一切，却没有算到谢擎竟然会丧心病狂到将自己的侄女卷入其中，甚至狠心杀人。如果他能再谨慎一点，把静静带在身边，也许就不会发生这样的事了。他确实欠了静静，也欠了谢君勉，这也是为什么他刚刚挨打而没有还手的原因。

谢君勉深吸了一口气，将想要摧毁一切的疯狂和暴戾压了回去，哑声道："我可以申请取消黄泉审判，但是萧冰朔，请你离开穹苍学院，永永远远都不要再回来！"

这话一出，下面再度沸腾起来。

谢君勉目光沉沉地看着对面的少年："萧冰朔，你同意这个判决吗？"

冰朔摸了摸鼻子，无奈道："话都让你们说了，我的自辩似乎都还没来得及开始。"

谢君勉神色一沉，冷冷道："好，你说。"

谁知冰朔却摇了摇头："我说过，这场审判的判决者必须是 Gallant。而且，他是学委会总长，想要将我逐出穹苍学院，也必须得到他的同意。"

"Gallant？"谢君勉皱眉，正想说什么，突然，从三楼一个和杨折威距离最远的角落传来一个温润和缓的男声："原来还需要我出场吗？"

所有人的目光朝着那角落望去。只见一个身形修长、容貌俊秀的少年穿着一身普通的 T 恤、牛仔裤，怀里抱着一只黑猫，缓缓站起身，从三楼走向底下的主席台。

冰朔的目光死死盯在来人身上——漫不经心的笑容，深邃艳丽却常常掩藏在镜片之后的凤眸，还有那只有着桀骜眼神的黑猫。

一切都是那么熟悉，又是那么陌生。眼前的人明明在向他走来，却又仿佛离他越来越远，随时会消失在视野尽头。

Gallant 将黑猫松开，黑猫喵呜一声落在地上，斜视了冰朔一眼，瞬间蹿出老远，消失在门外。

他望向冰朔，微笑道：“Shawn，又见面了。”

冰朔静静看着他，没有说话。

在他身后，李家勇几人忍不住窃窃私语：“喂，你们有没有觉得刚刚那只黑猫有些眼熟？我怎么觉得好像在哪见过？”

“等下，被你这么一说，我觉得 Gallant 现在的样子都有些眼熟了……”

冰朔对这些议论声充耳不闻，突然沉声道：“将我逐出穹苍学院，这个决定你同意吗？”

Gallant 的笑容如平日一般懒散和煦，可是那笑意不达眼底：“当然是……同意的。”

“理由呢？”

Gallant 缓缓道：“谢会长不是已经说了吗，或者我换一句不好听的再说一遍：这个学院已经不再需要你，你是时候离开了。”

顿了顿，他又用低沉的声音补充道：“你离开对所有人都是最好的结局。”

冰朔猛地闭上眼，垂在身侧的双手微微颤抖着，良久才缓缓睁开眼，神情却已经变得冷静而决绝：“那么，现在该轮到我来自辩了。”他的嘴角牵起一抹冷笑，望向不远处的谢擎和马智友：“你们说我为了救病危的妹妹，绑架甚至妄图侵犯慕婉仪，知道这个指控最大的漏洞是什么吗？”

“什……什么？”

冰朔轻轻笑了起来，手指在虚空中点了一下：“是我的妹妹现在安然无恙。”

虚拟投影上很快出现了一个视频通话请求，几秒钟后，通话请求被接通，出现了一个穿着卡通睡裙的小女孩。

江炎一眼就认出这个小女孩正是冰朔的宝贝妹妹水琉璃。此时，她虽然身形比一个月前消瘦不少，但脸色红润，笑容浅浅，看上去远比发病时要健康得多。

“徐诺哥哥，你为什么拿手机拍我？是哥哥打电话过来了吗？我要听！我要听！”

“琉璃乖，不是你哥哥，只是个无聊的电话。”徐诺安抚了琉璃几句，随后转身走出屋外。镜头晃了晃，却没有关闭，而是往某个方向移动。

“不，这不可能！”而会场这边，谢擎忍不住脱口惊呼，“不是说她已经第二次发作了吗？”第二次发作后，患者会变得形销骨立，控制不住鼻涕和口水，变得如痴呆儿一般。

马智友心中暗叫不好，忍不住狠狠瞪了谢擎一眼。

冰朔却没有理会谢擎，而是望着虚空中某处，冷笑道：“何大哥，戏看到现在了，难道你不想亲自参与进来吗？”

会场的众人面面相觑，不知道冰朔说这话是什么意思。

冰朔看了看自己的智能手环，没有任何反应，他牵了牵嘴角，目光落在虚拟投影上。此时徐诺已经来到了一间小小的空屋，镜头移动，落在房间角落，那里五花大绑着一个头发花白的老头儿。

在老头儿出现的瞬间，冰朔的智能手环突然亮了起来，很快，另一道投影出现在空中，何佑君略显苍白憔悴的面容展现在众人面前。

“何大哥，好久不见了。”

他怔怔地看着冰朔，好一会儿才道：“你是从什么时候开始发现的？”

冰朔眯起眼，冷冷道：“发现什么？”

何佑君脸上的苦涩更重，本就苍白的脸色变得几乎毫无血色：“发现我早就知道琉璃的病，发现我对你所谓的救命之恩不过是个骗局，发现我从头到尾只是在利用你，到最后甚至伙同谢擎算计你，想让你身败名裂，被逐出穹苍学院！”

“什么？他……他刚刚说了什么？”

“伙同谢擎？难道是谢院长？这一切都是谢院长设计的？”

底下的学生一时间都被这段话震得回不过神来，联想到刚刚谢擎震惊时脱口而出的话，许多人心中都信了几分。

冰朔的声音变得微微沙哑：“为什么？”

“哪一个为什么？”何佑君苦笑道，“为什么冒充琉璃的救命恩人？因为我知道 Gallant 是那个计划的主导者，他那么关注你，让我想到了利用你做踏板，来和艾斯莱尔家族搭上关系。

“为什么出卖你？因为你说得对，我想要利用你、算计你，却发现自己走错了这步棋。你的怒火让我心惊，你重回穹苍学院后走的每一步都让我不安。我害怕你的反噬，更怕你破坏我们的计划，那是……我的命，也是我的信仰，我不会容许任何人破坏它。正好，艾斯莱尔家族的人听说你特殊的体质后，想要让你成为他们的实验品，所以我就和谢擎、Gallant 联手，打算彻底毁掉你。”

徐徐说着这些，何佑君既像是回答，又像是自言自语地呢喃。

当该说的都说完，他才露出恳求的表情：“能说的、不能说的，我都说了，看在我们那一点交情的分儿上，放了邱叔好不好？我身边现在只剩下这一个亲人了。”

冰朔深吸了一口气，脸上露出幽冷的笑容：“你担心什么？怕我会杀了他？放心吧，我不会动用私刑。但是这个人曾经犯过的罪，我会一条一条挖出来，然后把他和罪证一起送到警察局。”

“萧冰朔！”何佑君陡然爆发出凄厉的尖叫，“我已经低声下气到这种地步了，你还要怎么样？你说我背叛你，你又何尝不是从来没有真正相信过我？否则，你怎么会故意放出琉璃病危的消息来误导我？琉璃现在能活蹦乱跳的，证明你已经研发出了 Fal-Angel 延缓剂，可是，你就连这个消息都没有告诉我！我把你当作最好的朋友，替你在父亲面前说好话，你就是这样报答我的？”

冰朔嘲讽一笑，淡淡道：“徐诺，拜托你了。”

那边传来徐诺愉快的声音：“OK，我最喜欢做一个奉公守法的良民，跟警察叔叔合作了。”

“萧冰朔，你敢动邱叔，我绝不会放过……”何佑君的话还没说完，冰朔已经掐断了通话，环形会场一时间陷入了诡异的静寂中。

突然，有人拍着胸脯道：“刚刚那个何大哥的变脸技能好恐怖，明明前面还是一副后悔莫及的好哥哥模样，下一秒就狰狞成恶鬼，吓死我了！”

“他话中的信息量好大啊，我都要消化不良了。顺便，我觉得好同情冰朔同学，身边居然有这种精神病。”

“喂，难道没有人关注谢会长说的‘堕天计划’和那个何大哥说的计划吗？我好好奇啊，到底是什么样的计划啊？刚刚那个萌妹子又得了什么病？”

谢擎的脸色在这一片议论声中变得一阵青一阵白，脑中更是一团糨糊，只知道狠狠地瞪着冰朔嘶吼：“你陷害我！是你伙同何佑君陷害我！”

马智友强压下心头的怒火，也冷冷看着冰朔道：“萧冰朔同学，你刚刚说我们的指控作不得数，你现在的辩解和陷害又何尝不是你的一面之词。谁知道何佑君是不是跟你串通起来的！”

冰朔轻笑了一声：“是啊，只听一面之词实在太没有意思了。事实上，我一直在等着这一刻，把我手上的证据公布在大家面前。”

“不要再故弄玄虚了，有证据就拿出来！”莫涵灵大声道，“这样说一点藏一点，耍大家很好玩吗？”

“不好玩吗？”冰朔挑眉反问，顿时把莫涵灵噎得一口气上不来，一张俏脸憋得通红。

曲翔摇头道：“我就说吧，这家伙的缺点就是懒惰、小心眼、无赖，真是一语中的！”

冰朔看向马智友和谢擎，继续慢条斯理地道：“几个月前，我无意中被困入 S 级拟真绝境，为了从绝境中逃脱，我尝试围困和破解 Angel Holy 的核心源码。意外地，我得到了一段 Angel Holy 被病毒感染后分离出来的程序，这段程序让我能够与 Angel Holy 接驳，进行最直接的沟通。”

马智友的眉头紧紧皱起，沉声道：“你不是说要公布证据吗，扯这些做什么？”虽然这样说，他心中却是大惊失色。破解 Angel Holy 核心源码并和主程序接驳？这个少年的能力已经强大到这种地步了吗？

“所有的证据来源必须清晰可信，才能称之为证据。”冰朔微微一笑道，“我现在不正是在解释证据的来源吗？

“在重回穹苍学院的第一天，我用一个寄生病毒自爆程序贿赂 Angel Holy，让它答应我一个请求。当然，对 Angel Holy 的判定系统来说，规则高于一切，它不可能给予我额外的权限，也不可能让我看到绝密资料。但我请求的只是件无关痛痒的小事，所以它答应了。”

“求快说，你到底让 Angel Holy 答应了什么啊？”有人忍不住好奇地喊。

“我让它把我身边发生的所有事情都记录下来，并分别保存一份影像资料传输到我的 AI 分支程序中。”冰朔顿了顿，幽冷的目光落在马智友和谢擎身上，“也就是说，只要是我的眼睛看到的、耳朵听到的、经历过的所有事，都已经留下了决定性的证据。如果有人质疑这些影像的真实性，欢迎随意检验！”

话音刚落，一道投影在虚空中再度出现。

呈现在众人面前的一幕，是江医生拿着针筒露出狰狞的笑，朝吓得瑟瑟发抖的静静一步步走去。

谢擎和马智友在这一刻面如死灰，双双跌坐在地上。他们知道 Angel Holy 的监控无处不在，所以早已做了防范。可是他们千防万防，没想到萧冰朔竟然曾与 Angel Holy 达成过那样的协议。

谢君勉则是死死握着拳头，瞪大了双眼，看着眼前的一幕幕。指甲将掌心刺破，鲜血慢慢渗出，他却一点也没察觉到。

视频很长，可是没有一个人离席，也没有一个人感觉不耐烦。当看到江炎赶到现场，不由分说地攻击冰朔，还把冰朔打成重伤的时候，有好几个人忍不住大骂：“他是猪吗？明明那个羽绒服男可疑多了，他是失心疯了才一直追着冰朔打吗？”

“所以说，不怕神一样的对手，就怕猪一样的队友。”

影像继续播放，到了冰朔拖着伤痕累累的身体好不容易赶到静静身边，看到的却是谢擎和马智友要杀了静静。而静静此时已经浑身抽搐，满面青紫，仿佛随时都会死去。

“畜生！人渣！这样一个小女孩，他们居然也下得了手！”

“静静还是谢擎的侄女啊，连自己的亲人都杀，他到底是不是人？”

“他们才应该接受黄泉审判！”

当看到冰朔越来越虚弱，却强撑着身体给静静治疗，好不容易将她救活过来，却发现静静脑死亡，再加上静静昏迷前说的那段话，会场中许多女生都忍不住哭起来。

那么鲜活可爱的小女孩，现在却变成了植物人永远沉睡。

江炎脸色惨白地伸出手看了看自己捏紧的拳头。就是这只拳头砸在了冰朔的胸口，让他受了重伤。如果不是受伤，冰朔就能更快地赶到静静身边，或许就能救下她。那些人说得很对，他的眼睛瞎了，被嫉妒冲昏了头脑，看不到眼前的真相。他虽然没有害人，静静的昏迷，他却要负大半的责任。

他害死了一条人命。

江炎闭了闭眼，泪水悄然滑下眼眶。他没有多说一句话，悄悄地离开了这个喧闹的会场。

冰朔掐断了影片，没有再播放谢君勉他们到来后发生的场景。他望向谢君勉，低声道:“对不起，我没能救下她。”

谢君勉呆呆地看看他，又看看不远处的谢擎，眼神茫然而绝望，整个人的灵魂仿佛被瞬间抽空了。

“会长，你……你没事吧？”莫涵灵上前一步扶住他。

谢君勉一把将她甩开，突然低低笑了一声，随后那笑声越来越大，越来越尖锐刺耳。

在仿佛啼血般的笑声中，谢君勉跌跌撞撞地离开会场，消失在门外。

“会长！”莫涵灵慌张地叫了一声，再也顾不得其他，飞快追了出去。同时追出去的还有学生会的干事廖清寒。会场门外，很快进来几个保镖，将谢擎和马智友团团围住，毫不客气地把他们带走了。

坐在这里的除了学生，还有教授和老师，他们第一时间打了学院的安保电话和学院外的报警电话。从哪个角度来讲，谢擎和马智友都犯了重罪，他们下半辈子估计都要在牢里度过了。

谢擎耳边仿佛还回荡着小女孩撕心裂肺的哭声：“叔叔，不要杀我，我是静静啊！”

很快，小女孩的哭声又变为了侄子尖锐的笑声。

他突然捂住脸，无声地哭泣起来。

二

谢擎和马智友被抓走，代表着这一场犹如儿戏的黄泉审判彻底落幕。

在老师的组织下，环形会场里的大部分学生都开始撤离。但冰朔没有走，Gallant也没有走，后进班和诺博会的人见此情景，也选择留了下来。

Gallant 看着眼前的少年，笑得有些无奈："清算完他们，终于轮到我了？"

冰朔也笑，却是皮笑肉不笑："终于不打算伪装了？"

Gallant 唔了一声，随后拿出一瓶药水倒在手上，慢慢在脸上涂抹，一边涂抹一边道："伪装吗？或许吧。戴了这么多年的面具，我都快分不清到底哪一个是真正的我了。"

一旁听着这话的后进班和诺博会众人一脸茫然，伪装？面具？这是几个意思？

当 Gallant 的手放下来，诺博会的人还算镇定，后进班的人却惊得眼珠子都要凸出来了："陆昊远？！"

李家勇揉了揉眼睛，又揉了揉，扯着嗓子道："是我出现幻觉了，还是我在做梦？为什么大白天的 Gallant 会变成陆昊远？"

那个坐在他后排、看上去弱不禁风、没什么存在感的病弱少年，居然是穹苍学院独一无二的王者——Gallant？！

徐曜呆立在原地，看看 Gallant 又看看镇定自若的冰朔，眼底的情绪难以抑制地汹涌翻滚起来。他比谁都清楚冰朔有多忌惮 Gallant，又有多信赖陆昊远。可是，这两个人竟然是同一人？

比后进班的人更震惊的是正往台上走的李怀斯，他直接一个趔趄扑倒在地上。

爬起来的时候他还忍不住狠狠掐了一把自己的手臂，好疼，不……不是梦！陆昊远就是会长？他当初可是威胁过陆昊远，还想给他注射 Re-Angel 试剂……不对，是已经注射了。

完蛋了，他是死定了还是死定了还是死定了？！

陆昊远从口袋里掏出一副眼镜戴上，嘴角勾起一丝浅浅的笑。这熟悉的模样让后进班的人感觉自己仿佛穿越到了那个简陋的教室。全场唯一从头到尾没有情绪变化的只有萧冰朔，他沉声问道："问心阵中那两个男人的消失，是你做的吗？"

陆昊远笑道："不是呢，我早就说过了，拥有 Angel Holy 主控权的人不是只有我一个。谢家背后站着一个很有趣的神秘人，不过我至今没有查到他的真实身份。"

冰朔轻轻吐出一口气："虽然没有参与，可是这场阴谋中，无论是谢擎和何佑君的算计，还是我的反击，都在你预料之内吧？高高在上，像神一样看着别人斗得你死我活，开心吗？"

这一次，他点了点头："还行。"

冰朔抬起手，狠狠一拳打在他脸上。陆昊远这一下被揍得不轻，他却只是偏了偏头，连脚步也没挪动一下。

"你知不知道，有时候冷漠旁观比凶手更可怕？"

眼睁睁看着慕婉仪被侮辱，眼睁睁看着小女孩被夺走生命，到底是怎样的漠然和残忍才能对这些视而不见？

陆昊远舔了舔唇角的伤口，摆正了脑袋，微笑道："唔，不知道呢，没人跟我说过这个道理啊！"说着，他摊了摊手，"你知道我的代号是心宿，图腾为狐，你能指望一只狡诈的狐狸有同情心吗？"

冰朔突然觉得有些泄气。这个人，让他气得牙痒痒，也让他无可奈何。

陆昊远突然道："你是从什么时候认出我的？唔，应该是云山之行，我说认识丹尼尔的时候吧？"

冰朔轻轻吐出一口气，答非所问："陆昊远，我今天一定要在这里见到你，是因为当初那个问题的答案，你还没有回答我。

"当年那场绑架案，你有没有参与？给琉璃注射 Fal-Angel 试剂的人，是你吗？"

陆昊远脸上的笑容慢慢收敛，神情变得冷漠而漫不经心："答案你不是早就知道了吗？"

"我想听你亲口说。"冰朔的身体站得笔直，仿佛这样才能支撑自己继续说下去，"还有，你曾经说，我想听什么答案，你都会满足我。我现在就可以告诉你，我希望你说，这件事和你无关。"

哪怕明知道是自欺欺人，可是只要你说这件事和你无关，我就愿意相信你，陆昊远！

陆昊远眼中的光芒跳了跳，仿佛有什么碎裂开来，又重聚在一起。他的唇上慢慢泛起紫绀色，手脚也变得冰冰凉的，可是他仿佛毫无察觉，只听到自己用清晰而冷淡的声音回答："是我做的。"

徐曜猛地伸出手，一把扶住冰朔的身体，触手的冰凉让他的心忍不住颤了颤。

冰朔闭上眼，用低哑的声音轻轻道："我明白了。还有，我现在可以回答你的问题了。"

"你问我是什么时候知道你身份的。"冰朔轻轻说着，手指在虚空中一点，一道投影出现在两人之间。影像中是黑暗的地下空间，有个颀长的身影站立在 Angel Holy 核心主机前，注视着屏幕中冰朔的身影，缓缓转过身来……

随后，陆昊远看到了自己的脸，还有眼中那兴味盎然的、仿佛捕捉到猎物的笑容。

他怔怔地问："这是你什么时候看到的？"突然，他的声音一顿，永远温雅的声音瞬间变得沙哑破碎，“核心源码泄露……是S级拟真绝境崩塌的时候。”

陆昊远猛地望向冰朔，瞪大的凤眸中第一次闪现出强烈的情绪波动，仿佛要将他脸上完美的面具彻底撕裂：“那么早，你那么早就知道了我的身份！”

既然那么早就知道，为什么从来不揭穿，也没有露出过半点破绽？既然早就知道，为什么……问心阵中还要不顾安危地救他？

冰朔自嘲一笑，眼底却一片死寂冷淡，再没有波澜：“我曾说，我赌认定的人和事物，永不背弃，永不变迁。可惜现实给了我一记响亮的耳光。陆昊远，我愿赌服输，为你做的一切就当我输出去的筹码，仅此一次。”说完，他没有再看任何人，转身独自离开这个安静得过分的环形会场。

他的脚步很稳，背脊挺得笔直，可是看着他背影的人都感觉到一股难言的悲凉与孤寂，弥漫在他们的心头。

傅君雅忍不住嘀咕：“虽然不是很懂发生了什么事，可总觉得总会长像一个负心薄幸男。”

“你不是一个人。”

“你们够了！”李怀斯怒道，“会长的决定都是正确的，谁再敢反驳就给我滚回去写报告！”

后进班的人却很沉默。他们与陆昊远的感情是诺博会的人不能比的，所以发现自己被那样彻底欺骗的时候，心情才会如此复杂。他们完全能理解冰朔的伤心与失望。尤其是叶倩文，心中空落落的，至今不能接受这个事实。

她怔怔地看着陆昊远，哑声道：“昊远哥，你真的是昊远哥？你……你待在后进班中那么多年，欺骗我们所有人，到底图什么啊？”

陆昊远没有说话，也没有看她，目光怔怔的，不知道落在何方。

叶倩文突然发出歇斯底里的尖叫：“你既然要骗，为什么不骗到底？为什么不永远当陆昊远？为什么要让冰朔那么伤心失望？我恨死你了！”

说完，她抹着眼泪，跌跌撞撞地跑了出去。李家勇啧了一声，似乎想骂两句发泄一通，最终却只是扯着嗓子喊道：“冰朔和倩文都走了，我们还留在这儿干什么，撤吧！”

说罢，他率先离去。其他几人看了陆昊远一眼，也纷纷离去。从此以后，这个人只是穹苍学院的王者Gallant，再不是他们朝夕相处的同伴陆昊远。

唯一没有离去的是徐曜，他缓步走到陆昊远面前，冷冷看着他。

陆昊远似乎被他如有实质的冷冽目光牵回了思绪，轻笑道：“呵，似乎角色互换了呢。”

徐曜勾起嘴角，露出一个似有若无的冷笑："你知道的吧，当初我有多嫉妒你？但现在，我只觉得你真可怜。"

说完，他直接转身，迅速消失在会场门口。陆昊远看着他的背影，皱起了眉头，脸上是明显的不悦。

"会长，你……你没事吧？"李怀斯忍不住小心翼翼地觑着他的脸色，"那什么，你……你真做了对不起姓萧的那小子的事啊？喀喀……哎呀，做了就做了，那小子欠扁，让他受点教训也是应该的。"

会场中一片静寂，没有人说话，也没有人回应他，气氛压抑到让人窒息。

李怀斯嘴唇动了动，半天才低声道："要不然你给姓萧的那小子发条短信，就说你刚刚是骗他的，反正他说你怎么回答他都信……"

陆昊远看了他一眼，拍了拍他的脑袋，转身离开。

李怀斯看着他的背影，轻轻叹了口气，说不出地郁闷。他认识会长那么久，还是第一次看到会长将不开心那么明显地表现出来。

或者，那不是不开心，而是……伤心？

三

徐曜匆匆追上冰朔，侧头看了他好几次，最终还是没有问什么。

冰朔微微一笑道："谢谢你，徐曜。"

这一次能如此顺利地反将何佑君，最大的功臣就是徐曜。琉璃病发前，徐诺就察觉到了，他用了一些手段让琉璃陷入沉睡，延缓病情的发作，又带着冰朔研发的两份新药赶去徐家。幸好冰朔从 Fal-Angel 试剂中提炼出了有用的药物，让琉璃避过了第二次病发。

至于徐曜手上的第二份药剂——

"韩宁蓝现在如何了？"

徐曜摇了摇头："把药给她后我就赶回来了。"对上冰朔的目光，他努力回想了一会儿，才迟疑道，"好像瘦了一点。"

冰朔忍不住笑了出来，真难为这家伙能注意到别人是瘦了还是胖了。

"她有说还会不会回来吗？"

徐曜道："她说，等解决了叔叔的爪牙，好好教训席貊一顿，再通知你归期。"

冰朔点了点头，心中的酸楚与阴霾退去了几分，他缓缓吐出一口浊气。

冰朔曾和韩宁蓝通过几次电话，得知她父亲的病情，想到应该和“堕天计划”研究的试剂有关，就让徐曜给韩宁蓝送了一份简化版的还原剂。此时霍伯特·雷切斯已经醒过来了，虽然还有后遗症，但是处理一个跳梁小丑完全不是问题。

席貊勾结杜克，想要将韩宁蓝作为禁脔囚困在身边，但他忘了，雷切斯家的小公主不是温室里的花朵，而是看似柔弱美丽的猛兽。猛兽也许会在逆境的时候收起爪子，显得温良无害，但绝不会伏低做小，忘却仇怨。

这一场阴谋中，谢擎和马智友原本还想把席貊也拖下水，让慕家和席家反目，他们好坐收渔翁之利。只是席貊最终并没有来，原因就是雷切斯家族的报复已经开始了。整个席家的股票剧烈动荡，在东欧的产业几乎损失了大半。席貊顾此失彼，焦头烂额，哪里还顾得上这一点小恩小怨。

冰朔拿出手机打了几个字发送出去，脸上有了淡淡的笑意。

在大洋的彼端，古朴雅致的欧式庭院中，有着一头栗色长卷发、如洋娃娃般精致的女孩坐在秋千上，一边晃荡着，一边喝着早茶。

“小姐，席家少年又登门了，说他今天无论如何都要见到您。”

韩宁蓝拨了拨从秋千上垂下来的紫色藤蔓，淡淡道：“你出去跟他说，我要东欧西部三家公司中他名下所有股份，以及‘堕天计划’的全部资料。什么时候他把这些备齐了，我自然会去见他。”

来人抿着嘴笑了笑，躬身道：“是，小姐。”

用人退下后，韩宁蓝口袋里的手机突然振了振。她掏出来看了一眼，原本清冷的脸上竟慢慢漾开了温暖柔和的笑容。

庭院另一头，一个身材高大的金发男人望着她的方向，恰好看到了她脸上的笑容，忍不住皱起眉头道：“我第一次看到娜塔莎笑得如此开心，她是不是恋爱了？到底是哪个浑小子，竟然敢勾引我的宝贝女儿？”

一旁的管家握拳抵在唇边，轻咳一声笑道：“老爷，小姐恋爱了是好事啊！您不是一直希望看到小姐的笑容吗？您瞧，年轻女孩羞涩甜蜜的笑多美好啊！”

金发男人看了好一会儿，才冷哼一声，转身走入房间。

四

云山之巅，白雾缭绕的悬崖底下，鹧鸪发出啾啾的声音，不停地蹦来蹦去，显得格外快活。因为静寂了好久的崖底终于又迎来了客人，而且还是和它一起分享过虫子餐的熟人。

鹧鸪忙得不亦乐乎，抓了条虫子递到陆昊远面前，歪着脑袋期待地看着他。陆昊远面不改色地将虫子嚼碎了吞下去，然后悠然自得地躺在草地上。

日头东升西落，星辰挂满夜空，整整一天的时间，陆昊远躺在这里，睁大着眼看着天空，连动都没有动过。

鹧鸪在外面玩到天黑才飞回巢中，落在陆昊远身边发出啾啾的叫声。

陆昊远没有看它，却低声道："如果当初和他掉下这里的人是陆昊远，而不是亚伯·艾斯莱尔，是不是结局就会不一样？"

话说出口，连他自己也忍不住露出自嘲的笑容，轻轻动了动冻得麻木的手脚。

恰在这时，口袋里的手机响了起来。电话刚一接通，就传来一个苍老而威严的声音："亚伯，玩够了吗？玩够了就早点回来吧。你知道，'堕天计划'缺了你不行，你也知道外公对你抱了多大的期望。"

陆昊远忍不住轻轻笑了起来，笑声温润清雅，富有磁性，可是说出来的话与他的声音截然不同："外公，真不好意思，我现在心情很不好，所以能不能请你以后都不要再找我，也不要让任何艾斯莱尔家族的人出现在我面前？否则，我不保证自己会做出什么事来哦。"

说完，他干净利落地挂断电话，扬起手想将手机砸在岩石上，思索了片刻还是把手收了回来。他艰难地用冰冷麻木的双手操作触屏手机，将上面看不顺眼的联系人统统拉入黑名单，最后只剩下"Shawn"一个名字留在通讯录中。晚风轻轻吹过，树叶发出沙沙的摩擦声，树顶的鹧鸪鸟不时发出啾的一声梦呓。

一切都恍如那一晚的重现，静谧而美好。但时光无法追回，失去的也再不会回来。

五

W 教学楼此时已经被完全封锁，谢擎、马智友，以及还在昏迷中的江医生和白狐都被关在这里。他们最终都会被送入警察局接受法律的审判，可是在此之前，他们还要经受地狱般的折磨——幽闭惩戒。

谢君勉走入那间空荡荡的房屋。这里没有窗，没有摆设，只有两张钢丝床和一个吹着冷风的通风口。谢君勉并不知道，静静也曾在这个房间醒来，恐惧地喊着"叔叔"。

谢擎和马智友被分别绑在那两张床上，头上戴着虚拟头盔，身体不停抽搐着。谢擎身下还散发着一股尿臊味，让人作呕。

谢君勉上前一步，将马智友和谢擎的头盔拿了下来。

两人脱离了幽闭空间和电击惩罚，整个人却还处在恍惚状态，嘴角流着涎水，身体不停痉挛着，手指像鸡爪一样佝偻起来。

过了好一会儿，谢擎才认出来面前的谢君勉。他立刻哭叫道："君勉，救救我，救救叔叔，我撑不下去了，我真的撑不下去了！呜呜呜，让我去坐牢吧，我求求你了！"

谢君勉面无表情地看着他："静静也曾这样求过你吧？为什么你不肯放过她呢？"

"静……静静……"谢擎的身体一阵哆嗦，面部肌肉扭曲着，脸上的神色不知道是悔恨还是恐惧。他突然指向马智友，声嘶力竭地大喊："是他，是他杀死了静静，也是他把静静带进实验室，让我不得不杀她灭口。他才是真正的罪魁祸首！"

谢君勉没有说话，拿过虚拟头盔戴在他的头上，启动开关，在谢擎的尖叫声中，将他推回了床上。

谢君勉的目光落在不远处的马智友身上。

马智友的神情比谢擎镇定多了，他露出一个苦笑，喃喃道："君勉，我不后悔做的这一切，我只后悔因为自大而失败，栽在萧冰朔受伤，以至于看不到'堕天计划'成功的那一天！"

"'堕天计划'，'堕天计划'！"谢君勉突然歇斯底里地大喊，"你们到底都着了什么魔？为了一个莫名其妙的计划，可以草菅人命，可以连亲人都毫不犹豫地牺牲！"

"有了这样的牺牲，才能成就更美好的未来。"马智友眼神坚定，斩钉截铁道，"君勉，你是谢家人，让这个计划完成是你的使命，无论如何你都不能逃避。"

谢君勉冷笑道："你算什么东西，也配命令我？"

马智友怔了怔，看着他冰冷的眼神还有冷笑的神情，一时竟有些发怔。恍惚间，他仿佛看到当年那个人人敬畏的谢钰谢校长又回来了。

马智友轻轻咳嗽了几声，寒血剑造成的伤口让他忍不住浑身哆嗦："君勉，原本你父亲和你两个叔叔都想让你平安地过日子，但谢家如今只剩下你一个人，谢家的秘密也只能交托给你了。"

"谢家的秘密？"

"咯咯……"马智友缓了几口气，"君勉，难道你不奇怪吗，明明 Gallant 才是 Angel Holy 的主人，为什么我们谢家却能在一定程度上掌控这个超级 AI？比如模拟冰朔的声音并仿造号码拨打给慕婉仪，又比如在云山暴风雪中，切断诺博会所有人的通讯，将电磁隔离罩打开，让凶猛的野兽进入萧冰朔他们活动的区域。"

"什么？"谢君勉赫然瞪大眼睛，身体微微颤抖着，说不出话来。

马智友继续道："在校长室底层最左边的仓库中，有一个不起眼的通风口。从这个通风口下去，能通到一间地下室，在那里放着一台电脑，那才是谢家真正的秘密，也是谢家经历如此多风雨，依然能在穹苍学院屹立不倒的原因。想要开机，就把你的血滴在上面……君勉，你是谢家最后的希望，也是你父亲唯一的延续。哪怕我立刻死了，我也期盼能在地底看到谢家重建辉煌的那一天。"

谢君勉紧咬着嘴唇，死死瞪着他："你以为我会去继承那个秘密，继承你们那让人作呕的'堕天计划'吗？"说完，他毫不犹豫地拿起虚拟头盔，就要给马智友戴上。

马智友没有任何挣扎，接过虚拟头盔套在自己头上，身体很快陷入神经质般的痉挛。

可是，想要转身离开的谢君勉还是看到了他双唇开合，无声念出的那句话："你会去打开那台电脑的，因为想要救活静静，只有研发出真正的 Angel 试剂。因为，你是谢钰唯一的儿子！"

谢君勉的身体一阵哆嗦，眼中的光芒忽明忽灭。

三天后，谢君勉终于还是来到了院长办公楼的底层，找到了那个藏在杂物堆中的通风口。

通风口远比他想象的要大，只是稍稍弯腰，他整个人就穿了过去。身后的通风口发出吱嘎的声音，缓缓关闭，而眼前原本黑暗的道路上却自动亮起了一盏盏灯。

昏黄的灯光将这条通道映照得扭曲而狭长，仿佛看不到尽头，又仿佛通到彼端的黄泉地狱。谢君勉一步步走下阶梯，终于在尽头处看到了一张古朴的红木桌子，上面摆放着一台银色的、落满了灰尘的笔记本。

他掀开笔记本，怔怔地看了一会儿，才将自己的血滴在上面。电脑的屏幕闪了闪，随后发出悦耳的开机声音。谢君勉的手握住鼠标，正要挪动，突然，屏幕上弹出一个视频，上面显现一个苍老的面容，对着他露出欣慰的微笑："君勉，乖孩子，我终于还是等到你了。"

谢君勉骤然瞪大眼睛，难以置信地盯着屏幕上的老人，脱口惊呼："爷爷！"

谢苍龙，那个早在二十年前就去世的人，为什么会出现在这里？

六

一个月后，在诺博会会员的联名推荐下，冰朔终于如愿以偿获得了诺博会会长的头衔。

电梯载着冰朔和徐曜两人飞快往上升，小小的空间中一时安静得让人不自在。

冰朔笑道："我不过是进去查一下资料而已，不会有事的，你不要那么如临大敌好不好？"

徐曜看了他一眼，没有说话。电梯发出叮一声响，停了下来，顶层到了。但是冰朔要去的地方比这里更高——博宇图书馆真正的顶楼，那里储藏着穹苍学院的绝密资料库，只有获得三会会长头衔并被 Angel Holy 认可的人才能进入。徐曜是进不去的。

冰朔在楼梯口停下来，看着徐曜道："我不知道要看多久，你先回去吧。"

徐曜点了点头，却完全没有挪动脚步的意思。

冰朔无奈地笑笑，转身走上阶梯。徐曜下意识地往前踏了一步，却马上感觉一股强大的反弹力量撞过来，让他趔趄着退了好几步。

这是 Angel Holy 最牢不可破的一级防御电磁隔离网，就算是以江炎的武力也不可能打破。徐曜仰头看着冰朔的身影消失在楼梯尽头，突然涌起一股莫名的心悸。就像是……就像是五月的那一天，他突然心烦意乱地冲到 W 教学楼，可最终只能眼睁睁看着冰朔重伤昏迷。

徐曜闭了闭眼，再睁开时眸中已是一片决然，随后，他再度缓缓闭上双眼。过去与未来，时间轮转的片段在他脑海中流淌而过，在他伸手的那一瞬间定格成一个个预知的画面。

徐曜猛地睁开眼，额头覆上了一层薄薄的细汗，惶然的目光望向早已没有身影的楼梯。他忍不住往前迈了一步，却又缓缓停下来。

未来，怎么会是那样的未来？那究竟预示的是平安还是凶险？

鼻子下方突然涌出一股热流，徐曜一把捂住，温热的鲜红液体从他的指缝间渗出来。

他的脑中一片嗡鸣，突然响起了白教授的话："你要向我保证，六个月内，你的脑疾如果发作了三次，就一定要来找我。否则，神仙都救不了你的命！"

徐曜神色平静地擦掉了脸上的血，擦得干干净净，不留一丝痕迹，然后转身选了个位置坐下来，闭目假寐。

博宇图书馆顶层，冰朔慢慢推开了那扇雕花的暗红色木门。随着门轴转动的吱嘎声，一股老旧书籍的味道扑鼻而来。走廊上的阳光照射进来，穿透他的身体，落在昏暗的房间内，将里面泛黄的书页与折起的边角映照得一清二楚。

房间里的霉味被驱散，慢慢弥漫开一股阳光烘烤书页的清新味道，宛如尘封在地底多年的陈酒，拂去了泥土的腥臭，揭开了瓦罐，终于露出醇厚清冽的酒香。

冰朔眯了眯眼，适应这明灭的光线，然后抬步走入了屋内。